四川大学 2011 协同创新基地
阿来研究中心组织架构

名誉主任：阿　来

主　　任：曹顺庆

首席专家：李　怡

执行主任：陈思广

副 主 任：雷汉卿　徐新建

秘 书 长：周　毅

特聘研究员：（按姓氏拼音顺序排列）

陈思和　陈晓明　程光炜　丁　帆

冯宪光　葛浩文　靳明全　李瑞腾

罗庆春　孟繁华　宁小龄　汤晓青

吴义勤　阎晶明　杨　义　张　柠

张清华　张学昕

阿来研究

ALAI RESEARCH

（第11辑）

主编　陈思广

主办　四川大学2011协同创新基地阿来研究中心
协办　四川师范大学文学院
　　　西北民族大学西北少数民族文学研究中心
　　　西华大学人文学院
　　　西南民族大学文学与新闻传播学院

四川大学出版社

项目策划：黄蕴婷
责任编辑：黄蕴婷
责任校对：毛张琳
封面设计：墨创文化
责任印制：王　炜

图书在版编目（CIP）数据

阿来研究．第 11 辑 / 陈思广主编．— 成都 ：四川大学出版社，2019.11
ISBN 978-7-5690-3223-9

Ⅰ．①阿… Ⅱ．①陈… Ⅲ．①中国文学－当代文学－文学研究 Ⅳ．①I206.7

中国版本图书馆 CIP 数据核字（2019）第 278291 号

书名　阿来研究（第 11 辑）
Alai Yanjiu（Di 11 Ji）

主　　编　陈思广
出　　版　四川大学出版社
地　　址　成都市一环路南一段 24 号（610065）
发　　行　四川大学出版社
书　　号　ISBN 978-7-5690-3223-9
印前制作　四川胜翔数码印务设计有限公司
印　　刷　郫县犀浦印刷厂
成品尺寸　185mm×260mm
印　　张　14
字　　数　337 千字
版　　次　2019 年 12 月第 1 版
印　　次　2019 年 12 月第 1 次印刷
定　　价　62.00 元

目 录

新作热评

四川文学研究

藏区文学研究

多维视野

青年论坛

会议综述

Contents

Study on Tibetan Literature

Multi-Dimensional Perspectives

Young Scholars' Forum

Conference Summary

新作热评

[《云中记》小辑]

我们的灵魂需要美感

——读阿来长篇小说《云中记》*

梁 海

一

阿来的《云中记》是一部以汶川地震为背景的长篇小说，创作于2018年，此时，汶川地震已经过去了十年。其实，灾难发生之后，许多相关文字便随即诞生，不仅仅是及时性的新闻，还有很多文学作品。人们迫不及待地用手中的笔记录这场人类历史上惨痛的灾难。其中，有对灾难的纪实性描述，对党和政府抗震救灾的歌颂，对民间和国际人道主义救援的正能量精神的弘扬，还有对灾民坚持不懈的精神的励志书写。这些作品是一曲曲波澜壮阔的人类抗震救灾的英雄赞歌，在灾难发生之后的那些岁月里，的确起到了鼓舞人心的作用。然而，当时间抚平了心口的创痛，那些曾经长歌当哭的文字便显出稚嫩的色彩。在一定意义上，这源于灾难题材文学共同面临的问题：从人类中心主义的角度，对自然灾难做伦理评判。灾难被作为恶的象征，这无疑让人类站在道德的至高点上。这一道德的"约定俗成"抹杀了非常态下我们面临灾难时本有的繁复多样以及人性的宽容，由此也影响到灾难文学表达的深刻性和持久性。从这一点来看，《云中记》显然是有所超越的。

我想，阿来之所以在十年之后，才去触碰这道地球的裂痕，也正是出于对不朽文字的追求。在谈到《云中记》的创作时，阿来曾说：

> 那时，很多作家都开始写地震题材，我也想写，但确实觉得无从着笔。一味写灾难，怕自己也有灾民心态。这种警惕发生在地震刚过不久，中国作协铁凝主席率一团作家来灾区采访，第一站就是到四川

* 本文为国家社科基金项目"新世纪长篇小说与中国古典诗学关系研究"（14BZW124）阶段性成果。

> 作协慰问四川作家。我突然意识到在全国人民眼中，四川人都是灾民。那我们写作地震题材的作品，会不会有意无意间带上点灾民心态？让人关照，让人同情？那时，报刊和网站约稿不断，但我始终无法提笔写作。苦难？是的，苦难深重。抗争？是的，许多抗争故事都可歌可泣。救助？救助的故事同样感人肺腑。但在新闻媒体高度发达的时代，这些新闻每时每刻都在即时传递。自己的文字又能在其中增加点什么？黑暗之中的希望之光？人性的苏醒与温度？有脉可循的家国情怀？说说容易，但要让文学之光不被现实吞没，真正实现的确困难。[①]

这是阿来的困惑，也足以让我们看到一位优秀作家的责任和担当。他将文学视为一项神圣的事业，要让文学之光照亮现实的困境。所以，他没有以与时间赛跑的速度去扫描苦难，而是在时间的沉淀中，去寻找埋藏在那些长长的地质裂缝里的残骸，提取其中生命的DNA，让它们在废墟里绽放希望之花。他在擦干眼泪后，去领悟死亡的意义，去发现苦难中生命最高贵的东西。

从《云中记》整个文本的叙事策略来看，汶川地震是一个向四下发散的内核，如同充满内暴力的震源，向外绵延出故事的整体结构。阿来显然内心对自然充满了敬畏，所以，在他描写这场灾难时，自然是以不以人类意志为转移的主体形象出现的。我们没有看到尸横遍野、血肉模糊、恸哭失声的惨景。地震给我们带来的是强烈的心灵震撼，我们感慨于自然的威力，感慨于我们无法控制的自然的律动："共同的回忆中，有一刻，那越来越大的，像是有无数辆拖拉机齐齐开进的轰隆声突然静止了。世界静止。接着，大地猛然下沉，一下，又一下，好像要把自己变成地球上最深的沉渊。而另一些人感到的不是下沉，而是上升。大地上蹿一下，又猛地上蹿一下，好像要把自己变成比阿吾塔毗还高的雪山。"在回忆起灾难的瞬间时，主人公阿巴的脑海中回旋着云中村古老史诗的唱段："大地不用手，把所有尘土扬起；大地不用手，把所有的石头砸下。大地没有嘴，用众生的嘴巴哭喊；大地没有眼睛，不想看见，不想看见！"这是千百年来云中村的人对自然、对大地的认识，表达了人与自然之间最原初、最直接的生存关系。人和自然不是一对矛盾冲突的对立体。相反，人和自然是一个有机的生命整体，这一整体中的万事万物相互联系，相互感应，相互渗透。人类无法操控自然，源自自然的律动是人类无法干预的。所以，面对自然，我们要心存敬畏。这是阿来的自然观，也是他创作这部地震题材小说的独特视角。在这样的视角下，阿来的笔墨是克制的，他没有过多地晕染伤痛，拒绝用哀号、痛哭等中国人惯常对待死亡的态度来书写死亡，而是寻找更庄重、更有尊严的方式，探寻生命的本质和意义。阿来说，"世界上有很多令人伤心的事情，我们的灵魂需要美感"[②]。正因为如此，阿来的书写跳出了灾难事件的时效性，表现出对超越性和终极性的审视。

当然，作为一个将人作为出发点也是目的地的小说家，阿来不可能回避地震发生时

---

① 阿来：《不止是苦难，还是生命的颂歌》，《长篇小说选刊》2019 年第 2 期。

② 《阿来〈云中记〉：一切从决定去汶川后开始》，中国作家网，2019 年 6 月 13 日，https://baijiahao.baidu.com/s?id=1636154344494653048.

人的状况。他通过主人公阿巴的回忆，展现了地震过后抗震救灾的真实场面。阿巴的侄子仁钦在震后的第一天，冒着被满山滚石砸死的危险，赶到云中村。“他脑袋上缠着绷带，浮肿的脸上满是泥土。他的两只鞋都破了，乌黑的脚指头露在外面，走路一瘸一拐。”即使这样，他依然镇定地指挥救援，直到“因为疲惫，因为悲伤，因为在从县城奔赴云中村的路上被飞石击伤头部，伤口发炎化脓而在废墟上昏倒”。在《云中记》中，还有许多这样动人的救灾场景，这样的描绘把我们带回灾难现场，让我们聆听人类在与自然、与命运抗争中的壮烈赞歌。

> 直升机运来了解放军，运走了伤势最重的伤员。直升机运来了药品、罐头、方便面、瓶装水，运来了衣服和毯子，运来了装尸体的口袋和消毒药水。运来了帐篷。那么多东西，用都用不完。直升机运来了医生，运来了拿着喷雾器到处喷洒药水的防疫人员。
>
> 云中村历史上，从来没有这样子热闹，从来没有让人这样子心潮澎湃，这样子极度悲伤又极度欣喜。悲伤夹着欣喜，欣喜中夹缠着悲伤。①

自然灾难唤起了人与人之间的患难真情，“一方有难，八方支援”的激情鼓舞着人们度过艰难的岁月。而政府更是积极投入灾后的重建工作，修缮房屋，疏通水渠，修建道路……地质专家在考察中发现，“地震在后山上造成的那道裂缝非常致命。山体的重力作用会造成一个巨大的滑坡体，云中村就在这个滑坡体上，唯一的解决方案就是移民搬迁”。于是，整个云中村迅速搬迁。新建的移民村充满了现代文明的气息，“新居的水龙头一开，热水器呼呼喷吐天然气幽蓝的火苗”，村民学会了天天洗澡，开始了前所未有的新生活。

在我看来，阿来对灾后重建、抗震救灾的现实书写，并非像大多数灾难文学那样仅仅讴歌“祖国”“人民”，最后呈现一个空洞的对国家意识的情感认同。他没有去表现人定胜天的乐观主义和大团圆结局，没有让慷慨的激情和盲目的乐观压倒人类面对灾难应有的敬畏和悲悯。他尤其清醒地意识到，物质上的救援和重建并不能完全缓解灾难引发的伤痛，“一切向前看”的世界观不能从根本上治愈灾难“后遗症”。阿来更多是思考灾后重建中关乎人伦、道德、文化等方面的问题。在灾难的强大暴力面前，更需要解决的是人的精神危机，并由此挖掘人性的深度。地震发生后，云中村不仅是政府救援的主要对象，而且还收到了来自祖国各地志愿者的捐助。可是，这些物质救助只能解决燃眉之急，却无法抵御人心的涣散和道德的沦丧。为了尽快重建灾区，云中村所在的瓦约乡开始大力发展旅游业，村民们只顾赚钱，又脏又臭的厕所居然还要收费。“还有瓦约乡人牵马驮游客上山，他们心疼自己的马，在陡峭的山路上要游客下来自己攀爬。有农家乐涂改了乡政府制定的菜价标牌上的数字。还有人家用山羊肉冒充野羊肉，以提高价格”，更有甚者，一盘普通的野菜就要两百块。这让那些曾经救助过灾民的游客很伤心：“地震时，我们来当过志愿者，我们捐过款，今天来旅游，也有支持灾后重建的意思，可这些老乡，忘恩负义啊！”人们的善良和同情心被廉价地消费了。在地震中失去一条腿的

① 阿来：《云中记》，北京十月文艺出版社 2019 年版，第 39 页。

央金姑娘被视为身残志坚的典型。震后第五年，她带着轮椅回到了云中村，她在“五年前，大地震动毁灭一切的那个时刻”，扔掉拐杖，单腿舞蹈。阿巴为央金姑娘感动得老泪纵横，以为她是在祭奠那个苦难的时刻。可是，他何曾想到，所有这一切原来都是表演，都是作秀。央金在用自己的苦难和不幸换取名利。在物质利益面前，创伤和苦难都成为明码标价的资本，这是何其的不幸！同样，祥巴一家中唯一逃过一劫的中祥巴，地震后从未回到云中村祭奠死去的亲人，然而，在云中村即将消失之际，他忽然乘着热气球回来了。“祥巴乘热气球上云中村时，摄像机一直在拍摄。他们提前就在网上宣传了，热点就是乘热气球看一个即将消失的村庄。”旁观他人的痛苦，消费苦难，难道地震的滑坡导致的是世界滑向贪婪和罪过？所以，灾后的重建绝不能仅仅停留在物质上，还有人性与道德秩序的艰难修复。我认为，这正是《云中记》的深刻之处。它不仅还原了灾难现场，更是在还原中完成了对人性、对民族的存在主义式的拷问。

二

我想，正是基于这种深刻的忧患意识，阿来的灾难书写在生命体验、伦理价值以及人文关怀等方面呈现出悲剧的美学意蕴。这是崇高生命的震撼，是生命在不断受伤和复原中所寻求的超越。这一点，在阿巴这个人物身上得到了集中的体现。

文本的开篇，苯教非物质文化遗产传承人、祭师阿巴回到了云中村。此时，汶川地震已经过去四年了，云中村被地质学家们判了“死刑”，预言不久之后整个村庄将随地质滑坡彻底从地球上消失。所有村民迁往移民村，而阿巴却决定一个人留在云中村，守护那些逝去的亡灵。于是，整个文本就在倒计时中展开，从阿巴回到云中村的“第一天”开始，一直到村庄消失的“那一天”，书写了一个祭师的坚守，书写了责任、信仰、牺牲和崇高。

面对随时可能消失的云中村，在常人眼里，阿巴的留守行为是那么不明智，甚至有些愚蠢。但是，阿巴却固执地认为，活人有政府管，但死人呢？抚慰亡灵是他的职责。况且，在巨大的灾难之后，面对无数亲人的离去，人们精神无所依托，安抚鬼魂便成为他们缅怀亲人、寄托忧思、安顿心灵的方式。“地震发生前，云中村已经有很多年没有人谈论鬼魂了。人在现世的需要变得越来越重要，飘渺的鬼魂就变得不重要了。对鬼魂的谈论是地震后才出现的。”村民们开始请求阿巴去安抚鬼魂。尽管，在一定意义上，阿巴并不是一个合格的祭师，他甚至怀疑鬼神是否真的存在。安抚鬼魂的技能，还是在震后他的外甥仁钦派他去邻村现学的。毕竟，在那个特殊的时期“安抚鬼魂的事情，也就是安抚人心”。所以，阿巴也常被村民讥为“半吊子”祭师。但是，阿巴又是一个伟大的祭师。自从决定回云中村，他就抱着必死的信念决定要和云中村共存亡。仁钦上山劝他敬奉山神、安抚鬼魂后就立即下山，因为这不仅关系到阿巴的生命，还关系到仁钦的个人前途。作为代理乡长的仁钦已经向领导下了军令状，保证云中村不留一人一户，阿巴的坚持很可能影响到他的前途。但阿巴没有妥协。这并不意味着阿巴自私、绝情，而是表明他明白什么才是人生最珍贵、最重要的东西，那就是，不再一味地关注一己私利，而用自己的生命沟通自然的生命，去体悟宇宙最深最真的奥秘，将自己置于不分物我的智慧生命状态中。这是一种宗教的境界、信仰的境界，同时也是世俗世界最崇高的境界。这种境界让我想到了《神异经》中记载的那个有着诸多名字的“西南大荒之人”：

> 西南大荒中有人焉，长一丈，其腹围九尺，践龟蛇，戴朱鸟，左手凭青龙，右手凭白虎，知河海斗斛，识山石多少，知天下鸟兽言语，知百草木盐苦，名曰圣，一名哲，一名先通，一名无不达。凡人见拜者，令人神知。[①]

这位身材伟岸、力大无穷、能够征服各类奇异灵兽、无所不知、无所不晓的“西南大荒之人”，拥有凡人无法企及的四个名字：“圣”“哲”“先通”“无不达”。“先通”是天之灵赋，“圣”“哲”则关乎人伦。这就意味着，神性的“先通”与人性之“哲”相融通，便可抵达人类社会的最高境界——“圣”。而一旦为“圣”，便可“无不达”，也就是古人所推崇的“圣智”。“圣智”之人有宇宙中最高的自然智慧，也有最为健全的人性和最高尚的品质，总是表现出大无畏的献身精神和崇高美德，是人中之圣。盘古、黄帝、炎帝、神农、大禹便是“圣智”的代表。他们打通了神与人、自然与社会，构建了中国传统文化中的理想人格。可以说，这种理想人格充分展现在阿巴的身上。作为一名祭师，他的职责是搭建人神之间的通道，尽管他并不具备与神鬼沟通的“技术”，但他却愿意牺牲自己的生命来捍卫信仰，坚守职责。我们看到，阿巴一回到云中村就开始挨家挨户去慰藉亡灵，甚至因为忘记与村民没有往来、过着与世隔绝的生活的谢巴一家而自责不已，专门上山为谢巴一家祭奠。他以悲悯的情怀关爱着云中村的每一个亡灵，用坚定的信仰去履行祭师的职责。最令人感动的是阿巴一个人完成的祭山仪式。这座山本来是乡政府重点规划的旅游项目，却因地震而没有实施。四年后，山上已经看不到人烟，没有往昔祭神时穿着盛装载歌载舞的村民，但是，阿巴并不孤独，他在召唤山神阿吾塔毗，召唤亡灵，一个人的起舞便化为了千万个人的起舞：

> 阿巴一边舞蹈，一边往火堆里投入更新鲜的柏枝。烟柱升上天空，在适时而来的风中微微弯了腰。风从通往东南的峡谷中起来，烟柱便向西北方微微偏转。那是闪烁着纯净水晶光芒的阿吾塔毗雪山的方向。阿吾塔毗闻到桑烟里柏树和杉树的香气了。阿巴且歌且舞，往火堆里投入糌粑，青稞。云中村的成年男丁们，也往祭火里投入糌粑和麦子。女人们在祭火的下方，曼声歌唱。现在，烟雾里又携带了云中村庄稼地的香气，飘到了天上。阿吾塔毗闻到云中村糌粑和麦子的香气了。
>
> 烟柱扶摇直上，连接了天与地，连接了神与人，阿吾塔毗和他的子孙可以互相感知了。阿吾塔毗应该下界来了，此刻应该在他后世的子孙们中间了。[②]

阿来说，汶川地震三四年后的一天，他看到一张摄影师朋友拍摄的照片：在一个废弃的村庄，一位巫师孤身一人为死去的乡亲们做法事。这张照片对阿来的震动极大，尽管当时他没有立即动笔，但这个挥之不去的巫师形象终于在十年后定格到这部长篇小说中。他要在这个人物身上写出人性的崇高，写出面对自然灾难，冀图通过道德理性来引

---

① 李昉：《太平御览》，中华书局 1960 年版，第 1743 页。

② 阿来：《云中记》，北京十月文艺出版社 2019 年版，第 161—162 页。

领人类走出困境的伟大精神，从而营造出一种宽宏刚毅的悲壮，呈现出神圣的生命状态中的悲剧美感。

三

阿来说，“《云中记》也是我在莫扎特《安魂曲》庄重而悲悯的乐声中陪伴下写就的”。[①]“安魂”是《云中记》的写作基调。在我看来，“安魂”绝非是单纯的对在灾难中的亡灵的超度，而更多的是一种对行将消逝的古老文明的缅怀，对诗意的理想主义的追求。其实，从《尘埃落定》开始，阿来就没有停止对在现代化进程中弱小民族文化被无情吞噬的思考。麦其土司家族的轰然倒塌、机村的随风飘散，都带着挽歌式的情调，追忆那些遥远的充满传奇的故事。正如鲍德里亚所指出的，“〔现代性是〕一种独特的文明模式，它将自己与传统相对立，也就是说，与其他一切先前的或传统的文化相对立：现代性反对传统文化在地域上或符号上的差异，它从西方蔓延开来，将自己作为一个同质化的统一体强加给全世界”[②]。《云中记》同样书写了在现代性的挤压中云中村的破碎，只不过这种破碎是在自然地质灾害中集中爆发的。云中村的消失也并非仅仅是一个村庄的消失，同时也喻指一种文明的消失。正像张清华指出的，“文明之力是这个小说所要表现的。文明本身有一个逻辑，内在的自我破坏的逻辑。这是阿来一贯关注的，就是文明本身的悲剧、文明本身的自我毁灭的一个内在逻辑在当代的一种显现，但是这次它是和重大的地震灾难连在一起”[③]。这一点，同样可以在阿巴身上得到印证。

阿巴出生在一个世代相传的祭师家庭，但他“已经不是以前那些相信世界上绝对有鬼魂存在的祭师了”。他的童年在那个破除封建迷信、禁止相信鬼神的年代度过。尽管夜深人静时，他看见在磨坊偷偷祭神的父亲，知道父亲是在安慰鬼魂，但学校老师所讲的不怕鬼的故事，还是让他对鬼神之事持有怀疑。13岁的阿巴成了一名拖拉机手，18岁时他又成为“云中村有史以来的第一个发电员”。当阿巴用哆哆嗦嗦的双手合上电闸，让云中村被从未有过的灯光照亮的时候，他神情庄重，内心充满荣耀，他忘却了父亲在黑暗中起舞时，曾经打动他的“油灯下一团小小的光亮，以及四周空旷的黑影”。那时的阿巴是云中村的风云人物，是现代文明、先进文化的代言人。然而，作为现代文明象征的发电站，竟在一场滑坡中一夜之间消失，阿巴也随着滑坡“深陷在一滩正在凝固的泥石流中间”。从此，阿巴像是被浑浊的泥土和沙石填充了大脑，成了一个失忆的傻子。阿巴的失忆显然是有寓意的，那就是在现代性的全面祛魅进程中，科学技术的话语不断扩张、膨胀，“从技术的格局来看，人与社会都被‘技术形态化’”[④]。这一“形态化”

---

① 《酝酿十年，阿来终于完成地震题材长篇小说〈云中记〉》，封面新闻，2018年12月20日，https://baijiahao.baidu.com/s?id=1620387100652684624.

② 〔美〕道格拉斯·凯尔纳，斯蒂文·贝斯特：《后现代理论——批判性的质疑》，张志斌译，中央编译出版社2006年版，第128—129页。

③ 《阿来〈云中记〉研讨：一个普通人荡气回肠的找寻自我之路》，新浪读书，2019年5月31日，http://book.sina.com.cn/news/whxw/2019-05-31/doc-ihvhiqay2610272.shtml.

④ 〔德〕彼得·科斯洛夫斯基：《后现代文化——技术发展的社会文化后果》，毛怡红译，中央编译出版社1999年版，第1页。

最直接的后果就是诗意的沦丧和人性的异化，工具理性以不可阻挡之势僭越到价值理性之上。所以，尽管阿巴的苏醒是“被电唤醒的”，但是，电所唤醒的仅仅是他的意识。只有当老喇嘛把清澈的泉水倾倒在他头上的时候，他才感觉到“沉甸甸的脑袋松快多了，嘴里的硝石味道也淡了许多，代之而起的是新鲜泉水的味道”。或许，现代性启蒙开发的心智恰恰遮蔽了我们内心对自然的直接感悟能力。就像《庄子》中记载的那位叫作“浑沌”的大神，因为面目浑沌，好心的儵、忽二帝便试图用斧凿为其开凿七窍，结果浑沌却死于二帝的斧凿之下。浑沌是中国神话中最早的歌舞之神，在未经斧凿之时，与歌舞相伴，享受着自然诗意的恩泽。然而，这一诗意的世界却在儵与忽的斧凿声中轰然倒塌。七窍，作为人的本体特征潜藏着颇有意味的喻指，象征着人后天的心智。在此意义上，浑沌之死便意味着人类智性对诗意神性的戕杀。

其实，在云中村，这种戕杀早已开始。阿巴在当发电员的时候，就曾发出感叹：“我们自己的语言怎么说不出全部世界了，我们云中村的语言怎么说不出新出现的事物了。”“时代变迁，云中村人的语言中加入了很多不属于自己语言的新字和新词。‘主义’。‘电’。‘低压和高压’。‘直流和交流’。云中村人把这些新词都按汉语的发音方法混入自己的语言中间。他们用改变声调的方法来处理这些新词，使之与云中村古老的语言协调起来。”正是在这样含混不清的搅拌中，诸多传统的“旧”东西被“新”事物取代了。可以说，现代性的介入总是以传统的陨落为代价的。阿巴的父亲就是在修机耕道时被炸药“和那些被炸碎的石头一起炸到天上，又掉到江里，从这个世界上消失了”。而且，就连云中村纪年的方式也发生了改变：“修机耕道那年；拖拉机来那年；修小学校那年。”一切都在与时俱进，哪怕是云中村人世世代代信奉的苯教，也遭遇被“抛弃”的厄运。

所以，在一定意义上，阿巴坚守的不仅是职责、信仰，也是千百年来云中村的古老文明。尽管这种坚守如飞蛾扑火，但飞蛾燃起的那团火焰却让我们在这个越来越世俗化、功利化的社会，感受到与我们庸常的生活渐行渐远的诗意。信仰苯教的人已经很少了，地震后更是寥寥无几，阿巴却坚持用他的信仰和方式，在与天地的沟通中，营造了一个诗意的世界。“呦呦鹿鸣，食野之苹。”这个小鹿早已绝迹的村庄，忽然恢复了自然的生机。无需播种，只要松松土，那些埋藏在地下的种子便自然发芽，长出嫩绿的叶子。就连罂粟，这种曾经被赋予伦理色彩的植物，也彻底剥去了“罪恶”的外衣，自由地绽放了。可以说，这里所有的生物都摆脱了人为的规约，恢复了自然的本性，“没有死亡，只有生长”，在废墟上生长出信仰和希望。或许正是在这种信仰和希望的感召下，人们才能度过一段段艰苦的岁月，重建当下生活的意义。我们看到，在仁钦那段被误解而降职的日子里，给予他精神慰藉的恰恰是那朵生长在废墟里的鸢尾花，他在母亲的灵魂里找到面对困难的勇气和希望。由此，我们在一个村庄、一种古老文明的陨落中，看到了人性温暖的光芒，还有神性的心灵慰藉。

在我看来，《云中记》无疑是阿来继《尘埃落定》《空山》之后最重要的一部作品。其实，从《尘埃落定》开始，阿来便将文学视为一种“大声音”，他说：“佛经上一句话，大意是说，声音去到天上就成了大声音，大声音是为了让更多的众生听见。要让自己的声音变成这样一种大声音，除了有效的借鉴，更重要的始终是，自己通过人生体验获得的历史感与命运感，让滚烫的血液与真实的情感，潜行在字里行间。”[①]《云中记》显然是阿来又一次发出的“大声音”，蕴含着宗教的悲悯、理想的诗意、现实的残酷、人性的追问、历史的反思。这是文学的担当，也是文学的使命。

（作者单位：大连理工大学）

① 阿来：《就这样日益丰盈》，解放军文艺出版社 2002 年版，第 294 页。

一个祭师的追缅和寻索

——阿来长篇小说《云中记》的一种解读*

孔明玉 晓 原

许多年来的文学阅读经验告诉笔者：对任何一位充满严肃的创作思想和文化精神、灵魂深处富有强烈仪式感的作家而言，他或她在整个文学创作历程中，都会十分自觉而忠实地依持、恪守这样的思想、精神和心灵仪式，并竭尽所能地珍视由此生产的每一个文学文本，努力传递自身对于自然存在、人类社会、文学价值、美学意义的独特理解和深刻领悟，以及对于心灵家园、人生信仰、精神旨意的不凡建构。从某种意义上讲，阿来正是这样一位作家。深入而细致地梳理阿来的整个文学创作历程，无论是确立其当代著名小说家地位的《尘埃落定》《空山》《格萨尔王》等长篇小说，还是《旧年的血迹》《月光下的银匠》《格拉长大》《遥远的温泉》《蘑菇圈》等中短篇小说，或者是《就这样日益丰盈》《看见》《草木的理想国》《语自在》《阿来散文》《让岩石告诉我们》《一滴水经过丽江》等散文随笔集，抑或是他的非虚构作品《大地的阶梯》《瞻对：终于融化的铁疙瘩》，这些作品虽然并未能表现出人类生存状态的全部意义，但却以个性化特质鲜明的审美书写，灌注和浸透着不同程度的真的思想、善的情怀、美的灵魂，以此建构阿来自己的文学世界图式、审美价值系统，以及作为一种恒久不变的积极向上的精神力量，不断召唤人们朝着至真、至善、至美的方向矢志不渝地前行。笔者认为，这是当下众多阿来文学创作研究者并没有意识到也没有探索出的思想内核或精神深层。本文写作的目的，就是通过对阿来近期出版的长篇小说《云中记》的解读和分析，进入这样的内核和深层。

一

作为地球上的最高级的生命形态，人类总会时不时地遭遇各种各样的天灾，譬如造成山崩地裂的强烈地震、引发风暴肆虐的超级台风、掀起惊涛骇浪的巨大海啸、导致世界恐慌的突发瘟疫。随着现代工业文明持续而迅猛的发展，自然生态环境所经受的重压和所遭到的破坏越来越严重，这些天灾发生的

* 本文为四川省教育厅人文社科重点项目“四川小说的当代叙事研究”（18SA0085）、四川省哲学社会科学重点研究基地李白文化研究中心重点项目“古蜀文学精神的当代承继和审美书写”（LB18～A07）的阶段性成果。

频率也在不断地提高。这些从天而降的灾难，不仅给人类世界的生存与发展造成巨大的重创，而且还无情地夺走成千上万的鲜活生命。这样的重创在历经了时间的反复淘洗和岁月的重重过滤后，便慢慢沉积为人类生存史上挥之不去的心灵之殇和精神之痛。面对这一个又一个无情的天降之灾，人类一直都在进行殊死的抗争和顽强的搏斗，以此来坚决捍卫地球家园的稳定与安宁、和平与圆满，这谱写出许许多多可歌可泣的感人故事和精彩华章。目睹一幕又一幕人间惨剧，作为人类情感、思想、灵魂的丰繁悠长的文化记忆的忠实记录者与真诚撰写者之一，作家群体也自始至终地在发挥自身的独特优势，进行了大量的思想深刻、情感深沉、意蕴深远又形态各异、色彩纷呈、风格凝重的审美书写，正如加缪笔下的《鼠疫》、马尔克斯笔下的《霍乱时期的爱情》等，这些小说无疑是其中的翘楚，有着较大的典范意义。然而，反观浩浩荡荡的中国文学，中国小说家无论是在深度开掘灾难题材、深沉表现灾难境遇下人的痛苦、深入描绘灾难细节方面，还是在着力塑造典型人物、有力传递深刻意蕴、大力表现悲剧美学方面，都稍显不足，其小说的冲动和震撼力远远不及某些报告文学、散文、诗歌作品，自然而然，也就更没有具有世界影响力的小说名篇，这不能不说是中国小说界的一大憾事。

进入21世纪，在同样面对充满巨大挑战的灾难题材时，中国当代小说家将会表现出怎样的写作状态，激发怎样的创作才华，创作出怎样的小说文本，我们无法做出明晰而准确的判断。是以非凡的情感力量、思想发现、精神洞悉和新颖的文体观念、叙事美学、文本艺术，去进行富有探索意义和创新内涵的有力建构；还是固持思想认知上的旧见，以为这样的题材不过是小说艺术反映社会存在的一个内容而已，只需按照惯例创作便可？或者是由于受到创作主体在思想见解、情感认知、审美能力、艺术水平等诸多方面的限制，要么是无从下笔，要么是言不及义，最终无能为力和无所作为？抑或是因为小说家欠缺承受生命悲剧重压的心力，不敢去触碰铭刻于人类情感记忆深处的心灵之殇、精神之痛，从而长期保持沉默？凡此种种，不一而足。从中可以清楚地见知，有关灾难题材的小说创作以及如何才能创作出此类小说中的优秀之作，的的确确是摆在小说家们面前的难题。令笔者颇感欣慰的是，阿来在《十月》杂志2019年第1期上发表的长篇小说《云中记》，毋庸置疑地给我们提供了一个成功的范例和借鉴的样本，或者说《云中记》向中国当下的小说家发出了有积极意义和重要价值的文本召唤。这部小说以汶川大地震之后一个已被彻底遗弃的藏地村庄——云中村作为具体的审美观照对象，以较为节制的叙事方式讲述了汶川大地震发生之时和之后几年间在云中村发生的许多不为人知的故事，这些故事既令人伤感、沉痛、悲悯，又令人感到了信念、力量、希望的存在，既充满一定的真实性，又有着虚构性，还具有某种象征性和寓言性。小说着力塑造了藏族祭师阿巴，通过对这个人物的言行与内心、情感与思想、回忆与现实等的细腻描写和整体刻画，一方面有力地表出这个平凡普通的藏族祭师真实、深沉、执着的悲悯情怀和情有大真、心有大善、魂有大爱的精神丰仪，另一方面深刻地揭示出人们在巨大的天灾面前所展示出来的特有的坚韧意志和顽强精神。与此同时，阿来用他一以贯之的诗化语言，徐缓而颇具深情地描绘了铺展在云中村里里外外的自然物象和生命存在，如淙淙流淌的清澈河流、星罗棋布的绿色草地、重重叠叠的茂密森林、巍然耸立的高高雪峰还有一群长期生活在这片土地上的鲜活生灵；断断续续又别具深意地讲述了铭刻在云中村内部的历史风云、英雄传说、民间故事、宗教文明，如关于祖先阿吾塔毗的英雄事迹和民间传说、云中村建立过程中的艰难险阻、云中村族群的历史文明和宗教信仰。除此而外，作家的笔力也触及远方的那个丰富的外部世界，既写出了它的喧哗与躁动，也写出了它的熟悉与陌生，同云中村构成鲜明比照。由是可见，这部长篇小说仿佛有如一曲交互感应又意义纷呈的多声部合唱。

作为一部直接书写汶川大地震，又富于新世纪意味的长篇小说，它要在思想深度与情感力度方面有所突破，在艺术传递与审美建造方面实现超越，并一举成为有典范意义的文本，的确是一件具有相当难度的事情。为了实现这样的创作，阿来在直接面对汶川大地震这场突如其来的巨大天灾，以及它给灾区人民造成的巨大创痛和给中国人民带来的沉重悲伤时，并没有立即开始创作，而是在很长的时间里都保持着一个成熟而优秀的小说大家当有的理性沉淀和智性思考。因为在他的直觉感悟与认知理解中，像汶川大地震这样的重大灾难题材，对任何一位亲身经历地震的作家而言，都是刻骨铭心的，他应当视其为弥足珍贵的写作资源，只有在深思熟虑后动笔写作，才不会有负于这种重大题材。当然，更重要的还在于阿来对于灾难题材长篇小说创作有着自己的独特领悟和深层参透。在他看来，一个小说家如果仅仅写出了人的悲伤、苦难、磨砺，而没有写出人在经受了这些悲伤、苦难、磨砺后的生命的品质和灵魂的风范，就不能有力地彰显小说的独创性和超越性，这同样是对这种题材的辜负和浪费。或许正是基于上述考量，阿来先生才在长达十年之久的反复沉淀后，开始他的创作，最终为我们奉献出这部堪称上乘之作的《云中记》。在这部小说的具体创作中，阿来又是如何达到其高度的？一言以蔽之，就是全力塑造阿巴这个人物形象。从文本细读的角度来审视，阿巴这个人物毋庸置疑是《云中记》的核心，同时也是我们深入探究这部长篇小说的关键。因为无论是这部小说故事的讲述、情节的推进、细节的刻画、场面的描绘、环境的烘托，还是其主旨的开掘、思想的深化、意蕴的揭示、审美的彰显、价值的传递，都是紧紧围绕这个人物展开的。倘若从更加深层的意义维度来考量，我们不难发现这样一个不争的事实：作为当代著名作家的阿来，力图将一直隐藏于自己灵魂深处的思想圭臬或精神信念，同时也是人类长久以来一直共有的美好希望和真诚期许——关于这个世界、这个社会、这个时代，特别是关于人的完美想象和理想追求，寄寓在了阿巴这个人物的身上。在作家看来，向真与至真、向善与至善、向美与至美，整个人类思想的纯净与澄澈、精神的健硕与理智、信仰的力量与坚持，以及那些看似具体又关系重大的社会现象，诸如人与人之间的关爱与呵护、人群与人群之间的理解与和谐、种族与种族之间的包容与尊重，等等，都理应成为这个世界不可或缺的思想和最为重要的品质。正是建基于这样的理解、认知和判断，笔者在本文的理论阐释中，着重分析阿巴这个人物形象，通过对其个性、心理、情感及其艺术表达等方面的分析，深入探寻这部长篇小说的文学价值、美学意蕴和时代意义。

二

为了有效地塑造阿巴这个核心而又典型的人物形象，也为了使这部题材特殊的长篇小说能够充分展现出有突破性的艺术表达和有超越性的审美建构，阿来再度启动了他在小说叙事方面的审美智慧和艺术才华，特别是他对于藏族的那种发自心底的整体认知、深度理解、情感认同与灵魂抵达。为了使本文对这个问题的论述显得更清晰和严密，笔者主要从这部小说所描绘的三段故事情节来进行分析：一是阿巴在移民村非常寂寥地生活了四年，以及他在四年之后毅然选择了离开移民村；二是阿巴独自一人在废墟般的云中村里居住数月，作为祭师追忆与祭奠亡者，敬奉与守护神灵；三是在整个云中村即将崩塌、朝着岷江坠落的刹那，内心平静的阿巴紧紧地拥抱着云中村奔向遥远的天国，最终完成了对灵魂归宿的找寻。

汶川大地震把位于龙门山断裂带上的云中村推入山崩地裂的悲惨境地。云中村人尚未从巨大的悲痛情绪中摆脱出来，又一个不幸消息接踵而至：由于受到强烈地震的影响，云中村与其后群山峰峦之间的连接处出现了一条又深又长的裂缝，这条裂缝一天天地加深加长，一个危险的滑坡体正在形成，几年后就可能彻底崩塌而坠入波涛滚滚的岷江；位于半山腰的整个云中村正在这片危险的滑坡体上。在这样一种极其严重的危情下，政府决定对云中村实行整体搬迁，阿巴同那些在地震中幸存的云中村人，便一齐搬进了在平原上新建的安置房，他在移民村的短暂生活由是开启了。在暂居移民村的日子里，无论是移民村的一村之长，还是移民村里众多普普通通的村民，都对阿巴以礼相待，十分和善，阿巴也以同样的方式回应。为了将生活继续下去，阿巴选择了在和善的家具厂李老板手下做一名锯木工。李老板对阿巴可谓是非常厚道、真诚，给阿巴开较高的工资，待阿巴如亲兄弟。种种迹象都表明，阿巴在移民村的生活是完全可以维持下去的，在此终老一生也不失为他的一种选择。然而，地震给阿巴留下的沉重阴影和巨大悲痛总是难以抹去，时不时地变成一个梦魇，擅自进入阿巴的身体，反复纠缠阿巴的内心，甚至撕咬阿巴的灵魂。阿巴的心理、情感、思想开始慢慢发生变化，他十分强烈地感受到了在移民村生活的某些不适，认为从自来水管里流出来的水没有山泉的清冽和甜醇，在独居的板房里没有石头和泥土的味道，在热闹的村子里没有牛羊马的腥膻，在吹拂的风中没有草木、森林、群山、冰雪的气息……随着时间的推移，蓄积在阿巴身体内部的这些变化一日日地加重、加深，使他愈发深切地领受到了来自它们的无形的精神重压。于是，在离开云中村那一天伊始就从阿巴心底萌发出的念头——重返云中村，便以不可抑制的力量在阿巴的内心再度爆发，从而促成阿巴做出了诀别移民村的决定。在接下来的时日里，阿巴悄无声息地开始了自己的行动。他一边收拾自己的行囊，一边向移民村告别，对人们说自己要回云中村一趟，去安抚那些在地震中不幸遇难的人的亡灵，去敬奉那些一直守护着云中村的山神和祖先。大多数的移民村人都一致以为，阿巴此趟返回云中村之行，不过是一两天的事，顶多也就三四天而已，之后定会回移民村。因为在这些人的眼里，云中村早已是一片废墟，更是一个令人伤心欲绝的地方；再者，移民村里的生活虽然并非是一个人的最佳选择，但对于历经了这场生与死大考验的人来说，能够现实地活着并显示出存在的意义毕竟是一份甚为难得的幸运。很显然，阿巴向人们隐瞒了他此次云中村之行的最终目的。从那以后，移民村里再也没有出现阿巴的身影。

有关阿巴在移民村这段短暂生活的描述在这部小说里其实并非像笔者的论述这般紧凑、严密、有序，而是以一些零散的片段来来回回地穿插于阿巴的一个个情感记忆和心灵意绪中，显现出松散、纷杂、跳跃的诗意化叙事特征。在一些读者或论者看来，阿来的这种叙事方式，或许有失故事讲述的连贯性和情节推进的流畅性，给人们的文本阅读和审美理解带来一定的难度，但在笔者看来，这恰恰是作家成熟老到和手法高明之处，因为任何一位优秀的小说家都不可能在仅仅为整个小说一部分的故事里，完整展现主要人物的全部内涵和意蕴，只能徐缓有致、节奏分明、步步深入地做艺术呈现。如此而言，阿来是在有意识、有掌控、有节奏地塑造阿巴这个人物形象，同时也是为了在后面的叙事中能够更深入、更全面地表现这个人物而做艺术铺垫。因而，通过作家在这部分内容的描述，我们不仅可以初步感知和把握阿巴这个人物的基本性格特征、主要心理活动，而且能够推导出这个人物形象的内在情感、深层灵魂：这是一个植根于藏民族深厚传统文化的藏族汉子，这是一个情感丰富、内心虔诚、生性善良、为人朴实、意志坚定的中国男人。

重回云中村之后的阿巴将遭遇怎样的生活磨难和生存艰辛，将经受怎样的情感煎熬和心灵悲痛，又将如何真心去安抚那些在地震中遇难的亡者，去真诚敬奉云中村的神灵和祖先，去忠实守护在这片土地上的河流、草地、山林、雪峰？这些毋庸置疑地是这部长篇小说的主要内容，也是作家塑造阿巴这个人物形象的目的。为此，笔者主要从以下角度简要分析：阿巴在前往云中村途中和在进入云中村之前，对自己亲身经历的大地震及其所造成的各种悲惨场景的复现；阿巴在进入云中村之后，对地震遇难者所进行的一系列祭奠与追忆，对山神、祖先所给予的虔诚敬拜与真心侍奉；阿巴同外甥仁钦在云中村之夜的互诉衷肠，同地质危情调查队余博士的心灵沟通，同不期而遇的央金姑娘、中祥巴的乡亲对话，以及阿巴在这些场景中所显露出来的沉痛心情、凝重心思和悲悯情怀、人性善良、灵魂之爱。

时间的指针被拨回汶川大地震四年之后的那一天，它或许是一个热力不减的夏末，也或许是一个凉风渐起的初秋，阿巴穿上了闪闪发光的藏袍、叽咕作响的软皮靴子，带着他的简单行囊和刚刚从藏族同胞云丹手上买的两匹马，步履缓慢地行走在通往云中村的崎岖山路上。随着云中村的一步步临近，那些隐匿在阿巴心灵深处的往事、情景、画面便纷至沓来，而汶川大地震爆发时的灾难情境，则首当其冲地复现在阿巴的脑海里。阿巴清清楚楚地记得，那天午后的他正站在云中村后面的一座山上，有些闲情逸致地双手叉腰，或者俯瞰峡谷里的滚滚岷江，或是仰望天空上的悠悠白云，大地便突然前所未有地剧烈晃动，随即是无数大大小小的岩石、泥土和被裹挟的树木、物体，朝着山下急速地滚落。一时间，烟尘飞扬，世界一片模糊，人根本无法站立。如果不是被忍冬花柔韧的枝条牢牢裹住，那时的阿巴已经成为众多亡灵中的一个；带着浑身伤痛回到云中村的阿巴，看到了他平生见过的最为惨烈的场景：这座仅有三百多人的藏族小山村，竟然有七十多人遇难，有一百多人不同程度地受伤，有数十人失踪，倒塌的、破损的房屋和死伤的各种家禽牲畜难以计数。接踵而来的是阿巴唯一的妹妹连同那座水磨坊被重重的巨石死死压入地下的惨烈图景，是亲人解放军在最需要的时刻赶来对云中村进行救援的感人画面，是云中村人为了要不要整体搬迁而发生争论乃至争吵的纷杂场面，是一群劫后余生的云中村人在无限悲戚与号啕声中离开自己故土的悲壮情形……这一个又一个不断复现的悲惨场面令阿巴的步履沉重，而更大的冲击还在前面等着他。当阿巴慢慢地靠近云中村之时，进入他眼帘的云中村早已面目全非，是一片参差错落的废墟。特别是当阿巴看到那座一直作为云中村标志与象征的石碉的大门竟然错位得如此怪异和恐怖时，他整个身心都感到了强烈的震颤和惊惧，体内所有的气力仿佛在一瞬间被全部抽空。他瘫软在地，再也无力起身。那一晚的阿巴不敢也无力走进云中村，他只是在村外随便找了一个地方彻夜难眠地躺着。次日和再以后的数日，阿巴仍然没有住进他原来的那个家，而是选择广场上那株枯死的老柏树作为栖身之处。阿巴之所以没有或者不能径直步入云中村，一方面是因为眼前整个云中村显露出的凄惨景象对他的身心形成了巨大的冲击；另一方面是因为阿巴是一位受人尊敬的祭师，是非物质文化遗产传承人，他必须在完成了虔诚的仪式之后才能进入云中村。这既是出于对所有亡者的尊重、对神灵与祖先的敬仰，也是出于对祭师这个庄重称号的维护。

那是第六天的上午，阿巴在那座高大的石碉和整个云中村面前匍匐着，非常庄重而又虔诚地合掌叩首，并在心里默默祷告和深深祈求，他恳请上苍、神明和一个个亡灵允许他回归云中村。在慢慢举行完庄重仪式后，阿巴才扛着行囊走进自己的家。当目睹它的破损与残存，又联想到妹妹的惨死，他的心中不免又涌起阵阵痛楚和悲伤，但他并没有完全沉湎于这样的悲情，因为他明白自己此次回云中村的使命，更深知自己作为一名祭师的责任。所以，阿巴放下手中的行囊，铺好自己的地铺，对残破的家只进行了简单的打扫和整理，随后便长时间地坐着而陷入沉思。如果说此前的阿巴时时刻刻地想着如何去安抚亡者、敬拜神灵、侍奉祖先，都仅仅是停留在心理、情绪、思想的层面而没有付诸行动，那么正是从这一天起，阿巴真正开始践行祭师肩负的文化使命和责任担当，尽情释放一个藏族汉子和中国男人的善良人性、真诚情怀、灵魂之爱。无论是在浓云密布的白天，还是在没有星星的夜晚，阿巴都一成不变地重复着自己的动作：他穿着法衣，或是摇铃击鼓，或是捧着香炉，或是手持火把，挨家挨户地去祭奠在地震中遇难的每一个人的亡灵。阿巴先去了雍中的家、罗伍的家、改了汉姓的张家和高家、觉珠丹巴的家、泽旺的家、妹妹的家，又去了罗洪的家、阿介的家、土司的裁缝的家、阿麦的家，最后还去了呷格的家、祥巴的家。虽然不过是数日的时光，但阿巴已经走遍了整个云中村，因为他对每一个家庭都是如此的熟悉，知道这个家里共有几口人，他们的人品和德行怎样，又有几个人在地震中遇难或落下残疾。阿巴的祭奠方式也严格遵循民族的仪轨，他从不踏进亡灵的家一步，只是在门前肃然地伫立、默默地祷告，或是摆放一些祭品。每每此时，亡灵们生前的那些纷纷扬扬的生活情形，就有如一个个电影镜头从阿巴的心里闪过。细细地考量，阿巴对这些亡灵的祭奠和追缅，看似有先有后、情感有别，实则没有任何本质区别，因为在他的内心深处，这个亡灵无论生前善恶、真假、美丑，无一例外都化为烟雾——归入大化，祭师的责任就是安抚他们，使他们在天国得到真正的安息。在祭奠完了那些亡灵后，阿巴又一步步地走向庄严肃穆的寺庙，走向巍巍雪山，走向围绕着整个云中村的河流、泉水、草场、森林、花木，去真心侍奉村人景仰的辛饶弥沃祖师，去真诚朝拜神圣的阿吾塔毗雪山，去真情抚慰令人敬畏的大自然。随着阿巴内心的渐渐平静，消逝了很久很久的父亲也不知不觉地成为另一个追缅对象。父亲是几十年前被炸死的，为了修建云中村通往外界的机耕道。父亲在生前也是一位祭师，而且是云中村历史上的第一位祭师；远逝的父亲无疑也是云中村的一个亡灵，继承了父亲衣钵的阿巴，理应把他看作自己祭奠和追缅的对象，这是因为责任和义务，更是因为亲情和良心。

或许是明显感觉到了这种叙事过分沉重，并想有意识地冲淡和削减这样的沉重，阿来在叙事中，便适度地增加了像阿巴同自己外甥仁钦的重聚和亲情诉说，阿巴同地质调查队余博士的偶遇和心灵对话，阿巴同央金姑娘、中祥巴的相逢和真诚劝慰，阿巴同洛伍之间的言语冲撞等情节。这其中，又以阿巴同外甥仁钦的重聚和亲情诉说、阿巴同余博士的偶遇和心灵对话最为重要，也最为深刻。自从阿巴独自一人回到云中村，作为外甥的仁钦就特别担心，他不知道舅舅阿巴将怎样面对凄惨的云中村，更不知道舅舅阿巴的具体状况；他也担心自己的政治前途，因为舅舅阿巴的行为不仅严重违反了上级的有关规定，而且还会成为某些别有用心的人攻击自己的口实，身为瓦约乡乡长的仁钦的政治前途有可能就此终结。所以，仁钦此次来云中村的目的，就是劝说舅舅阿巴跟自己一起下山。阿巴非常明白外甥的想法，但他坚决地拒绝了仁钦的劝说，说自己是来陪伴云中村的，也将同云中村一起走向终点。面对舅舅阿巴的坚持和固执，仁钦不再继续自己苦口婆心的劝说，因为他太了解也太熟悉自己唯一的舅舅。于是，在那个特殊而难忘的云中村之夜，这对舅甥开启了他们之间从未有过的畅饮，并在微微的醉意下一起沉入纷纷繁繁、远远近近的岁月之中。阿巴与仁钦的重聚，既有对往事的回忆与重历、缅怀与眷恋，对亲情的诉说与触摸、深入与升华，又是他们无法明言的永诀。阿巴同余博士的偶遇和倾心对话，又有如一位神学家同一位科学家的灵魂交流。在阿巴最尴尬的时候，余博士及时上来解了围，避免了副乡长洛伍对阿巴的进一步训斥和苛责，对此由衷感激的阿巴便应允了余博士的临时之邀，与他一起到山里面去转转。两人之间的对话是从那场大地震开始的。对从余博士嘴里说出来的那些话，诸如那条裂缝是怎样形成的，地质结构是怎样的，地球内部是怎样运动的，以及自然世界的意志、仁钦的危机公关，等等，阿巴的感觉是它们太过专业，特别是太过新名词化，完全超出了他的理解和接受能力；而对阿巴所说的那些问题，比如一个人死后其灵魂可能寄附于某一株树上，泥石流发生时鸟的鸣叫会变得小声一些，地球只管自己而不管人的死活，等等，余博士又认为它们显得过于神性化了，已经越出了自己的知识范畴和科学理性。阿巴同余博士之间的这些对话，尽管有着认知的不同，但却具有一个最大的相同点，或者说是在心灵上存在着高度的契合：关于一个人是否是好人的正确判断。正是基于此，阿巴同余博士之间的对话，充满着人与人的相互理解，充满着科学与神学之间的彼此包容。这不仅是一场关于地震与科学、关于生命与灵魂的对话，更是一场关乎整个世界、关乎人类精神的对话。这样的对话虽然已经无法镌刻在云中村的史册里，却能够深深地镌刻在人类的心灵史中。

三

随着人类文明现代化进程的加快，文学也得到了很大程度的提升，不仅拥有了越来越多的读者，而且成为意识形态的主要体现。这其中，小说艺术的力量可谓是功不可没，而小说艺术中的长篇小说更是居功至伟，它不仅是每个作家锐意进取、渴望成功的文学主战场，也是文学评论界和文学理论界一致关注的主要文体，更是一个民族或一个国家衡量自身文学水准的重要标识之一。在这样一个十分有利于小说创作的时代，作为人类灵魂忠实信徒的小说家，意欲付出怎样的努力，又将会有何等意义的作为，无疑是其需要深思的问题。如此而言，阿来的《云中记》便给当下的长篇小说创作提供了一个样本，尤其给灾难题材的长篇小说创作提供了重要的借鉴。因为，这部长篇小说看似在书写一个藏族祭师对亡灵的追缅和对生命归宿的寻索，实则站在人类文明史的高度，以世界格局的大胸襟和人类文明的大情怀，展开关于人类文明及其存亡、延续、发展等诸多重大问题的深入思考和有力勘探。

在漫长的人类文明史中，一种文明由盛转衰，变成一片废墟，乃至从人类文明中彻底消逝，一定是经历了史无前例的灾难。这样的灾难可能是因为地球的强烈运动，也可能是因为社会的重大转折，还有可能是源于人类的纷争，我们无法做出十分精确的测定和全面系统的判断。在这样的灾难面前，人类是无法后退也不能后退的，只能昂首挺胸，与之进行殊死的搏斗和顽强的抗争。唯有如此，人类才有存活下去的希望，才会拥有继续创造属于自身的世界与文明的可能。阿来的这部长篇小说正传达出这样的意蕴，因此，这部小说中历经千年的云中村看似陨灭了，主人公阿巴似乎也随着云中村一起消逝了，但两者实则是以另一种形式存在于我们这个世界。这是人类社会关于生死辩证关系的富有哲学意义的美丽阐释，更是文学需要努力承载的重要价值。

（作者单位：《绵阳师范学院学报》编辑部；绵阳师范学院文史学院）

亲生命性、地方知识与情感深度

——评阿来的长篇小说《云中记》

孟繁华

阿来的作品——无论小说、散文、诗歌还是电影，如果可以概括出一个特征的话，在我看来，那就是“亲生命性”。哈佛大学生物系教授爱德华·威尔森把这种温暖又朦胧的感觉称为“亲生命性”，也就是“人类与生俱来的与其他生物间的情感纽带”。这种亲生命性，首先是对人，也就是对同类的亲善，同时包括人与自然的联系，这一观念深深扎根于人类进化的历史进程中。威尔森从两个基本原理出发，推演出社会生物学的大部分理论。第一，动物的进化不仅是生理结构的进化，也包括社会行为的进化。因此，动物的社会行为是千百万年来在自然选择的压力下，通过遗传、变异演化而来的。换言之，动物的社会行为也是进化的产物，也具有自己的进化历史。第二，一切生物进化过程的主角都是基因，生物机体只不过是基因的载体，在生物进化的长河中，每个个体都不过昙花一现，唯有基因可以长存不朽。而“亲生命性”，就是人类演化而来的社会基因。

阿来对人类的社会基因——亲生命性，有自己独特的理解，这个理解就是情感深度。我曾经引用过阿来在《机村史诗》的读书会上的话：“什么是小说的深度？小说的深度不是思想的深度，中国的评论家都把小说的深度说成是思想的深度，绝对不是。你有哲学家深刻吗？你有历史学家深刻吗？我说小说的深刻是情感的深刻。当我的情感空空荡荡的时候，我自己都没有深度的时候，我是一个干涸的湖底，还能给别人讲故事吗？不可能。很多作家把自己写死了，大概就是这样。”阿来对情感深度的认知和表达，有着深厚的社会生物学基础，有着他对自然万物的深刻了解与体察。2018 年 11 月 17 日在北京师范大学召开的阿来作品国际研讨会，主题就是“边地书、博物志与史诗”。其中的“博物志”，从一个方面提炼出了阿来小说创作的重要特征。博物，不只是指阿来自然知识的渊博，更是指他对所有生命，一草一木、一花一鸟的热爱、敬畏与尊崇。通过阿来的作品我们发现，在阿来的文学世界，生命是大于和高于人性概念的。人的生命是人的血肉之躯，是天赋人权，是人的自然权利，这种权利受到人类理性的指导与规定，人的自然权利不容侵犯。当然，生命也必须承担一定的义务。人性，是指人类普遍具有的心理特性，是人类的天性。人性蕴含于生命之中，无论性善性恶，生命是前提。因此，阿来的小说中的亲生命性，不只是对人类生命的爱，同时包括对自然界所有生命的爱。

《云中记》的写作始于2018年——汶川地震十周年。小说的题记是“献给‘5·12’地震中的死难者。献给‘5·12’地震中消失的城镇与村庄”。这不是“应景之作”，而是蕴藏和激荡在阿来心底的“大事”和“要义”。阿来说“大地震动，只是构造地理，并非与人为敌”。这种“与人为善”“与事为善”的情感态度，是《云中记》的基调。汶川地震造成了巨大的损失，但阿来从讲述一开始，就不怨天尤人，因为怨天尤人于事无补。小说中，阿巴回归云中村，在重现当年大灾难场景的同时，在描摹抢险救灾社会全员行动的同时，更着意书写了祭师阿巴对生命的尊崇、敬畏和眷恋。阿巴回归云中村，决绝、坚忍，无可阻挡：

> 阿巴离开那天，整个移民村都出动了。一共十二辆小面包车坐得满满当当。他们一直把他送到汽车站。
>
> 那天，阿巴表情严肃，气度威严。他脱下家具厂的蓝色工装，穿上了藏袍。哔叽呢的灰面料，闪闪发光的云龙纹的锦缎镶边，软皮靴子叽咕作响。
>
> 有人要流泪，阿巴说：不许悲伤。
>
> 有人想说惜别的话，阿巴说：不许舍不得。
>
> 那我们用什么送阿巴回家？
>
> 用歌唱，用祈祷。用祈祷歌唱。让道路笔直，让灵魂清静。
>
> 于是，一村人都在汽车站唱起歌来。一村人聚在一起，他们的歌声在汽车站的屋顶下飘荡。他们在水泥站台上摇晃着身体，就像被吹动的森林一样。歌唱像是森林在风中深沉的喧哗。岩石在听。苔藓在听。鸟停在树上。鹿站在山岗。灵魂在这一切之上，在歌声之上。
>
> 云中村的全体移民送阿巴归乡。送云中村的祭师回乡。
>
> 汽车开动了。阿巴的归乡之路展开。①

祭师阿巴回乡的仪式庄重又深沉。搬到新村的村民又想起了他们的过去，他们曾经的生活。地震将云中村夷为平地，但云中村并没有也不可能从村民的记忆中消失，一如历史已经结束却不可能成为过去一样。记忆就是历史，就是曾经的生活。阿巴的眼前：

> 云中村出现了。
>
> 离开了四年多时间的云中村出现在眼前。残墙连着残墙。石墙，土墙，参差错落，连接成片。原先，墙的两面是不同颜色。向外的一面浅，风吹日晒成浅灰色。向里的一面深，烟熏火燎的深褐色。如今都变成了一个颜色。雪和雨，风和时间改变了残墙颜色。不但是残墙，连每户人家的柴垛都变成了和墙一样的颜色。一种泛着微光的灰色。很多时候，梦就是这个颜色。石碉站在这片废墟侧面，沉默无声。村子的废墟沉默无声。（第30—31页）

阿巴执意要回到云中村。在他看来：“是你们让我当回祭师的。当我穿上祖辈人穿过的法衣，敲了他们敲过的鼓，摇了他们摇过的铃，不管政府有没有让我当这个非物质

---

① 阿来：《云中记》，北京十月文艺出版社2019年版，第18—19页。以下凡引此书不再另注，只随文标页码。

文化，我就是云中村的祭师了。政府把活人管得很好，但死人埋在土里就没人管了。祭师就是管这个的。”（第 199 页）还不止如此，在阿巴看来，他安抚鬼魂的事，就是安抚人心，就是为了让村里人不再顾影自怜，心志都散了。云中村要灾后重建，首先要凝聚人心。如果是这样的话，阿巴和政府殊途同归，都是为了安抚人心，重聚心志。阿巴似乎也不大相信人有亡魂，他和仁钦曾有这样一段对话：

> 仁钦说：舅舅，这世界上真的有亡灵吗？
>
> 阿巴摇摇头：我不知道。但你们让我当了祭师不是吗？祭师的工作就是敬神，就是照顾亡魂。我在移民村的时候，就常常想，要是有鬼，那云中村活人都走光了，留下了那些亡魂，没人安慰，没有施食怎么办？没有人作法，他们被恶鬼欺负怎么办？孩子，我不能天天问自己这个问题，天天问自己这个问题，而不行动，一个人会疯掉的。（第 200 页）

阿巴多次谈到亡魂有无的问题，他也不能断定。但是，他对亡灵的记挂、对祭师职守发自肺腑的认真履行，感人至深。不放弃亡灵，是敬畏和尊重生命的另一种方式。作为乡干部的外甥仁钦，同样履行着自己的职责。他领导救灾，日夜操劳，以至于几乎面目皆非，甚至舅舅和乡亲们都没有认出他来。但舅舅阿巴执意回云中村是违反纪律的，仁钦也因此丢了乡领导的职位。仁钦和舅舅阿巴的观念不同，但他们的初心都是仁爱的。这是亲生命性的另一种表达。这里没有谁对谁错的问题，也没有价值观的截然对立，只有他们处理同一个问题的方式的差异。后来我们也看到，村长主动提出要祭山神，过“山神节”，一定要把“山神节”搞得像模像样。这是对藏族地域文化的尊重，是对地方性知识、习俗的尊重，也是对亡者的一种合乎伦理的情义。阿来对地方性知识的书写，还同时来自他对这样一种边缘经验的理性认知。正是由于知识总是在特定的情境中生成并得到辩护的，所以我们对知识的考察的普遍准则，就应当着眼于形成知识的具体情境。小说就是对这一具体情境最生动和形象的书写。

当然，小说对生命的亲近不只针对人类，同时也反映在与其他生物的情感关系上。阿巴回到云中村后，看到了一头鹿：

> 这回，他看得更清楚了。那是一头雄鹿，今年新生的一对鹿角刚开始分叉。阳光从鹿的背后照过来，还没有骨质化的鹿角被照得晶莹剔透。鹿角里充溢的新血使得那对角像是海中的红珊瑚。阳光正像海水一样汹涌而来。（第 239 页）

然后，阿来用耐心、细微，也充满了欣喜的笔触，写了阿巴的深情，写了雄鹿走进院子挑选食物的场景。云中村已是满目疮痍，一片废墟，除开阿巴冥想中不散的鬼魂，几乎一无所有。但是，云中村还有生命，还有新生鹿角的雄鹿。对生命的敏感和亲和，在《云中记》中俯拾皆是：

> 杜鹃鸟叫声传来的时候，阿巴刚刚看过了刚开辟的小菜园中冒出的新芽。正穿过荒芜了的庄稼地，召唤他的两匹马。……两匹马沉思般伫立不动，四野一片寂静，只有微风吹动着草，吹动着树，吹动着云。马吃草，走动，铃声就

叮叮当当响起来。杜鹃树在开花，刺莓果在成熟。阿巴甚至幻想，村后干涸的泉眼又涌出了地表。要是这样，那就是有奇迹发生，村后那个裂缝因为某种神秘的力量又悄然合上了。（第283—284页）

《云中记》就是要绝处逢生，就是要在死亡的废墟上歌唱生命的伟力和无限可能。

我发现，小说中到处有声音响起，到处有不同的气味扑面而来，到处有不同的色彩布满天空和大地。比如马脖子上的铜铃声、飞起的惊鸟、溪水飞溅、阿巴和亡灵的对话声，还有："这时，他听到了一点声音。像是蝴蝶起飞时扇了一下翅膀，像是一只小鸟从里向外啄破了蛋壳。一朵鸢尾突然绽放。"（第67页）在阿巴那里，有如神助，妹妹的亡灵听到了阿巴的声音，阿巴热泪盈眶，他哭了；在阿来那里，生命无处不在，有生命就有诗篇；那各种味道，有野菜、蘑菇、牦牛肉、藏香猪肉、酸模草茎、酥油、干酪、茶的味道，丁香花的气味；这些声音和味道的书写，使小说充满了人间性，声音和味道是有感知主体的，这主体就是人类的生命。因此，《云中村》的人物、情节、细节和场景，无不与生命有关。小说的情感深度，大概正来自小说书写了对生命的尊重、敬畏和亲生命性。

阿来说：

我唯有埋头写我新的小说。唯一的好处是这种灾难给我间接的提醒，人的生命脆弱而短暂，不能用短暂的生命无休止炮制速朽的文字。就这样直到2018年，十年前地震发生的那一天。我用同样的姿势，坐在同一张桌子前，写作一部新的长篇小说。这回，是一个探险家的故事。下午2点28分，那个时刻到来的时候，城里响起致哀的号笛。长长的嘶鸣声中，我突然泪流满面。我一动不动坐在那里。十年间，经历过的一切，看见的一切，一幕幕在眼前重现。半小时后，情绪才稍微平复。我关闭了写了一半的那个文件。新建一个文档，开始书写，一个人，一个村庄。从开始，我就明确地知道，这个人将要消失，这个村庄也将要消失。我要用颂诗的方式来书写一个殒灭的故事，我要让这些文字放射出人性温暖的光芒。我只有这个强烈的心愿。让我歌颂生命，甚至死亡！除此之外，我对这个正在展开的故事一无所求。五月到十月，我写完了这个故事。到此，我也只知道，心中埋伏十年的创痛得到了一些抚慰。至少，在未来的生活中，我不会再像以往那么频繁地展开关于灾难的回忆了。①

追忆曾经的生活，叙事是如此的漫长。阿巴几乎不放过任何一个可能的细节，一家一户，每一个亡灵，他都拜访探望。他要看望他们曾经生活过的地方，要和他们说几句话。讲述的耐心、舒缓，使哀思与怀念真挚而绵长，这是对生命的诚恳透彻的倾诉。一天又一天，思念如故，亡灵在阿巴的讲述和回忆中逐一复活，那空无一人的云中村，在阿巴的想象中得到复制：生活如此祥和，生命如此美好。当然，阿巴也要想起活着的人在云中村曾经的生活。而最美好、最动人的，就是阿巴曾经与亲人的交往。

---

① 阿来：《不止是苦难，还是生命的颂歌》，《长篇小说选刊》2019年第2期。

阿巴记得，自从仁钦上了中学，两个人就没有真正地亲近过了。地震时，仁钦一直和云中村乡亲在一起，没有人认出他来。直到直升机飞来，那个头缠绷带，大半张脸肿得变了形的干部，嘶哑着嗓子叫了他一声舅舅，他才认出这个勇敢忘我的干部是仁钦，是自己的外甥。阿巴把他抱在了胸前，用自己的额头顶着他的额头。解放军医生替仁钦处理了头上的伤口，然后，外甥对舅舅说，我实在撑不住了，我想睡一会儿。于是，两个悲痛和疲劳都到达极限的人就睡过去了。醒来的时候，仁钦的头还扎在阿巴胸前。

仁钦对舅舅说：你那时候为什么不抱着外婆和妈妈？

阿巴流泪了，他说：孩子，那时候我们都不会相亲相爱。（第195—196页）

学会相亲相爱，这是人类的至善至爱，也是小说情感深度的最高表达。阿巴用他的行为践行了他的信念，一如他的信仰。阿巴至死也不曾记得自己“人类非物质文化遗产传承人”身份的全称。但是，一如契诃夫《凡卡》中爷爷不可能收到凡卡寄出的信，但所有的读者都收到了这封信一样，我们都记住了祭师阿巴。记住了他对生命的尊崇、敬畏和爱。相亲相爱，这个朴实无华的形容词，我们习焉不察，经由阿巴对生命的表达，对亲人关系的演绎，竟是如此的感人至深。因此，在我看来，《云中记》是一部杰作，是阿来对生命、对人性、对情感深度不断深入思考的一部杰作。同时，我深切地感到，《云中记》是一部褪去了知识分子腔调的小说。百年来，中国的小说一直贯穿着知识分子的气息和腔调。启蒙没有错，但在启蒙思想昭示下的知识分子几乎显得无所不知，他们扮演导师的角色，一直扮演了百年。但是，《云中记》冲淡平和的讲述、不再居高临下的姿态，给我留下深刻印象。当然，也只有在今天写作方式无限开放的语境下，阿来这样的姿态和方式才有“合法性”，但他的启示意义仍然巨大无比。

（作者单位：沈阳师范大学中国文化与文学研究所）

尊重并敬畏：以生命、人性与神祇的名义

——阿来长篇小说《云中记》读后

陈思广

2008 年那场汶川大地震，虽然只过去了 11 年，但作为亲历者，我至今依然记忆犹新。那天，我预定下午给学生开题，2 点 25 分，学生打电话过来说他们都已经到了教研室，没见我，问还开不开。我说开，我马上过来。我洗了把脸，刚走到门口正要开门，就感觉房间突然晃动起来。我马上意识到地震了，喊了声“地震了”，就跑了出来。我家在二楼，也就几秒钟，我已经在安全的空旷地带了。平时坚硬的大地，此时变得绵软起伏，如行走在翻浆的柏油路上，平时平整的冬青居然也上下起伏。抬头望去，七层的楼房开始左右轻度摇晃，对面体育馆的窗户“哗哗”的巨响。不一会便下来了很多居民，大家心神不安地聚在一起，惊讶地看着大地发生的一切。地震停止后，我又回到屋里，看家里一切照旧，没有看出什么变化，之后家人也都平安归来，我便去文科楼前的草地上与学生讨论开题。其间，还收到了导师陈美兰教授的短信，我回复道：“毫发无伤，一切平安。”直到两个多小时后回家，才发现学校的草坪上已坐满了人，许多人拿着收音机听各地的灾情。也就在这时，我才知道，北川、汶川县城以及汉旺、映秀、聚源等乡镇，特别是中小学校，出现了重大的人员伤亡，惨不忍睹。在这场山崩地裂、土石滚落、墙倒屋塌、家毁人亡的 8 级大地震中，四川震区的百姓遭受了巨大的灾难，蒙受了巨大的损失，特别是震中地带，几乎无家无伤亡，无家无灾难。这不仅是灾区百姓永远的痛，也是全中国人民永远的哀。今天，灾区的民众虽已渐渐地走出了那段伤心史，他们中的不少人甚至迁离了那块热土，但只要想起那些永远长眠在那里的亲人，看到那些因之伤残的骨肉同胞，他们都将“5・12”视作一段令人无限伤感的记忆。

那么，一个四川人——一个地震的亲历者与文学工作者，如何表现这段锥心痛史，如何抚慰这场大灾难中受伤的心灵，如何慰安这场大劫难中逝去的魂灵呢？

几年前，我曾读到一部作品——《迁徙》[①]，是以“5・12”汶川大地震为背景创作的中篇小说。小说写地震 5 年后岷山站在南宝山新建的东羌村门寨前抚今追昔，感慨万千。5 年前，西羌村书记岷山同志到省城找领导解决西羌村

① 谷运龙：《迁徙》，中国文联出版社 2016 年版。

公路的建设资金问题，正逢发生“5·12”大地震。西羌村由于地处震中，不可避免地遭受了毁灭性的灾难，不仅人员伤亡惨重，环境也遭到了极大的破坏，山塌，路垮，水断——失去了继续容人居住的条件。是迁徙还是原址重建？现实摆在了每个人的面前。当然，最后的结局如同小说的名字一样，经过动员和一番艰苦的努力，在上级领导的支持与关怀下，西羌村村民全体迁徙到邛崃的南宝山。不久，新寨——东羌寨建成。开寨那天，为了感谢省市各级领导的支持，西羌村村民穿起新羌装，备上羌红酒，载歌载舞，迎接领导的到来，庆祝羌寨的新生。会上，岷山书记泣不成声地说：“我们东羌村有今天，全靠共产党，全靠祖国，全靠所有领导的支持关心。我们会子子孙孙记住这一切，用实际行动感恩党、感恩祖国、感恩全国人民。”省领导讲话说：“西羌村的成功搬迁又一次证明了共产党的伟大，社会主义制度的优越，祖国大家庭的温暖。他们的实践生动地诠释了伟大的抗震救灾精神，雄辩地印证了民族团结的坚不可摧。”

显然，这是一篇表现大灾面前有大情、大灾面前有大德、大灾面前有大恩、大灾面前有大报的颂歌型灾难小说。小说虽然也表现了大地震给西羌寨民众带来的毁灭性的灾难，但作者主要传达的是大灾面前，党是民众的主心骨，政府是民众的顶梁柱，领导是群众的贴心人这一中心思想。因此，当大灾降临之后，以岷山书记为代表的党员基层干部没有气馁，更没有绝望，而是心系群众，依靠群众，带领群众，在上级领导及有关部门的通力支持下，顺利地实现了迁徙的愿望，使西羌村灾民获得了重生。应该说，这一表达源自现实，源自作者的感同身受，即便是地震过去了 10 年，我们也依然可以通过作品所表现的画面、所传递的情感，真切地感受到当年的遭际，也能体会到作者作为一个羌族儿女，为自己的民族走出灾难重获新生而生发的由衷感激之情。对于这一立意与表达，我表示理解。只是，我想说，在表现与苦难命运的搏战中，我们更希望看到的是不屈的伟力与坚忍的意志；在悲怆与悲悯的情怀流溢中，我们更希望看到噙满泪水的追寻与拷问；在勇气与责任的承负中，我们更希望看到的是作为个体的人的担当与生命的挑战。我们希望普适的人文关怀与卓尔不群的精神气象和那种震撼心灵的激荡，而《迁徙》代圣贤立言的表达方式，虽然是一种书写，但不是具有现代意义的书写，也不是人学的书写。我们在这里没有看到作者关乎整个人类及其命运与意义的思考，没有看到打开人作为智慧生命的生存价值后多重情感的交织与碰撞及由此而产生的复杂思绪，只看到单一的情感流露，这是令我深感遗憾的。我们书写灾难，是为了反思历史，拷问人生，展现一个民族在沧桑之际与新生之时多重复杂的精神质素，而不是单纯地为了图解某种意识形态，否则，我们的文学之路会越走越狭窄。

阿来充分意识到这种写作模式的窘境。经过十年的思索，阿来认为，他要歌颂生命，甚至死亡！他要用颂诗的方式来书写一个殒灭的故事，让这些文字放射出人性温暖的光芒。摆在我们面前的这部长篇力作《云中记》，就是一曲放射出人性温暖的光芒的颂歌，一部以生命、人性与神祇的名义，尊重并敬畏生命、荡涤魂灵的人性史诗。小说塑造的主人公——祭师阿巴，生动、形象地阐释了生命的意义与人性的光辉，堪称典型，而《云中记》不仅是近年来中国当代长篇小说创作的重要收获，也开启了灾难文学书写的新范式。

祭师阿巴是一个“半路出家”的非物质文化遗产传承人。最初，他并不认同自己的身份，不懂祭祀的基本规程，也不相信世上有鬼神之说，在家传的因素及乡政府的推动下，他才掌握了祭师的基本技能。“5·12”大地震的创伤，使他开始认同自己的身份并虔诚地走上了侍奉神灵和抚慰鬼魂的生命之旅。当阿巴决定回云中村向移民村全体村人告别时：

> 有人要流泪，阿巴说：不许悲伤。
>
> 有人想说惜别的话。阿巴说：不许舍不得。
>
> 那我们用什么送阿巴回家？
>
> 用歌唱，用祈祷。用祈祷歌唱。让道路笔直，让灵魂清静。
>
> 于是，一村人都在汽车站唱起歌来。一村人聚在一起，他们的歌声在汽车站的屋顶下飘荡。他们在水泥站台上摇晃着身体，就像被吹动的森林一样。歌唱像是森林在风中深沉的喧哗。岩石在听。苔藓在听。鸟停在树上。鹿站在山岗。灵魂在这一切之上，在歌声之上。①

这不是在单纯地写送别，这是用诗的语言书写民风、民情、民意，用诗的语言建设纯洁的心灵，用诗的语言赞美灾区的民众对他们的亲人及故土血浓于水的深情。阿巴向每户人家告别，为每户人家做法事，祭奠他们的亡灵，他把从移民村带来的表示念想的物件一样样放在一户户人家的废墟上。“他在每一家的房子前停下。为每一家熏一道香，为每一家摇铃击鼓。他还从口袋里掏出一把把粮食撒向一个个长满荒草的院落。”（第103 页）他去罗洪家、阿介家、呷格家、祥巴家，甚至谢巴家，一个不落地为他们祝祷、安魂。这不仅是在安抚人心，慰藉自己的亲人，寄托人们的哀思，也是在重振村民生活的意志。当阿巴走过每一家的废墟后，小说这样写道：“那天晚上，天放晴了。等到月亮升起的时候，活动板房里的乡亲们都静静地睡去了。这是一个多月来，云中村第一个没有悲伤哭泣的夜晚。”（第 226－227 页）这就是心灵同大地与魂灵的最美融合。你可以不信，但阿巴相信，即便是云中村消失了，云中村的鬼魂也不会消失，他们会找到新的寄魂村。也因此，他愿意与云中村一起消失，与那些亡灵永远在一起，大化在一个世界中。小说的最后写阿巴让仁钦当祭师为他送行，令人感动又感伤：

> 阿巴摇铃，仁钦和着他的节奏击鼓。
>
> 你说。送阿巴啦！
>
> 仁钦便跟着喊：送阿巴啦！
>
> 你说，祖宗阿吾塔毗，保护神阿吾塔毗，收下你子孙的魂灵吧！
>
> 祖宗阿吾塔毗，保护神阿吾塔毗，收下你子孙的魂灵吧！
>
> 给他指回去的路！
>
> 给他指回去的路！
>
> 给他指光明的路！
>
> 给他指光明的路！

① 阿来：《云中记》，北京十月文艺出版社 2019 年版，第 18－19 页。以下凡引此书不再另注，只随文标页码。

让他看见你的灵光！

让他看见你的灵光！

上路了！

上路了！

……

飞升了！

飞升了！

光芒啊！

光芒啊！

仁钦看见舅舅脸上没有一丝悲伤的迹象，仁钦看见舅舅的脸在闪闪发光！

然后，舅舅放下鼓，闭上了双眼。沉静许久，舅舅又悄声说：你要亲吻我的额头。

仁钦便弯腰去亲吻他的额头。

舅舅的额头滚烫。死是肉体渐渐冷去，而这个演示死亡的人，浑身滚烫，生命健旺。

舅舅轻声说：哦，这是多么美好啊！

此时，仁钦心里似乎也不再只是充满悲伤，自有一种庄严感在心中升起。与之相伴的，还有一种幽默感。仁钦轻声问舅舅：您这就算是死了吗？

阿巴说：不是死，是消失。和世界一起消失。

云中村不是世界。你一个人消失了，世界还在。

我不是一个人，仁钦，我不是一个人，我和他们一起。云中村就是我的世界。现在，你把法衣留下，回你自己的世界去吧。（第 346—347 页）

此时的阿巴，没有一丝悲伤，他已经完全把自己投入庄严而又神圣的仪式中，仿佛大化般与云中村一起升腾，与云中村的百姓一起升腾，与世界一起升腾，消失。

阿巴这一形象，写得真实，写得克制，写得庄严，写得虔诚，写得悲悯，写得温暖。通过阿巴回乡、祭乡的所作所为，作家将这场灾难下的民众写得情理交织且富有人性的温度与诗意。作家形象地刻画出一个在精神与行动上都返归乡土、皈依教义，直至与大地融为一体的苯教祭师形象，为当代小说的人物画廊增添了新的光彩，也使这部以生命、人性与神祇的名义尊重并敬畏生命、荡涤魂灵的人性史诗，成为我们这个时代凄美而又庄严的收获。

（作者单位：四川大学文学与新闻学院）

写出生命所呈现的意义

——以阿来的《云中记》为中心*

李长中

作为国内最为重要、最有影响的纯文学刊物之一，《十月》在本年度第 1 期头条刊发阿来的《云中记》时，特意附上了总编辑的推荐语：“一位为继承非物质文化遗产而被命名的祭司，一座遭遇地震行将消失的村庄，一众亡灵和他们的前世，一片山林、草地、河流和寄居其上的生灵，山外世界的活力和喧嚣，共同组成了交叉、互感又意义纷呈的多声部合唱。作品叙事流畅、情绪饱满、意涵丰富，实为近年来不可多得的力作。这肯定是阿来继《尘埃落定》《空山》之后最重要的一部作品，也注定会成为近几年甚至整个中国当代文学创作中的一部重要作品。”① 学者李敬泽、陈晓明、施战军、孟繁华、陈福民、张清华等以及著名作家如苏童、余华等，皆从不同层面指出了《云中记》的文学史价值。假以时日，《云中记》的影响力会持续增强——这一点，可以从该小说在当前不断聚集的好评中推断出来。

作为“用汉语写作的藏族作家”，阿来以诗性语言在《云中记》中再现了汶川大地震中一个名叫“云中村”的村落、一个信奉苯教的藏民族支系日常生活的消亡史。由于作者的身份与其题材选取，《云中记》颇为适合进行后殖民批评、生态主义批评或散居族裔批评等层面的解读。因此，目前为止，《云中记》的评论也主要集中在“文明的哀歌”“自然的祛魅”“神性的退场”“身份的流散”“承认的政治”等阐释框架内。批评者的这种他者眼光与《云中记》在明言层面的彼此靠近，又使得学界对阿来的接受已形成某种惯性以及由这种惯性而来的“阐释的自大”。这种“阐释的自大”导致阿来的作品始终走不出学界所设定的“地方性/民族性/地域性”叙事逻辑。关于“阐释的自大”，按照阿来的解释是：“批评在大多数情况下都特别高屋建瓴，特别居高临下，当很多批评一开始站在一种令人无法质疑的思想的、道德的制高点上，就使批评置于‘现实’之外，变得无法质疑，变成了一种单向的活动……但对于文学本体来说，并不具有什么建设性的意义。批评与写作，其实需要一种‘共谋’的关系。即理论与实践彼此间的深入与往返。批评不能指望自己是在指引批评对象。批评不能以消除批评对象的对话欲望作为胜利的标志——雄辩是容易的，

* 本文为安徽省高校科学研究重大项目“少数民族文学评论价值体系研究”（SK2019ZD027）的阶段性成果。

① 参见《十月》2019 年第 1 期。

煽动性的雄辩是更容易的。当批评具有一种先天的优越感，被批评的对象只能觉得那些批评与自己越来越不相关。”[①] 其实，阿来对批评的不满至少透露出如下信息：阿来的作品并未能在学界的阐释中得到真正敞开，至今仍存在着“阐释的余数”；同时，我们如何接受《云中记》（包括他的其他作品），对学界而言仍是一项极具挑战性的命题。

一、“我更愿意写出……生命所呈现的意义”

作为以发生于2008年震惊中外的汶川大地震为题材的小说，阿来的《云中记》不同于众多对灾难的即时性新闻报道式书写，亦有异于以抢险救灾为主题的颂歌性作品。阿来在谈到《云中记》的创作缘起时特意指出：

> 那时，很多作家都开始写地震题材，我也想写，但确实觉得无从着笔。一味写灾难，怕自己也有灾民心态。
>
> ……十年前地震发生的那一天。我用同样的姿势，坐在同一张桌子前，写作一部新的长篇小说。这回，是一个探险家的故事。下午2点28分，那个时刻到来的时候，城里响起致哀的号笛。长长的嘶鸣声中，我突然泪流满面。我一动不动坐在那里。十年间，经历过的一切，看见的一切，一幕幕在眼前重现。半小时后，情绪才稍微平复。我关闭了写了一半的那个文件。新建一个文档，开始书写，一个人，一个村庄。从开始，我就明确地知道，这个人将要消失，这个村庄也将要消失。我要用颂诗的方式来书写一个殒灭的故事，我要让这些文字放射出人性温暖的光芒。我只有这个强烈的心愿。让我歌颂生命，甚至死亡！[②]

经过十年的情感发酵、升华和淬炼，经过十年的思想积淀、磨砺和冥想，阿来终于摆脱了“灾民心态”或“受伤心理”而将笔对准了“人”而非“灾难”，秉持着对生命与死亡的敬重，吟唱出一曲对“作为云中村最后一名祭师的阿巴”因要照顾魂灵而最终与云中村共同消失的“安魂曲”。故此，阿来在《云中记》的扉页上意味深长地写着：“写作这本书时，我心中总回响着《安魂曲》庄重而悲悯的吟唱。”[③] 对莫扎特《安魂曲》的在兹念兹，表明阿来的写作已过滤了对死亡的恐惧或哀伤，而是充满着对死亡、对生命、对人性的咀嚼、反刍、反思和审视。或者说，写出生命所呈现的意义，才是阿来《云中记》的核心命题，如阿来所说，“云中记，三个字，不多，不少，很美很空灵。我喜欢这样的美感，世界上有很多令人伤心的事情，我们需要美好的念想。我愿意写出生命所经历的磨难、罪过、悲苦，但我更愿意写出经历过这一切后，人性的温暖和闪光”。[④]

在阿来的惯常理解中，“生命所呈现的意义”就是人性的普遍意义。尽管文化有差

---

① 阿来：《局限下的写作》，《当代文坛》2007年第3期。

② 阿来：《不止是苦难，还是生命的颂歌》，《文艺报》2019年6月12日。

③ 阿来：《云中记》，北京十月文艺出版社2019年版。以下凡引此书均不再另注，只随文标页码。

④ 阿来在《云中记》“新书发布会”上的发言，2019年5月25日于北京。

异，但文化的共同性远大于差异性，而人性的普遍意义也就是差异性中的共同性。如阿来所说，“文学从来就是这样——用特殊来表达普遍，讲的是一个人的命运，但往往映射的是一大群人的命运，讲的是一个民族的遭遇，但放眼整个世界，不同的民族在不同的发展阶段有类似的遭遇，也就是说反映一种普世的价值观”，“即体现普世的价值观，在特殊性当中包含一些普遍的意义，而且这个意义是人类普遍价值观上的意义，不是简单的思想意义，不是某一个思想潮流的意义，一个政党的什么意志，甚至不是一个民族一个阶段大多数人的某种情绪”。① 作为一位“用汉语写作的藏族作家”，阿来写作的题材是独特的，甚至是神秘的，以至于有人将阿来的成功归功于他的身份、他的陌生化题材。对此，阿来反驳说：“这个时代的作家应该在处理特别的题材时，也有一种普遍的眼光。普遍的历史感，普遍的人性指向。特别的题材，特别的视角，特别的手法，都不是为了特别而特别……我会在写作过程中，努力追求一种普遍的意义，追求一点寓言般的效果。”② 所以，他一再呼吁读者及研究者注意他的作品中这种“生命的普遍性”的表达：“在我们国家，在这个象形表意的方块文字统治的国度里，人们在阅读这种异族题材的作品时，会更多地对里面一些奇特的风习感到一种特别的兴趣……我并不反对大家这样做，但同时也希望大家注意到在我前面提到过的那种普遍性。因为这种普遍性才是我在作品中着力追寻的东西。”③ 针对鲁迅先生曾提出的“越是民族的越是世界的”，阿来有着自己的解读：“虽然命定要从一种在这个世界上显得相当特殊的文化与族群的生活出发，但我一直努力想做到的就是，超越这种特殊性，通过这种特殊而达到人性的普遍，在普世价值的层面与整个世界对话。”④ 关于要写出人性的普遍性，阿来在《人是出发点，更是目的地》中做了解释：“对一个小说家来说，人是出发点，人也是目的地。在我的理解中，小说家是这样一种人，他要在不同的国度与不同的种族间传递信息，这些信息林林总总，但归根结底，都是关于沟通与了解……文学所要做的，是寻求人所以为人的共同特性，是跨越这些界限，消除不同人群之间的误解、歧视与仇恨。”⑤ 在专著《看见》中，阿来甚至对此进行了系统论述：“文学的教育使我懂得，家世、阶层、文化、种族、国家这些种种分别，只是方便人与人互相辨识，而不应当是竖立在人际之间不可逾越的界限。当这些界限不只标注于地图，更是横亘在人心之中时，文学所要做的，是寻求人所以为人的共同特性，是跨越这些界限，消除不同人群之间的误解、歧视与仇恨。文学所使用的武器是关怀、理解、尊重与同情。”⑥ 在阿来看来，“一个小说家却应该致力于寻找人类最大限度的共同之点。历史的必然与偶然决定了不同国度的不同命运与不同的发展水平，文化基因的差异造成了不同民族的不同面貌，但人类和人，最根本的目的，难道不都是一样吗?”⑦ 在某种意义上说，阿来把超越民族性，追

---

① 阿来：《写作：忠实于内心的表达》，《小说评论》2004年第5期。

② 阿来：《就这样日益丰盈》，解放军文艺出版社2002年版，第345页。

③ 阿来：《就这样日益丰盈》，解放军文艺出版社2002年版，第347页。

④ 阿来：《文学应如何寻求“大声音”》，见李怡、毛迅主编，《现代中国文化与文学》（第2辑），巴蜀书社2005年版，第263页。

⑤ 阿来：《人是出发点，更是目的地》，《语文月刊》2010年第5期。

⑥ 阿来：《看见》，湖南文艺出版社2011年版，第165页。

⑦ 《小说集〈格拉长大〉韩文版序》，“阿来的博客”：http://blog.sina.com.cn/imalai-2009-8-25.

求普遍的“人的文学”作为价值命题，他所强调的“生命所呈现的意义”，其实是人/人性/命运的普遍性。“知识分子的表达应该摆脱民族或种族观念束缚，并不针对某一部族、国家、个体，而应该针对全体人类，将人类作为表述对象。即便表述本民族或者国家、个体的灾难，也必须和人类的苦难联系起来，和每个人的苦难联系起来表述。这才是知识分子应该贯彻的原则。”① 只是，近年来，

> 少数民族文学评论越来越聚焦于民族文学中所表现的民族风情、风俗习惯、文化心理等等，其原因在于，富有民族特色的元素是各民族在长期的生活实践中形成的，具有独特特征，成为独特价值的地方性知识，这也是某一民族区别于其他民族具体可感的表达方式……当代少数民族文学评论紧紧扣住民族形式上的特征，多从地方性知识出发，阐释民族心理、文化结构、叙事机制等，进而考察民族精神、民族身份认同……其核心是把少数民族文学作为地方性知识来考量，它支配了少数民族文学评论的主要焦点。②

在这种情况下，阿来小说的研究亦跌入地方性、地域性或民族性及相关话语的“实验室”。学者洪治纲对阿来的批评即是其中的典型：“阿来是一个既有诗人禀赋又不乏学者气质的作家。他总是像猎手那样独来独往，永远游走在文坛的热点之外。对他来说，写作似乎就是要解决自我存在的终极命题——我从哪儿来，将往何处去。所以，多年来，他始终执着于藏族文化的探究与思考。尤其是面对哺育他的康巴地区之川属藏族文化，他几乎表现出某种痴迷的状态。”③ 此类批评显然是误读了阿来。

怎样才能充分呈现出生命的意义，才能更立体地表现出人性的普遍呢？阿来往往将人置于非正常状态或极端矛盾冲突的背景下加以考验。在阿来看来，在正常状态下，人依靠既有的文化惯习、行为方式、谋生技能、情感结构等，就能从容应对生活，没有什么困惑得不到解答，没有什么现象得不到解释，没有什么情感得不到表达，而一旦置身于迅猛的时代洪流中，如观念的碰撞、文化的适应、情感的冲突等，人，特别是边缘族群，就很难及时有效地融入新的文化结构。在阿来看来，今天的变化是革命性的，传统的观念无法解释新生的事物，既有的知识无法表述内心的体验，固有的法则无法规划变动的世界，所以，他的《尘埃落定》《空山》及“山珍三部”等都是在剧烈社会转型中勘察人性的常与变、静与动。《尘埃落定》中漫山遍野绚烂的罂粟花、边境官寨人们狂放的情欲与熊熊燃烧的大火，《空山》中色嫫错神湖的悲壮消失、不可抑制的天火等，隐喻着现代性与族群传统的剧烈对抗或冲撞；《遥远的温泉》中美妙如梦幻的温泉，在后工业时代经济开发、招商引资和移风易俗旗帜号召下，却变成“沾在池壁上的油垢与毛发，愚蠢的官员用野蛮的水泥封砌了天国般的美景，腐朽的木头和花脸没有血肉的头颅在风中朽蚀”；《已经消失的森林》彻底将维系美轮美奂之景的血脉割断……阿来以《空山》为例指出：“这些自给自足的村庄从五十年代起就经受了各种政治运动的激荡，一种生产组织方式、一种社会刚刚建立，人们甚至还来不及适应这种方式，一种新的方

---

① 《阿来语录》：http://blog.sina.com.cn/s/blog_5c1468 250100eptn.html.

② 曾斌：《中国少数民族文学地方性知识文学价值观念的形成与反思》，《青海社会科学》2018 年第 1 期。

③ 洪治纲：《〈瞻对：两百年康巴传奇〉 一部川属藏民的精神秘史》，《人民日报》2013 年 10 月 22 日。

式又在强行推行了。”“强行”不就是“非正常状态”的另一种表述吗？阿来对此解释说：“一个常态的人，在常态的社会能够得到比较好的发展；然而当社会进入非常态状态的时候，就如一辆列车突然加速，不适应的人就会被抛下来……但历史突然加速，按照原来的游戏规则、应变方式，已经适应不了，于是这些人出现失重，找不到方向……一个时代结束就淘汰掉一大批人，即便是最优秀的人。我不忍心让他再活下去。他自己也明白他应该死去了。”[①] 由之而论，在整个社会剧烈变动的非常态中探讨人的存在本相、情感体验、生存焦虑和生命样态，才是阿来创作的不变的主旨。他的《云中记》更是将故事置入“地震”这一非正常状态中，以勘探“生命的意义”。

二、在行走中看见生命的意义

笔者一直将阿来称为“行吟诗人/作家”。与其他作家不同，阿来的出身、经历与教育背景等使他善于在行走中谛听生命的律动，感悟大地的秘密，触摸世界的神性，使他注重在人与物的关系中呈现生命的形态。阿来曾在《草木的理想国：成都物候记》这本小册子中探讨行走对他的意义：“就在这不断穿行的过程中，有一天，我突然觉悟，觉得自己观察与记录的对象不应该只是人，还应该有人的环境——不只是人与人互为环境，还有动物们植物们构成的那个自然环境，它们也与人互为环境。”[②] 在他的散文《看望一棵榆树》里，阿来讲述他去马尔康镇要做的两件事之一就是去看一棵树。阿来力图从这棵树的传说中将过去碎片化的历史重新拼贴完整，以更好地观照当地人的历史。在这里，阿来借助一棵树的力量打开历史，呈现历史，呈现变动中的现实以及与人类的命运。阿来在此前的长篇散文《大地的阶梯》中系统阐述过这种构想：“我想写出的是令我神往的浪漫过去，与今天正在发生的变化，特别是这片土地上的民族从今天正在发生的变化中得到了什么和失去了什么？如果不从过于严格的艺术性来要求的话，我想自己大致做到了这一点。最后，在这种游历中把自己融入了自己的民族和那片雄奇的大自然。我坚信，在我下一部长篇创作中，这种融入的意义将用更艺术化的方式得到体现。”[③] 阿来的作品，如《尘埃落定》《格萨尔王》《空山》《大地的阶梯》等，无不是在行走中写就的。在阿来看来，只有通过行走，人才能谛听灵魂和大地，才能触摸传统和现实，才能洞察生活和人性，才能凝思书写和意义；只有在行走中，才能真正多角度、立体性呈现藏地边民的传统与当下、历史与现实、心灵与生命、梦想与期待。他说：“如果要让文学从此便与我一生相伴的话，我不能走这种速成的道路。于是，我避开了这种意气风发的喧嚣与冲撞，走向了群山，走向了草原。开始了在阿坝故乡广阔大地上的漫游，用双脚，也用内心。”在《蘑菇圈》的台湾发布会上，阿来一再强调，“一开始其实并不知道自己要找什么，不过在行走之中，慢慢就把自己和土地、文化、族群的联系找到了”，“现在的自己，很多时间处在也清楚也茫然的境地，如果我要再进一步，也

---

① 易文翔，阿来：《写作：忠实于内心的表达——阿来访谈录》，《小说评论》2004 年第 5 期。

② 阿来：《草木的理想国：成都物候记》，江苏人民出版社 2012 年版，第 9 页。

③ 阿来：《用汉语写作的藏族人》，《美文》2007 年第 7 期。

许我必须再次思考这些问题、再壮游一次”[①] ……“去找”“壮游”等无疑就是阿来所坚持的“行走”。在阿来看来，“行走”是空间的混杂，是观察视角的变化，是思想观念的交错。在阿来的几乎所有作品中，他的叙述者/主人公似乎都带着作者的意志而在行走中观察、介入和思考着世界以及世界的变迁。这样，他便将行走的路线“放到那些田野上，那些小小的、在高速路上根本没有出口的村庄”[②]，在那里探寻藏地族群在现代性语境下的生存问题，以便在行走中观察那些花草树木、鸟兽虫鱼、自然现象、日常生活景观等并从中彰显生命、咀嚼人性、叩问历史。所以，他的作品是“观察纪录”，“观察与纪录一种文化，以及这种文化支配下的人群如何艰难地面对变化，适应变化，但并不知道最后会被这变化带向何方……这些人不知道也无力操控自己的未来，他们只是一群偏远山地的没有文化的农民。这个族群也有越来越多的人受到现代教育，但却很少有人愿意思考这样的问题。每个人都感到危机，却又少有人思考危机产生的前因后果”。[③]

《云中记》以云中村苯教非遗传人阿巴从移民村重回地震灾区的历程为纵轴，以特有的安抚、祭奠、超度灾难中逝去的乡亲的祭祀仪式为横轴，架构出纯粹的灵魂献祭，为深爱的云中村——这是《云中记》的价值归属。在这部小说里，时间的原点是汶川大地震发生的时间，2008 年 5 月 12 日 14 点 28 分 4 秒。作者特意在小说中突出了四个极具节点意义的时间点：一是地震发生的时间；二是差不多一年后，云中村人背井离乡的时间；三是地震之后四年多，也就是小说书写的“第一天”；四是“第六个月”后，阿巴同云中村一起消失的“那一天”。整部小说以地震作为故事展开的原动力，甚至作为某种精神原型，作用于主人公阿巴的心理、精神深处。为了照顾那些在震中死亡的人的魂，主人公阿巴只身从移民村回到云中村。他的祈祷，他的祭祀，他的超度，他的所言所行、所思所想等，都成为对地震的某种救赎。只是，隔着十年的时光回头看，对作者阿来而言，地震带来的伤口已被岁月抚平，他要做的是透过这个伤口去探究生命的本相。所以，他的《云中记》就摆脱了灾难对叙述的压制、故事对艺术的逼迫、事件对语言的戕害，而是让生命在灾难事件中获得独立，使人在神性与世俗、现代与传统、灵魂与生命、生存与死亡等的对立态下透视生命的重量，感悟生命的启示。所以，如同阿来的其他作品，《云中记》的主人公阿巴自回到云中村的“第一天”起，直到与云中村一同消失的“那一天”，就一直在云中村及其周围行走：在行走中安抚鬼神，召唤亡魂，祭祀山神；在行走中观察世界，感悟历史，体验生命。即使即将与云中村一同消失，阿巴也在坚守着：“他不让自己流泪，他要把一切都看得清清楚楚，牢牢记住。”（第 365 页）为了将云中村的消失看得更为全面立体，作者甚至让中祥巴的热气球，央金制作团队的无人机、摄像机等现代性符号介入“看”的过程。从视觉社会学上说，“看”是一种意义生产，一种再造主体身份的寓言化行为，“在其背后渗透着社会的和历史的目的论动因。我们如何看，我们如何能看，如何被允许看，如何去看，即我们如何看见‘看’，或是如何看见其中未现之物，借助于其修辞和表征，视觉主体都能在对象中发现

---

① 自中国作家网，http://www.chinawriter.com.cn/wxpl/2016/2016－02－26/266240.html.

② 自搜狐网，http://www.sohu.com/a/114953407－223839.

③ 阿来：《文学对生活的影响力——伦敦书展上的讲话》，《法制资讯》2012 年第 5 期。

值得关注的权力或秩序。因此，看是在揭开被各种权力予以修辞性叠加的空间焦点，打破视觉对象所呈现出的初始形态（也许是瞥见它们的唯一路径）”[①]。尽管作为故事辐射源和文本叙述源动力的地震及其造成的破坏不可避免地要被作者/叙述者频繁提及，但作者/叙述者对地震及其破坏性影响的叙述却异常节制，专注于对地震中生命的沉思和吟唱。在这里，残存的云中村犹如某种纪念碑，成为作者/叙述者对生命的敞开。所以，作者/叙述者在看到生命消逝的同时，更看到了生命的重生。“现在，村子清晰完整地出现在眼前。这情景完全可以用美丽来形容。阳光明亮，树和草地一派碧绿，村庄的废墟静静耸立在那里，雨水和风已经扫净了上面的尘土，就像时间本身一样干净沉着。”阿来无疑是在歌颂这种源自大地的生生不息的生命力的“美丽”。在这里，阿来以一种历史理性批判意识来观照生命本身的悖谬：突然而至的灾难或时间流逝在毁灭生命的同时，也以另外的方式创造生命；生命就在毁灭与重建中彰显其在场意义，甚至，生命在毁灭中生成——此为自然的法则。所以，当阿巴与死去的妹妹对话时，多年不曾开放的鸢尾花竟然开花了；当阿巴看到震后的云中村时赞叹：“原来消失的山并没有消失，只是变成了另外的样子”，“是的，大地上所有的一切都不会消失，只是换一种样子”，“就像一切都没发生，就像一切都从来就是这样。风中还传来清丽的鸟鸣。风还摇晃着树梢。地里没有收割的庄稼在阳光下一片金黄。江水仍然浩荡流淌”。（第387页）极富象征意味的是：云中村里曾经遗落在泥土里的植物种子萌发出勃勃的生机，“村子的废墟里，人们存放在屋子里的种子早已萌发。植物特别的香气吸引了这只鹿……那些自己破土而出的新芽全是蔬菜。以前遗漏在院子里的种子，当他把院子里的泥土松开，把一块块石头清理干净后，经过两场夜雨就悄然萌发了。这些蔬菜长得有快有慢。却都一一显现出了它们自己的样子”（第236－238页）。曾经消失的鹿群、熊等又重新成群结队出现，生命就如此在自然秩序中此消彼长，循环轮回。阿来欣赏这种自然秩序并在这种秩序中体验万物各安其所的状态，如同祭师阿巴对云丹说的那样，“死了那么多生命，云中村不要再死什么东西了。伙计，我喜欢云中村现在的样子，没有死亡，只有生长。什么东西都在生长”。这一切让人想起阿来曾在瓦砾中所拍下的一朵黄色的花，“从缝隙中迸发出生命力的黄色花朵迎着天空怒放，自它们身上仿佛能看到四川人的顽强生命力”（第237－238页）。故此，阿来特意在《云中记》扉页上写着：“大地震动，只是构造地理，并非与人为敌。”这无疑是阿来要写出的“生命所呈现的意义”！所以，曾经执着于安抚鬼魂、照料亡灵，却苦苦寻找鬼魂而不得的阿巴，在返乡这一行为即将成为反讽或沦为虚无之时，突然意识到照看鬼魂就是在照看生命，只不过是以另外的形式而存在的生命，他这才重新发现此行的意义。

由此而论，阿来的《云中记》的价值命题很难在已有的地方性、民族性、地域性等“理论圈套”中充分展开，作者只是借助阿巴对云中村的观察、体验、反思来完成其所要呈现的生命本相而已。或者说，《云中记》是一个修辞性文本，是作者为藏地边民所呈现的生命的普遍性意义而寻求的合法性证据，为化解、清除他者对藏地边民的误读而提供的一个可资参考的真实样本。云中村只是作者为这种叙述选取的一个切入点罢了。

---

① Hal Foster, ed., *Vision and Visuality*. Seattle: Bay Press, 1988, p. 9.

三、阿来的"软肋"与其生命意义呈现的简化

阿来一直很警惕后殖民思潮对边地的误读，他为"作为形容词的西藏"感到焦虑。在阿来看来，西藏因其远与异而时常被他者误读，所以，他的写作要把西藏变成名词。西藏"是什么样就是什么样。但是，对于很多人，西藏是一个形容词，因为大家不愿意把西藏当成一个真实的存在，在他们的眼里，西藏成了一个象征，成了一种抽象的存在。我写《尘埃落定》、写《格萨尔王》就是要告诉大家一个真实的西藏，要让大家对西藏的理解不只停留在雪山、高原和布达拉宫，还要能读懂西藏人的眼神"[①]。即使多年后再谈《尘埃落定》，阿来还是坚持说："我的这本书，就我本意来说，我不是要人将其看成一个虚构的遥远传奇，一个叙述奇异故事的精致文本——虽然那个封闭世界中的确有许许多多匪夷所思的奇闻轶事。我的本意是提供一个有现实意义的样本，文化的样本，世俗政治的样本"，但"更多的人，是以一个传奇故事，一个比较完美的叙事文本来看待这部作品，而且，还有更多的人在否认这部依据大量口传材料与历史文献所呈现出来的那些基本的事实"，结果导致"这本书所期待的意义没有达到"。[②] 阿来多年后的话语表述着其清晰的叙事指向，即还原真实的作为名词的西藏。他的散文集命名为《看见》；他的《大地的阶梯》以脚步和内心的尺度去丈量西藏，再现西藏；他的《云中记》委托叙述者/主人公对故土进行持续不断的观察，以呈现真实的西藏……但是，对藏族而言，阿来却难逃"他者"的嫌疑。在《局限下的写作》中，阿来认为，一方面，他的出生地嘉绒藏区处于靠近汉区的藏文化边缘地带，"在整个藏区当中是被忽略的，特别是我所在的这个称为嘉绒部族生息的历史与地理，都是被忽略的"。阿来自己也一再强调，"我生活的地区从来就不是藏族文化的中心地带。更因为自己不懂藏文，不能接触藏语的书面文学"。同时，作为汉藏混血的阿来，在藏族身份上也是边缘化的："我不是一个纯粹血统的嘉绒人，因此在一些要保持正统的同胞眼中，从血统上我便是一个异数。"[③] 上述的多重边缘成了阿来的"软肋"，导致他"基本上是从小就失去本民族文化记忆而完全汉化了的当代藏边青年"，难以走进波澜壮阔的藏文化核心区，难以触摸藏传佛教的高深莫测，难以窥测灿烂多姿的藏文学传统，对藏区的观察、体验和感悟往往有失厚重，对藏地边民内心的苦痛、感触和情感的把握有时显得轻飘。曾经的诗人身份又使他过于追求小说语言、意境的幽远诗意，导致他的《云中记》（包括他的其他作品）总给以人以浮漂、随意、空洞之感，总是让人觉得他是漂在生活之上而对生活进行想象性建构——尽管他一再强调他的每次写作都要经历长期而持续的行走、观察和体验。小说的诗情画意有余而生活的厚重感不足，人物的内心情感发掘有余而人物行为的合理性经不住推敲，小说语言的轻灵飘逸有余而与其叙述对象的契合度有待提高，人物的苍白、故事的破碎、生活场景的同质化等问题成为《云中记》难以避免的症候。例如，作

---

① 自新浪网：http://news.sina.com.cn/c/cul/sd/2009-09-16/154718663907.shtml.

② 阿来：《文学对生活的影响力》，《法制资讯》2012年第5期。

③ 阿来：《自述》，《小说评论》2004年第5期。

为祭师的阿巴，他的失忆和记忆恢复，在小说中显得那么突兀而难以理解；瓦约乡的舆情危机以及仁钦的处理手段，在信息化的当下显得多么“小儿科”；原本在资本操纵下的央金姑娘真正回到故乡怀抱后，却陷入自我矛盾状态，只有彻底摆脱签约公司控制后，她才重新找到跳舞的感觉；习惯了偷盗、抢劫、坑蒙拐骗等坏事的中祥巴投资热气球，是以“乘坐热气球，看消失的云中村”为噱头赚取利益，一旦面对网上尖锐的否定性评价时，中祥巴就顿觉浑身发凉，良心发现，弃恶从善了……对历史变迁的复杂内涵和人物内心情感体验的复杂采取如此简单生硬却又不容置疑的表达，导致《云中记》似乎是“卖了很多关子，花了很大力气”，却“把问题弄得更复杂”，且“主观性太强”，“太空、太飘、太碎、太绕，缺乏抵进人物内心世界的力量”①，其症结则是，“作者在尚未自觉其文化归属的情况下贸然发力，试图以长篇小说的形式对复杂的汉藏文化交界地人们几十年的生活做文化与历史的宏观把握”②。《云中记》的问题，恰好是上述阿来直到目前仍未能解决的问题。

也许阿来意识到了自己的“软肋”，他的作品几乎都不执着于故事本身的厚重，不致力于人物形象的饱满和立体，不专注于生活深度的挖掘和敞开，不潜心于社会本相的阐释和透射，而是重在呈现特殊中的普遍，呈现生命的意义。所以，他找到了传统与现代剧烈冲突这种非正常状态（当前，诸多学者往往将传统与现代作为分析阿来小说的基本主题，其实，这只是阿来为故事展开建构的背景而已）。借助于这种非常态化背景，阿来写出了人类共同面临的普遍问题，如环境污染、生态破坏、资源掠夺、传统解体等。这样，阿来便能以一种“讨巧”方式来规避自身的不足。然而，如何协调传统与现代间的冲突，却成了阿来无法规避的难题，他的文本也成为一种“分裂性文本”：一方面，当他承认现代性的合法性并为之寻找证据时，他的叙述是平和而高贵、肯定而公允的；另一方面，当他看到现代性带来的消极后果而回眸传统时，他对传统又心生向往，深情款款。在《云中村》中，现代科技在藏地播撒，拖拉机进村了，水电站修建起来，电来到了古老的村庄，云中村为之欢呼。当水电站因滑坡地质灾害而被损毁后，云中村再次陷入没有电的黑暗中，发电员阿巴则同时失去记忆，只有在“电”所表征的现代世界再次降临云中村时，阿巴的记忆才被唤醒。祭师阿巴的记忆与失忆随着电的在场与缺席而变化，无疑是极具象征意味的。在这里，阿来对现代性是肯定的、认同的。当阿来面对传统时，他却迟疑了，犹豫了。所以，尽管小说中的阿巴被“电”唤醒了，但真正让阿巴神志清明、恢复智慧的却是老喇嘛。“老喇嘛在一个浅浅的铜盆里倒上清净的泉水，仅仅让阿巴用眼睛和心盯住水，就能让阿巴沉甸甸的脑袋松快多了，让他得以像初生的婴儿般重新打量这个世界，让他的眼睛如此明亮。”一旦面临选择，阿来的认知天平还是向传统倾斜了，甚至，有时候，他还持一种非此即彼的价值立场，如叙述者所说：“云中村人远离神谕已经很多年了，云中村人不懂得科学更是与生俱来。科学和神都把力量明明白白地显示在人们面前，那你就必须从中选择一样来相信了。”（第 258 页）在这里，“必须”凸显出科学与神谕难以沟通的症候。阿来借叙述者之口，对“与

---

① 李建军：《像蝴蝶一样飞舞的绣花碎片——评〈尘埃落定〉》，《南方文坛》2003 年第 2 期。

② 郜元宝：《不够破碎——读阿来短篇近作想到的》，《文艺争鸣》2008 年第 2 期。

世隔绝，只是间而与山下人进行简单的货物交换”的谢巴一家表示称赞与羡慕。所以说，即使声称要写出普遍的生命意义的阿来，也在有意无意间将问题简单化、主观化了。

阿来当然要找到传统与现代握手言和的方式。为此，《云中村》在实践和理论两个层面设置了二者和合的象征性意象。在实践层面上，小说中的祭师阿巴读过书，上过农业学校，却因要祭祀神灵与安抚鬼魂而甘愿与云中村同归于尽；在理论层面上，文中作为现代知识象征符号的余博士也开始“同情理解”边地传统。当阿巴向地质调查队的余博士讲述云中村的鬼神和山神时，余博士“没有作出回应，他的信仰是科学，他不想把科学与阿巴的信仰如此简单地连接起来。但这并不表示他内心里没有充满对这个主动与世隔绝的人的理解与尊重”（第 313 页）。只是，当“西部大开发”“兴边富民”“新农村建设”和“美好乡村建设”等国家级工程在边地陆续实施，以经济发展程度为衡量社会进步与否的主导性指标时，藏地边民对现代性的接纳能力与基础尚不充分，却被迫从事现代职业，如云中村村民在移民村家具厂打工，央金从事着商演，祥巴们在时代洪流中追逐着资本……他们是否能够在大步迈向现代化的同时又始终把根牢牢牵系在传统之上，或者说，他们能否顺利地与现代性握手？问题远非阿来的构想那么简单，即便阿来自己也对此充满困惑，他的困惑也成了文中阿巴的困惑：“他们用改变声调的方法来处理这些新词，使之与云中村古老的语言协调起来。这些新的表达不断加入，他们好像说着自己的语言，其实已经不全是自己的语言。云中村人自嘲说：我们现在有两条喉咙，一条吐出旧话，一条吐出新词，然后用舌头在嘴里搅拌在一起。这使得他们的思维不能快速前进，他们的思维像走路不稳的人一样磕磕绊绊。但无论怎样，他们还是往自己脑子里塞满了世界送来的新鲜东西。”（第 203 页）如何解决“走路不稳”的现代性焦虑？阿来又一次让阿巴回到了云中村，“回到云中村的阿巴，觉得轻松无比，就是因为他身处在一个终将消失的地方，逃离了这个新东西层出不穷的世界”（第 203－204 页）。所以说，尽管阿来一再为传统与现代间的和合进行着写作，他的写作不是立足于坚实厚重的生活根基处，因而成了轻飘飘的臆测。也就是说，若没有对作为特殊性的藏地文化的深刻领悟，无论阿来多么渴望写出生命的普遍意义，赋予《云中记》多么厚重的价值论命题，结果只能是写出又一部“苍凉自述”的传统村庄的哀歌罢了。多年前学界对阿来的批评至今仍不无道理：“从根本上讲就是：虚拟生存状况，消解母语精神，追求异族认同，确立自身位置。亦是说，是鲜明的意识形态思维大于真实的艺术形象思维。‘主题先行’的痕迹是无论如何都抹不掉的，它既严重地损伤了小说艺术的本体，也更不符合藏民族对生命的理解和信仰……试图通过对语言魔方的十分巧妙地拼贴，用一种看似陌生而实则熟悉的叙述模式来掩饰其创作的预期动机。”①

（作者单位：阜阳师范大学文学院）

① 栗原小荻：《我眼中的全球化与中国西部文学——兼评〈尘埃落定〉及其它》，《西南民族学院学报》2002 年第 5 期。

藏区·地震·故事*

——阿来《云中记》阅读札记

蔡洞峰

阿来《云中记》讲述的是藏区地震后一座面临山体滑坡的村庄消失的故事，即藏区由地震而引发的故事。“藏区”作为边地，在中国文学中向来不是主流的表述空间。作为地理意义上的“藏区”与“中原”始终是一种相对性的存在。在文学作品对“边地”的叙述总是与中心有一定的疏离，如沈从文的“边城”和萧红的“东北”。在文学世界中，乡野总被定义为一种神秘的存在，一种边缘的存在。鲁迅、沈从文的文本中都有类似的表达。如鲁迅对萧红《生死场》的评价那样：“北方人民的对于生的坚强，对于死的挣扎。”鲁迅策略性地歌颂“北方人民”意在突出和批判作为中心的上海闸北的混乱场景，“闸北的熙熙攘攘的居民，又在抱头鼠窜了，路上是骆驿不绝的行李车和人，路旁是黄白两色的外人，含笑在赏鉴这礼让之邦的盛况”①，东北作为一种比较意义上的“别样的风景”和“别样的人们”与上海形成参照，以表达对当时上海的失望和愤懑。

《云中记》作为一种精神性文本，其意义在于，它带给我们另外一种看待地震的视角——一个超越了对死难的悲痛的文本。不同于阿来以往的写作，这种书写打破了“藏区”和“中原”的民族地理分界，写出无数的人们和无穷的远方都能感同身受的真切体会。阿来用史诗的调子带我们重回那个沉重的历史时刻：

> 就在这时，大地开始轰鸣。好像是喷气式客机飞过头顶的天空。声音像是雷霆滚过天顶。隆隆的声音里，大地开始震颤，继之以剧烈的晃动。他脑子里地震这个词还没来得及完整呈现，一道裂口就像一道闪电，像一条长蛇蜿蜒到他的脚下。尘烟四起，大地的晃动把他摔在了路边，摔在了一丛开着白花的忍冬灌木丛中间……
>
> 地裂天崩！一切都在下坠，泥土，石头，树木，甚至苔藓和被从树上摇落的鸟巢。甚至是天上灰白的流云……
>
> 他熟悉的世界和生活就在那一瞬间彻底崩溃。②

* 本文为安徽省高校人文社科重点项目“传统文化、新文学与鲁迅传统关联研究”（SK2018A0317）的阶段性成果。

① 鲁迅：《萧红作〈生死场〉序》，《鲁迅全集》第 6 卷，人民文学出版社 2005 年版，第 422—423 页。

② 阿来：《云中记》，北京十月文艺出版社 2019 年版，第 3—4 页。以下凡引此书均不再另注，只随文标页码。

在《云中记》的构思和创作中，阿来表现出的是不同于以往文学作品的灾难描写——从一名祭师的视角来表现藏区生活之“内面风景”。对汶川地震灾难题材的选取和创作，阿来警觉地表示，“除非你能够让死亡都闪现出来一点另外的光芒，不光是悲苦的，不然还是别写了”。作为一种精神性写作，在文学中表现人类苦难之光而不被现实题材遮蔽，这是摆在阿来面前的艰巨任务。而他愿意与这场地震灾难拉开十年的间隔，以亲历者的回忆创作《云中记》，由此可以看出阿来对这部作品投入的心力。陈晓明感叹道：“他（阿来）是一个走长途的人。”

《云中记》的写作视角独特性在于呈现出云中村被毁灭的“风景”和祭师阿巴对死难者灵魂的救赎。不同于阿来以往的小说对藏区风景的描写，《云中村》是通过祭师阿巴的视角来描写藏地风景的。在小说的开头，阿来写道：

> 阿巴一个人在山道上攀爬。道路蜿蜒在陡峭的山壁上。山壁粗粝，植被稀疏，石骨裸露。两匹马走在前面，风吹拂，马脖子上鬃毛翻卷。风从看不见的山顶吹下来，带来雪山顶上的寒意……那是移民离开云中村的前一年，就在这座山上，只不过不是在这里——这个岩层裸露，山体开裂，植被稀疏的地带。这是在云中村下方。那里植被丰茂，空气湿润。这是岷江中上游山区的寻常景象。山谷低处，村落密集，山坡裸露，干燥荒凉。随着海拔升高，村落稀疏了，植被变得丰茂密集。同一座山，山上与山下是两个世界。（第 2—3 页）

《云中记》在这样的风景描述中开始，小说主人公阿巴是苯教祭师，他孤身一人去被汶川地震摧毁的云中村，是为了拯救和慰藉地震死难者的灵魂，为这些逝去的生命安魂。当云中村移民们已经开始习惯移民村的生活时，祭师阿巴却选择回到即将随山体滑坡而消亡的故乡，与逝去的亡灵为伴，不再离开……

阿来在访谈中提及写作这本书的缘起。去年的 5 月 12 日有写这本书的冲动，那天是汶川地震十周年的纪念日，他被全城响起的致哀号笛触动，流下泪来。震后十年来的所见所想一幕幕在他脑中翻腾，一个羌族村巫师在废墟旁持羊皮舞蹈的形象固执地浮现出来，一个人、一个村……阿来觉得，自己是时候为那场震动及其后带来的伤痛写点什么了。“地震的经历对我在情感上的强烈程度仅次于年轻时的恋爱，这些年我把它摁下去又起来，写完这本书后，我心里老搁着的一个东西就结束了，这对我来讲是一种解脱。”[①] 由此我们可以看出，在同类型灾难题材创作中，被抽象为俨然同质存在的“地震”有着怎样具体而微的差异。“记忆不等于本能，而是意识的一种选择或筛选机制”，并且在此过程中“与个体经验相关的情境记忆并非对过去完全准确的重复，而是将来自于不同情境下的信息根据个体特征进行重新组合、构造的过程”。[②] 阿来作为这场灾难的亲历者进行记忆书写，不仅仅是将其作为一种事实存在的景观，更是将其熔铸进一种审美风格，一种粗粝而又具有崇高诗情的审美风格流淌在整部小说的字里行间。如果我们将阿来这种回忆性描写作为对灾后场景的一种历史“风景”描述，那么“风景”的呈

① 有关论述见毛亚楠：《〈云中记〉：大地并不与人为敌》，《方圆》，2019 年第 12 期。

② 赵静蓉：《文化记忆与身份认同》，生活·读书·新知三联书店 2015 年版，第 112 页。

现在阿来小说中与其说是表达的内容，毋宁说是表达的策略和方法。“风景”在《云中记》中无疑代表着作者对已逝时光无法忘却的记忆。

柄谷行人在《日本现代文学的起源》中，将“风景”之发现作为一种视角，这个视角颠倒了整个日本文学的认识论框架。随着“风景”一同出现的还有浪漫主义、写实主义、自然主义、内面等一系列范畴。从此，日本文学有了迥异于古典时期的别样“风景”，“风景”是在“言文一致”的认识论式的颠倒中被发现的，或者更确切地说是被发明的。① 如果我们策略性地借用柄谷行人对“风景”所做的策略化处理，来看新时期以来的当代小说长久以来“风景”的缺失，我们就会发现自从“寻根文学”之后，“风景”就很少出现在当代小说家笔下了。“这也可以说是整个世界文学‘走向现代’过程中所遗失掉的东西。就中国来说，城市化进程使得在城市生长起来的作家与‘乡土风景’产生一种隔膜，一种陌生感。在这种语境下，‘风景’大多只是以一种再也回不去的乡愁的形象出现在小说之中”，在中国当代作家的小说创作中，风景在文本中的消逝，或者说作家对“风景”之发现的缺失，使得“就表面来看，我们失去的是眼前实存的‘自然风景’，实则丧失掉的是一种‘同一性’视角”。② 因此，从“言文一致”的视角而言，“风景”的遗失导致的不仅是自然风景的遗失。《云中记》的记忆描写部分地恢复了我们对灾难场景的记忆，更重要的是，激活了现代人的视角意识，在我们由相关事件的新闻报道、网络信息形成的熟悉的画面之外，呈现别一样的“风景”。

在整部小说中，最为重要的场景非藏区的自然景观和震后云中村废墟莫属。通过祭师阿巴的视角，小说中这样的描写可以说俯拾皆是。整部小说以地震发生时间确立章节。可以想见，地震是一个中心事件，一切围绕着它展开。阿来以孤身回到云中村的阿巴为线索，以地震作为文本结构中一个非常重要的因素。阿巴独自一人固执地回到面临地质灾害而即将消失的村庄，要为死难者安魂，这种宿命的呈现成为文本的中心而内化于整个文本。地震作为一切事件的肇始，是故事展开的前提，小说的着力点是地震后的滑坡导致千年村庄即将消失这一情形下每个人面临的选择。祭师阿巴的选择更多地呈现在文化和信仰层面上，与“政治正确”无关。这是《云中记》无法回避的部分，也是在我们的记忆中留下深刻烙印的部分。

应该说，由于时间的间隔，阿来写得含蓄、克制。那些场面，我们已经通过电视、网络看得够多了。现在，作为小说家的阿来愿意再一次进入幸存者的感受，以古老史诗的方式重现那一刻：

> 共同的回忆中，有一刻，那越来越大的，像是有无数辆拖拉机齐齐开进的轰隆声突然静止了。世界静止。接着，大地猛然下沉，一下，又一下，好像要把自己变成地球上最深的深渊。而另一些人感到的不是下沉，而是上升。大地上蹿一下，又猛地上蹿一下，好像要把自己变成比阿吾塔毗还高的雪山。
>
> 大地失控了！上下跳动，左右摇摆。轰隆作响，尘土弥漫！
>
> 大地在哭泣，为自己造成的一切破坏和毁灭。

① 相关论述见〔日〕柄谷行人：《日本现代文学的起源》，赵京华译，中央编译出版社 2017 年版，第 3—5 页。

② 王尧、牛煜：《“东北—历史—故事”：〈刀兵过〉阅读札记》，《当代作家评论》2019 年第 1 期。

> 大地控制不住自己，它在喊，逃呀！逃呀！可是，大地早就同意人住在大地上，而不是天空中，所以人们无处可逃。
>
> 大地喊：让开！让开！可是人哪里让得开。让到路边，路基塌陷！让到山前，所有坚硬的东西都像水向下流淌，把一切掩埋！
>
> 大地喊：躲起来！躲起来！人无处躲藏！躲在房子里，房子倾倒。躲在大树下，大树倾倒。躲进岩洞里，岩洞崩塌！（第 99 页）

真正的文学能给人的生命带来拯救，基于这种对文学的信仰，阿来没有在小说中突出人的悲伤和痛苦："小说是情感的艺术，任何一个文本都是情感的文本，情感文本的情感不是外在的。最高级的情感，最包含情感的文本是把这种抒情性的东西节制再节制，压抑再压抑，最后把它灌注在自己不断往前推进的叙写性的文字当中。"[①] 作家想借《云中记》抚慰还活在世上的人们。"我喜欢自己用颂歌的方式书写了死亡，喜欢自己同时歌颂了造成人间苦难的伟大的大地。文学更重要之点在人生况味，在人性的晦暗或明亮，在多变的尘世带给我们的强烈命运之感，在生命的坚韧与情感的深厚。"[②] 这种"大地伦理"的视角也正是"风景"出现在《云中记》中最为重要的意义之一，它体现人与大地的关系以及大地对人的态度。我们在此视角之下，看到了被现代性的认识装置（将外在世界客体化）清理的"天人合一"和"万物齐一"的传统思维方式。与这两种思维模式直接对垒的就是代表现代性的领导干部的政治经济视角，它和阿巴的宗教和万物有灵视角互斥。在谈论山神节的日子如何确定时，副县长和阿巴就产生了分歧：

> 他建议云中村最好把山神节的日子固定下来，每年如期举行。村长不说话，看着阿巴。阿巴说这个不行，山神节的日子每年都是临时决定的……这样的日子到来的时候，云中村人才有时间和心情从容地准备祭祀山神。副县长说，要改变观念。等旅游业发展起来，庄稼上的收入就不算什么了……时间不固定，不利于旅游推广。阿巴还想再说什么，乡干部示意他不要再说了。（第 149－150 页）

从大地伦理的视角而言，生态主义者认为："在所有这些裂缝中，我们反复见到同样的基本矛盾：作为征服者的人类与作为生物居民的人类相对，作为磨刀石的科学与作为照亮其普遍性的科学相对，作为奴隶和仆人的大地与作为集体有机体的大地相对。"[③] 在这里，阿来似乎坚持了他一贯的排斥外来文化对藏区文化入侵的文化生态立场，同时也表达了作家对民族文化的认同。

---

① 阿来：《当我们谈论文学时，我们在谈些什么：阿来文学演讲录》，陕西师范大学出版社 2017 年版，第 85—86 页。

② 毛亚楠：《〈云中记〉：大地并不与人为敌》，《方圆》2019 年第 12 期。

③ 〔美〕J·贝尔德·卡利科特：《众生家园：捍卫大地伦理与生态文明》，薛富兴译，中国人民大学出版社 2019 年版，第 85 页。

二

《云中记》用大量篇幅来描写阿巴这位祭师。可以说，祭师是《云中记》中塑造得最成功的形象之一。那个在废墟旁持羊皮舞蹈的巫师形象，是小说中祭师阿巴的原型。据阿来介绍，几年前一位摄影的朋友回访灾区，带来一些照片，他在里面看到了那个巫师的照片。朋友告诉他，那是一个悬在半山的羌族村子，因为即将要发生次生的地质灾害，所有人必须搬要搬迁，巫师回到那里做了场法事，与故乡做最后的告别，他拿起羊皮在废墟旁舞蹈，身后就是故乡漂亮的大山。

从历史的角度来看，《云中记》以祭师阿巴的生活史为线条串联起文学史意义上的各个历史时代：十七年、新时期、新世纪。进入新世纪，作家们纷纷重新书写历史，改变叙事的内部结构，消解崇高的美学风格，重新唤起被压抑和遮蔽的个人记忆、民间文化记忆。从这个角度来看待阿来的《云中记》，其意义在于，它从藏区文化的视角重新找到了一种历史结构的呈现方式。

从比较的意义而言，我们常见的关于中国现代历史的叙述方式主要有几种。一种是进化论，马克思主义革命进化和阶级叙事，主要体现在对五四文学的表述中，也可表达为旧民主主义革命—新民主主义革命—社会主义改造的历史阶段。这种叙事集中于十七年时期。新时期以来，随着思想文化的多元化，文学上叙事方式分化，出现了不同于十七年时期阶级叙事的中国传统历史意识的觉醒和民间、私人叙事，在文学上呈现为历史的多元化阐释。前者表现为寻根文学，如韩少功和汪曾祺的作品，后者则呈现在"新历史主义"小说实践中，如王安忆和莫言的作品。这种创作体现为一种去结构的历史意识，将本来可能存在的历史结构遮蔽了。

阿来在地震十年后所创作的小说的开头写道："向莫扎特致敬，写作这本书时，我心中总回响着《安魂曲》庄重而悲悯的吟唱。"保持"咏唱"的调子一直写下去，本身也是阿来写作状态的一种体现。是《安魂曲》那庄重而悲悯的吟唱，奠定了《云中记》的创作基调。阿来没有落入通常的灾难叙事中把笔触放在人的悲痛与无助的俗套，也没有赋予地震以某种伦理化的色彩，而是认为这是大地无法控制的活动。阿来是希望在《云中记》中寻求一种对灾难描写的突破。正如米勒所言："文学的特征和它的奇妙之处在于，每部作品所具有的震撼读者心灵的魅力（只要他对此有着心理上的准备），这些都意味着文学能连续不断地打破批评家预备套在它头上的种种程式和理论。"① 阿来的创作无疑打破了以前作家描写灾难的程式而获得了内容的创新。

小说以时间为顺序展开，在第四天，也是地震发生第五年的"那一天"，阿巴做好了一切准备工作，开始安抚村子里每一家的灵魂。在这个过程中，承受灾难的一个个具体的人的面容从叙述中展现出来，拥有了自己的名字，有了自己的生活经历，以及在地震中以及地震后的行状。因此，阿来的写作在只言片语中表达出一个人的性格与命运，让我们得以近距离打量云中村的每个人。

---

① 〔美〕J·希尔斯·米勒：《小说与重复：七部英国小说》，王宏图译，天津人民出版社2005年版，第5页。

阿来为《云中记》提笔的时候，陪伴他的自然是《安魂曲》。有了这个基调，《云中记》写出了救赎与温暖。对阿来而言，“只有真正的文学才能将这些表达出来，他找到一种安魂的方式让这场地震在文学中呈现，这亦是时间对于这部小说的意味”①。从这个意义上讲，对作为地震灾难中的他者形象而存在着的藏地而言，《云中记》的出现冲击了原本的灾害写作模式和传统的想象藏地的方式，也让作家创造了另外一种讲故事的方式。从这个维度来看，《云中记》实实在在地将“他者”主体化了，这个主体本身不同于“我们”，它自身有着强大的面对灾难的再生能力和自足的存在方式以及自我拯救之途。

张承志创作《心灵史》，决心抛弃“陈旧的治史方法”，并创造出一种“同时是历史，是文学，是宗教著作”的文本，以寻求“心灵曾经体验过的真实”②。同是少数民族的藏族作家阿来或许也是想创作出类似的文本。通过文本的阅读我们发现，整部《云中记》如同交响乐一样，形成多声部结构，多种结构相互交叉、套叠、渗透，展现出一个立体的历史空间，这个空间具有非常复杂的结构。其间有一个交汇点，这个交汇点就是祭师阿巴的生活史。这是一种更为宏大的叙事结构，它无形中契合了古代中国的家国想象，所以这部小说可说是一部充满史诗性的小说，其中有明显的英雄形象——一种不同于十七年时期经由革命意识形态塑造的“阶级英雄”的“文化英雄”。祭师阿巴和基层年轻干部、他的侄子仁钦就是被当作文化英雄来塑造的。现代以来的中国小说，都利用“中介层面”作为叙事策略介入文本，这个层面在特定的时代语境中被强制固定下来，并作为“人物”在文本中得以体现，我们可以粗略地将这个“凝固物”对应为“身份”。在典型的左翼革命话语和阶级分析话语中，这个“凝固物”是“阶级”，这一时期的小说中人物被嵌入互相对立的两个阵营，两者在意识形态层面被表述为互不相融的对立阶级。而在新时期“告别革命”的历史语境下，“阶级”被置换了，最常见的替换物就是“职业”这一个新的“凝固物”，这种身份的置换所反映出的乃是社会历史文化语境的变迁和小说创作观念的改变。

在小说《云中记》中，阿来所凭借的身份，即中介层面是“祭师”。这个中介层面既不能说属于“阶级”，也不能说属于“职业”，因为这个层面不是被现代历史生产出来的，而是自为地存在于当地民俗文化的秩序中。《云中记》的主人公阿巴家里“世世代代都是祭师”，但阿巴与父亲和爷爷不同。父辈的祭师身份是由云中村文化自然传承下来的，但阿巴的祭师身份却是从政府所办的非物质文化遗产传承人培训班而得。为了配合发展当地的文化旅游产业，阿巴还被授予“非物质文化遗产传承人”的称号，但有趣的是，这个名称他从来没叫全过。作为祭师的阿巴并没有真正进入角色，“上过农业中学，当过云中村有史以来第一个发电员”的履历让他有了现代意识，不相信鬼神的存在，直到那场地震来临，将阿巴身边的一切改变。小说写出了阿巴思辨的整个过程：“这世界到底有没有鬼魂，万一有的话，云中村的鬼魂就真是太可怜了。活人可以移民，鬼魂能移去哪里？”（第 58 页）阿巴的种种际遇，都指向了他回村的选择：“作为一个祭

① 毛亚楠：《〈云中记〉：大地并不与人为敌》，《方圆》2019 年第 12 期。

② 张承志：《心灵史》，花城出版社 1991 年版，第 151 页。

师，他本是应该相信有鬼魂的。他说，那么我就必须回去了。你们要在这里好好生活。我要去照顾云中村的鬼魂。”（第 58 页）这条自我身份确认之路同样也是救赎意义上的找寻自我之路。但阿巴的决定给侄子仁钦出了难题。仁钦的身份是县里派来云中村救灾的领导小组组长、瓦约乡的乡长，他是签了责任状的：保证移民村人安居乐业，不发生回流现象，保证全乡境内不因为震后次生地质灾害产生新的人员伤亡。但现在，云中村有一个人从移民村回流了，这个人还是他的舅舅。作为一个从藏族内部生长出来的新的可能性，仁钦的决定让人感动。他是一名政府官员，自然理解政策的指示，但舅舅的决定是文化意义上的，仁钦对此选择了理解，并准备承受来自体制的压力和惩罚，并为了这个理解放弃了一些东西。[①]

阿来对基层干部的描写是一种区别于政治话语的文化话语书写，这种话语所着眼的，是秩序感，而不是政治视角下的斗争历史图景。作为人文生态主义小说家，阿来与小说的主人公祭师阿巴分享着相近的思想与情感，暗示了对人类失去家园的深切哀伤以及生存与死亡的相互转化，因此“《云中记》的价值，正在于其恰如其分地呈现了生与死、光明与黑暗、自然与人类等彼此依存、互相转化的状态”，并且，阿巴的自觉选择让“我们再次意识到自然的无情，意识到阿巴所携带的那个传统的世界无限远离了我们，也意识到死亡所蕴含的新生。这里有悲伤，但慰藉也将不期而至”[②]。

三

最后，再来谈一谈“故事”这个层面。“故事”这个词有两种理解，一种是作为偏正结构，强调的是陈年往事，即过去发生的久经逝去的事；另一种强调其虚构性、文学性。阿来在《云中村》中讲的“故事”应该属于前一种。

人类社会生活中的万事万物都与文艺有着千丝万缕的联系，故事其实就来源于我们的生活。重要的不是讲述故事的年代，而是故事发生的年代。“故”事，就是关于历史记忆的叙事。在当下社会中，我们被速度和效率裹挟，失去了听故事的闲情逸趣，对一切都失去了探究的兴趣，我们的耳边也经常响起“城市无故事”的声音。阿来的写作给我们带来了一个渐已尘封的“故”事。他的写作，唤醒了我们对“听故事”的某种期待。地震灾难是我们都熟悉的，但阿来从阿巴祭师的视角来讲述这一故事，弥补了我们信仰的不足、见识的不足。我们作为听故事的人，一直在期待着他的讲述。当然，这个故事的吸引力和震撼力一方面来自它的内容，另一方面也来自阿来讲故事的方法。从小说的结构和内容来看，其叙事方式和时间感有着非常鲜明的特色，是阿来独有的通过个人历史记忆讲述故事的方式。正如皮埃尔·诺拉对记忆与历史的叙述：

> 记忆是生活：它总是由鲜活的群体所承载，因此一直在发展……而历史始终是对不再存在的事物的有问题的不完整的重构。
>
> 历史代表着过去。因为记忆是有感情而神秘的，因此记忆只包含着强化它

---

① 毛亚楠：《〈云中记〉：大地并不与人为敌》，《方圆》2019 年第 12 期。

② 岳雯：《安魂——读阿来长篇小说〈云中记〉》，《中国当代文学研究》2019 年第 2 期。

> 的各种细节：记忆攫取各式的回忆，不精细的、混杂的、整体的或不稳定的、特殊的或有象征性的，并可以转载、消失、截取或投影。
>
> 在历史的平台上，一种破坏性的对自发记忆的批判在进行着。历史总是对记忆质疑，历史的真实使命是破坏记忆，驱赶记忆。历史是一个对曾经存在过的过去去除合理性的过程……历史的运动，历史学家们的雄心——它们不是唤回曾经真切发生过的事情，而是消灭它们。[①]

从引文可以看出，诺拉在两个层面上使用“历史”这个概念：一种是本质意义上的历史性运动，即传统意义上的历史事实；另一种则是现代意义上以历史经验和历史反思。阿来的小说无疑属于后一种，他以讲故事的方式来重现自身的记忆和历史。

我们当然不能说这是历史的全部，或者具体地说是地震以后的全部，但阿来所表达的无疑是历史、事件、人性中的重要部分。我们熟悉了灾难中的惨烈与灾民的无助，但这并不全是理想主义的展开。《云中记》几乎原生态地呈现了藏区的灾民、志愿者、干部、参与救灾的解放军战士、祭师和死难者等，在这样的故事讲述中，阿来不仅重构了那段历史，还在重写那段历史的过程中反省了“我们”的出身和视角。

在《云中记》中，我们读到了自以为正确的世界观和对世界的认识，而这种所谓不言自明的理念原来也是值得我们反思的。仁钦的存在给我们提供了参照的视野和反思的维度，这是《云中记》最深刻之处。同时，借助祭师阿巴的祝福，目睹了太多苦难和死亡的作家阿来本人也希望幸存在这个世界上的人“面前的道路是笔直的”（第 26 页）。

另外还有《云中记》中以祭师阿巴为代表的藏区原始宗教中神秘信仰的问题。在以科学为代表的“祛魅”时代，在全知视角的观照之下，我们剔除了对神秘事物的认知，很多事物在我们的凝视变得“透明”。我们只从科学的角度来思考和解决问题，将那些神灵和鬼魂都看作迷信和愚昧的产物，这可以说是现代认知结构中非常重要的一部分。而在《云中记》中，我们看到了藏民们的信仰和对山神的祭祀、祭师的选择，以及云中村各色人等的出场和精神话语写照。柄谷行人通过“内面”之颠倒发现风景：“实际上所谓‘颠倒’并非意味着由内在性而产生风景之崇高，恰恰相反，是这个‘颠倒’使人们感到风景之崇高存在于客观对象之中，由此代替旧有的传统名胜，新的现代名胜得以形成。而这个现代的风景不是美而是不愉快的对象这一点则被忘却了。”[②] 在《云中记》中，阿来通过灾难叙事将当下文学中被遮蔽的边缘风景“去蔽”了，文本里蕴含着作者明显的主观色彩和清晰的价值判断。作者对阿巴、仁钦的塑造方式，饱含着崇敬和赞赏之情。如果说思想和情感必须经过复杂的现实生活和历史的淘洗以及多元思想的碰撞与淬炼才能形成，那么阿来的《云中记》正是以这样的方式介入了对那段地震灾难的重新叙述，并为如何讲故事提供了一种新的可能。

通过阅读阿来的《云中记》，我们回到文学创作本身，从文学作为时代的倒影来看，值得我们进一步追问的是：是否当下的生存状况和文化生态使我们身边没有了故事，抑

---

① 〔法〕皮埃尔·诺拉：《历史与记忆之间：记忆场》，见冯亚琳，〔德〕埃尔（Erll，A.）主编，《文化记忆理论读本》，余传玲等译，北京大学出版社 2012 年版，第 95—96 页。

② 〔日〕柄谷行人：《日本现代文学的起源》，赵京华译，中央编译出版社 2017 年版，第 2 页。

或新的讲故事的方法已消失殆尽了？阿来的《云中记》，显然向我们提出了很多值得反思的问题。

（作者单位：安庆师范大学文学院）

一曲自然哀歌的背后

——读阿来的《云中记》

栗　军

藏族作家阿来在沉寂了多年之后，终于在2019年发表了他的新一部长篇小说力作《云中记》，这部作品最早发表于2019年第1期的《十月》杂志上，2019年4月又由十月文艺出版社出版单行本。在小说最后，阿来写道，这部作品于2018年5月12日汶川大地震十周年开始动笔。在纪念日动笔且庄重地写作，阿来究竟要书写什么内容，不言而喻，这也让本部作品呈现出长篇小说在文学性外的纪念意义。地震是一种自然灾害，很多人都会用血泪之笔去记录自然给人们造成的巨大灾难。物质上的创伤很快就能修复，人类精神上的创伤却很难愈合。阿来究竟如何书写这苦难的瞬间，如何来书写人们的悲苦，让人们期待。读完整部作品，巨大的悲痛感久久无法挥去，但细细品味，仍不免有疑问：阿来为什么写这篇小说？为什么小说的主人公阿巴要有死的决心，谁都无法劝说他回心转意？阿来为什么要用博物学的方式在小说中展示多种动植物的名称，并详尽地刻画它们？小说究竟要表现什么？

一、灾难题材的全新演绎

汶川大地震已经过去11年了，人类遇到大自然不可抗的灾难，通常会有"灾民心态"，让人关照，让人同情。当代知名的藏族作家、居住于成都的阿来看到了这一点。他本人尽管也在成都亲历了地震，震后也到过灾区，也有不少报刊和网站约稿，却迟迟未能动笔。他总是在思考着，思考更深层次的问题，如"黑暗之中的希望之光""人性的苏醒与温度""有脉可循的家国情怀"①，等等，但这些貌似都还不够。直到汶川地震十周年，阿来才找到了这个角度："新建一个文档，开始书写，一个人，一个村庄。从开始，我就明确地知道，这个人将要消失，这个村庄也将要消失。我要用颂诗的方式来书写一个殒灭的故事，我要让这些文字放射出人性温暖的光芒。"② 这种方式可以避免通讯及报告文学或纪实文学缺少温度、面面俱到的问题。从一个人、一个村庄入手，是小说的方式，新颖独到，更有带入感。而且主人公带我们进入的这个村

① 阿来：《不止是苦难，还是生命的颂歌》，《文艺报》2019年6月12日。

② 阿来：《不止是苦难，还是生命的颂歌》，《文艺报》2019年6月12日。

庄——瓦约乡云中村，它没有在地震中消失，却是在地震结束后因为属于滑坡区而消失。这种创伤感，更是让人揪心和煎熬。

《云中记》写了瓦约乡云中村的一位村民，也是苯教祭师——阿巴。在云中村被判断为地质滑坡区，云中村的村民早已搬到移民村后，也是在汶川地震后的第五年，阿巴重新回到云中村。阿巴除了用苯教的方式祭祀了在地震中所有死去的人的灵魂，也抱定了和云中村一起消失的决心而拒绝离开云中村，最终跟随云中村一起消失。

小说角度新颖。它选取了村中的一位苯教祭师为主人公。祭师的妹妹也在地震中死了，但妹妹还有个孩子，就是主人公的侄子。孩子已经长大，是国家干部，在地震中第一个来到村里救援，后来被提拔为乡长。云中村集体搬迁后，有人回迁，就是这位乡长的舅舅，他执意回到云中村，影响了政府的工作业绩，乡长也因此免职。故事虽不是什么大事，但也是小说情节的推动因素。阿巴作为主人公，他更多自己一个人活动，侄子仁钦和其关系吸引读者想知道阿巴最后究竟是和云中村一起消失了，还是又回到云中村。除选取人物角度新颖之外，小说的独特之处也在于所选取的云中村这个特殊的村落。云中村和一些邻村稍有不同的是，它是众多藏族聚居村落中的一个特例，其他藏族聚居村落多信仰藏传佛教，而云中村信仰苯教，村民们根深蒂固的苯教信仰，让寺院的喇嘛也没法宣传佛教思想。而且云中村也有自己的传说：山神阿吾塔毗带领大家来到这里，与矮脚人战斗，并终于在这里安定下来；阿吾塔毗死后灵魂化作积雪的山峰，成为山神。

苯教是藏族的原始宗教，藏传佛教里能看到原始苯教的影子。原始苯教相信万物皆有灵，崇拜天、地、日、月、山川、花草树木等一切自然物。阿来在《云中记》中将云中村人们信仰的原始苯教形象化地展示出来。阿巴作为祭师的传承人，也相信万物有灵，虽然他没看到过鬼神，但他相信这一切，因此，主人公阿巴在地震五年之后又一次来到处于滑坡体上的云中村，祭祀一个个亡魂。当阿巴祭祀在地震中死去的妹妹时，说着说着话，一株株蓝色的鸢尾花就开了，阿巴就很自然地相信妹妹的灵魂寄寓在鸢尾花上。他把这偶然的事件看得非常神奇，告诉给妹妹的儿子，即已经做了干部的仁钦。仁钦虽然当了乡长，但也不回避妈妈的灵魂寄托在鸢尾花上的说法，把鸢尾花的种子收集起来，带回山下，种在自己的花盆中，精心呵护。

阿来在小说中摒弃了很多纪实文学的人情主题、大爱主题等。这一部长篇小说究竟要表现什么，阿来为此并没有过多的解释。也许是人类对大自然攫取太多而遭受的惩罚，也许是上苍对传统文化消亡的惩戒，也许也是某些乡村在人类社会现代化进程发展中的自然淘汰。而人类在大地震颤中所表现的情感诉求，都由阿来一点点地客观地表达出来。人类渴求物质文明发展的同时，也会去缅怀失去的传统，因此，阿巴才在地震5年后去祭奠亡灵。阿来在2019年的一次题为《乡村重建和士绅传统》命题演讲中曾讲道："在旧的东西彻底消失以前，在很多正在成为被遗弃的乡村的废墟上——人文的废墟、产业的废墟——物理空间中一个一个失去生机的村落确乎是存在的，但我们必须看到在这样的废墟当中，有着新的可能性，一些新的东西在萌芽、在成长。"① 云中村就

① 阿来：《乡村重建与士绅传统》，《十月》2019年第4期。

是这样一座村落，只是它的命运更为极端——由于移民搬迁，它已经变为一座空村。而云中村的老百姓如何融入移民村，如何更好地发展，阿来在《云中记》里没有明确说，但应该还是有新的东西、新的希望。

二、一曲哀歌

小说可谓是一曲哀歌。而这曲哀歌不仅在哀叹地震中逝去的人，也在哀叹自然界的一切，更是在哀叹所有即将遗失的传统文化。

小说以主人公阿巴在地震五年后从移民村回到云中村，祭祀地震中的亡灵为开端。因为云中村属于地质滑坡区，阿巴的侄子仁钦、原来的老朋友云丹等人都过来看望阿巴，通过和阿巴的交流，他们知道阿巴决心不再回移民村，而是要和云中村永远在一起。阿巴为什么有这么强烈的死的决心，一定要和云中村在一起？有人私自回到地质灾区云中村，乡长仁钦因此会被免去职务，其他公职人员来劝阿巴也无济于事；仁钦作为阿巴的侄儿与同村的云丹一起定期为阿巴送补给，断腿舞蹈姑娘为打造自己的形象无意间造访。但谁都无法使阿巴回心转意，回到移民村，安于现世的生活。整部小说所呈现的是：阿巴回云中村祭祀，就是因为认定政府是管活人的，而他是一位祭师，是云中村苯教的非物质文化遗产传承人，他是管死人的，要祭祀所有在地震中云中村逝去的生命。阿巴一回到云中村，就祭祀自己的亲妹妹，认为妹妹的灵魂寄寓在蓝色鸢尾花上。阿巴挨家挨户祭祀村中每一户人家：第一家是罗洪家；第二家是一位名叫阿介的孤独老人；第三家、第四家、第五家没有死人，但有人在这次地震中失去了双腿；第六家是土司家的裁缝，早已搬到县城，他们家改造成了幼儿园，在他们家的旧房中死去了一个刚从幼师毕业的老师和三个孩子；第七家是阿麦家……云中村有 36 户人家，阿巴几乎是都走完了，也算是祭祀结束。在一个半月之后，阿巴才祭祀了差点忘掉的一户四口之家，曾经得过麻风病的住在山上的谢巴家。对村中每户人家，阿巴都不怠慢，甚至是外来的幼儿教师、住在山上的谢巴家。阿来对生命的敬畏是发自内心的。阿巴祭祀完，就不打算离开云中村，他决心要和云中村永远在一起。

除了哀叹逝去的人的生命，阿巴也哀叹着自然界的一切，虽然对这一切，小说并没有明确说明是在祭祀，但也有某种象征意味。在地震之前，村里的一棵被认为是神树的柏树要死掉了，村民们让阿巴来救救神树，但祭祀过后，神树还是依然故我地继续落着枯叶，当阿巴在五年后回到云中村时，那棵死了的柏树还如雕塑般立在那里。小说是这样来描述这棵树的："而那棵金属一样光滑的枯树，反射着阳光，就像是在燃烧，抖动着银白色的火焰。"[①] 看到鸟儿，阿巴觉得生命以鸟的方式存在很好。鸟儿在大地震颤之时可以飞走，而生存于大地上的一切，却免不了和人类同样的命运。阿巴回到村子，从移民村带出来的饼和熟牛肉已经馊了，阿巴把这些东西抛洒到山坡下，算是祭祀山里的野兽——野猪、狼、狐狸、熊。阿巴认为这些野物也有灵魂，它们可以享用这些东西。阿巴到磨坊前祭祀自己的妹妹，磨坊前面有一丛鸢尾。阿巴跟妹妹自言自语地说

---

① 阿来：《云中记》，北京十月文艺出版社 2019 年版，第 32 页。以下凡引此书均不再另注，只随文标页码。

话，说着说着，阿巴听到了一点声音："像是蝴蝶起飞时扇了一下翅膀，像是一只小鸟从里向外，啄破了蛋壳。一朵鸢尾突然绽放。"（第67页）阿巴于是认为妹妹的灵魂寄寓在鸢尾花上。他把妹妹的儿子仁钦的一切近况都告诉妹妹。

哀叹包括人类在内的所有生灵，这是阿来平等的自然意识的流露，但阿来究竟要表达什么？逝去的已经逝去，主人公阿巴却选择在五年之后，云中村即将消失的时候，返回云中村，这里也有对即将遗失的所有传统文化的哀悼。除了写阿巴回到云中村祭祀亡灵，小说还写了阿巴年轻时候的事情。阿巴的父亲为修机耕道做爆破手，不幸死掉了，阿巴也因为管理水电站，而在水电站遇到的滑坡中随泥石流滚到江中，虽然被救回，但失忆了很多年。令人觉得特别具有反讽意味的是阿巴和父亲之所以被安排做那样的工作，是因为大家觉得他们是祭师，"云中村人认为祭师这种能通鬼神的人，才能摆弄那些瞬息之间就爆发出巨大力量的爆炸物"（第78页）。每个地方都是需要现代化的，但在现代化的同时，传统文化也在消失。尽管后来，在旅游开发下，乡里、村里又让阿巴去参加了非物质文化遗产传承的培训，而且以阿巴的祭祀活动为内容之一，来推动当地旅游发展，但阿巴对自己的祭祀能传承多少原始苯教文化——因为有过断代，阿巴没法从自己的父亲那里学习——他自己心里也没底。云中村被确定为地质滑坡区，大家都搬到移民村后，阿巴失去了作为非物质文化遗产传承人的作用，他只好在家具厂上班。而五年后，阿巴觉得自己应该去云中村祭祀，于是他义无反顾地去了，除了挨家挨户祭祀亡魂，阿巴的潜意识里也有对传统文化的祭奠。而这种传统究竟是精华大于糟粕，还是糟粕大于精华，阿巴没有去想，阿巴只是让逝去的灵魂安息，待到所有的一切都安息了，烟消云散，阿巴也觉得自己没有存在于世的价值了。

三、以民间方式表达意蕴

《云中记》虽然是写地震，以2008年汶川地震为原型，但阿来在这部作品中仍然沿用了过去常见的民间方式来表达意蕴。

首先是以民间的视角。小说的视角是云中村的苯教祭师阿巴的视角。所以，小说对于地震的认识，对于地震给人们带来的伤害，都是从阿巴的角度来解释的。云中村在遭遇地震前，有一棵老柏树突然死了，村人让阿巴来挽救它，但怎么做都无济于事。后来发生了地震，村人也认为是有先兆的。云中村和其他信仰佛教的村子不一样的是，人们有自己的传统信仰，有自己的保护神阿吾塔毗，但阿吾塔毗也无法在地震中保护村民，村子最后也随着地质滑坡而不复存在。由于是阿巴的视角，老百姓在接受政府的第一时间的救灾和移民搬迁的同时，也接受阿巴回云中村为每家每户祭祀。小说也有很多民间戏谑的表达手法，比如阿巴被选中做水电站的发电员，阿巴的父亲做了爆破手，就是因为村民认为祭师是通灵的，能够解决爆破的问题。而在地震前，阿巴做法事无法挽救村里的大柏树，也有人认为阿巴这个祭师是假的，甚至阿巴自己也经常怀疑究竟有没有灵魂。

其次，小说表现了很多民间风俗习惯。阿巴准备回云中村前，让自己的侄子仁钦给自己搞两匹马，于是老乡云丹把马给他找来，阿巴和云丹用手藏在袖筒里讨价还价的方式，说好两匹马的价钱。谈好后，付了钱，云丹就说："坐下来吧。我们两个人还没有'告诉'呢。"这个"'告诉'，是瓦约乡的古老风俗。两个人在路上遇见，要是昨天才见过面，就互相把昨天以来的事情告诉一遍。要是一个月一年没见过面。就把一个月一年以来的事情告诉一遍。所以，方圆百十里，全乡七个村子家家户户的事情，彼此都清清楚楚"（第25页）。过去云中村人很多也采用传统的以物易物的交换形式，比如呷格家就是自己种麻织麻，用大麻籽或者纺好的麻布和村民们换取粮食。阿巴祭祀的全套仪轨也在小说中表现出来，如穿礼服、使用器具、唱歌、舞蹈等。

小说中关于云中村的由来，关于阿吾塔毗的来历以及他的画像，有很多故事，还有阿巴在祭祀时的祭歌，都是在书写即将消失的民间传统。阿巴一个人回到云中村，但如果云中村不搬迁，阿巴的身后会有很多人跟着他一起唱赞词："谁人戴着水晶冠？/阿吾塔毗戴着水晶冠！/什么样的水晶冠？/龙宫里来的水晶冠！/山神骑着什么马？/山神骑着追风马！/山神拿着什么箭？/山神拿着霹雳箭！/什么色的追风马？/赤焰色的追风马！/什么样的霹雳箭？/金光夺目的霹雳箭！"（第157－158页）尽管是简单的祭祀时唱的歌，却也还原了整个场景。山神阿吾塔毗的故事，也是云中村来历的故事。故事大致是这样的：在西方很远的地方，有三个兄弟，他们驯服野马为家马，也发明了水渠浇灌庄稼，但是由于人多，三兄弟决定分开，大哥留在原处，二哥向南，三弟阿吾塔毗向东。阿吾塔毗到达云中村，梦见了辛饶弥沃祖师，祖师告诉他应该停止前行，阿吾塔毗就在这里带领大家征服了矮脚人，荡尽了森林中的妖魔鬼怪。随后阿吾塔毗就升了天，灵魂化入云中村后的终年积雪的山峰，成了山神。阿来用民间的表达方式来记叙云中村在地震后的经历，虽然有对传统文化消失的惋惜，但更多却是精神层面的表达和抒怀。人在大灾难之后需要用爱来抚慰，需要缅怀逝去的亲人、乡村和土地，也需要思忖人类的未来。

四、博物学的背后

阿来在创作过程中，极其关注自然界的一切事物，因而有人将其作品称为"生态文学"，或者称其作品表现出"生态美学"[①] 特征，也有人将其称为"博物学"。阿来自己也极其关注"博物学"，虽然"博物学"究竟谓何不太好定义。阿来曾在一次题为《博物学与我的写作》的演讲中说："我对大自然是抱着这样一种心态，我看大自然就是一场生命奇迹，人只是众多奇迹中的一个奇迹。"[②] 阿来的长篇小说《云中记》描绘了很多动植物，而且是非常细腻地描绘，如在地震那年，因为柏树一天天地枯死，阿巴就特别关注每个月植物所呈现的状态。

> 三月，渠水奔向返青的冬小麦田。李花开着。桃花开着。前些年政府大力推广的叫作车厘子的外国樱桃繁密的白花也开着。

---

① 王传领：《论藏族文学中的生态美学意蕴——以阿来〈蘑菇圈〉为例》，《西藏大学学报》2019年第2期。

② 阿来：《为什么植物在中国文学中越来越枯萎?》，搜狐网，2019年7月4日，http://www.sohu.com/a/324675319_100008823.

> 四月，那些花相继凋谢。
>
> 五月，李树、桃树、樱桃树上都结出小小的果子。小桃子毛茸茸的。青绿的李子和樱桃脆生生的。（第 7 页）

关于各类树木也有传说故事。有一则是关于“花楸树”的故事：

> 花楸树出现了。花楸长着羽状的叶子。春天开白色的花，秋天结白色的果。传说花楸枝头繁密的浆果是熊酿制果酒的好材料。熊攀到树上，用这些浆果把胃塞得满满当当。熊的胃就是浆果发酵的酒缸。熊吃饱了浆果，就一动不动待在树上，睡在树杈中间。等肚子里的浆果发酵，变成酒。等酒劲冲上头，它们就快乐地拍打胸脯，摇晃树枝。最后，从树上掉下来，在树下昏睡，呕吐。那都是老辈人传下来的故事。（第 63 页）

阿来在《云中记》里描写的植物非常多，柳树、桦树、丁香、鸢尾、白桦、云杉。柳树枝蘸上溪水可以抽打掉不干不净的邪祟，鸢尾寄寓着妹妹的魂魄。阿巴回到云中村，也自己种植一些蔬菜，辣椒、大蒜、白菜和萝卜等。一同种植的蔬菜先后发芽，先是菠菜，然后是芫荽和胡萝卜。阿巴睡觉不关门，一睁眼就能看到这些蔬菜：“早晨斜射的阳光把那些翠绿的叶片照耀得晶莹剔透，叶片边缘上坠着的露珠闪闪发光。”（第 238 页）

小说中也有各种动物。阿巴上山带了两匹马，到山上后，又经常有一群鹿来啃食罂粟，有鸟巢。刚开始，鹿群每天上午来，让阿巴很欣慰，为他送补给的云丹来后，他才知道鹿群来啃食的是罂粟，这是诱使鹿群每天来的原因。而阿巴和云丹有一段对话也颇有意味。云丹说阿巴应该打死鹿，有一对鹿茸就发财了，但阿巴却说：“云中村不要再死什么东西了。伙计，我喜欢云中村现在的样子，没有死亡，只有生长。什么东西都在生长。”（第 245 页）而云丹却非常现实地想说：“伙计醒醒，云中村都命中注定要从这个世界上消失了，那这些草木的生长又有什么意义。”（第 246 页）但云丹却没有说出来。对于鸟巢，阿巴也表达自己的观点。鸟巢是筑在窗户上的，阿巴不喜欢鸟儿们，因为鸟儿总是在天不亮的时候吵，于是阿巴“希望它们不要在半夜里吵”（第 131 页），加之大鸟在喂养小鸟的时候，会叼来一些蚱蜢、蜥蜴，甚至蛇，“阿巴不爱看这样的东西。他希望大鸟叼回来的只是些小小的虫子：毛虫，或者飞蛾”（第 132 页）。这是阿巴的生态观，是自然万物和谐相处的表现。

从这个意义上讲，博物学和阿来的自然观比较近似。有人曾分析过阿来的自然观，“阿来文学所最终谋求的都不只是人与人之间的相互理解相互沟通，它致力于是一种更大的接通，是人与万物的彼此尊重和深度对话，是自然中对人的肯定和同时的人与自然的应许。这可以说是阿来小说的自然观，或说是某种含蕴自然与人在内更包括人所创造的更多新事物新的人群新的自然的宇宙观。这个宇宙观，构筑了阿来对人、事、物的看法，所以在他的史诗中，人、事、物是平等的，它们取得了小说家笔下独立的言说，它们占据着同等重要的篇幅和位置”[①]。也有学者曾说：“阿来以《大地的阶梯》和《成都

---

① 何向阳：《万物有灵，而平等——阿来小说中的自然观》，《文学报》2019 年 1 月 17 日。

物候记》中所体现出来的人类学、博物学的耐心铺展了一个关于个体如何在变动的环境中寻找与确立自我的故事。”[①] 在《云中记》中，云中村有特定多样性的生物背景，主人公阿巴独自一人回云中村祭祀，为铺展一个个体在变动环境中的自我确立做了形象性的表现。

阿来的《云中记》已不单单是一部记录地震的小说，其中蕴含着阿来以往小说中的很多主题，它为人类现代化进程书写了一曲哀歌，也暗含着作者一贯的自然主义、生态美学、博物学下的故事讲述，也有作家从文学的视角对传统民间事物的缅怀和记录，而其背后更侧重人类精神角度的抒怀，是人类借大自然对灵魂进行的修复和拯救。

（作者单位：西藏民族大学文学院）

① 刘大先：《作为世界主义者的阿来》，见陈思广主编，《阿来研究》（第 10 辑），四川大学出版社 2019 年版，第 29 页。

论《云中记》中的阿巴形象及其意义*

王　泉

《云中记》是阿来历时十年创作的最新长篇小说，它以藏族祭师阿巴的视角审视了地震后云中村的状况，展现了藏族民间的神灵崇拜，寄寓了作家的悲悯情怀。这部小说主要通过主人公阿巴寻找云中村的罹难者及与幸存者对话，连接起云中村的历史与现实，在平淡的叙述中凸显人物心理活动，以一个小村的日常生活表现了创伤记忆。阿巴形象具有典型性，是共同民族记忆的审美载体。

一、阿巴形象的文化内涵

文学书写创伤记忆，不是简单地复述灾难发生的过程，而是通过感人的故事去抚慰受伤的心灵，呼唤人道主义的情怀。21 世纪以来，涌现出一批书写创伤记忆的优秀作品。李瑾、陶野、何先鸿的报告文学《惊天动地》书写了汶川大地震，表现大灾后的大爱，凸显了中华民族的凝聚力，同时揭示了贪腐现象。何建明的报告文学《南京大屠杀全纪实》以被害人与施暴者的双重视角，全景式地深入历史，给人强烈的震撼与悲剧感。严歌苓的小说《金陵十三钗》以女性受难者的视角审视南京大屠杀的历史，揭示了日本侵略者的罪恶。阿来的最新长篇小说《云中记》书写地震之后幸存者的生活状况，没有采取宏大视角，而是从一个藏族村庄的日常生活体现藏民的精神面貌。这样的书写看似平淡，却能够让读者透过藏民生活的侧面看到他们巨大的心灵创伤和心理波动的轨迹。

阿来在早期的小说中塑造过一个藏族民间英雄阿古顿巴形象，表面上看，阿古顿巴是一个流浪汉，但其劫富济贫的善举却打动了无数底层民众的心。阿来在 20 世纪 90 年代创作的《尘埃落定》中塑造了“傻子”二少爷的形象，揭示了其“傻”的外表下的智慧，道出了“聪明反被聪明误”的人生哲理。在新世纪的《格萨尔王》中，阿来以新历史主义的手法重新塑造了格萨尔王的形象，激活了其人性的一面，还原了格萨尔王作为普通人的七情六欲。阿来塑造这些人物形象多以民间传说或历史为基础，进行了大胆的想象，突出了不同人

* 本文为作者主持的湖南省社科成果评审委员会项目“新世纪以来中国文学的丝绸之路沿线景观书写”（XSP18YBC245）的阶段性成果之一。

物的性格。《云中记》则另辟蹊径，通过塑造祭师阿巴形象，激活了地震造成的创伤记忆，凸显强烈的家园意识。

阿巴的爷爷和父亲都是祭师，铺垫了他的成长之路。阿巴从曾经的电线工到祭师的转变，缘于作为祭师的父亲的口耳相传。地震前，他耳濡目染并受到启发，感觉到祭师在藏区存在的必要性。地震之后，他成为一名真正的祭师和县里的非物质文化遗产传承人。在藏民眼中，万物有灵，人要顺应自然之道，才能获得自由。祭师负责祭祀山神和为死者超度灵魂，在藏区有不可替代的作用。

"每一个有理智的人，对于形形色色的外在事物，都会有各种怀疑、质问和所谓的思索，这就是精神对外界事物获得认识和信仰的神秘活动。信仰从所有这些活动中产生，就像树从埋在地下的根长出地面一样。"① 作为祭师，阿巴有自己的信仰，他以足够的虔诚感应大自然，回应大自然，是一个敬畏自然的人。他上山遇到鹿，会举起双手，生怕打扰了它们。云中村的每一种植物他都铭记在心，希望这些植物都是逝者灵魂转化成的生命。这是藏族的灵魂转世观的显现："每个人都逃不掉死亡的命运，但藏族人并不认为死亡是生命的终结，而只是六道轮回的一个暂停处，或灵魂转世的一个过程。"② 因此，他们特别注重死的仪式，希望通过各种仪式来实现死者的愿望，使得其灵魂早日升入天堂。

在村民看来，阿巴是一个半路出家的祭师，通不了灵，神也不会买他的账。他虽然孤独，却没有任何抱怨。他祭拜山神，一边吟诵着传说中的云中村祖先的故事，一边感悟着云中村的历史，思考着如何为地震之后的村民减轻痛苦。传说中的山神来自西部高山，赶走了森林里的原住民——矮脚人，成为云中村村民敬仰的英雄。阿巴诵读着英雄的事迹，帮助遇难者传达了愿望，完成了人神对话。人类无法预测地震的发生，祭师所做的也只能通过仪式，在冥冥之中与祖先实现精神对话，把苦难化解。

物是人非，但自然的美景总能唤起人类的好奇心与探索欲望。在去地震之后的云中村的途中，阿巴听到野画眉鸟的鸣叫，想到昔日鸟王为云中村的山神引路的传说。小说写了阿巴与野画眉鸟的对话，突出了他对古老家园的依恋。

> 云中村整体搬迁，这些鸟依然停留在原地。依然在天气晴朗的时候悠长鸣叫。只是没有人再听它们做的天气预报了。或许，草需要，树需要，在草树之间出没的动物需要。阿巴变得爱一个人说话了。他听到了野画眉清丽的叫声，就回答说：知道了，知道了。天气好，天气好。
>
> 这么回应鸟鸣的时候，阿巴有想要落泪的感觉。
>
> 心头一热，就有泪水盈满了眼眶。他想此时泪珠里一定也映照出一个世界。天空，山野，还有他频频回望的幽深的峡谷。一滴泪水落下去，这个世界就消失。又一颗泪水溢出眼眶，这个世界又出现。他想起非物质文化遗产继承人培训班上那个佛教喇嘛背诵的《金刚经》里的话：一切如梦幻泡影，如露亦

---

① 〔英〕托马斯·卡莱尔：《论历史上的英雄、英雄崇拜和英雄业绩》，周祖达译，商务印书馆 2010 年版，第 206 页。

② 杨辉麟编著：《西藏的民俗》，青海人民出版社 2008 年版，第 252 页。

如电。[①]

这显然是一种“物候测法”[②]，即在长期的生活积累中形成的根据不同鸟的鸣叫判断天气好坏的方法。祭师阿巴在野画眉鸟的鸣叫中感到了一种久违的亲切感，一种对云中村村民的不舍之情。而《金刚经》里的话道出的则是万物自生自灭之理。一场大地震夺去了云中村许多人的生命，但自然界的动植物依旧那么活跃，没有被不测的命运湮没。相比之下，人类显得更为脆弱。面对一片废墟，阿巴的理想在野画眉鸟的呼唤中萌发了。他执意要寻找死者的魂魄，为其祈祷。这是祭师眼里的世界，人神对话转换为人与自然界生命的对话。

对于植物，阿巴也是耳熟能详。他似乎是一个博物学者，他和云丹仔细辨别了被鹿吃过的植物，发现并不是蔓菁，而是罂粟。阿巴由此联想到“文化大革命”期间的悲剧。地震之后，自然界的各种植物从头开始，寻找着生存的空间，云中村人却被迫离开了故土，从此远离他们熟悉的大地。这是一种漂泊之苦，是对创伤记忆的延续。一旦人离开生养自己的故土，生活固然可以重新开始，但心理上却始终萦绕着一种归乡的情结。落叶归根，对于中国人而言，故土意味着血缘亲情，意味着千年传统的世代相传。

地震的可怕在于其余震，不间断的余震会造成断裂带，威胁山体稳固。地质队进村后发现了新的险情，劝阿巴不要留在云中村。但他并没有听，新任乡长也没能阻止他。他要寻找逝者的鬼魂，为其超度。尽管在如今这显得有些荒唐，但这是一个祭师的职责和使命。他住在废墟旁，守望了一段时间，并没有碰到传说中的鬼魂。作家书写他的这种行为，不是故弄玄虚，而是要表现创伤的恢复过程之漫长。

“所有苦难的神秘原因是死亡，这也是生命的先决条件，所以死亡的确是无边的。如果承认生命的存在，就必须承认死亡的存在。但在我们肯定这个先决条件时，必然会对受难者表示同情，在这种情况下，受难者事实上是一个人的另一个自我。”[③] 可见，自然界的生命是在生与死的辩证中形成的，没有死亡，就不会有新的生命诞生。藏族人的灵魂转世观念同样呈现出生命的神秘性。阿巴的信仰告诉他，失去亲人的不幸遭遇告诉他：新的生命随时可见，温馨的记忆却难以恢复。在小说中，阿巴首先是一个受难者，代表了其族群共同的命运。作为一个祭师，他更懂得生命的意义，所以，他不能因为地质滑坡的危险而放弃对逝者灵魂的守望。其次，阿巴是一个拯救者，他肩负着抚慰云中村死难者灵魂的重任。他在试图拯救云中村时，发现了自己的孤独。一方面，他没有找到鬼魂，无法完成祭师的使命，这是一种可悲；另一方面，侥幸活下来的云中村人都搬迁到了新的移民村，这也是一种漂泊，因为移民村的相对安稳无法消除村民对原住地的依恋。可见，个体的孤独与族群的痛苦紧密联系在一起，源于古老家园的失去。

作家阿来把阿巴塑造成了一个固守自己信仰的人，他的固执是对其祖辈血脉的传承，也是对藏族文化传统的坚守。走完云中村的每一户人家后，阿巴与当地喇嘛有一段

---

① 阿来：《云中记》，北京十月文艺出版社 2019 年版，第 281 页。

② 格勒：《藏族本教的巫师及其巫术活动》，《中山大学学报》1984 年第 2 期，第 92 页。

③ 〔美〕约瑟夫·坎贝尔：《指引生命的神话：永续生存的力量》，张洪友、李瑶、祖晓伟等译，浙江人民出版社 2013 年版，第 53 页。

对话，耐人寻味。

> 喇嘛说：要不是为了等你醒来，我早就死了。孩子，为了等你醒来，我多活了好几年了。云中村的事，我得交代给你了。不是村长管的事，不是乡政府县政府管的事，是我们两个的事情，喇嘛故意压低了声音，是鬼神的事！
>
> 阿巴说：为什么要等我？
>
> 你是祭师的儿子嘛。
>
> 喇嘛您也有儿子啊！
>
> 喇嘛说：我儿子不相信鬼神了，而且，我儿子怕鬼。
>
> 不相信鬼神还怕什么鬼？
>
> 不相信的人才害怕，相信了就不会害怕。[①]

这是两个有共同信仰的人之间的对话，说明传承文化传统的必要性，也凸显了合适的传承人的稀缺，这是地震的后遗症。云中村本来人烟稀少，由于一些人的遇难，村民所剩无几。当他们沉浸在悲痛之中的时候，敬畏天地与鬼神就显得尤为迫切。这是千百年来藏族世代相传的习俗，尽管政府会采取物质上的救灾措施，但精神上的抚慰离不开传统的方式。阿来书写喇嘛的困惑，进一步表明了藏文化传统的式微。

阿巴按照喇嘛的嘱托，在石雕下面、水电站所在地和磐石下面投喂食物，以安抚逝者。喇嘛去世后，他就变得更加孤独，但这并不能阻止他继续守在云中村，坚守祭师的职责。后来他并没有找到逝者的鬼魂，他感到了失落，最后他和云中村一起彻底消失了。这是一个灾后重建的故事，但作家阿来没有写群体的行为，而是透过阿巴的视角，通过仁钦与央金姑娘的爱情故事，表现了云中村人的坚强与人世间的温情。

其实，阿巴在人神对话中还发现了自我——他自己的过去以及不被他人理解的经历，折射出祭师的宿命。这是时代的症候，也说明作家对主人公命运的同情。

灾难并不可怕，可怕的是人性的缺失和对优良传统的遗忘。阿来以阿巴形象书写创伤记忆中的人神对话，突出了人与自然不可分割的关系。地震是一种自然现象，人类无法避免受到地震的威胁。同时，家园重建不能只靠简单的物质援助，藏族传统文化是藏民的精神支柱，必须加以保护，所以要培养更多的非物质文化遗产传承人。特殊的自然地理环境孕育了藏文化，离开其发源地，藏民的人际圈会发生变化，一些传统也会随之发生变化。不同族群的长期接触会产生相互影响，可能打破一个族群原有的传统。

同时，随着交通的改善，藏区许多地方变成了旅游区。不同民族游客的到来增加了藏民的收入，但同时也导致了一些问题。小说写到外地游客与藏民的小冲突，不仅反映了不同民族文化的差异，还表明了在发展旅游业的同时，要提高藏民的文化素质，以应对不同族群交流的需要。

一般而言，族群具有相当强的稳固性，但不同族群的交流显得越来越频繁，导致了族群之间文化交融的客观存在。阿来直面了这一现实，既看到了藏文化传统的重要，又察觉到它与现代文化碰撞的必然性。《云中记》在地震后的创伤修复中书写这种现实，

---

① 阿来：《云中记》，北京十月文艺出版社 2019 年版，第 180 页。

凸显藏族文化传统的魅力及其面临的困惑。

总而言之，是地震后的云中村选择了阿巴，他顺应了现实的需求，完成了祭祀山神的仪式，寻找过传说中的鬼魂，在人神对话中实现着自我价值与藏民的精神追求。他的遗憾不仅仅是他个人的遗憾，而且反映了藏文化传统的时代境遇。同时，这也是作家阿来的民族身份认同的自觉体现。阿来是地震的亲历者，2008年的那一场地震可谓刻骨铭心。当他决定以文学的方式来书写创伤记忆时，他选择了在时间的慢慢沉淀中寻找灵感，以糅合生活之流与情感之流。他的小说创作始终围绕着藏区的生活，用他那闪烁着人性温暖之笔书写藏民族的历史与现实，让人痛彻地感到了生活是一场场充满了冒险的搏击。阿巴由发电员转为一名祭师，是为了传承喇嘛的使命，传递人间的温情。作为私生子的仁钦被免去乡长后，与央金姑娘相爱，让人感到了生活中的温暖。迫于滑坡的危险，云中村整体搬迁。从个体的命运变迁到集体的移民，昔日的云中村成为历史的镜像。在这个废墟般的镜像世界里，阿巴留下了虔诚而伤感的背影。因此，阿巴形象是藏文化的符号，他的身体里流淌着藏民族倔强的血液，他对大自然的敬畏、对遇难者的责任担当，凸显了藏民向善的本性。

二、阿巴形象的意义

真正意义上的文学不是自娱自乐的工具，因为文学承载着作家与他所属族群的使命，有生命力的文学往往成为民族志文本。从马尔克斯的《百年孤独》到莫言的《蛙》，无不留下了作家对民族的沧桑巨变思考的痕迹。阿巴是《云中记》的主人公，也是叙述人，作家以他的经历记录藏民族的创伤记忆，使小说呈现出民族志的色彩。云中村古老的传说诉说着英雄的诞生，而地震之后祭师阿巴所进行的为逝者超度的仪式则连接起人与神的空间，为云中村人带来了一曲安魂曲。这部小说之所以感人，首先在于阿来借祭师阿巴的行为呈现了藏民族的风俗民情，彰显民族性的追求。

早在20世纪80年代，著名作家韩少功就提出了寻找文学的“根”的倡议，一批寻根小说应运而生，为新时期中国文学的发展拓展了叙事空间。扎西达娃可谓将民族性追求表现得入木三分，他以西藏的魔幻书写，写藏族社会的历史变迁，写出了受藏传佛教影响的藏民的人生传奇。紧接着，阿来的《尘埃落定》横空出世，书写土司部落的兴衰与人性的演变，是当代藏族文学的一座艺术高峰。《云中记》以地震发生后的云中村为背景，展现了祭师阿巴为逝者灵魂超度的行为及其心理流变，将个体与群体的命运交织在一起，描绘了一个藏族村庄的日常生活图景。在阿巴的身上，那种忠于职守与义无反顾的精神正是藏民族个性的显现。在全球化加速的时代，阿来塑造的阿巴形象体现出强烈的民族使命感，也体现了他一贯的创作风格：从藏民族的历史和现状出发，以生活中的涓涓细流呈现不同文化碰撞中的人性演变，营造诗意的叙事氛围。

阿来在谈及史诗演唱传统时指出：“民间讲述者获得故事的途径虽然荒诞不经，但他们的‘信’，以及从‘信’中所获得的力量，正是我们应当学习的。道理非常简单，一部作品要以情动人，要有感染力，并不全部来自作品本身，也与作品背后那个讲述者息息相关。”[①] 作家把阿巴当作一个讲述者，当阿巴以受难者的身份去唤醒死难者的灵魂时，便构建出一个开放的情感空间。小说《云中记》聚焦这一空间，透过人神对话、藏民之间以及藏族文化与其他民族文化的对话，呈现一个村庄的演变，从而观照藏民族文化传统的命运。这对文学创作不无启迪。由于文学靠形象传达思想，吸引读者，因此，民间话语的运用显得非常必要。任何优秀的文学作品都不是无源之水，都有着深厚的文化渊源。从民间的口传文学到作家的创作，都离不开丰富多彩的民间文化。文学史证明，一切有生命力的文学都离不开民间文化的沃土。赵树理的《小二黑结婚》、周立波的《山乡巨变》、姚雪垠的《李自成》、莫言的《红高粱》、陈忠实的《白鹿原》等，都是在不同地域的民间文化滋养下产生的佳作。阿来出生于阿坝藏区，他是在藏文化的熏陶下成长起来的优秀作家，经过30多年的辛勤耕耘，他为中国当代文学奉献了一批民族特色鲜明的艺术精品。《云中记》的问世，无疑把民族志的写作推向了一个新的高峰。在全球化时代，传统与现代的碰撞时有发生，阿来表现的是藏文化根深蒂固的传统所受到的冲击，凸显了智者之思。

其次，阿巴形象的成功塑造寄寓了作家的悲悯情怀，彰显了创伤修复中人道主义的魅力。佛家主张“大慈大悲”和“同体大悲”，“能够将自然界中的一切众生视为一己之体来关怀，能够对其他生命的痛苦感同身受，继而衍生出对众生的同情与慈爱，并用自己的实际行动来保护众生”[②]。受藏传佛教的影响，藏族人关怀众生，更是同情死难者。地震作为一种严重的自然灾害，在给云中村人造成巨大伤亡的同时，也给他们留下了心灵的阴影。阿来以佛家的情怀表现祭师阿巴的道义担当，让云中村的逝者得以安息，让生者在新生活中找到了归宿，突出了求真、求变的审美境界。正如阿来自己所言：“我要用颂诗的方式来书写一个殒灭的故事，我要让这些文字放射出人性温暖的光芒。我只有这个强烈的心愿。让我歌颂生命，甚至死亡！”[③] 他让阿巴穿行在生者与死者之间，咏叹生命，谱写了一曲人性的挽歌。阿巴在回忆死者的往事时，也在深刻地内省，形成了一种人性的对照。这是一个智者的反省，通过回忆往事，寻找云中村的过去，也咀嚼人生的况味。人生是一个不断建构与被建构的历程，一个人入校学习和进入社会的过程，既包含了自我的努力，也不乏他人及各种社交环境的影响，所以，人生的跌宕起伏中更多是被建构的历史。阿巴咀嚼云中村的历史，其人生也在苦难中得到了升华。

文学之美，美在道义，这是“文学之为人学”的内核。真正能够经得起时间考验、滋润读者心灵的经典作品无不充满了道义美，这是因为这一类作品贴近生活、弘扬积极的人生观与价值观，能够引导人们步入审美的境界。《云中记》通过阿巴与不同人的接触，包括他与云中村村民、喇嘛以及前来救援的地质学博士的交往，突出了他普度众生的执着情怀。小说同时借仁钦与央金突破世俗偏见而相爱的故事，冲淡了地震之悲，小说的结尾写了他们的结婚之喜，洋溢着些许的欢乐氛围，这正是该小说化悲为喜的点睛之笔。

---

① 阿来：《文学创作中的民间文化元素——阿来在上海市作家协会“城市文学讲坛”的演讲》，《解放日报》2007年2月25日。

② 陈炎、赵玉、李琳：《儒、释、道的生态智慧与艺术诉求》，人民文学出版社2012年版，第182页。

③ 阿来：《不止是苦难，还是生命的颂歌》，《文艺报》2019年6月12日。

任何一个民族的文学都有其传统，藏族当代文学经过十几年的发展，已经形成了别具特色的藏地作家群。阿来作为其中的优秀分子，继承了藏族民间口传文学的传统，他善于以悲怆的叙事呈现文本之美与英雄的崇高，反映了藏族人的审美需求。他对于人性的深入刻画，则折射出时代变迁中人心的波动。《尘埃落定》书写藏族土司部落的历史，《格萨尔王》表现英雄的传奇，《空山》借机村的历史表现人性的演变，这些无不体现了阿来的叙事策略。但他没有停留在原有的叙事风格上，相比之前的小说，《云中记》突出的对话特征使得这部小说呈现出开放性，传统与现代、人与自然、民族融合等话题为读者留下了许多思考的空间。

自 20 世纪 80 年代以来，以贾平凹、陈忠实、莫言、韩少功、霍达、扎西达娃、阿来为代表一批作家以敏锐的洞察力书写人性，探寻民族文化之根，打开了中国当代文学的新局面。但 21 世纪以来，文学的市场化推动了文学的娱乐化，一些作品在众声喧哗之中消解了悲悯情怀，崇高似乎成为娱乐的一种点缀，这并不利于中国文学的健康发展。书写创伤记忆，以民间话语表现悲悯情怀，是中国文学的民族性之要求，也是中国文学走向世界的重要标志。《云中记》没有辜负读者的期望，它以主人公阿巴的独特形象，填补了中国当代小说的空白。

（作者单位：湖南城市学院人文学院）

生死之间的灵魂救赎

——《余震》和《云中记》的伦理问题*

许亚龙

地震，是最残酷的自然灾害之一。在地震中，山崩地裂、房屋倒塌，人如草芥、命在旦夕。1976年的唐山地震和2008年的汶川地震，都造成了巨大的人员伤亡和财产损失。地震的发生，只不过是几十秒的事情，但是它所引发的心灵创伤、世事变迁可能延续五年、十年，甚至更长。面对地震，文学没有缺席，也不能缺席。财产损失可以通过灾后重建恢复，生命消亡带来的心灵创伤则更多地希冀于心理的治愈、灵魂的救赎。文学作为最重要的艺术形式之一，具有心理修复功能，是治愈心灵创伤的一剂良药。《余震》和《云中记》正是这样两部小说。

张翎的中篇小说《余震》创作于唐山大地震30年后的2006年。地震发生时张翎年岁尚小，懵懂不知。作为一位并没有亲历“7·28”唐山地震的作家，她出于一位作家最基本的社会良知，以女性特有的悲悯情怀敏锐地发现了地震书写的独特价值，将书写聚焦于地震造成的个人以及家庭悲剧。张翎的思考是细致入微的，她“固执地认为一定还有一些东西，一些关于地震之后的‘后来’，在岁月和人们善良的愿望中被过滤了”①。

阿来的长篇小说《云中记》创作于“5·12”汶川地震10年后的2018年。相较于2008年地震发生最初几个月众声喧哗的地震文学，尤其是地震诗潮，阿来选择用时间沉淀记忆。不同于那种地震刚刚发生时的悲情控诉，他试图寻找到一种更好的思考与表达方式，在更广阔的历史长河和更深远的对人类与自然关系的思考中寻找书写的可能。整部小说用平实宁静的语言叙事，聚焦生死伦理，表达出对生命的敬畏，对亡灵的安抚。正如小说扉页所写：“向莫扎特致敬，写作这本书时，我心中总回响着《安魂曲》庄重而悲悯的吟唱。”

这两部小说面对自然灾难，共同选择了现实主义的创作方法，通过个人小历史叙写灾难大历史，写灾难引发的生死，写生死之间的伦理困境、道德悖论。写死人，更写活人；写友情，更写亲情；写毁灭，更写生存。正如哈姆雷特的独白：“生存还是毁灭，这是一个值得考虑的问题；默然忍受命运的暴虐的毒箭，或是挺身反抗人世的无涯的苦难，在奋斗中扫清那一切，这两种行

---

* 本文为国家社科基金西部项目“新世纪乡土小说书写与中国乡村社会转型”（18XZW028）的阶段性成果。

① 张翎：《余震》，北京十月文艺出版社2010年版，第227－228页。

为，哪一种更高贵?”① 面对惨烈的地震，无论是个人还是群体，都更为剧烈地在生存和毁灭的命运间挣扎、抗争。没有什么比生死关头更能让人洞悉人生，更能体现人性。本文试图通过分析李元妮和阿巴两个典型人物，破解两部小说的伦理密码，进而探讨灾难叙事的文学伦理。

一、母亲：母爱的道德迷失

儿子和女儿，救一个必须要以另一个的牺牲为代价，这是一个伦理问题。

这是小说《余震》设定的叙事元点，这个元点的深层叙事效果便是瓦解一般文学观念中的母亲形象，将亲子关系中母亲形象存在的基础“母爱”消解、撕裂，母爱失去爱与被爱的附着点，在道德层面完全迷失。地震发生后，李元妮的两个孩子被一块水泥板横压，一个压在这头，一个压在那头。撬开了这头，就朝那头倒，这是一个伦理难题，因为她的选择必须放弃一方，这是由她的情感、观念决定的，而被放弃者不会情愿接受，甚至会给予道德的谴责。决定她的情感、观念的，不是宗教性道德，而是社会性道德，即由家庭关系所决定的情感倾向，而非人的本能。在孩子的小舅和邻里的催促下，母亲选择了救儿子，她的道德天平倾向了儿子。这个决定改变了母亲和女儿各自的人生。李元妮和所有人都认为女儿必定已经死去，女儿却万幸地活了下来，带着巨大的心灵创伤活了下来。

小说《余震》聚焦于女儿万小登的心理反应。心理医生沃尔佛为万小登做心理疏导，让万小登闭眼，做深呼吸，放慢节奏，将身体引入最放松的状态：

> “窗户，沃尔佛医生，我看见了一扇窗户。”
> “试试看，推开那扇窗户，看见的是什么?”
> “还是窗户，一扇接一扇。”
> “再接着推，推到最后，看到的是什么?”
> “最后的那扇窗户，我推不开，怎么也推不开。”女人叹了一口气。②

为了推开那扇窗，万小登用了30年的时间。这30年，她停止了流泪。这30年的煎熬，就像30年的余震。沃尔佛医生告诉她：“也许堵塞的地方不在出口，而在根源。有一些事，有一些情绪，像常年堆积的垃圾，堵截了你正常的感觉流通管道。那一扇窗，记得吗?那最后一扇窗，堵住了你的一切感觉。哪一天，你把那扇窗推开了，你能够哭了，你的病就好了。”③ 万小登眼前的这扇窗户正是母女隔阂的象征，这跨越了30年的隔阂，需要“母爱”这把钥匙才能打开。从家庭伦理的角度来看，小说《余震》是地震灾难大背景下，一段母爱迷失与母爱回归的故事。而那位失去了丈夫和女儿的母亲呢?“二十六岁的李元妮一夜之间白了头。”当儿子小达直直地看着李元妮，一字一顿地

① 〔英〕莎士比亚：《哈姆雷特》，朱生豪译，见《莎士比亚全集》（悲剧卷上），译林出版社1998年版，第315—316页。

② 张翎：《余震》，北京十月文艺出版社2010年版，第6—7页。

③ 张翎：《余震》，北京十月文艺出版社2010年版，第36页。

说："妈，是你，把姐姐，弄丢了。"李元妮仿佛像一个原本鼓胀的气囊一下子软了下去。

这样一个母亲的形象，不禁让人想起鲁迅小说《祝福》中的祥林嫂：

> 我这回在鲁镇所见的人们中，改变之大，可以说无过于她的了：五年前的花白的头发，即今已经全白，全不像四十上下的人；脸上瘦削不堪，黄中带黑，而且消尽了先前悲哀的神色，仿佛是木刻似的；只有那眼珠间或一轮，还可以表示她是一个活物。①

祥林嫂问"我"：一个人死了之后，究竟有没有魂灵？这个问题将"我"置于一个非常难堪的境地，回答"有灵魂"，可能将祥林嫂推入毁灭的深渊，回答"无灵魂"，则可能将祥林嫂推入无法救赎的深渊。同样是深渊，哪个又能更好呢？

同是丧子，祥林嫂选择用"诉苦"的方式发泄内心的伤痛。"我真傻，真的。"成了她一次又一次自责的口头禅，直到"后来全镇的人们几乎都能背诵她的话，一听到就烦厌得头疼"。其实，祥林嫂所遭遇的伦理问题已经超越了个体，而拓展到了鲁镇的社会层面。祥林嫂的母爱也失去了附着点，母爱虚空缥缈，无处安放，甚至遭遇嫌弃。《余震》中的母亲，又何尝不是这样呢？李元妮的救赎同样涉及社会层面，来自儿子万小达的苛责非难，引发了李元妮对自我灵魂的拷问，李元妮甚至将孙子和孙女的名字取为"念登"和"记登"。

相对于小说，由小说改编的电影《唐山大地震》则将故事主线调整设定为母亲李元妮在生命纠葛中的自我救赎。在电影《唐山大地震》结尾，当万小登的空墓被打开，里面整齐摆放着两摞教材，小达说："从小学到高中，每一年开学，妈都买两份课本。有我一份，就有你一份。"万小登情绪顿时失控，泪如雨下：

> "妈，这些年，你是怎么过来的呀？"
>
> "我过得挺好的。"
>
> "女人一辈子，有几个30年啊？你为什么啊？"
>
> "我真的过得挺好的，我要是过得花红柳绿的，就更对不起你了。"
>
> "妈，对不起，对不起。我从第一眼看小达，我就开始恨自己。他是我弟弟，他活着，多好啊！妈，对不起，对不起。我折磨了你32年。我没有办法原谅自己。"②

这一刻，母女俩跨越32年来的情感鸿沟，相拥抱头痛哭，俩人心头32年的积怨随着哭声慢慢消散。张翎评价电影《唐山大地震》为"一部惊天动地的心灵灾难片"③，电影与小说自是两种不同的艺术类型，受到各自艺术特征的限制，电影需要完整的剧情，"大团圆"的结局成为更好诠释灾难启示的选择。小说则需要通过文字叙事取得更

---

① 鲁迅：《祝福》，见《鲁迅全集》（第二卷），人民文学出版社2005年版，第6页。

② 电影《唐山大地震》叙事的时间是2008年汶川地震发生当年，小说《余震》的时间是2006，故存在32年和30年的时间区别。

③ 张翎：《余震》，北京十月文艺出版社2010年版，第226页。

加力透纸背、刺痛心灵的震撼效果，即便读者可能存在弥合创伤的“期待视野”，小说的处理方式也需要更加的含蓄幽微。即便艺术形式不同，小说和电影却同样将故事叙述的元点设定为“抛弃”，终点设定为“和解”，接续故事始末的正是母亲李元妮的灵魂救赎。

二、祭师：身份的反复确认

地震后，活着的人可以移民，却对死去的亡灵不管不顾，这是一个伦理问题。

云中村是汶川地震核心区的藏族高山地区村落，信仰藏区本土宗教苯教，云中村人的文化血脉和生存方式里都有着浓烈的宗教气息。也正因此，阿来的灾难叙事很自然地笼罩了一层宗教氛围，他选择了苯教祭师作为故事的主人公。祭师是远古社会遗留下来以“通达”活人和鬼魂为目的的一种职业。祭师以各种特有的仪式将生者与死者的世界连接，替生者忏悔，为死者祈福。叶舒宪先生解读《周易》“震”卦里讲打雷过程中的祭祀活动：“震，亨；震来虩虩，笑言哑哑；震惊百里，不丧匕鬯。”这段文字，描述了在“天雷震震的状态中，祭司连一个盛酒的勺子和瓶子都没有丢掉。这里表现出一种泰山崩于前而面不改色的精神状态”[①]。这位上古时代的祭师在天地雷火百里勾连之际祭天行礼，祈福纳祥。《云中记》的祭师阿巴正是这样，执着地完成他在五年前未完成的祭山任务，抚慰五年来不能安息的亡灵，在最后的滑坡灾害来临时镇定自若，与云中村一起泰然消失。

按照苯教“大圆满”的说法，死亡是神圣的，生命具有无限连续性，周而复始，生死交替。同时，人和动物等生命不分高低优劣，即使是佛也与众生平等。“苯教认为包括动物在内的所有生命都来自同一‘源头’，只不过因各自的命运和‘罪孽’的不同，出现完全不同的出生方式和生存方式。因此，无论是人还是动物，一切有心者都具有‘谛实性’和‘自性清净的法性’，它们都是平等的。”[②] 向善的道德劝诫几乎是宗教的共同特征，苯教的向善观念具有普适性。苯教属于泛灵信仰，“在苯教的宗教体系中充满着形形色色的神灵鬼怪，不同的神灵和鬼怪都有他们特殊的职能，并构成苯教祭祀的主要依据”[③]。正基于此，当苯教祭师遇上千年一遇的洪荒天灾，故事就开始演绎。阿巴盘算了日子，在距五年前地震发生前三天的5月9日，离开移民村，独自一人回到云中村：

> 他对移民村的乡亲们说：你们在这里好好过活。我是云中村的祭师，我要回去敬奉祖先，我要回去照顾鬼魂。我不要任他们在田野里飘来飘去，却找不到一个活人给他们安慰。
>
> 在异乡落脚，重新生根的乡亲们说：阿巴，你要回来。

---

① 叶舒宪：《文学中的灾难与救世》，《文化学刊》2008年第4期。

② 诺日才让：《论苯教的宇宙观》，《青海民族大学学报》2010年第1期。

③ 万代吉：《苯教祭祀文化初探》，《西北民族大学学报》2009年第6期。

> 阿巴想，以后我就不跟你们这些活人说话了，我去和死去的人说话。[①]

阿巴认为，活着的人移民了，死去的鬼魂没有人照顾，这是一个伦理难题。阿巴无法释怀，他头脑中萦绕不息的是地震中死去的那些人的魂灵。他的情感、观念决定了他不顾一切的回乡，甚至在滑坡来临时义无反顾地走向“消失”。决定他情感、观念的，不是社会性道德，而是宗教性道德。就这样，祭师阿巴回乡了。五年前，地震发生后，阿巴的祭师身份就被推向前台，他去卓列乡老祭师那里学来了安抚魂灵的方法。“怎么安抚鬼魂？就是告诉他们人死了，就死了。成鬼了，鬼也要消失。变成鬼了还老不消失，老是飘飘荡荡，自己辛苦，还闹得活人不得安生嘛。告诉他们不要有那么多牵挂，那么多散不开的怨气，对活人不好嘛。”[②] 五年后，祭师阿巴回乡，再次摇铃击鼓，用学来的仪轨与祝词安抚村中因怨怼和惊恐而不肯消散的亡灵。他走遍村中每一个在地震中死过人的院落，把从移民村每家人带回来的东西放在门前，这些东西有简笔画、照片、牛角梳、针线包、旧衣裳、钥匙、头痛粉、半盒火柴等死者生前用着的东西。他也抛撒下一把又一把的施食，让亡灵填饱肚子。

祭师阿巴做了他作为祭师应该做的，他的人生在平凡中通达伟岸。阿巴的祭师身份并不是与生俱来的，而是经历了复杂的转移：祭师的儿子，电工，失忆者，祭师（非物质文化遗产传承人），家具厂锯木工人，祭师。地震发生后，云中村集体搬迁，阿巴最重要的“祭师”这一身份标识不复存在了。阿巴还是那个阿巴吗？所以，阿巴要回归，要寻找。事实上，阿巴的回乡并不是一个人的回乡。阿巴回乡带有极强的象征意味：象征着云中村移民的集体回乡，承载着移民们的集体记忆。阿巴回乡，为了完成五年前未完成的祭山，为了安抚五年来无人照顾的亡灵：

> 阿巴已经无数次告诉他们，死亡已经发生，紧接而至的将是云中村的消失与死亡。如果还有鬼魂没有意识到这一点，永远带着惶惑带着惊恐与怨怼之气不肯归于大化，等到云中村消失，世上再无施食之人，他们就会成为永世的恶鬼与游魂了。[③]

当山神阿吾塔毗的祭祀完成，当云中村百余个亡灵得到安抚，阿巴的使命完成，阿巴开始等待云中村消失的那一刻。祭礼的完成，标志着阿巴凭借一己之力弥补了云中村的伦理缺失。“非物质文化遗产传承人”是现代文化对祭师的定义，祭师担负着两个任务——祭礼神灵和安抚鬼魂。阿巴的祭师身份有强烈的隐喻意义，隐喻着现代社会中的民间传统。从民间民俗的角度来看，通过祭奠、哀悼等仪式，祭师让生者与死者在情感层面取得联络，生者借此表达对死者的哀思，表示对所有生者的祝福，客观上强化了人们对生命的敬畏之情，具有普遍的现实意义。阿来笔尖演绎的这样一部《云中记》，正如莫扎特的《安魂曲》一般，让活着的人坚强，让死去的人安息。

---

① 阿来：《云中记》，北京十月文艺出版社 2019 年版，第 46 页。

② 阿来：《云中记》，北京十月文艺出版社 2019 年版，第 225 页。

③ 阿来：《云中记》，北京十月文艺出版社 2019 年版，第 235 页。

三、灾难叙事的文学伦理

灾难与伦理、道德似乎永远是连体的。人类面对生命的消亡、尊严的丧失、意义的拷问等，都会产生对伦理道德的思考。道德是内向的，是个体的自觉行为，而伦理是外向的，是个体的行为规则。因为接受伦理的规范，所以人的选择行为会引起道德上的反应。若不符合、偏离了伦理的需求，伦理主体会产生某种道德上的羞愧、自责等，这是一种社会道德。《余震》中的母亲面临的是社会道德和亲情伦理的两难选择，这也是由家庭伦理和生命本能冲突造成的道德难题，而《云中记》中的祭师面对的则是宗教性的道德难题。两部小说，分别从李元妮和阿巴两个人物形象出发，以母亲和祭师两个人物形象的塑造在伦理层面将小说的艺术水准推向了高峰。两部小说从灾难出发，又不局限于书写灾难，而是从文本出发，再跳出文本局限，可以说两部小说都出现了伦理悖论。

《余震》中，万小登的人生因地震而改变，灾难也成为万小登一生的诅咒。《余震》是一部悲剧，真正做到了“将人生的有价值的东西毁灭给人看”[①]。小说具有强烈的震撼人心的文本张力，虽然牺牲掉了文学该有的温情的人文关怀，却意外地取得了突出的悲剧效果。万小登转诊报告中的病历是：

> 孕育史：怀孕三次，生育一次（有个 13 岁的女儿）
>
> 手术史：盲肠切除（1995）；人工流产（1999，2001）
>
> 病况简介：严重焦虑失眠，伴有无名头痛，长期服用助眠止疼药物。右手臂动作迟缓，X 光检查结果未发觉骨骼异常。两天前病人用剃须刀片割右腕自杀，后又自己打电话向 911 呼救。查询警察局记录发现这是病人第三次自杀呼救，前两次分别是 3 年前及 16 个月前，都是服用过量安眠药。无犯罪及暴力倾向记录。[②]

万小登的人生经历证明了什么是“生的坚强”。她就像是一个生命残酷存在的极端试验场。盲肠切除、流产等生理的伤痛，失眠、反复自杀等心理的伤痛，共同塑造了一个游走于生死边缘的悲剧人物敏感、脆弱的心理。

《云中记》中，阿巴随着云中村滑向坡底，与云中村共同消失。“从黄昏开始，大地轰鸣，震颤，绽裂，下滑，到一切静止。云中村的消失用了两个小时时间。”[③] 阿巴面对这样的消失，用狂喜的声音高喊“飞起来了!”事实上，阿巴的行为无异于自杀，对于阿巴的自杀，仁钦、云丹，以及云中村其他的幸存者都是默许的，这种自杀与默许的合理性是有疑问的，这不符合阿巴让亡灵安息、让活人无虑的初衷。“在有没有鬼魂这件事情上，他并不十分肯定。阿巴已经不是以前那些相信世界上绝对有鬼魂存在的祭师了。他是生活在飞速变化的世界里的阿巴。”[④] 如《等待戈多》一样，阿巴在等待毁灭

---

① 鲁迅：《祝福》，见《鲁迅全集》（第一卷），人民文学出版社 2005 年版，第 203 页。

② 张翎：《余震》，北京十月文艺出版社 2010 年版，第 4 页。

③ 阿来：《云中记》，北京十月文艺出版社 2019 年版，第 385 页。

④ 阿来：《云中记》，北京十月文艺出版社 2019 年版，第 57 页。

的过程中参悟着生死。阿巴是一个悲剧性的人物，他等到了他的戈多，他以殉难者的姿态获得了生命的救赎。但是，《云中记》毕竟是一部现实主义作品，阿巴并没有超越生死，他也不可能超越生死。

王德威认为："所谓文学伦理，意味将文学——不论生产的情境或是内部的情节、结构——真正当作一个不同社会价值、关系、声音（话语）交错碰撞的界面，从人与人、人与物的互动里，分梳人间境况的种种条件，碰触图腾与禁忌，投射集体或个人欲望。"[①] 王德威定义的文学伦理，强调文学在文本结构、社会价值等层面必然要触及人或族群（人类）的禁忌，以显现其欲望，或彰显欲望的合理性。在价值层面，"触碰图腾与禁忌""投射欲望"，的确是文学的重要表现维度，它涉及个体或族群对社会制度和先祖定律的毁弃，其中既有正当、正义的价值指向，也有打破禁忌后的自责和恐惧。但文本的内在结构、运行逻辑与"人与人、人与物、人与世界"的映照关系，才是文学伦理的真正内涵。换言之，在价值层面，没有人的伦理，就没有文学伦理。而人的伦理，就是文学伦理得以产生的价值根基。伦理是人类社会应对自然、调解人际关系时的行为准则，其具体体现形态是道德。按照李泽厚所划分的"社会性道德"和"宗教性道德"来看，上述两个灾难叙事文本恰好代表了人类伦理的两种存在形态：《余震》中是"个人行为过程中与他人的关联、对他人的影响"；《云中记》中是"个人的信念""追求终极关怀"。[②]

唐山地震和汶川地震，是几十年来众多国家每年平均数十次地震灾害中的两次。这两次地震间隔了 32 年，一次主要发生在城市，一次主要发生在乡镇。无论时代背景如何变化，灾难所触及的心灵创伤都比肉体的创伤更难恢复，需要慢慢治愈。文学活动是复杂的，文学文本亦是复杂的。小说文本出现的伦理悖论，反而可能是小说文本潜意识的自在生成，即一双无形的手将叙事铺展，正是在这些文本所呈现出的伦理悖论中，小说深度表现人生人性，反映时代洪流。具体到灾难叙事，外部的时代情境、社会价值、人际关系和内部的情感体验、个体欲望成为灾难叙事文学伦理的两个侧面。由此，我们可以通过分析这两个文本，进一步窥见灾难叙事的文学伦理。

一方面，从外部出发，灾难叙事的历史意识要合乎文学精神。

时代大背景为灾难叙事提供了基本的生产情境。自然灾难的发生作为一种重要的历史事件，为灾难叙事提供了基本题材。历史话语"热衷的题材往往是社会制度、战争、国家权力体系的交替、某些产生重大影响的特殊人物，如此等等"，相较而言，通常的"文学话语热衷的题材往往是个体之间的悲欢离合，恩怨情仇，这些现象由于'人生'范畴而合成另一种表示'意义'的独立单位"。[③]《余震》和《云中记》都借鉴了新历史主义的方式，以小见大地书写历史。两部小说并没有试图从宏大叙事出发，描写天灾发生时的残酷无情，而是将视角转换到地震发生中最普通的人物身上，以拉长灾难的时间，展现出个体在灾难影响下的种种境况，特别是直接逼近个体面对生死时的伦理情

---

① 王德威：《现当代文学新论：义理・伦理・地理》，生活・读书・新知三联书店 2014 年版，第 186 页。

② 李泽厚、杨国荣：《道德、伦理与哲学》，见《什么是道德？——李泽厚伦理学讨论班实录》，华东师范大学出版社 2015 年版，第 227－228 页。

③ 南帆：《文学批评中的"历史"概念》，《中国社会科学》2019 年第 3 期。

感、道德困境和价值选择。这正是通过语言的、情感的、形象塑造的方式完成的，换言之，即以文学独有的方式完成对生存个体的道德关怀，从而有效地补充了宏大历史的讲述。对事件的真实记录，是历史书写的客观要求。而文学历史从文学性出发，是超越真实历史的审美存在，是对真实历史的补充。两部小说对地震事件的补充记录，聚焦于心灵治愈和灵魂救赎，进而为地震这一历史事件的美学价值和历史意义赋予特定的文学精神：分梳人生境况，穿透人性之觞；为天地立心，为生民立命。

唐山大地震发生后，报告文学成了记录历史细节的最好文体。1986年，钱钢的报告文学作品《唐山大地震》最大限度地记录了地震发生前两天到地震救援的各种统计数据、当事人回忆、时间节点、标志性事件等资料。当张翎30年后开始阅读这些唐山大地震的材料时，她感到了强烈的刺痛："我被击中了，我感觉到了痛。痛通常是我写作灵感萌动的预兆。"[①] 所以，她构筑的小说"《余震》是关于疼痛的。一种天灾带来的，却没有跟随天灾逝去的心灵疼痛"[②]。正如万小登的生存状态："她只有两种生存状态：疼和不疼。疼是不疼的终结，不疼是疼的初始。这样的初始和终结像一个又一个细密的铁环，镣铐似的锁住了她的一生。"[③] 两种文体，两种叙事，都试图用文字穿透历史，记录伤痛。

阿来也是有强烈历史感的作家，《云中记》是阿来经过了长达十年的沉淀、思考，凝练出的独特的地震文学作品。灾难叙事如何书写云中村的千年历史？《云中记》在写灾难的同时，写出了这个时代的乡村文化裂变。阿来的小说一贯具有多重文本属性，其中伦理文本和历史文本是互相映照的。祭师对亡灵的守护和超度是对"人"在不同状态、不同世界的观照。年轻一代走出云中村是为寻找新的生活方式，而当精神家园即将消失时，他们的归来，向精神家园挥手作别，这是一种家园伦理召唤下的自主选择，他们的感怀、依恋，他们的挥手致意、迷茫前行等，都是生命个体的选择。小说中云中村的消亡是现代社会进程中千千万万个传统乡村消亡的缩影，而依赖传统村落而存在的祭师阿巴的消逝，则是乡村传统文化因子消逝的隐喻。央金姑娘、中祥巴等青年正在走出云中村，走向现代文明，但真正到了云中村消逝的节点，他们和所有的村民们仍旧会出现，一起见证这古老乡村消亡的悲壮史诗，见证这地震余波在五年后的尘埃落定。乡村在消亡，但乡村社会遗留下来的文化传统不应该消亡，文学书写正是其记忆传统的有效载体。这种情感记忆、时代观照不是法律的，也不是政治的，而是道德的，是个人选择的。

另一方面，从内部出发，灾难叙事的崇高品格在于创伤叙事。

灵魂塑造对文学有多重要？小说《白鹿原》引用巴尔扎克的说法："小说，被认为是一个民族的秘史。"小说梳理和再造民族灵魂，因对民族灵魂的挖掘和深刻表现而获得了普遍认可的文学成就。现代化进程的历史激荡中，民族魂的发现与重铸是一条不断的文学线索。同样，在造成民族灵魂创伤的自然灾害中，灾难叙事在表现历史灾难下的

---

① 张翎：《余震》，北京十月文艺出版社2010年版，第227页。

② 张翎：《余震》，北京十月文艺出版社2010年版，第228页。

③ 张翎：《余震》，北京十月文艺出版社2010年版，第21页。

创伤记忆的同时，客观上也提升文学品格，正所谓“再现灾难情景和抒发痛苦情绪是容易的，而从灾难中学习到了什么，灾难给人类什么样的启迪，这应该成为灾难文学书写的美学追求”[①]。张翎也说：“寻常岁月里耗其一生才能参透的生死奥秘，一次天灾轻轻一捅就露出了真相，再无新奇可言。”[②] 小说《余震》中，万小登最后发给沃尔佛医生一份传真，上面只有一句话：“亨利：我终于，推开了那扇窗。”哪怕是遭受了亲人的“遗弃”，哪怕这“遗弃”里面有万般的不得已，万小登还是要克服心中的魔咒，勇敢生活下去。历史大事件必然比寻常岁月更能凸显人性人情，对历史大事件进行反思的文学叙事必然比描摹日常生活的文学叙事更能激发人生感悟，更容易趋近崇高。

精神分析学说认为非理性的本我欲望、童年创伤的经验是造成各种无意识行为的本源，所以弗洛伊德“否认任何纯粹的偶然现象的存在，任何客观结果都体现着主观的动机，任何现在时态都是过去时代的逻辑延续”[③]。从精神分析的角度出发，以万小登的人生为参照，《余震》又是一部童年创伤的生成与修复的故事；以阿巴的人生为参照，《云中记》则是一部乡村传统的迷失与文化根脉殉难的悲壮故事。将创伤溯源到本我欲望和童年经验，有助于发掘深刻的创伤脉络，能够更加切近人生境况，提高灾难叙事的文学品格。电影《唐山大地震》的改编，巧妙地将唐山地震和汶川地震联系起来。汶川地震中“唐山救援队”的设定和万小登、万小达在汶川救援现场的意外相遇，抛开影视改编过程中的戏剧性架构，从解决伦理问题的层面而论，无疑是非常成功的。时隔32年的两场地震都需要心灵的治愈，而唐山地震中浓缩体现出来的抗震救灾时代精神成为汶川地震救灾过程中的精神力量来源。《云中记》中，人们在离乡、回乡，灾难让人们回望来处，从童年记忆中找寻救赎，治愈创伤。“为什么骏马的头向着东方，阿吾塔毗率领我们要往东方去了。为什么风总是向西吹拂，是我们难舍远离的家乡。我们的歌声拂过大地……”[④]

总之，城市与乡镇、亲情与乡情、重生与死亡、历史与精神、创伤与救赎——当我们梳理这些涉及灾难题材的关键词时，《余震》和《云中记》便成为当代文学不可忽视的两部小说。从合乎文学精神和心灵创伤治愈两个方面出发，这两部小说无疑都是成功的，只可惜《余震》篇幅承载力尚显不足。文学无力救世，却要以救世为终极目标。无论灾难叙事如何触碰灾难事件中不同的关系、价值、声音，如何拓展人与人、人与自然的种种欲望和禁忌，都要从外部文学精神的凝聚和内部创伤记忆的治愈中，拓展对人类伦理难题的反思，真正体现文学的大悲悯、大境界、大救赎，为特定时代民族精神的融汇提供永恒的文化历史价值。

（作者单位：四川大学文学与新闻学院，天水师范学院文学与文化传播学院）

---

① 范藻：《地震文学由“热”到“冷”的思考》，《美与时代》（下半月）2009年第6期。

② 张翎：《余震》，北京十月文艺出版社2010年版，第25页。

③ 胡经之、王岳川：《文艺学美学方法论》，北京大学出版社1994年版，第97页

④ 阿来：《云中记》，北京十月文艺出版社2019年版，第375页。

《云中记》的人性美与灾难文学的美学意蕴

张旻昉

随着茅盾文学奖得主阿来的新作《云中记》问世，正在淡出人们记忆的汶川大地震作为灾难文学的写作背景重新回到了人们的视野。作为一个重要题材，2008年的汶川大地震曾通过各种各样的文艺方式表现出来，而小说作为文化心理和民族意识的历史记录和审美再现，同样对汶川大地震这一事件做出了回应。当然，最初，小说必然不及真实的图片、音像、声音等有冲击力，这场地震的情况不仅是中国人在看，甚至外国人也在时刻关注，大量的实况转播、追踪报道拉近了全世界人民的距离，使汶川地震几乎成了全世界人民共同经历的一场灾难。此后，一系列关于汶川地震题材的纪录片、电影等文艺作品出现了；随着时间的沉淀，小说显示出自己的优势。与直接刺激人的感官的音像不同，文字可以直击灵魂，追寻本源，通过对生命的最初见证，对创伤的记录与呈现，对创伤进行修复与反思，进而指向一种社会责任。

《云中记》以四川地震灾区一个受灾极为严重的村落——云中村为视点。在受灾后这个村整村搬迁，称为移民村。阿来并未去呈现纪实性事件和标志性创伤，而是选择了以祭师阿巴为主体的一系列藏族群体为写作对象，将故事的背景巧妙地融入现实的主题中，人性的善与恶、对鬼魂的思辨、哲理性的思考、生命的意义，使作品充满了人性美。

纵观中国当代文学，自然灾难文学长期缺位。文艺创作者面对重大社会题材，通过对共性创伤记忆的把握与书写，将现实广阔的图景与时代众生相合理地呈现出来，是自然灾难文学不可回避的问题。成功的灾难文学不仅应该表达事实的回忆、情感的抒发，更应具备人性美的审美意蕴，呈现对人类命运终极关怀的哲学意义。

一、身份认知中的人性美

《云中记》把时间放在了2008年汶川大地震后四五年，这时候，原云中村的村民已经整个迁移到了安全地带并开始了新的生活，云中村一个有着特殊身份的人物——祭师阿巴，却在此时返回了空无一人的云中村，去祭祀并超度那些地震中的亡灵。

阿巴的身份是祭师，祭师是用来连接鬼魂的，并通过这样的一种联系产生对话，让生者与死者都得到慰藉，其构成的基础是对死亡的态度。究竟应该怎样去祭悼死难者？阿巴通过祭师这一特殊身份的责任回归，在云中村中完成了一系列对山神的崇祭和对鬼魂的祭奠。作品呈现出哲理和精神层面上的关怀。在文学中展开对生命的关怀和对死亡的观照，与孔子所说的“未知生，焉知死”所体现出的中国文化传统中摒弃对死亡的观照，对死亡回避或是敬而远之的态度，又或者干脆将之束之高阁的文学，是恰好相反的。在某种思维模式下，有一部分文学是忌讳在文本中谈死亡的，更不可能在书写中直视灾难，然而这样的排斥并不能真正解决问题，也不可能达到“向死而生”的力量和希望。正如荷尔德林所言：“但哪里有危险，哪里也有救。”[①] 生命通过艺术而自救，在哲学及美学的层面去探索的灾难文学，就必须直面灾难，自觉担负起反思灾难的责任，这才是人类走出灾难，精神重生的必由之路。从这个意义上说，对阿巴的探究就不应只停留在行为上，而应观照这些行为背后的深层原因，尤其是地震后阿巴心理受到了巨大震荡并因而产生的心理改变，以及在整个过程中他的矛盾、他的思辨中所体现的人性美。阿巴上过中学，家里世世代代都是祭师，但到了他这一代，这样的传统已经慢慢消失，所以一开始他并不自称为祭师，对自我身份的认知是模糊的，甚至对祭师究竟应该做些什么、怎么去做，他都不甚了解。他的父亲也并没将这些东西传给他，他所了解的都来源于在黑夜里偷看父亲祭告山神、鬼魂的所作所为，以及后来政府开办的非物质文化遗产传承人的学习班。在学习之后阿巴被称为“非物质文化遗产传承人”。然而就连他自己，从始至终也没能把这个称号说全过，更别说在这个名称下对自己身份的深入理解了。阿巴心理上的第一次转变是在移民村生活了四年后，山神阿吾塔毗为阿巴指引了回家的路，他决定要重回云中村。这次转变的意识是模糊的，可能是由于对新处所的不习惯、生活的差异、熟悉味道的消失。不管怎样，从移民村出发时，阿巴对乡亲们说，你们在这里好好过活，而他作为祭师是要回去敬奉祖先、照顾鬼魂的。他说他不想让他们在田野里飘来飘去，却找不到一个活人给他们安慰。他想的是，以后自己不会再和这些活人说话了，而要去和那些在地震中死去的人说活。然而当他最初回到云中村时，他是没有力气进村的，他在村前磐石边的松树下坐了一整晚。在对当年情景的回忆里，他完成了心理上的第二次转变，阿巴由一个连自己都认为只有半吊子水平的祭师，成为一个完完全全的祭师，他找到了心理认同感，这种认同感是此后他一系列行为的基础，也是导致他准备与云中村共存亡的关键。

此后在荒无一人的云中村，阿巴开始了对每一家每一户的祭悼。阿巴的祭悼并未因为对象不同而方式不同，虽然居住在这里的人的善恶长短都在他的脑子里一一浮现，但对阿巴来说，他只有安抚鬼魂，不做评判。因为阿巴觉得在那么大的地震面前，死亡、伤残和存活也没有根据善恶的标准。阿巴在一系列的祭悼仪式里完成了对自己身份的认同，其中特别是对自己最亲的妹妹的祭悼。他发现那株应声而开的寄寓了妹妹鬼魂的鸢尾花，并把它带给了自己的侄子仁钦，让仁钦带下山去种植。这一系列的仪式中，回应他的只是山中的回音，或陪伴他的马匹，完全不像之前发展乡村旅游时那样带着表演的性质，因为他一个人就是所有云中村的人，就是所有在地震中遇难的以及劫后余生的人。在这里，阿巴完成了情感上的抚慰以及对生命的理解与反思，通过对鬼魂的思辨，

---

① 孙周兴选编：《海德格尔选集》（上），上海三联书店 1996 年版，第 436 页。

建立起了人与神的通道。阿巴在心理一次一次转变的基础上，真正认同了祭师这个身份，认为自己应该做祭师应做的事，并领悟其中的意义。最后，阿巴彻底留在了云中村，与云中村一起消失。至此，从回归到敬奉与慰藉，再到对生命的救赎与沉淀，对死难者的追思和祭悼，阿巴这个人物得到最后的升华，建构起了爱的信仰——对生命的爱，对人类的爱，直至自然之爱。他面对死亡的坦荡和凛然时体现出的超越人性的美，为他渡上了一层神性的光辉。

这种身份上的超越、思想深层次的认同，是以阿巴这个能与鬼魂沟通的身份特殊的人为基础的。阿巴对废墟下的死难者、尚存于世的生还者，以及一系列在重建时的相关者进行了一次人性的反思、命运的叩问，在身份与责任、纪念与忘却、追寻与生存的维度中体现人性美，并从中探究人类的命运，思考人生的价值。其中的等待、死亡、消失其实都是另一意义上的寻找与永生。正如阿来所说："人们之所以需要文学，是要在人性层面上寻找共性。所有人，不论身处哪种文明，哪个国度，都有爱与恨，都有生和死，都有对金钱、对权力的接近与背离。这是具有普遍意义的东西，也是不同特质的人类文化可以互相勾通的一个基础。"① 因此我们可以这样说，灾难文学应当超越民族性，在纪念与生存中倾注人类情怀，一方面关注民族生存的命运，另一方面探索和思考人类的共同命运，表达人类的共性，着力彰显其中的人性美。

二、精神重建中的人性美

只是展现灾难带来的震撼和自救、灾难后的寻找与祭悼，还不足以撑起灾难文学的美学意义，应该说在《云中记》里还有对人生苦痛的展现，有深寓其中的人性的温暖和光明，以及人性的挣扎与重建。

除了祭师阿巴，他的侄子仁钦也是一个重要人物。仁钦不仅是个私生子，还是一个从云中村走出去的大学生，学的是文秘，想的是给领导当秘书。他是村干部，在地震中失去了挚爱的母亲。在这些众多的身份背后，是一种复杂的人性表现。汶川地震后的两小时，仁钦就从县城回到云中村，第一时间参与了救援。此时通信全部中断，道路也中断了，他不知经历了多少艰难才回到了云中村，以至于灰头土脸的，让舅舅都没能认出来。然而正是这样的仁钦带领着当地村民一起展开了自救，他镇定地指挥着混乱的灾难现场，尽可能抢救一切能抢救出来的人。仁钦在大灾面前的行为体现了大爱的精神。等到最后他有时间去寻找母亲时，才发现母亲已经消失在完全被落下的巨石压塌的磨坊里。仁钦其实是地震中很多基层干部的集中代表，与他一样，几乎所有的干部都在第一时间分散到了全县的各个地方，他们不论之前是怎样的，有过什么矛盾纠纷，出于什么目的做官，但在灾难面前都展现出了人性大爱、礼仪之邦的美德。但如果这就是小说的核心意义，那还远远不够。对真善美、大爱、慈悲、关爱等人类一系列高贵情感的体现固然意义重大，但真实地呈现人性以及人们如何去战胜自身的怯懦与贪婪、恐惧与自私，展现灵魂的拷问，才能真正体现一个作家写作的高度，这也才是战胜灾难的关键

---

① 阿来：《月光下的银匠》，长江文艺出版社 2001 年版，第 372 页。

所在。

沈从文先生曾说过："一个伟大作品，总是表现人性最真切的欲望！——对于当前黑暗社会的否认，对于未来光明的向往。"[①] 在地震救灾现场有着无私表现、做出了巨大贡献的仁钦后来被破格提拔为乡长，然而却因舅舅阿巴几年后执意回村慰藉亡灵并拒绝下山而被停职。仁钦爱慕的姑娘并未因他被停职而拒绝他，反而与他走到了一起。与姑娘形成鲜明对比的是另一名村干部洛伍。洛伍阿谀逢迎、虚荣自私、俯张官僚，完全不懂如何爱民，更不懂什么危机公关。仁钦在舅舅阿巴上山后，也数次上山，在这个过程中，他完成了对阿巴遵循的价值的理解。他尊重舅舅的精神世界，也没因为政策不允许而勉强舅舅下山或强行驱赶他，这与之后跟着地质调查队一起上山来看阿巴的洛伍截然不同。如果说仁钦体现了人性的善，那么洛伍在这个过程中所表现出来的就是顽固老旧却不自知的人性的丑恶。不难发现，人物的名字本身就带有对人物的性格品行、身份地位等的暗示。洛伍谐音"落伍"，代表此人不光行为落伍；且心理落伍，而仁钦谐音可以是"仁亲"，也可以是"人亲"，代表了其为人谦和、勤政爱民的特征。

《云中记》虽然写的是汶川大地震，但并未对灾后惨状着墨太多，只是将其作为背景出现，更多地体现对灾后生活的反思。灾难过后，无论是物质重建还是精神重建都是相当艰难的。书中提到的"地震后遗症"就是其中一种，而另一种则以云中村村民为代表，这些地震中的幸存者们在另一空间重建自己的生活，有些因为失去土地而不得不转型，有些因为失去了双腿而无法继续梦想，有的因为灾难而异化，想发灾难财……祥巴一家的三兄弟曾是"黑社会"的代名词，地震中，只有中祥巴由于当时并不在村里而幸免于难，有人说他已经改邪归正了，但其实他就是个被现代化煽动起来的乡村现代主义者。地震后他出现在云中村，想用热气球来直播灾后的云中村，以此谋利，看似是为了养活四个孩子，同时发展旅游业，实质却是消费灾难。好在最后被人骂醒，中祥巴在失声痛哭中完成了转变。云中村最后消逝的场景就是通过他搞来的热气球记录下来的。与他类似的是央金姑娘。央金姑娘热爱舞蹈，地震中，她失去了一条腿。出钱包装她的公司并非真正看上她的才华，而是看中了她的灾难背景。同样的，央金姑娘因为无法再继续自欺欺人而最终拒绝了公司表演性质的舞蹈，完成了对自己内心重建的第一步。她回到了移民村，在村民们的歌声里再次起舞，只是这一次的舞姿是"柔和中又带着更深沉的坚韧和倔强"[②]。小说中，除了灾民的自我救赎以外，还有受灾群众对救援者们的感恩。感恩是什么？是细心地帮救灾战士补好的鞋，是"吻手阿妈"的举动，是孩子们的草莓，但不是干部要求他们唱但他们不会唱的《感恩的心》，不是哑巴比画的动作。在地震后出现了形形色色的人，展现了人性的种种，而所有的这些都指向了在灾难后需要的重建。灾难对人身体上造成的有形的创伤可以随着时间愈合，而无形的精神创伤却是深远而持久的。如何去修复它，重建人们的集体记忆，这是灾难文学需要思考的重点。

自然灾难过后，每一个经历者与旁观者都在完成自己的精神创伤修复，而灾难文学在此时的意义并不是通过灾难场景的描写再次制造伤痛，而应通过文学文本的形式透视

---

① 沈从文：《给志在写作者》，《大公报·文艺》1936 年 3 月 29 日。

② 阿来：《云中记》，北京十月文艺出版社 2019 年版，第 376 页。

灾难激发的人性恶，唤醒的人性善。正是这种在每个普通人体内都积蓄的勇气和正义，在生命面前散发出了不凡的力量，这才是灾难文学的核心，这样的灾难文学才能体现出自己独特的意义，使人们正视灾难，并在得到情感共鸣之后，借助道德反思的力量，树立起忧患意识和责任意识。

三、灾难文学的美学意蕴

李泽厚先生曾说："人总想要活下去，这是动物的强大的本能（人有五大动物性本能：活下去、食、睡、性、社交）。但人总要死，这是人所独有的自我意识。由于前者，就有人的维持生存、延续的各种活动和心理。由于后者，就有各种各样五光十色自迷迷人的信仰、希冀、归依、从属。"[①] 关于生与死的问题，灾难与重生、告慰与救赎、爱与善等，其核心都是在灾难文学中填补文本的缝隙，治愈人心的伤口，它应该包括宗教、伦理以及哲学的精神向度，在现世的价值判断中寻找突破，并最终显示出普适的人文关怀意义，在关怀生命和审美超脱的基础上，寻求人真正的存在价值，体现生命的达观、超越、淡然，这样才能凸显灾难文学的意义。

"20 世纪的文学是作家们集体讲述绝望故事的文学，在他们所留下的那些浩瀚的作品中，你几乎读不到任何希望，为什么？因为人性中的善——希望和信心唯一的生产器官——彻底地隐匿了。"[②] 而大部分的灾难文学本就受到了中国儒家"乐而不淫，哀而不伤"的"中和之美"思想的影响，潜移默化地形成了以苦乐相错、顺境与逆境对转等特征，通常都是喜乐的大团圆结局，不得不说在很大程度上削减了灾难文学应有的震撼力量。灾难几乎每天都在发生，地震、海啸、洪水等自然灾害，战争、动乱等社会灾难，在世界的每一个角落，几乎每天都在频繁上演。一个民族的写作离不开本民族共同建构的文化心理，在中国文化的内部结构里，悲剧是不缺的，忧患也是，我们需要的是通过灾难文学的书写去深入整个民族文化的内在，将灾难文学的审美意蕴上升到哲学和美学层次的探究。《云中记》有人与自然的联系，有自然生命的态度，有守护精神家园的希望，更有对所有死难者的超度，对幸存者的心灵与物质重建，这是《云中记》通达的境界，也是《云中记》构建的审美情境。

在"抗震文艺与中国精神"研讨会上，陆文虎谈到自己理想中的灾难文学创作："我期望有这么一部文学作品，它描写人类的一种困境或者一次灾难，表现人间的爱与温暖，表达人与人之间的真诚和理解，批判人性中恶的部分，使生命重获洗礼，走向崇高；它不受意识形态、种族的局限，它在形态上是惊世骇俗、不同凡响的；它不能只停留在报道层面，感动我们，它要反思、要想象、要创造，要震撼我们；它要有很高的文化品位、很精致的艺术面貌、很美的语言文字，要很有魅力、很好看。"人性中存在真善美与假恶丑，人性对真善美的渴求与对假恶丑的斗争从未停止，从艺术表现上来说就是：文学是人学，同时也是美学。灾难文学作品可以由爱与温暖的表达，让所有生者感

---

① 欧阳中石、李泽厚：《文化集思》，人民出版社 2013 年版，第 619 页。

② 谢有顺：《发现人类生活中残存的善——关于铁凝小说的话语伦理》，《南方文坛》2002 年第 6 期。

知生存的意义，让生命受到洗礼，并走向崇高。

成功而深刻的灾难文学是脱离不开哲学意味的，作品要多维地呈现人文性观照，需要作家深层次的思索。灾难文学不是灾难的纪实文学，也不仅仅是召唤人性的理想文学，当然更不是想入非非的虚幻文学，而应该是在现实主义和浪漫主义的共同基础上建立的文学。灾难文学应该直面灾难，以个人的主体意识为中心，用个体叙事和历史叙事的方法，观照人类整体命运，达到精神审美的超越，展现人性美的光芒，思考人类共同命运的哲学意义。

（作者单位：四川文化产业职业学院）

徘徊于民族化与现代性之间

——以《云中记》为例

张建茹　梁小娟

《云中记》是阿来在汶川地震十周年纪念之际，因一次机缘偶然创作的作品。一位继承非物质文化遗产的祭师，一座遭遇地震即将消失的村庄，一众亡灵和他们的前世，一片山林、草地、河流和寄居其上的生灵，山外世界的活力与喧嚣，共同构成了交叉、互感又意义纷呈的多声部合唱。这美妙、苦涩、悲凉的合唱，展现了民族化与现代性之间的矛盾甚至冲突。

一、“最后一个”的绝唱

《云中记》中阿来以云中村“最后一个”祭师阿巴的口吻记叙了从地震发生前到云中村消失的整个历程。阿来曾认为，走向现代化对任何一个文明、文化、民族而言都是一条必然的道路。但也正是因为意识到了这一点，一个民族特有的文化在走向现代化而被迫割舍自身的血脉时才更显得让人痛心。现代化致使某些民族化的产物最终走向消亡，作为最后一位祭师的阿巴正意识到了，不论是他们的生活方式，还是他们特有的族群文化，在移民村这一现代化发展如此快速的地方，最终只有被同化或舍弃。随着现代化进程逐渐深入、现代生活方式不断普及，传统古老的生活方式逐渐被取代。这“最后一个”古老文化习俗的传承人就显得尤为可怜又可贵，他只能被困在传统与现代之间，找不到出路。“非物质文化遗产传承人”这样一份沉重的荣誉对阿巴而言是责任也是枷锁，他虽然始终不明白“非物质文化遗产传承人”的真正含义，但却用生命承担起了这样的责任。作为云中村最后一个祭师，阿巴选择了与山神阿吾塔毗，与“被判死刑”的云中村一起离开这个世界。阿巴看似是一个“傻子”，他傻在明明有机会过更好的生活，却选择回到一片废墟的云中村，傻在用自己的生命去坚守文化传统。在民族化与现代性这样一个复杂且让人充满困惑的命题之间，看似“傻子”的阿巴做出了最后的选择。祭师的工作不是人人都可从事，可是这古老的文化早已在现代化进程中被打磨得面目全非。地震这不可规避的自然灾害在带给人们苦痛的同时，也使得作为云中村“活化石”的祭师们更快陨落。

阿来笔下的“最后一个”不仅仅指的猎人、巫师、牧马人、祭师等职业，还包括某些独特的生态环境、风俗文化。云中村由于地理位置的特殊，生态环境无可复制，云中村的消失就意味着这“最后一个”自然景观的消失。云中村还有着不同于其他村落的独特的风俗文化，也随着移民而断层，这“最后一个”风俗文化也势必随着阿巴的死亡而消失。

在阿来的小说中，有许多关于“最后一个”的描写：最后一个猎人、最后一个巫师、最后一个牧马人，等等。随着藏地的逐步开放、科学理性的普及和现代化的冲击，藏族人民在告别落后的同时也告别了传统，这些“最后一个”的消失，在很大程度上亦代表着文化的消失，一种少数民族独特文化传统的消失，一种特殊的生存方式的消失。面对这种局面，阿来的内心充满着复杂的矛盾性情感。

二、回不去的故乡

阿来说过：“地理从来与文化相关，复杂多变的地理往往预示着别样的生存方式别样的人生所构成的多姿多态的文化。不一样的地理与文化对于个人来说，又往往意味着一种新的精神启示与引领。”① 嘉绒藏区所具有的特殊历史和杂糅的文化体验赋予阿来与众不同的观察乡村现代化的视角。藏区文化对于自然的崇拜与敬畏，现代化以及外来文化的冲击，使得阿来的创作带有浓重的土地情结和村落意识。他笔下的人物总是聚居在某个特定的村落，深深地根植于土地，无论是“空山三部”中的“机村”，还是《云中记》中的“云中村”，抑或是“山珍三部”中的未知村落，生活在那里的人们世世代代靠着土地生存，土地带给他们的不只是丰富的财物，更是心灵的栖居所。

在《云中记》中，地震发生前，县里正要把云中村打造成一个旅游胜地，但当仁钦回来向乡亲们说“上山的机耕道要全面加宽，铺上柏油。田间小路要加宽，要硬化……”时，就立马遭到了乡亲们的反对：“我们进村的路绕那么大个圈，就是为了不占用土地，为了多种一些庄稼。”在地震发生后，即使科学的手段证实了云中村位于一个危险的滑坡体，乡亲们还是不愿离开故土，直到余震使得云中村人们赖以生存的泉水彻底枯竭，村民才被迫搬往移民村。云中村的村民与《蘑菇圈》中的阿妈斯炯、《三只虫草》中的桑吉一家一样，哪怕生活再困苦也不愿离开长久居住的土地。土地不但提供生存的滋养，更提供灵魂的皈依。

费孝通说中国传统乡土是一个熟人社会，是一个没有陌生人的社会。齐美尔在《陌生人》一书中指出，陌生人是来自外地并且隐在地让人感到疑惑和忧虑的人。阿来的藏回混合血统，再加上多年学习汉族文化的经历，使得他始终游离于传统的藏文化和汉文化之间。他曾幽默地自嘲为一个“远缘杂交品种”，因此他的作品中总有一种边缘人的惆怅感。云中村的灾民虽然被政府安置到了看似更为舒适的移民村，但他们却更加无所适从。在移民村生活的灾民们为了融入这里的生活，放弃了他们身上原有的、属于他们的“味道”，放弃了他们的宗教文化风俗，努力地按照当地人的方式生活，但云中村村民的身份却得不到认同。故土已消失不见，他们只是定居在移民村的流浪者，在焦虑和同化中迷失了自己的方向。

---

① 阿来：《大地的阶梯》，陕西师范大学出版总社 2019 年版，第 7 页。

法国批评家丹纳在《艺术哲学》中提出了影响文学风格的三要素：种族、环境、时代。环境包括地理、气候等自然环境和政治、战争、宗教、风俗等社会环境。阿来作为长期生活在嘉绒藏区的藏族作家，在回顾藏族地区发展的同时，也将目光投向了川西藏区独特的地理环境。对于独特地貌文化的执着书写，是阿来作品一贯的特点。阿来说："西藏这个名字，与整个藏民族息息相关。"① 藏文化有种原始性，原始的东西会将一部分历史的真实面貌较为完整地保留下来。藏文化语境的原初性与云中村置身双重边缘地带的复杂性，造就了云中村独特的风貌。云中村位于半山腰上，遗世而独立，靠近雪山，文中多次提及县里要把云中村建立成一个新的旅游点："因为云中村的历史，因为云中村保存完好的那座石碉和古老居民。因为云中村那片平整肥沃的土地在崎岖大山上出现是一个奇迹。""春天樱桃园开花，夏天樱桃花结果，秋天还有苹果和核桃，观光农业"，而地震使得云中村昔日的美景变成一片废墟。在人们被迫搬离后，村里仍有鹿群及其他动物出现，呈现出残败衰落的凄凉之美。

《云中记》除了有大量的自然景色的描绘，还有许多美妙的风俗人情画面以及藏族特有的神话传说和口头歌谣。如少年阿巴在晚上看到身为祭师的父亲安抚鬼魂，山神阿吾塔毗迁徙于云中村的传说以及矮脚人的故事，还有从远古流传下来的歌谣。小说更是对阿巴祭祀山神这一场景做了十分详细的描绘，这折射出作者对这即将消失的文化风俗的深深惋惜之情。

不论是因为对故乡风土的怀念，还是因为对故乡文化的留恋，生活在移民村的人们只能成为永远无法寻到归途的流浪儿。即使是回到云中村的阿巴，也无力阻止这片土地消失，无法阻止云中村民俗文化的消亡，他只能以献祭的方式来告别。

三、宗教信仰的衰落

马克思指出，传统消失在以金钱交易为中心的现代理性之中："一切封建的、宗法的和田园诗般的关系都破坏了。它无情地斩断了把人们束缚于天然首长的形形色色的封建羁绊，它使人与人之间除了赤裸裸的利害关系，除了冷酷无情的'现金交易'，就再也没有任何别的联系了。"② 藏族地区由于地理环境偏远闭塞而形成了一套完全不同于内地的文化方式，对宗教的信仰使藏族人民充满了对自然和生活的崇敬与热爱，宗教更是藏民日常生活中不可或缺的一部分。但随着现代化的冲击，原本封闭自足的藏文化被打开了缺口，现代性与古老的藏文化交错在一起，最终，现代性占据了上风。物欲与金钱的诱惑使得宗教开始走下神坛，其地位遭到冲击。

藏族人民虔诚的宗教信仰被现代化气息逐步瓦解。这种瓦解是自内而外的，伴随着现代文明的传播与深入，年轻一代更多接受现代文明，对外面的世界有着无限的向往。年轻人自主地学习现代科技，有意识地抵制甚至反抗宗教文化与宗教信仰。云中村年轻

---

① 阿来：《大地的阶梯》，陕西师范大学出版总社 2019 年版，第 13 页。

② 中共中央马克思恩格斯列宁斯大林著作编译局：《马克思恩格斯选集》（第一卷），人民文学出版社 1972 年版，第 253 页。

的仁钦就是典型，他从小在外接受了先进的教育，毕业后重回家乡工作，能够理解并接受一切有关科学的新鲜事物，但是却无法理解舅舅阿巴在村子即将毁灭之际为何一定要回去。藏族传统的宗教信仰在仁钦这里更多被科学知识取代，他不再像祖辈那样对宗教充满了无限的敬畏，于他而言，宗教只是在灾难来临之后的一剂安慰剂，而并不是生活的全部。

宗教信仰也同时受到“金钱本位”观念的冲击。小说中的祥巴一家族就是典型。祥巴三兄弟十几岁就到外省生活，接触一切新鲜的事物，游戏机、滑板、摩托车等都是祥巴兄弟带到村里的，他们享受现代化所带来的一切物欲享受，将金钱作为衡量人生的唯一标准，敬畏生命、心存善念在他们这早已不复存在。地震中，祥巴一家只活了中祥巴一人，时隔五年后他再次回云中村，不是为了祭奠逝去的亲人，也不是因为留恋即将消失的家乡，而是带着他的新型工具，通过贩卖苦难、博取同情来获得更多的金钱。中祥巴对金钱的信仰远大于村中的一切。苯教山神阿吾塔毗在他心中早已失去了分量。长期在外地生活的中祥巴早已迷失在物欲横流的世界里。在“金钱本位”观念的影响下，民众早已将宗教信仰虔诚遵守的那些东西抛之于脑后。地震后云中村附近的村落发展起了旅游业，但是某些村民为了获得更多的金钱，不仅胡乱收费，而且服务态度极其恶劣，金钱使他们忘记了初心。

宗教本身的神秘性也开始遭遇质疑与解构。首先，作为宗教的维护者和传承者，传教者本身对宗教产生了质疑。作为村中唯一一个从事宗教活动的人，阿巴关于祭师的知识与技能都是在县里办的非物质文化遗产传承人培训班上学来的。不仅村里的人质疑他的身份，就连阿巴自己也会偶尔产生怀疑。他所信仰的宗教的表达方式早在他父亲那一代就失传了，这本身就是对宗教文化的一种解构。其次，阿巴是个“半吊子”祭师，既无法通神，又无法解答内心的疑问。按照他们的宗教文化，人死了会变成鬼魂，但“阿巴已经不是以前那些相信世界上绝对有鬼魂存在的祭师了”。他在重返云中村后极度渴望见到鬼魂，却求而不得。他只能将和死去妹妹说话时绽放的两朵蓝色的鸢尾花认作妹妹的鬼魂，聊以自慰。

时代的发展使宗教地位趋于边缘化。在时代的飞速发展变化中，现代化无疑要进入生活的每个角落。搬到移民村的云中村人很快习惯了那里的生活，穿梭在现代化的厂房间从事着现代化的工作，从外界接受更多现代化的信息。人们早已没有时间和精力把宗教文化作为生活的仪式，只能逐渐将其忘却。即使没有地震，云中村也终会被建成一个现代化的旅游景点，村中的宗教文化也只能默默地退居其后。越来越多的人渴望走出去看看外面的世界，村中的某些独特文化习俗没有了继承人，也无法再传承下去。

四、文化生态的反思

早在20世纪50年代，美国著名学者朱利安·斯图尔德就提出了“文化生态学”，这一理论关注的核心问题正是文化与环境的实质性关系。伴随着中国社会现代化的独特发展进程，人们经历了对文化和生态从肆意破坏到保护意识逐渐觉醒的过程，许多作家开始将目光投向文化生态学。对嘉绒藏族地区独特的风土人情与自然环境的描述一直是阿来创作的重头戏，从《空山》到“山珍三部”再到《云中记》，阿来一直敏锐地反思文化生态。

20 世纪 80 年代中后期伊始，中国生态环境问题开始引起社会的关注，雾霾、水污染、重金属污染、植被破坏等问题随着现代化进程而越来越严重。藏族地区由于地理位置偏远，现代化进程较慢，相较内地而言保留了较为完整的民俗风情和美丽奇特的自然景观，因此成为内地人首选的旅游胜地之一。旅游业的发展、现代化进程的深入，使得藏族人民的生活理想和生活观念逐渐发生变化。取代虔诚宗教信仰的是对金钱的追逐，而对金钱的追逐最终导致的却是人文生态的破坏。《蘑菇圈》《三只虫草》《河上柏影》中人们为了追逐利益，疯狂地挖采大自然馈赠的松茸、虫草、岷江柏，致使生态环境严重的破坏。

在阿来塑造的众多即将逝去或是已逝去的文化生态中，云中村要数最独特的一个。云中村的消失不是人为因素造成的，而是地质灾害导致的。但《云中记》中的人文生态却逃不过像“山珍三部”中蘑菇圈、岷江柏一样的命运。阿巴是村子里唯一一个祭师，也是非物质文化遗产传承人，他身上凝聚了云中村所有的文化底蕴、风土民情以及祖先留下来的神话传说，他最终只能选择和云中村一起消失。如果说云中村的消失是因为不可抗的外力因素，那么阿巴的死亡只能是无奈的自我选择。他所信仰的那一套在被逐渐汉化的移民村压根派不上用场，年轻一代早已对祖先流传下的东西失去了耐心。阿巴不忍看着这祖祖辈辈留下来的文化遗产就这样消失，他只能选择走向毁灭。

传统的民族文化的消失以及文化趋同给少数民族文化自身的传承与发展造成了巨大的困难，阿来在作品中所展现出的民族化与现代性之间的矛盾冲突也是我们当今亟须解决的一个重大课题。中国是一个多民族的大国，我们在保护环境多样性的时候，同时也要保护文化多样性，在反思文化生态之时，也要提出应对的方案，让少数民族在实现现代化的同时，完整保留其自身的文化特色，避免云中村的悲剧再次发生。

现代性是我们不可规避的进程，掌握现代技术是使我们不断强大的途径。在快速发展的现代社会，如何保持多民族的文化独特性，如何让不同民族在共同走向现代化之时仍旧保存其独特的地域文化，是阿来透过《云中记》提出的一个新问题。我们首先要做的是继承和发展，继承是发展的前提，发展是继承的升华，但是如何在民族化和现代性之间完成继承、发展，仍旧困扰着我们。

《云中记》在表达对汶川地震中逝去的生命、毁灭的家园的悼念与哀思的同时，也在提醒我们，要加强对非物质文化遗产的传承与保护。20 世纪 80 年代，我们曾经强调“越是民族的越是世界的”。如何在发展现代化的同时更好地保护民族化的东西，如何把握民族化与现代化的平衡，使得民族化与现代化能够共同发展，仍需我们用心去揣摩。

（作者单位：湖南科技大学人文学院）

不止是苦难，还是生命的颂歌

——有关《云中记》的一些闲话*

阿 来

2008年5月12日，成都，我坐在家中写作长篇小说《格萨尔王》，在古代神话世界中徜徉。下午2时28分，世界开始摇晃，抬头看见窗外的群楼摇摇摆摆，吱嘎作响，一些缝隙中还喷吐出股股尘烟。我正在写的这个故事中的神或魔愤怒时，世界也会像人恐惧或挣扎时一样剧烈震颤。我可能花了几秒钟时间判断，这些震颤与摇晃到底是现实还是正控制着我的想象。终于，我确定震动不是来自故事，而是从地板从座椅下涌上来，差点把我摔倒在地上。不是陷入想象世界不能自拔时的幻觉，而是真实的地震。

当时不会意识到这些，只是当摇晃停止，才和儿子冲到楼下，混入惊惶的人群。所有人都想知道发生了什么事情，但通讯已瘫痪。想再回家中，楼道已经被封锁。只有坐在街边的车中，静待消息。将近两个小时，通讯渐渐恢复，消息慢慢汇聚，大地震，震级八级，受灾范围绵延从南到北：汶川、北川、青川。严重破坏地区超过十万平方公里，大量人员伤亡。当这次大地震的面目初步清晰，已经是黄昏时分。这时交通、电力、通讯恢复正常。还是禁止回家。总是装在车上的野营装备派上了用场。在公园支了一个帐篷，打开睡袋，我睡不着。地震震中汶川县映秀镇，在我老家阿坝州的范围，终于打通家里电话。我们那个县，那个村也经历了剧烈摇晃，但房没倒，也没有人员伤亡。只有三妹妹带车跑长途，她自己，和一车乘客，地震发生那个时段，正在震中附近，妹夫已从成都出发徒步进山去寻找。横竖是睡不着，开着车上了街道。经过一个街心花园，许多人围成一圈，组成一道人体的屏风，佑护一个临盆的孕妇生产。再往前，每一辆献血车前都排起了一条长龙。救灾队伍正在集结开拔。平时喧闹的人群都有种庄严的沉着。那一刻，我觉得自己居住的这个城市非常伟大。我把车开到通往都江堰、映秀和汶川的高速路口，整整一夜，管制起来的高速路上各种车辆川流不息。右道上是满载救灾人员和物资的车辆——军队、政府机构的，临时集结的志愿者团队的。左道上从灾区源源驶来各种载着伤员的车辆。我打电话要求参加省青年联合会的志愿者团队。尽管我曾任过这个机构的副主席，尽管负责人是一个老朋友，但被他断然拒绝。他说我身体不行，我说我有一辆八成新的越野车，而且有丰富的山路驾驶经验。我得到的答复还

---

* 转载自《长篇小说选刊》2009年第2期。

是，这事让我们年轻人干。

天亮了，关于惨重伤亡的消息越来越多，整座城市的气氛就是每个人都觉得必须做点什么。捐款捐物是最起码的选择。那时还在成都工作的麦家打来电话，建议他、我和杨红樱三个四川作家带头发起捐款。他拿出 20 万作为首笔捐款，还在韩国访问的杨红缨也在电话里马上认捐 20 万。我家在农村，负担多，只能表示心意，捐了 5 万。由此发起一个基金，用于教育方面。所以如此，是因为那时候最揪人心肺的消息，就是灾区中小学校发生的大面积伤亡。具体怎么做，没有想好。先把钱拿出来再说。当即电话向阿坝州教育局表达了这个意思，请求在他们那里开个户头，好把捐款汇往这个账户。

震中地段的公路上，飞石与滑坡瞬间埋葬了多少鲜活的生命，我妹妹带的一车乘客，居然毫发不伤。他们弃了车，相互帮扶，半途遇到前去接应的妹夫，他们徒步一个通宵，又一个半天，带领一车乘客，走出余震频发的重灾区，竟然也无一伤亡。不敢私自庆幸，因为那成千上万人的死亡。只是从此相信这个世界上真会出现奇迹。在成都的西门汽车站，见到妹妹和妹夫，我以为我会流泪，但没有。他们也没有流泪，只是以超乎寻常的平静，讲述如何在长夜里穿行几十公里破坏严重险象环生的山路。讲到路上房倒屋塌的老百姓，在露天用大锅煮粥，周济路上逃难的人群。

这下我可以去灾区了。去汶川。

平常，成都到汶川，两个小时车程。现在，近路断绝。绕行的路线是八百里公路山路，整整两天。路上，余震不断。我那辆车伴我穿行这些险象环生的山路，至今车身上还有两颗落石砸中的伤痕。一处在挡风玻璃上，一处在引擎盖上，修车时，我特意叮嘱把大伤平复，小伤留下。

在马尔康，在州教育局开了捐款账户。

继续前进，越靠近灾区，以前熟悉的道路越是损毁得惨不忍睹，四处都是房倒屋塌，人员伤亡的惨痛景象。遇到一位相识多年的老友，当时是阿坝州副州长。当时他眼含热泪，说的是，全州人民几十年辛勤建设的成果就这么毁于一旦。确实是满眼毁损：道路、桥梁、学校、电站、工厂、乡村。人员死伤累累。那也是我地震以来第一次流泪。大灾发生，过了几天，因震惊而麻木的感情器官才开始发生反应。

后来又去过许多灾区，一万多人口的映秀镇伤亡过半。山清水秀的北川县城一部分被滑坡埋葬，剩下一多半全部损毁。再往北，青川县东河口，山体崩塌，把一个村四个村民小组 184 户人家，一所小学全部掩埋，700 余人被无声无息地埋入地下。走在地震新造成的地貌上，踩着那些从地层深处翻涌出来陷脚的生土，不敢相信下面就埋葬了曾经美丽的一个村庄。

那个时候，我全然忘记了自己的写作。只是想尽量地看见，和灾区的人民共同经历，在力所能及的地方尽一点自己的微薄的力量。

然后是灾后重建。

我们三个四川作家发起的那笔捐款有 30 多位朋友加入，金额近百万了。打算用这笔钱建一所希望小学。为此去灾区选一个合适的地方，此时发现这个想法已不可行。政府出台重建方案，都是以乡镇为单位的寄宿制中心小学：教学楼、宿舍楼、电教室、图书室、食堂、体育场，一所小学没有千万以上的资金建不起来。还是不想放弃希望，于是出动去募捐。这时候，地震激发的热情渐渐消褪。一呼百应的情况并没有发生。终于得到一家大企业的承诺，安排他们的慈善基金和我们共建一所小学。与灾区政府协商，去实地勘察，同去的还有著名的建筑师朋友，愿意义务为我们作建筑设计。大家集思广益。建学校要尽量使用环保材料，要节能。学校不能建成了事。建成后，捐了款的作家朋友、文化界朋友要到轮流去驻校上课，腾出本地教师去发达地区进修，有著名高校也表达了将免费为这些教师提供进修机会的承诺。我们还要持续资助困难学生。等等，等等。总之要将“我们的学校”建成一所模范学校。那时，在所有讨论中，我们都说“我们的学校”。而这一切最终还是没能实现。主要问题，我们这种业余队伍不可能跟上政府要求的重建速度。加之当时国家指定一省支援一个重灾县，一个地市支援一个乡镇，我们选定建校的乡，由广东一个地级市负责。在他们的援建规划中，学校自然是重中之重。我们只好遗憾地退出。企业的慈善基金去寻找别的项目，剩下朋友们那笔捐款到了震中映秀的漩口中学，作了一个奖学基金。今天，去重建的映秀镇，漩口中学倒塌的教学楼，还是保护最好的地震遗址，很多有关“5·12”地震的纪念活动都在那里举行。

到此，我重新回到书桌前，继续那部中断已久的长篇小说的写作。

那时，很多作家都开写地震题材，我也想写，但确实觉得无从着笔。一味写灾难，怕自己也有灾民心态。这种警惕发生在地震刚过不久，中国作协铁凝主席率一团作家来灾区采访，第一站就是到四川作协慰问四川作家。我突然意识到在全国人民眼中，四川人都是灾民。那我们写作地震题材的作品，会不会有意无意间带上点灾民心态？让人关照，让人同情？那时，报刊和网站约稿不断，但我始终无法提笔写作。苦难？是的，苦难深重。抗争？是的，许多抗争故事都可歌可泣。救助？救助的故事同样感人肺腑。但在新闻媒体高度发达的时代，这些新闻每时每刻都在即时传递。自己的文字又能在其中增加点什么？黑暗之中的希望之光？人性的苏醒与温度？有脉可循的家国情怀？说说容易，但要让文学之光不被现实吞没，真正实现的确困难。

又写了几本书《瞻对》《蘑菇圈》《河上柏影》和《三只虫草》。都不是写地震。

灾难还在发生。2013 年芦山地震。2017 年九寨沟地震。两次都隔汶川地震发生地不远。

地震后不断发生的地质灾害。2017 年 6 月 24 日，一个叫新磨的村庄被滑坡掩埋，60 余户人家，近百条生命瞬间消失。地质专家认为，滑坡是因为汶川地震造成的地质应力改变。

大地并不与人为敌，但大地也要根据自身的规律发生运动，大地运动时生存其上的人却无从逃避。

我不在灾区，但剧烈的创痛同样落在我的心头。而且，只是写出创痛吗？或者人的顽强？但这种顽强在自然伟力面前又是多么微不足道。

我唯有埋头写我新的小说。唯一的好处是这种灾难给我间接的提醒，人的生命脆弱而短暂，不能用短暂的生命无休止炮制速朽的文字。就这样直到 2018 年，十年前地震发生那一天。我用同样的姿势，坐在同一张桌子前，写作一部新的长篇小说。这回，是一个探险家的故事。下午 2 点 28 分，那个时刻到来的时候，城里响起致哀的号笛。长长的嘶鸣声中，我突然泪流满面。我一动不动坐在那里。十年间，经历过的一切，看见的一切，一幕幕在眼前重现。半小时后，情绪才稍微平复。我关闭了写了一半的那个文件。新建一个文档，开始书写，一个人，一个村庄。从开始，我就明确地知道，这个人将要消失，这个村庄也将要消失。我要用颂诗的方式来书写一个殒灭的故事，我要让这些文字放射出人性温暖的光芒。我只有这个强烈的愿心。让我歌颂生命，甚至死亡！除此之外，我对这个正在展开的故事一无所求。五月到十月，我写完了这个故事。到此，我也只知道，心中埋伏十年的创痛得到了一些抚慰。至少，在未来的生活中，我不会再像以往那么频繁地展开关于灾难的回忆了。

因为这个原因，《长篇小说选刊》要我为这篇小说写创作谈时，我不想写。表面的原因是这些日子确实很忙，其实是我短期内确实不想再去碰触这个话题，也没有什么小说观或小说技法之类的话题要谈。这只是一个年复一年压在心头的沉重记忆，终于找到一个方式让内心的晦暗照见了光芒。所以，在这里要说的，也只是如何让自己放不下这段记忆的一些经历罢了。如果再多说一句，也只能说，我喜欢自己用颂歌的方式书写了死亡，喜欢自己同时歌颂了造成人间苦难的伟大的大地。

（作者单位：四川省作家协会）

四川文学研究

［王学东小辑］

在后现代的诗兴中“劫持”自己

——读王学东诗集《现代诗歌机器》

张叹凤

王学东曾选过我给研究生开的课，通常意义上算是学生，可他又是我的同窗，在我这个“老生员”攻读博士学位期间，他与我同场竞技，虽然专业方向不同，但我视他为“同道”，这不仅因为我曾教过他课，可以“倚老卖老”，更因为他为人诚实忠厚、行事干练的作风。川南人，有乐山（古嘉州）当地口音，身高应该和郭沫若、李伏伽这些乐山现代文学前辈差不多，中偏瘦、清秀、和乐、率尔多才，这种人往往宜于友。学东在读期间有时就像我的通讯员，我犹记得他站在研究生院西门前等待我的样子，微风吹拂着他有些卷曲的黑发和衣角，手中握着一张卷子或报表之类，细小之事，委之必果。多少年后，他已经是一名有成就的踏实的史料研究学者，任教高校。我没有料到，他居然还是一名活跃的诗人，而且诗风凌厉，充满后现代气息。这倒令我想到一句古话：“静如处子，动如脱兔。”我想学东的研究就是他的“处子”状态，而他的诗歌即他的“脱兔”之表现。

正如郭沫若当年《凤凰涅槃》所放号：“一切的一，更生了！一的一切，更生了!”王学东离开积重难返的学案，穿行于大城市，作风是“狼奔豕突”“摧枯拉朽”，我想这一方面源于他自己解放自己如存在主义所谓的“人是他的选择”，二则源于他的血源、基因，他川南人精悍敏锐、富于激情乃至冒险精神（一如川江湍急）的风骨，都燃烧在他的诗行中。他擅长组诗、“商籁体”，下笔无休，颇能前后呼应。这正是川南的疆域气候之体现。当然，融会中西，有意识通达化解各路名家名作，实现他“走出现代文学的神话”以及后现代主义策略的突围这些特征，在他诗歌中也是显而易见的。他在诗中用到“劫持”这个词语以及相关的引比连类的意象，如：

> 我透过密集着红肿伤口的高楼
> 叉开钢铁坚硬的栅栏

将天穹中的睡眠和云朵劫持
——《黑夜诗》

公交车折断了你的腿和视野
被快餐和电影所囚禁的绝望和骚动
突然在城市释放出漩涡
——《苦海10》

在这个释放着散乱和疲倦的热浪的夜晚
我不被任何人或任何方向拥有
——《忧伤诏书》

只要有一条路轻轻地喊我
我就会把它喝下去
大醉在这条路上醒不来
让路把我和我的秃顶的青春随意带走
——《路途》

人们眼前的王学东是书卷气的、文质彬彬的，但诗人王学东却是狂狷不羁的，甚至是不无暴力想像与解构机能的。他正是用诗歌，尤其是组诗（用他的话说是“商籁体机器”）的方式将自己“劫持”，从而让灵魂奔走，与自己安静乃至沉闷、异化的日常工作形成对抗的张力，激发出自己永无休止的更大的创作力。这无疑是诗歌乃至文学之如海德格尔强调荷尔德林诗歌有着的“语词还乡”的意味与功用。

“步入后现代：以尼采为转折……现代的首要特征在于主体自由。”① 王学东的组诗充满着尼采式的激情，狂狷中书写着自由的精神与价值，同时，有意突出“审美直观是‘理性的最高行为’”“真和善只在美中协调一致”②。在书写美感方面，他长于反衬、反讽的手法，多以丑为美，审丑为美，从虚无中体味着真知，表达着善愿。例如他笔下的地景、地标、地理，成都以及他的家乡川南乃至他家谱中的先辈——在诗集中他几乎为他们每人立了一篇诗传。但王学东的诗是后现代的，我们在他的诗里，极难看到一个典故，甚至一个名人、一句名言、一篇名作、一句成句谚语，抑或一个具体的众所周知的意象。我们知道，他恰恰从事这些研究工作，要运用应该是左右逢源，如饮纯醪，但在诗中，他突出重围，解构既往，以激兴胜，以直觉胜，以艺术的勇气胜，构建乐章般的旋律与应和之猛壮，说到底，他以气势胜。他的组诗《如是我闻》《后现代启示录》《来自灵山的短诗》《苦海》《十支情歌》《一个人的成都》《十首哀歌》《没有个性的诗》，等

① 〔德〕于尔根·哈贝马斯：《现代性的哲学话语》，曹卫东译，译林出版社2004年版，第96页。
② 〔德〕于尔根·哈贝马斯：《现代性的哲学话语》，曹卫东译，译林出版社2004年版，第103页。

等，皆一气呵成，堪称语词的盛宴。限于篇幅，我权引他集子中一首最短小的诗以斑窥豹吧：

漂泊诗

浪迹天涯的水泥路守候着坟墓和牛
双腿和大地碰撞出来的火花
在天空中翻滚，冒烟
我近视的眼睛伸入花朵、叶子和根须
摇晃着石头
让手中的鸟群穿过屋子和姑娘
远处的黄叶和城市翻译着我枯竭的太阳

个人、家族、城市、爱情、传承，生命中的点点滴滴，都得到近乎狂野的，甚至无厘头的书写，你极难从他的诗中寻章摘句，但你一定被他的诗兴“劫持”，一路狂飙，从“人民南路”狂奔到“九眼桥”“磨子桥”“金沙遗址”“四川大学”“华西医院”，时而帝王，时而浪子。他的漂泊是穿越式的，是挑战式的，几乎没有规则可循，似时而飞翔，时而匍匐，时而倒行，如他自己诗中所警惕的，他必须绕开生活的陷阱：“这种诱惑如坚硬的墓碑/指示着我服从了生命的复印过程”（《伤口诏书》）“我轻易地就被玩弄了/我需要健康的目录/远离周围的人”（《后现代启示录之五》）。也许像我这样的他的熟人、前辈，在他笔下正是：“他细瘦的腿脚危险地支撑着身体/还有他干枯的头发都向我扑来”（《苦海 5》）。

没有莺歌燕舞，没有软语花香，更没有所谓时代强音，甚至没有比较浅显明白的意思，这就是他的诗，他的组合拳，带给我们颠覆性的阅读快感。虽然我们在里边能感到波德莱尔、里尔克、叶芝、庞德、李金发、海子、纪弦、洛夫、余光中、痖弦、郑愁予等，后几名台湾诗人正是我当年与他和同学们在教室里分享讨论过的，但具体影响在哪儿，则看不出他刻意模仿、引用，又可以说每个字词里都浸透着现代感、后现代的疏离、陌生、荒诞、碎片化、空间置换。整体而言，是他居于成都这座“第四城”的生活的灵魂的掠过、拷问与自白，是他对抗寂静与异化的爆发与呐喊。叔本华说过只有死亡才能最深刻地体现人性与人生的哲学意蕴。故而王学东的诗更多地直面这一主题，为此他不吝“自暴自弃”（丑化自己）甚至加以“自虐”（连下“罪己诏”），像《华西医院》《衰老经》《咳嗽经》《已经被损毁的青春》等篇目，写得很有骨感乃至让人见到伤口血痕。对此他无所畏惧，甚至想象“最后我的眼睛全部恶化”（《九眼桥》）“只在枯萎的玫瑰衰老的身体中闻到内心的忧伤”（《没有个性的美人》）。

显而易见，王学东诗作更多受到西方现代文学尤其是现代派文学的影响。中国诗歌之中，兴许有浪漫主义影响，但现代派、后现代派、荒诞主义显然更是其倾向。

但丁诗篇《飨宴第 2 篇》写道：

我确信我的诗歌没有几个人
会去努力理解其推论……
若在我的声音里至少发现一首乐章

也会让他们狂喜不止。

我想王学东正是抱着这样的想法，“不求甚解”，也不摭拾对他来说容易到手的典故、体例，从而选择趋害避利、去熟就生、独辟蹊径，像在城市的夜晚独自冒险，任灵魂起舞。正如他在《自序》结尾所言：“对于我们的存在来说，正是现代新诗自身所携带的这种绝望的潜质，又在绝望中的获得了一丁点的勃勃创造力和生命力，奠定了新诗坚实的基座……自我生命也才能在诗意的幻境中赢获麻醉式或真诚的价值和意义。”[①]他认为现代诗歌所表现的绝望感，代表了新诗比较突出的成就。也许这是一己之见、一家之言，但他身体力行，将自己的余暇“痛饮狂歌空度日”，我觉得这都是有益的、有勇气的尝试。古斯塔夫·缪勒评价但丁说：“他的三个世界构成了一个想象帝国，这一帝国从边缘到中心被根据不同的理解程度精心分成了三个哲学层面。但三个层面中的每一个层面都具有同一的三维结构：深、宽、高。”[②] 我不是说王学东可以与但丁相提并论，但他的诗风的确是在这一路线上突进，也许这只是偶然，并非刻意。虽然我个人的喜好还在于有着中国古典文学气息的新古典主义诗歌，但对他这一派“波德莱尔”，我也不抱排斥态度，相反，他的诗集我拿到手中，一气呵成地读完，还反复细读了多首。我认为他不是无病呻吟，而是书写了内心最神秘、最敏感、最柔软的那一部分，表现狂野，实则细腻。总而言之，形成了比较明显的个性化风格，这一探索的成果是无可置疑的。毕竟：“艺术需要靠艺术来点亮，一个拿着火炬的人点亮了一代代后继者手中的火炬。伟大艺术的一个秘密就是‘对其他伟大艺术的长期研究和伟大的爱’。”[③]

王学东在立志长期研究的道路上可以走得更远，而其诗歌创作，尤其是他的“现代诗歌机器”体式作品，我相信，也会赢得更多的读者、更多的理解。

（作者单位：四川大学文学与新闻学院）

① 王学东：《现代诗歌机器》，四川民族出版社2017年版，第6页。

② 〔美〕古斯塔夫·缪勒：《文学的哲学》，孙宜学、郭洪涛译，广西师范大学出版社2001年版，第79页。

③ 〔美〕古斯塔夫·缪勒：《文学的哲学》，孙宜学、郭洪涛译，广西师范大学出版社2001年版，第79页。

诗与思的自我中心构建

——以王学东诗集《现代诗歌机器》为中心

何方丽　刘　波

王学东的诗集《现代诗歌机器》（四川民族出版社 2017 年版）收录了作者 1997 至 2017 年间的作品，诗集承载着诗人 20 年关于诗与思的积累和沉淀。本书的题记开宗明义："在这个最需要、也最能激发'诗'与'思'的时代，我们尚不会'诗'，不会'思'。'诗'与'思'最大的奥秘在于那个'不'与那个'无'。"关于诗与思的命题，学界早已有过多次探讨，而王学东以学者和诗人的双重身份介入其中，作为学者的严谨理性和作为诗人的自由真实，让《现代诗歌机器》充满了思辨的智慧和人性的力量。虽为 20 年间的作品集，但诗人出手便有宏志，从跨越 20 年诗歌题目的工整和谐来看，足见其对组诗这种"诗歌机器"的执着和迷恋。而诗人在目录编排时刻意流露出的雕琢痕迹，也高调地表明整本诗集亦是作为现代诗歌的一个机器而存在的。这或许得益于他的学者身份，因而相较于纯粹的诗人，他更能看清何为诗歌，诗歌何为。王学东的诗歌少有过分的纠结，更多的还是对生活彻悟之后的智慧。

诗与思的关系看似明朗，实则复杂且微妙，毕竟我们很难辨明二者是谁选择了谁，当年陶潜发出"此中有真意，欲辨已忘言"的感慨，正是触碰到了诗与思之关系的核心。诗与思之关系可以简单地理解为语言和思维的关系，只是在诗歌中，语言是具有诗性的语言，而思维亦是具有诗性的思维。如此，在诗歌领域，诗与思之关系相较于语言与思维的关系，才更具特殊性和不确定性。《现代诗歌机器》的切入点是这盘根错节的诗与思，可以说，诗人以精致的编排来呈现其对诗与思的思考，这本身便勇气可嘉。从他的努力中，我们确实能感受到学者的热情，也能体验到诗人的赤诚。在王学东这里，诗歌是一个完整的现代性装置，很难说是诗歌呈现了思维，还是思维促成了诗歌。通过阅读我们发现，诗与思的互动恰如其分，也深入人心。而与其笼统地说明诗与思的互动，不如首先探究王学东题记所言的"诗"与"思"在这个"最能激发'诗'与'思'的时代"，如何释放诗人充盈的想象和隐而不弱的力量。

从"诗"的角度来看，王学东首先重视的便是诗歌的语言。在序言中，他强调了语言对诗歌的重要性，认为站在文学塔尖的诗歌对语言有着近乎苛责的要求，而这"对创作者的创作提出了至高的语言律令"。为了让诗歌有属于自己的特点，王学东在创作过程中娴熟地运用不同修辞手法和表达方式。正是此种语言至上的诗学观念，让王学东的诗歌有其自身的独特性：鲜活却不失力量，随性却不失尊严。组诗《如是我闻》所写均为诗人所见所感之事，讲述并剖析黑夜、育儿、咳嗽、成长、电影、旅游、宝石、梦等生活中常闻常见之事。诗人以独特的个人经验入诗，为诗歌语言的鲜活奠定了基础。跳跃的语言和不经意的黑色幽默都让《如是我闻》充满了诗性的张力。“在电影院，你的 3D 眼镜始终戴不稳，/需要不断扶正才能看完电影。”《电影经》中细节的呈现让整首诗不乏生活气息，而作为现代社会的象征物之一，3D 眼镜对面的大银幕却是一个关于资本和人性的谎言：“在台下，我悄悄地瞥见了妖艳的投资商。”诗人不断转换时空、视角和人称，通过语言的跳跃在现实和虚构中穿行，将电影这一现代性产物所涉及的投资商、演员、观众、影院等要素所披上的外衣一一扯开，呈现出一个赤裸裸的资本世界。在这个世界里，所谓的悲悯和人性不过是资本选中电影而电影得以包装的外衣。所以此诗不全是戏谑，而是充满了批判的力量和对诗歌尊严的维护。尽管如此，我们仍很难认定《电影经》是一首批判之诗。诗人面对资本电影纵有百般思绪，但仍用幽默而随性的语言去呈现——“太子们喜欢玩感情，姑娘们感谢商业”，此为诗人的电影观后感，亦是诗人对社会和时代现象的观察。诗人以轻松戏谑的方式来书写身处的时代，让读者在粲然一笑的同时也心头一紧。诗歌语言的魅力正在于此，它能在寥寥数语中呈现万千世界，触发万千思绪。正因为如此，诗人对于诗歌语言之鲜活和幽默的追求恰恰能让其生命“在适宜的幻境中赢获麻醉式或真诚的意义”。

语言终究只是构成诗歌机器的种种零件，那么诗人要如何安装这些零件使其发挥出个性化的能量？的确，当我们解决了诗人如何挑选诗歌机器零件的问题后，诗人如何组装这些零件便自然而然地成为下一个亟待解决的问题。所谓“组装”问题，其实就是诗歌的结构问题。王学东对于整体结构的架设充分显示了诗人对于“诗”的执着。从诗集序言来看，诗人便以自我的成长过程来隐喻中国新诗的历程。从娃娃、小厮、男性到书生，诗人的成长经历与中国诗歌的发展历程相呼应。对于自己的成长，诗人分别以“棒棒棒棒虫!”“棒棒棒棒棒!”“棒棒棒棒虎!”“棒棒棒棒鸡!”进行自我指认。物、人、诗的三重奏与陀思妥耶夫斯基的多声部复调结构略有不同。在诗人这里，诗歌作为主旋律成为主导诗人成长与命运的关键因素。诗集序言考究的结构即可体现诗人的别出心裁：作为诗歌机器的诗集将与诗人毫不掩饰的技术相对应。《现代诗歌机器》从不对技术痕迹加以掩盖，反而随处可见诗人的刻意显露。诚如前文所言，诗人 20 年间孜孜不倦地进行组诗创作，在诗题方面保持结构的均齐，当所有组诗汇编成集，给读者带来的冲击与震撼，肯定远远超越时间内部的成长与渐变。具体到诗歌中，诗人也尤其注重诗歌结构的整体构造。组诗《商籁体机器》依次从动物（《副栉龙机器》)、植物（《花毛茛机器》)、人类（《科布登机器》)、书籍（《利维坦机器》)、宗教（《绿度母机器》)、机构（《宣慰司机器》)、价值（《资本论机器》)、死亡（《蔓荆子机器》)、诗歌（《商籁体机器》）等方面，由浅入深地审查自己的生活和精神世界。纵观人类发展史，作为群体的人类所面临的无非是上述九种大型机器，每一个机器内部都有自身独特的存在逻辑。作为人类群体之一的诗人穿行于世界这个大机器之中，同样不得不面对上述机器。这是谁也无法摆脱的庞大机器群。耐人寻味的是，组诗对此九种机器的排列，一方面根据人在成长过程中与这些机器接触的时间顺序，另一方面，也根据循序渐进、越发入心的逻辑顺序。组诗像一座宏伟的金字塔，构成诗人所生活的世界机器，而塔尖正是诗人所研究、热爱的诗歌——“在星期五的早上，有一个完美的时刻，/那就是忽然想起诗歌还没有写完”。宏观来看，组诗结构明晰，在诗人看来，位于塔尖的诗歌无疑是最精密的机器，它像敏锐的触角，触碰着关于人性和灵魂的种种气息。当需要用手机来确认自己的存在时，诗人“因为愤怒，重新启动了机器”。当我们面对庞大的世界机器时，诗歌让枯燥的时刻变得有趣，让愤怒的情绪得以宣泄，成为我们在艰难时刻的精神支柱。组诗《商籁体机器》中九首诗歌的结构性呈现，在揭示组成世界机器零件本质的同时，也表现了诗人对诗歌的热忱与信任，只有读罢全诗，我们才能真正读懂诗人精心策划的宏观结构。

诗歌的语言和结构问题说到底还是与诗人的思维和思想关系密切。在诗歌中，语言是思维表达的工具，同时思维亦左右着诗歌语言的呈现，而诗歌结构则是思维的结果，它也因此记载着思维的过程。思想作为语言和思维的结晶，给诗歌的语言、结构烙上了独特的印记，语言习惯、思维模式只有在形态各异的思想的参与下才能呈现出各自的特色。王学东正是一个思考型的诗人，运思的痕迹向读者透露着的思想之深度和广度，让他的诗歌有一种看透万物的透彻和自信，这可能来自诗人对语言和思维的一种信任。王学东的诗少有滞重之感，这一方面与诗人在语言和结构方面的营造有关，另一方面，也是主要方面，与诗人的思想的理性、透彻有关。《现代诗歌机器》中的组诗写作融合了历史与现实、回忆与当下、宏观与微观的各个方面，在历时与共时、追忆和畅想、抽象与具象的书写中逐一呈现诗人对世界机器的反思以及对诗歌机器的思考。

在目前的认知框架和知识结构中，人类无法彻底摆脱时间这一维度，王学东也将时间作为把握世界机器的一个重要切口。谈及时间，美国政治理论家汉娜·阿伦特在《过去与未来之间》一书中特别指出，历史时间和生物时间的重要特性在于其连续性，但在精神层面，现代的时间并不是连续的，历史与未来之间存在一个断裂，而人在某种程度上就是这断裂的漩涡，尽量在历史与未来之间找到平衡。作为过去与未来之间的立体的漩涡，诗人无心顺从又无法超越时间，如此，时间回馈给诗人的便多了几分精神层面的焦灼。不过，以诗人之思，这几分焦灼终能被自我消化：“一个/等待着牵手的人和失落遗漏下的草地/他将乘着他自己讲述的鱼群向着月亮开进”（《没有个性的成都》）。组诗《王氏家谱》直接面对家族的历史。诗人从十五世远祖开始，写到自己的曾祖，随着诗人距各位祖先时间距离的缩短，家谱留下的信息越来越丰富。只是到了曾祖的时代，家谱上却已经没有其名字，不过，奶奶的存在让“我”对曾祖的记忆更加鲜活，因为“每次清明奶奶总还要领着我们/到你坟前上坟”。诗人以跟随奶奶上坟的方式与曾祖进行着一次次交流，可当他开始慢慢触摸曾祖的生活时，他能体会到的只有无尽的空洞和虚无。这或许就是王学东作为诗人的过人之处——他的诗中常有出其不意的思维突转。以这首组诗为例，当我们随着家谱的叙述愈发体验到曾经生命的鲜活时，王学东随即拆穿家族历史表面的丰满，如同拆穿历史之空洞和虚无；“家谱不断把一个个鲜活的生命抽空/赐予我们虚无/家谱始终站在死亡的一边/背叛生命”，这样的空洞感和虚无感正要深入人心之时，诗人再次上演了思维的陡转——“这本家谱是我存在的唯一见证”，将个体生命与祖先的生命彻底交融，因为诗人清楚地知道命运就是一次次重复和再重复。王学东很清楚他自己想表达什么，因此在面对历史这个庞然大物的时候，他选择了相对简单的家谱作为切入点，而具体到诗歌创作过程，则从个体人物入手，或重现、或想象他们曾经生活的细节。这种写作方式无疑保证了组诗的层次感，也让诗人对历史思考的呈现从容自如，不凝滞亦不轻浮。诗歌清晰的逻辑和睿智的表达，都与诗人稳重的思维有关，王学东的诗不会轻易下结论，鲜有肯定的判断句，但跟随他的诗歌，我们仍能与他的理性和智慧相遇，并认同其所思所想，可以说，这是王学东诗歌语言的魅力，更是其思想的魅力。

如果说诗人试图以《王氏家谱》来窥探过去和历史的奥秘，那《后现代启示录》则以可预见的未来为参照，探索当下时空中生命的状态和意义。诗歌以大城市作为背景，银行、超市、餐厅、高楼、旅馆、医院等元素渐次铺开，搭建出后现代城市的框架。穿梭于后现代钢筋水泥城市之间的，是诗人敏感的内心和忧郁多思的灵魂。诗人时而以“他”自指，用旁观者的身份审视着“他”在后现代社会的思想和存在；时而以“我”的身份自白，或自言自语，或与世界交谈。无论是“我”还是“他”，诗人的后现代启示始终从自身经验出发，不做无病呻吟，更不哗众取宠，其个性化的体验与表达让这组诗呈现出为个体发声的重要意义。如果说后现代是一个去中心的时代，那么王学东的《后现代启示录》则可以看作一首找回自我中心的絮语沉吟之诗。当城市以其巨大的形象和极速的节奏逐渐降服人类，让个体彻底淹没于城市之中时，没有人会关心“超市在他心中留下沉重的脚印”，而诗人则勇敢地发出声音，以一己之力对抗超市带来的嘈杂和压抑，并用恣意的想象和堆积的书本去寻找自己在后现代城市中的位置。因为“对生命已经上瘾”，所以诗人反思后现代社会的种种非人因素，由此看到树叶的第一次微笑，在“破天空和城市”的绝望中获得“持续的救助”。城市有时是诗人想极力摆脱而不得的囚居之所，但诗人却倔强地发出自己的声音，尽管他深知“反抗毫无用处”，这正是王学东“对生命已经上瘾”的重要佐证。《一个人的成都》和《罪己诏》《十首哀歌》等组诗，同样深入诗人自身的精神世界，将注意力彻底转向自己的生活及命运。在这些诗中，王学东观察和思考自己日常经历的周遭世界，巡视自己的精神家园，也不断对自己的生活加以审视。这些诗是真正有温度的诗，透过它们，诗人王学东的形象得以摆脱强大的理性与逻辑所带来的抽象感，从而变得有血肉、有温度，并成为一个真正鲜活、立体的“漩涡”。

“对生命已经上瘾”的王学东选择以现代诗歌机器来呈现对生命的思考，他对语言和结构的迷恋与其睿智有力的思想有关，这一点毫无疑问，而他的思想在根本上却取决于他对生命的认知、对社会的把握和对诗歌的理解。诗歌的“诗”与“思”之于王学东的意义，在于唤醒绝望的自我与自然、生命的对话和交流，并由此唤醒另一个真实的自我。《现代诗歌机器》是王学东的一次自我唤醒，同样是他以一己之力对其所处的后现代社会的一次拷问和质疑。然而，在“整个社会也仍旧被功利主义席卷，为金钱所俘虏，成为物质主义的奴隶”的时代，《现代诗歌机器》的力量始终在有无之间徘徊。这当然是现代诗歌机器所面临的普遍困境，但在黑暗之中能够成为照亮自己的那束光，已难能可贵。如此看来，在去中心时代，《现代诗歌机器》足以成为属于诗人自己的稳定而恒久的美学中心。

（作者单位：辽宁大学文学院；三峡大学文学与传媒学院）

现代处境与诗意开掘

——评王学东诗集《现代诗歌机器》

袁　昊

百年中国新诗走到今天已取得了较为丰硕的成果，但也遭遇到诸多挑战，新诗在社会文化空间的位置逐渐削弱，诗歌读者大量流失，诗歌写作、流通、评论日益“圈子化”。“边缘化”[①] 成了当代新诗的历史处境。新诗确实有诸多问题需要厘清，比如新诗标准问题、新诗价值问题等，都是一直在论争而没有形成公论的问题。有学者对这些问题甚至进行了迫切的追问与吁请：“中国诗歌已经站在多元世界多元社会的十字路口：是继续断裂，还是在个人化写作的既成事实下寻找缝补裂痕的方法？如何在保持传统精华的情况下将诗歌照进现实？怎样找回读者和诗歌往日的共鸣？这些近在咫尺的挑战，无不是对所有爱诗之人理性的考验。”[②] 中国诗人和诗评家都感受到新诗问题亟待解决的迫切性，也在努力寻找中国新诗发展与突破的路径。

在众多对新诗问题的把脉与建议之中，有一种观点受到普遍关注，就是新诗与现实社会、日常生活日渐远离，新诗仅仅成为个人记忆及技艺展现的场所，丧失了新诗初始时期的活力与生命力。“诗歌已经远离公众生活，‘诗成为一种相当专门、私人、边际性的活动’。”[③] 新诗“在日常生活中却渐渐淡出，甚至成了所谓专门领域、专业作家、专业课堂、专业教材上的专利和对象”[④]。对此，建议是悬置对标准等抽象问题的讨论，将问题历史化，加强具体诗歌的创作与实践。“你是否仍将诗歌当成一种卓越的、艰苦的心智劳动，是否能将对生活的想象，转化成有力、准确、优美的语言。”[⑤] “对于新诗的探索不能不回到历史现场，不能不把一度被扯断的古今之间、新旧之间、中西之间、传统与现代之间、理论与创作之间的联系、创新勾连起来，并继续输给新诗充足的文化营养，使这个特殊的‘早产儿’健美成长，并在人们日常生活中实现真正的根深叶茂之势。”[⑥]

---

① 关于新诗“边缘化”问题，洪子诚有过专文论述。洪子诚：《当代诗歌的“边缘化”问题》，《文艺研究》2007 年第 5 期。

② 郭军：《断裂与连接：新诗百年发展回顾》，《贵州社会科学》2019 年第 3 期。

③ 陈丽军：《“诗生活”：新媒体时代诗歌大众化的一种描述》，《广西民族师范学院学报》2014 年第 6 期。

④ 殷国明：《机遇和挑战：关于新诗百年文化境遇与命运的思考》，《文艺理论研究》2017 年第 6 期。

⑤ 姜涛：《“标准”的争议与新诗内涵的歧义》，《江汉大学学报》2004 年第 5 期。

⑥ 殷国明：《机遇和挑战：关于新诗百年文化境遇与命运的思考》，《文艺理论研究》2017 年第 6 期。

纵观对百年新诗问题的把脉和药方开列，我们非常清楚地看到，新诗正在远离人民大众日常社会生活，新诗的作用与地位逐渐削弱，“边缘化”是新诗当前的真实处境。值得注意的是，新诗的个人化与内卷问题，最早重视该问题并加以讨论的，应是欧阳江河《当代诗的升华及其限度》。欧阳江河旗帜鲜明地强调“个人经验”与“个人语境”的优先性，质疑个人语境在诗学研究中不纯。他认为个人语境“通常会把我们的注意力引向个人生存的特殊处境和深度经验，在其中，词与物的关系所呈现出来的直接真实往往带有令人不安的单纯性质。之所以令人不安，是因为单纯本身有可能精致化，变为福音或乡愁的袖珍形式，亦即一种由集体记忆加以维系的个人记忆的替代品；也有可能因制度语境的压抑和扭曲而发展成为真正的噩梦”①。欧阳江河自己的诗歌创作，在处理个人经验与公共经验的关系时，明确表达出两者为“非互证关系”。孙文波就指出欧阳江河诗歌在处理个人经验与公共检验关系的这个特征：“在他的诗歌中，只能从局部的具体经验出发到达公共经验，而要从公共经验出发来反证他的局部经验是否合理则很难。”②

欧阳江河认为“个人经验”“个人语境”与“集体经验（大众经验）”“公共语境”之间是一种“非互证关系”，亦即通过个人无法通达大众与集体。而诗歌创作是一种个体行为，处理的是“个人经验”与“个人语境”，无法成为进入“公共生活”与“公共经验”的有效通道。新诗的个人化与私人化似乎就具有先天的合理性与合法性，要求新诗与社会大众之间产生联系本身就不合理，强行对接，势必会造成新诗的新闻化与宣传化，使新诗成为大众与官方的传声筒，新诗之为新诗的特质势必会流失。

欧阳江河的观点以及众多对新诗个人化合理性的强调，似乎夸大了个人与社会、个人经验与大众经验、个人语境与公共语境之间的差别。欧阳江河此观点的提出，与其个人经历和社会语境有着很大的关系，是对极左年代诗歌过度政治化的逆向省思，与公共生活、公共语境关系匪浅。即使是欧阳江河诗歌的反乌托邦叙述、反修辞、反词特征，也与极左年代有重要关系。

实际上，夸大个人与社会经验之间、个人经验与社会之间、个人语境与社会语境之间差距的观点，往往出于一种策略上的考虑，或者是一种方法论上的手段，与现实情况是相龃龉的。欧阳江河的观点及其诗歌创作很大程度上有历史创伤的成分，是愤懑与反抗的一种另类表现。而众多认同且实践诗歌高度个人化的诗人与诗评家，在诗学观念之外，一定程度上还有规避社会责任的嫌疑。回到自我，并不表示放弃社会担当，也并不表示与社会隔绝，百年新诗的价值之一就在其面对社会与人生的精神担当，对这种新诗传统，我们是不能否定与丢弃的。

问题是如何衔接个人与社会，如何在新诗创作中充分融合个人经验与社会经验、个人语境与社会语境，既体现新诗之诗性，又烛照社会现实之时代精神。这个问题，百年新诗一直在探索，从郭沫若、闻一多，到艾青，再到北岛、欧阳江河等，诸多诗人都在

---

① 欧阳江河：《当代诗的升华及其限度》，《站在虚构这边》，生活·读书·新知三联书店2001年版，第13－14页。

② 孙文波：《修辞的胜利》，见《诗观点·文库》，https://www.poemlife.com/index.php?mod=libshow&id=138.

探索。他们也不同程度地找到了适合自己的诗歌表达方式，创作出了非常有质量的诗作。诗歌，包括其他艺术，之所以具有迷人的力量，就在于其千差万别、各具特色。百年新诗虽然走出了一条可见的路径，有效勾连起个人与社会，但这条路径仅仅指出了一个大致的方向，方向下还有诸多的小径，各个时期的诗人就在这一条条小径上创作属于自己的诗作，这些具有开创意义的诗作成为百年新诗史上的重要标志。当然，并不是所有的诗人都能找到一条适合自己的诗歌小径，也并不是所有的诗人都能圆融地找到连接个人与社会的小径，但是他们的探索与找寻本身就具有可贵的价值与意义。

笔者以为王学东的诗集《现代诗歌机器》[①] 就是探索个人与社会有效连接的重要诗作，为新诗如何实现个人经验与社会经验、个人语境与公共语境的有机融合，提供了一条可供参考的路径。

王学东《现代诗歌机器》中的所有诗歌都有着非常明显的个人色彩，是其个人经验诗化的全面展现，非常真切地展现了现代人的生存处境。诗集中有关于个人的学习、生活、工作、爱情、疾病等日常性问题的书写，也有关于青春、死亡、痛苦、绝望、自我、价值等形而上问题的思考。《后现代启示录》《来自灵山的短诗》《苦海》《十支情歌》《十首哀歌》《没有个性的诗》《罪已诏》，这些组诗几乎书写了现代人遭遇的所有问题，呈现了现代人生活无处不在的现实与精神困境。让人印象深刻的是王学东对各种困境的精微感受与表达，比如《漂泊诗》（《来自灵山的短诗》之三）："浪迹天涯的水泥路守候着坟墓和牛/双腿和大地碰撞出来的火花/在天空中翻滚，冒烟"，抓住了漂泊者精疲力竭状态下的纤细感受；又如《苦海 1》（《苦海》之一），"头顶上苍白的闪光/围绕着我的头颅和忧郁打转/我的眼睛被日历和牛奶的灯光刺破/一个黑点在我的手掌中扩散开/报纸上的数码相机广告把我的烦闷摄下"，写出了幽居陋室中独自发呆的浓浓孤独之感。

《现代诗歌机器》中的所有诗歌都弥散着现代人的现实与精神苦境，更为重要的是写出了这种苦境的延绵不绝与不可泅渡，由现象式书写上升到了寓言式的形而上追问。曾经诗歌给予人的温暖、悠扬之感荡然无存，相反，是现代世界给予人的灰暗与绝望，漫无边际的无力与无望，成了诗集的整体精神样貌。现代人生活在城市机器中，其生活如机器化大生产，按程序自动运行，纵然在生产过程中偶有本能的反抗与呻吟，也无济于事，人依然不得不在机器轨道中按既定的方向辗进。《商籁体机器》就是对这一境况的细微展现：具有童年美好记忆的"副栉龙"消失了，"暴龙机器"让副栉龙失去光彩；"花毛茛机器"使"我已经失去了对自然的感受力"；"科布登机器""用猴子进攻，烧山、杀人，获得名誉"；"利维坦机器"已"不允许反驳、批判"；"绿度母机器"已经停止，"世界已经完成了持续的灾难"；在"宣慰司机器"里，每一个人只能无聊地生活着；"资本论机器"占领了广场与世界，提供着"源源不竭的动力"；"蔓荆子机器""在城市里发芽"，是"我们的新年礼物"；"没完没了的商籁体机器"没有了抒情与优美，成了"一次次的搅拌机，保卫着流产"。

---

① 王学东：《现代诗歌机器》，四川民族出版社 2017 年版。本文关于王学东诗歌的引用皆出自该诗集，不再在文中一一注释。

阿伦特指出，现代的困境在于，“无论从何处开始，无论如何借助工具的帮助，试图把现象提升到所有感性经验之上来捕获存在的秘密（按照我们的物理世界观，它是如此隐秘，以至于从不显现，但又是如此强大，以至于能产生所有的现象），我们都发现相同的模式统治着宏观和微观世界，我们接收到的都是对器具的相同解读”[①]。相同的模式统治着宏观和微观世界，包括我们称之为个人生活，以及用以抗拒外在世界的内心世界和感觉系统。现代人无时不生活在现代机器世界的固定轨道之中，我们对外部世界的感知和对内部世界的省思模式化了，我们绝望而又无处可逃，就像卡夫卡笔下的 K，永远在机器城堡中消耗着生命。

但是王学东在《现代诗歌机器》中仍在寻找主体价值以及泅渡的路径，他找到的路径是回到历史。其以两种方式回到历史，一是梳理家族史，证明“我是谁”；二是回忆自己的青春，从青春的阳光碎片中寻求慰藉。《王氏家谱》属于前者，《已经被毁损的青春》属于后者。吉登斯在分析现代社会形态时敏锐地发现了现代社会的特征：“脱域后”的“非地域化”“陌生世界”，人从地域和熟人社会跌入陌生人社会，原来维系人的社会关系瓦解，人进入全新的陌生社会之中。在此状况下，确认人自身的存在就显得非常迫切。现代人往往求助于抽象的体系，比如理论、历史、回忆等，而这些抽象体系也逐渐成为现代社会的内在特征。正如吉登斯所说：“我们生活在一个由人组成的世界上，它不仅是一个彼此互不知名、脸上毫无表情的人的世界，而且也是当抽象体系进入我们的生活时，它内在地滋生的那个世界。”[②] 这一重新证明个人自我的过程，吉登斯称之为“再嵌入”，即人通过嵌入新的抽象体系重新确立自我存在的价值，以缓解跌入现代社会的恐慌。

《王氏家谱》和《已经被毁损的青春》就是一种“再嵌入”。《王氏家谱》企图在现代机器社会中找寻个人存在的理由与意义，把孤独的自己放入家族历史序列中见证与彰显。但是我们看到，这个族谱是那么苍白无力，“这本家谱就只是记载下来了这个家族的/一大串名字/是的，就是一大串名字/明确地说，应该是一个个的汉字”。《已经被毁损的青春》中有不少明媚的青春亮色，如温暖的“树叶”、挂满星星的“天空”、“雪地上的情歌”、美丽的“马边河”、黑夜导航的“纸飞机”。往日记忆让诗人迷醉，诗人沉醉在这些青春记忆之中，产生暂时的“游离”，游离于现代机器社会的冷漠与绝望，得到温暖与慰藉。然而，回忆之所以是回忆，就是因其一去不返。诗人在沉醉之后不无惘然地面对现实，沉沉地长叹“春天、阳光、热情、爱、梦、美、自由和你，你们在哪里?”在现代社会之中，从历史与回忆中实现主体价值的找寻与意义重建，是难以实现的，现代社会机器冷漠又坚硬地加速运转，灰暗、绝望而又无力成为现代社会人的现实处境与宿命。

王学东诗集《现代诗歌机器》除了在整体上呈现现代人的现实与精神处境之外，在诗歌意境上也进行深入开掘，形成了具有整体象征功能的美学特征。

阅读《现代诗歌机器》，会让人有阴冷、晦涩与陌生之感，不论是整体诗歌结构上

---

① 〔美〕汉娜·阿伦特：《人的境况》，王寅丽译，上海人民出版社 2009 年版，第 227 页。

② 〔英〕安东尼·吉登斯：《现代性的后果》，田禾译，译林出版社 2011 年版，第 126 页。

（包括各组诗题目设置），还是每首诗歌内部，都让我们感到陌生，没有从诗歌中常能觅得的诗意，也无法与惯常的诗歌经验产生共振。《现代诗歌机器》这种阅读效果与诗人有意的陌生化目的应该是相关的，诗人有意让读者与受日常感觉方式支持的习惯化感知隔离，使读者即使面对习以为常的事物也能不断有新的发现，从而延长关注的时间，增加感受的难度，增加审美快感，并最终使读者在观察世界的原初感受之中化习见为新知。《现代诗歌机器》所呈现的这种晦涩与陌生效果，确实需要读者沉下心来慢慢品味，调整固有的诗学感知与诗学趣味，认真面对这一新的诗学现象。我们像对待朦胧诗一样，平心静气地对待现代诗歌机器，“它（朦胧诗）提醒我们重新认知，诗歌不仅是大众的，更是个人的，离开个人自由心灵的独特创造和独特表达，诗歌几乎就无法达到通往大众并唤醒大众的目的”[①]。其实静下心来阅读《现代诗歌机器》中的一首首诗歌，你会发现所有诗歌都具有非常强的技术性，像是车间里的机器生产产品一样，每一组诗、每一首诗歌都具有相似的模样，美学感知也很类似。

“技术性”是《现代诗歌机器》的显著的诗歌技法与美学特征。我们通过诗集中两组诗的题目来看诗人是如何进行“技术性”运用的。第一组诗《商籁体机器》共有 9 首诗歌，题目分别是《副栉龙机器》《花毛茛机器》《科布登机器》《利维坦机器》《绿度母机器》《宣慰司机器》《资本论机器》《蔓荆子机器》《商籁体机器》，所有的题目都是“……机器”，省略号代表的内容可以任意替换，题目便能无限绵延，像流水线生产。第二组诗《罪己诏》有 13 首诗歌，诗歌题目像“……机器”一样，都是“……诏书”。读者会觉得诗人的这些组诗毫无创意，是一种模式的简单重复，但仔细阅读这些诗歌，就会发现雷同模式下的差异，“……机器”和“……诏书”中省略号代表的内容的选择是非常考究的，并不是随意采用一个词即可，所选择的词必须对该组诗歌整体象征意义有重要作用。比如《商籁体机器》这组诗，其整体象征意义就是对现代社会机械性的描写与隐喻，那么每首诗所选之物必须要具有代表性，能够代表现代社会结构的某一部分：“副栉龙”代表的是童年美好时光，“花毛茛”代表的是自然，“科布登”代表的是自由贸易对社会的改变，“利维坦”代表的是国家机器，“绿度母”代表的是信仰，“宣慰司”代表的是体制，“资本论”代表的是经济社会，“蔓荆子”代表的是健康，“商籁体”代表的是爱情。每一个题目都是诗人匠心独运的选择，而不是信手拈来的敷衍，它紧扣该组诗整体象征意义。

诗人选择极具“技术性”的诗学方法，与诗人自己对中国现代社会与诗歌关系、诗与思关系的观念相关。“中国现代新诗的地界，就不再是古代中国乡村农业文明的简单再现，而是突破中国传统的封闭状态下的工业文明、商业文明、城市文明的新型复杂社会样式的体现，这便有了与古典诗歌相异的表达意象、表达内容和表现方式。”[②]“现代新诗从思想自身呈现开始，敏感和自觉地让诗歌直接进入到‘思’本身。”“‘思想’本身成为现代新诗的一个命题和抒写对象。”[③] 而“一个虔诚的诗歌创作者，是一个严肃

---

① 谢冕：《中国新诗史略》，北京大学出版社 2018 年版，第 29 页。

② 王学东：《我和诗与思》，《现代诗歌机器》，四川民族出版社 2017 年版，第 1 页。

③ 王学东：《我和诗与思》，《现代诗歌机器》，四川民族出版社 2017 年版，第 3 页。

的思想者，是一个保持自我独立性的哲人，他的创作过程是一个自我的寻找过程，只有这样，他才有真正的‘新异’发现。”① 选择“技术性”的诗学方法，呈现晦涩、陌生的诗学效果，是诗人对中国现代社会整体感受与观察之上的诗学思考的创作化呈现，彰显了诗人的诗歌主张与诗学风格。

对“技术性”的重视与实践，实际上从“新诗自诞生之时起，就开始了与技术问题的命定牵扯。这一牵扯随着中国现代性进程的加速和深化，而变得越来越复杂和深刻，在当代新诗中更是形成了某些专业性的、具有完整诗学逻辑的精神立场和修辞策略”②。众多的诗人也在“技术性”进路上创作出了高水平的诗作，“技术性”成为当代中国诗歌拓开新局面的重要方向，正如有评论家所说：“新诗创作和新诗研究都应该落实到能够‘操作’的‘技术’层面上，甚至有必要提出这样的口号来强调新诗诗人的‘制作意识’和新诗的‘技术性’：‘谁能制作艺术，谁就掌握了艺术。’”③

王学东《现代诗歌机器》对新诗“技术性”的推进有创造性的贡献，他不仅在诗意层面上深刻地呈现出了人的现代处境，而且从诗美层面上拓展了朦胧诗的晦涩与陌生效果。尽管王学东强调现代诗歌创作要“直接进入‘思’本身”，进行技术化与诗歌技艺的娴熟操作及展现，但是王学东的诗作还是充分体现了其经验主体性、自由意志以及难得的悲悯底色。

王学东所看重的诗歌“思”的理性特质，也在诗歌创作中得到“技术性”实践，但是通观《现代诗歌机器》中的诗歌，会发现非常浓厚的个人经验色彩。生存于日益机械化的世界，是现代人最为真切的现实处境，这种处境必定进入个人感官世界，进而深入情绪与理想世界。正如休姆所分析的那样，“科学不是一群断开的信息，而是这样的确定性：宇宙中没有变化、原子中没有运动、没有遵守自然规律的绝不变化无常的意识感觉；没有什么事物能够存在于巨大的因果机制之外的确定性；必然性进入我的情绪中”④。由科学衍生出的现代机器世界会成为个人经验主体的重要组成部分，个人经验就是我们进入包括诗歌在内的所有艺术的路径，而诗歌及其他艺术反过来又会“作为人类恢复其完整性，至少是作为逃避堕落和支离破碎的一个方法”，反对这个无所不在的机械性的世界，祈求的是内在性：生活的世界、经验的世界、在感觉性和意识中知晓和美化的世界不能够被同化到假定为包含一切的机器中。所以尽管《现代诗歌机器》在整体上充满着“技术性”的诗学特征，但是其技术性艺术的内质还是经验主体对个体经验和公共经验的提升与形思，底色是对现代人生存处境的深深悲悯。如诗集中的组诗《一个人的成都》，诗人通过对一个个成都地标的经验性书写，向我们呈现了一个人与城市的现代样貌。诗人宛如都市漫游者，踽踽独行，无处可逃，类似波德莱尔漫游于巴黎，只是少了波德莱尔对现代性之“恶”的张扬，而增加了难得的本土经验。在诗人漫游成

① 王学东：《我和诗与思》，《现代诗歌机器》，四川民族出版社 2017 年版，第 5 页。

② 一行：《新诗与现代技术：一项不合时宜的考察》，《飞地 · 语言的肌理》，张尔主编，海天出版社 2016 年版，第 96 页。

③ 王珂：《新诗应该重视艺术性和制作性》，《扬子江评论》2008 年第 3 期。

④ 转引自〔加〕查尔斯 · 泰勒：《自我的根源：现代认同的形成》，韩震等译，译林出版社 2012 年版，第 666 页。

都的身影中，我们分明看到所有现代人内在的相似命运，自然升腾起悲悯之情。

现代诗歌已远远告别了田园牧歌的时代，田园与牧歌被机器与高楼取代。这时，我们如何面对分裂的世界与生活，如何重建经验主体，如何建构新的现代美学？首先是如存在主义所主张的那样，正视并接受世界变化的这一个现实，像阿伦特评价存在主义行动特点所说的那样，“卷入和投身这个绝望的行动，献身行动，似乎抱定了一个希望：不是解决什么问题，而是和这些问题一起活着”①。然后调动所有经验进行形上之思，生成属于我们这个时代的艺术方法与技巧，毕竟技巧源于经验的外化。王学东诗集《现代诗歌机器》基本上都取材于现实经验，而又具有极强的思想性与艺术性。思想与艺术本就是从鲜活的经验现实中提炼出来的，所以我们必须把现实经验作为思想与艺术的唯一路标。“艺术与美的特殊性不再按照实在或其描绘方式来定义，而是通过它们（现代世界）在我们身上激起的种种感觉，一种特殊的、有异于道德或他种愉快的感觉来辨别。”②

王学东诗集《现代诗歌机器》对新诗如何实现个人经验与社会经验、个人语境与公共语境的有机融合提供了一条可供参考的路径，整体上呈现了现代人的现实与精神处境，开掘了新诗现代意境，具有极强的“技术性”特点，一定程度上承继并扩大了朦胧诗以来中国新诗整体象征的美学特征，显示了该诗集的价值与意义。

（作者单位：四川大学文学与新闻学院）

① 〔美〕汉娜·阿伦特：《过去与未来之间》，王寅丽、张立立译，译林出版社2011年版，第6页。

② 〔加〕查尔斯·泰勒：《本真性的伦理》，程炼译，上海三联书店2012年版，第78页。

机械技术时代的自我体验与生命感悟

——评王学东诗集《现代诗歌机器》

吴 旭

《现代诗歌机器》是四川诗人王学东的一部诗集，全书收录了他自 1997 至 2017 年间创作的系列组诗，受到霍俊明、龚学敏、卢桢、张德明、张立群、谢应光、陈仲义等诗歌批评家的好评。一方面，鉴于诗集《现代诗歌机器》已经获得诸多批评同行的好评，如包晰莹《巧合的真实与误读的假象——王学东诗集〈现代诗歌机器〉阅读札记》就充分肯定了该著颇为奇特的想象力[①]，本文无意证实或者阐释此前批评同行对该著的肯定；另一方面，王学东本人从事诗歌研究与诗歌批评，《现代诗歌机器》呈出现较为明显的理性意识，这与诗人写诗、作家写诗的非理性书写迥然不同。本文从意识与表达角度阐释《现代诗歌机器》对“现代”与“机器”的呈现，主要讨论在现代、商业、城市文明和机械、技术、工业化背景下，现代新诗作为展示自我意志、欲望、精神的武器，向功利主义的世俗和物欲观念发起的绝望挑战及展开的激烈批判。

一、对机械技术时代城市商业文明的立体化呈现

《现代诗歌机器》共有《如是我闻》《商籁体机器》《王氏家谱》《后现代启示录》《来自灵山的短诗》《苦海》《十支情歌》《一个人的成都》《十首哀歌》《没有个性的诗》《已经被毁损的青春》《罪己诏》12 首组诗，其中《来自灵山的短诗》和《已经被毁损的青春》没有标注为“组诗”。整体说来，这些诗题材或者主题均相同，具有内在感情联系，但组诗内部的诗篇又相对完整和独立，且每篇分别命名，能够独立解释。诗集之所以命名为《现代诗歌机器》，不仅与组诗编排体例相关，而且与组诗呈现的城市商业文明关系十分密切。有学者认为，当前我国的城市化突飞猛进，虽然许多城市迎来了十分难得的历史发展机遇，但由于缺乏对城市本质的正确认识，各种“城市病”在城市化进程中接踵而至：

> 一方面，城市物质环境和空间恶化。随着城市人口的激增，引发城市“摊大饼式”向周边扩张，造成城市的住房、交通、能源的巨大

① 包晰莹：《巧合的真实与误读的假象——王学东诗集〈现代诗歌机器〉阅读札记》，《星星》2018 年第 5 期。

> 压力。另一方面，城市面临经济、社会、文化、生态等诸多突出问题：地方政府陷入土地财政的怪圈、大量因暴力拆迁而引起的群体事件、缺乏特色和人文精神的城市规划、日益淡漠的市民公德心、脆弱的城市生态，以及日益凸显的文化缺失和文化碎片化倾向。①

《一个人的成都》组诗共含 21 首诗歌，《天府广场》《春熙路》《数码广场》《磨子桥》《火车北站》《石人小区》等，涉及火车站、医院、高校、步行街、游乐园、旅游景点等多个场景，可以当成一幅现代化背景下的商业大都市全息图。诗作《数码广场》就是其中具有代表性的一例。

数码广场

广场上的六月被撕碎在失约的城市
如泪水融化在疲惫的工棚和山坳里
那引领花朵的胸脯和微笑又开始反弹
他从你的身上看到这么多的漩涡和不安

错误的六月比金属更伤害了河流
树、灰尘在失眠的午夜迷失在他的叹息中
他的帽子在汽车和噪音闪耀着的城市里厌倦
午夜那性感的漫游也失去了喊叫的力量

隐身在一盏灯光下失落的绿色网球尖叫
他徒劳地承受着六月的罪恶和伤害
寂寞不时地为成都带来重金属和化妆品
带点臭味的府南河只会把六月和他飘得更远

诗作选取了“广场”“工棚”“汽车”“网球”“重金属”“化妆品”等关键词，生动形象地展示出现代商业城市灯红酒绿的快节奏生活。如果说“广场”“工棚”“汽车”代表着商业城市的生活方式，那么“灰尘”“噪音”“失眠”“寂寞”则代表着商业城市的环境污染、噪音、工作压力、孤独寂寞。诚如作者在《我和诗与思（自序）》开篇解释过的那样，现代新诗不同于古典诗歌的重要特征之一，是新诗不再是中国古代乡村、农业文明的再现，而是现代工业文明、商业文明、城市文明的复杂呈现。《现代诗歌机器》编织了只有现代城市生活的词汇。《如是我闻》组诗中的《旅游经》就以丰胸广告、满就赠送、正规发票、暴发户、城市综合体、牛排 7.8 折、扫二维码更精彩、主动出示危险品等，勾勒出熙熙攘攘的商业旅游出行图；《商籁体机器》组诗中的《资本论机器》以精通四国语言、一部大片、判断力和经验、校正文本错误、预备下一次讲座、遗失银行账户、消费更多时间、恐吓小朋友等进行反讽；《一个人的成都》组诗中的《九眼桥》以漂满欲望的酒杯、劣质产品地摊、办假证、买二手车、宁静的茶铺、灼热的酒吧，讲

① 文大山：《中国城市化进程中的城市文化危机及其应对》，《城市学刊》2015 年第 2 期。

述出叙述者站在九眼桥所看到的全部“恶”。

九眼桥

站在大地赠送河水和疼痛的桥头
抬头第一眼就看见香格里拉酒店漂满欲望的酒杯
和堆积着高贵与金钱的中海国际社区
第二眼看见熊猫被风吹动的影子和河水流淌了千年
第三眼看到无数的脚印和背影沉重而冰冷
第四眼看到桥下石墩上摆着劣质产品的地摊不断弥漫
第五眼看到办假证和买二手自行车的人群在交易
第六眼看到汽车的尾气排放出了疲惫强大的翅膀
第七眼看到行人凝视银行中尖锐的数字的光芒
第八眼看到宁静的茶铺和灼热的酒吧继续涨潮
最后我的眼睛全部恶化

全诗创造性地采用“八眼”展示出抒情主人公在九眼桥所看到的林林总总，又通过对比手法展示出九眼桥社区的病态浮华，如“香格里拉酒店漂满欲望的酒杯”“堆积着高贵与金钱的中海国际社区”“劣质产品的地摊”“银行中尖锐的数字的光芒”“宁静的茶铺和灼热的酒吧”等。

诗集《现代诗歌机器》确实很好地表现了作者作为诗人对现代商业城市的书写，但更值得进一步追问的是诗集的现代商业城市书写的象征意味。在评论龚学敏的诗集《钢的城》时，王学东曾就 20 世纪“钢铁文明”做过这样的表述：

> 二十世纪被称之为钢铁文明时代。从火车、汽车，到飞机、轮船，我们享受着钢铁带来的方便、快捷，感受着钢铁的从容、博大，同时也对机械文明、生命干枯、灵魂漂泊的钢铁世界亮出了铺张凌厉的批判之剑。可以说，钢铁指挥着现代社会，成为其涌动不息的血管；钢铁主宰着人的存在，是我们身体中咄咄逼人的神经纤维。直面“钢铁”，在“钢铁”中存在，是现代社会的面影，也是现代生命的中枢。[①]

王学东在上述评论中说，“钢铁”是现代社会的面影，然而，“机器”何尝又不是现代化、商业化、城市化的标志呢？也就是说“机器”具有非常明显的象征性意义。这样的表述也同样适用于评价《现代诗歌机器（1997—2017）》：诗集以《现代诗歌机器》命名，本就暗示了现代化、商业化、城市化书写。如果说“现代诗歌”是《现代诗歌机器》的诗歌定位，那么“生活机器”则是《现代诗歌机器》的诗歌呈现。

二、自我意志、欲望、精神作为诗歌创作的向度

批评家将五四运动中的文学革命当成现代新诗的重要起点，其原因之一就是“人”

---

① 王学东：《诗歌与钢铁——谈龚学敏〈钢的城〉的“钢铁诗学”》，《当代文坛》2017 年第 1 期。

的发现。个体不为社会、国家、民族等群体观念吞噬，其独立存在得到了尊重和肯定。个体的生命、感受、价值的思考成为现代新诗较为明显的重要标志，诗歌中的自我形象成为显著特征之一。与《现代诗歌机器》对现代化、商业化、城市化书写相对应的是包含民主、科学、个性解放在内的现代精神和个体价值。

组诗《没有个性的诗》包含22首短诗，分别是《没有个性的离别》《没有个性的美人》《没有个性的情歌》《没有个性的生命》《没有个性的世界》《没有个性的悲伤》《没有个性的太阳》《没有个性的黑夜》《没有个性的雨水》《没有个性的眼睛》《没有个性的味道》《没有个性的时空》《没有个性的成都》《没有个性的呼唤》《没有个性的归宿》《没有个性的世界》《没有个性的夏天》《没有个性的旅程》《没有个性的人民币》《没有个性的斑马线》《没有个性的再见》《没有个性的诗歌》，其中《没有个性的世界》有两首。正如两首同名诗《没有个性的世界》所暗示的那样，组诗《没有个性的诗》多视角、全景式、立体化勾勒出一个“没有个性的世界”。与其说这是“没有个性的诗”，还不如说这是以“没有个性”为题去描述世界。

没有个性的世界

夜晚在历史博物馆前
见证着荷花的夏天开始决堤和溃散
所有的花瓣和裙子整夜地被流放在雨中
构成了城市中的塔和疼痛

自行车盛开在棕榈树催眠的影子和鞋子上
他穿上结巴的鞋子而眼睛肿胀
他在树下用手臂把树环绕一圈
努力地复活着一颗酸涩的橘子和睡眠

而大地在冰冷的手中灌满一杯冷却的伤悲
对这片生机的草地哀求和开火
路灯柱子上红色的宣传单呐喊着商品和狐臭
只有插在大腿间的充电器带给他生命的冲动

诗中依次出现的“决堤”“溃散”“流放”“疼痛”“肿胀”“酸涩”“伤悲”“呐喊”等词汇，为读者描绘出一个使人觉得压抑并感到痛苦的世界。这个世界正如标题概括的那样“没有个性”，也正如首行出现的“夜晚”和“博物馆”所暗示那样“黑暗”和“缺乏生机”。

如果说组诗《没有个性的诗》描述的是诗人对“没有个性的世界”的厌恶，那么组诗《已经被毁损青春》展示的则是“春天、阳光、热情、爱、梦、美、自由”的失落。组诗《已经被毁损青春》中第一首诗的标题很长——《春天、阳光、热情、爱、梦、美、自由和你，你们在哪里?》这个标题直接点明了诗人的理想追求。“我的手已经飞在天空”“我的手已经跑在山中”“我的手已经游在水里”“我的手已经钻在地底”，短短四句，将诗人对春天、阳光、热情、爱、梦、美、自由的强烈追求表达得淋漓尽致。他跋山涉水，叩天问地。结合组诗《已经被毁损青春》中的其他诗作，如《树叶》《夜里》《天空》《远望》《回家》《一个孩子》《收废品》《收集一条河》《雪地上的情歌》《路途》《河边插曲》《马边河》《纸飞机》《一生》，读者可以看出，抒情主人公尽其一生所能去追求自由、阳光、爱、美。这种坚韧不拔、坚持不懈的精神很容易让人联想起屈原《离骚》中的名句“路漫漫其修远兮，吾将上下而求索”。

即使在《现代诗歌机器》的自序《我和诗与思》当中，我们也能够看出诗人的“自我”与“个性”特征。自序中“自我”出现22次，“个人”出现9次。根据语言学词频统计情感分析理论，从上述数据中，我们不难看出诗人对“自我”与“个人”的关注，至少在创作理念和诗歌阐释方面是这样的。自序《我和诗与思》中的表述也能提供相应的佐证：

> 新诗中极端和绝对的自我，带来的是繁复和多样的现代情绪。现代诗人有着更加明确的自我意识，对自我价值的认知更清晰，并充分认识到个人内在的生命。因此更加注重挖掘生命本身深层的欲望、本能、潜意识、冲动、梦幻等等个人情绪。[①]

上述引文中，“极端和绝对的自我”“自我意识”“自我价值的认知”“认识到个人内在生命”也能够证实，诗人将“自我”与“个人”置之于诗歌表达的中心位置。与此同时，自序极具个性的结构安排，也再次证实诗人天马行空、无拘无束的个性特征。整篇自序不设小节，而采用以四川方言表达的按语：“棒棒棒棒虫!”“棒棒棒棒棒!”“棒棒棒棒虎!”“棒棒棒棒鸡!”以虫（卑微出身）、棒（崇尚自由）、虎（坚韧奋斗）、鸡（乐观精神）为喻，生动形象地描绘出自己的曲折人生与理想追求。[②] 自序虽然极为精简，但也给读者留下了极为深刻的印象。

三、在世俗与物欲写照中展开功利主义批判

现代化、商业化、城市化生活有其社会和历史进步性，这一点是毋庸置疑的，但一个物质、机械、技术主导的社会也会带来新的问题，其中之一就是个体容易陷入物质消费的诱惑之中而无法自拔。有学者认为，消费文化与文化消费是相辅相成的，既是物质性的，也是文化性的。[③] 虽然没有人能够避免物质消费的诱惑，但从内心认识到理性消费，认识到幸福与物质是两回事，以及不用金钱来衡量幸福，这一点是极为重要的。《现代诗歌机器》提出了这个严肃的问题。在自序《我和诗与思》中，作者谈到了“物质的奴隶”和“金钱的俘虏”：

> 现有社会仍然处于统一的社会意识形态、技术统治的量化标准、物质主义的多重制约和控制，物质的追求仍然掩盖着其他一切的追求，世俗的追求仍然

---

① 王学东：《我和诗与思》，见《现代诗歌机器》，四川民族出版社2017年版。

② 在四川方言中，棒棒是指依靠一根棒子帮人搬运东西而生存的人，由于他们经常穿街走巷还需爬坡上坎，因此“棒棒”也用来象征坎坷而充满苦难的人生。

③ 胡敏中：《消费文化与文化消费》，《北京师范大学学报》2011年第1期。

> 是社会的唯一追求。在这一格局之下，人继续迷失人生的方向，失掉做人的准则，人的价值沦陷。特别是整个社会也仍旧被功利主义席卷，为金钱所俘虏，成为物质利益的奴隶。①

从中读者不难解读出诗集《现代诗歌机器》“诗”中的“思”：功利主义席卷现代社会，个体在金钱与物质的追求中迷失人生方向，导致行为准则和人生价值沦陷。如果说自序《我和诗与思》对物化意识形态造成的人生方向、准则、价值迷失的问题提出了尖锐警醒，那么诗作《旅游经》则以诗的形式形象地描述出这种迷失。

旅游经

公交车司机冷静地按着喇叭，
毫不关心如何丰胸的广告。
你好，上车的乘客请注意，
满五千元赠送一台洗衣机，
这里还可以开具正规发票。
但我不知道国民经济，也不了解戏剧，
只想了解医院里有没有尿壶，
只会祝愿小学同学能最后成功结婚。
要成为工业巨子还是暴发户？
这都与我无关，
前方到站，扫二维码将更精彩。
对不起，前方红灯，
请主动出示危险品，
记住，不能一个人去对抗一座山，
一棵树也不会等你，
必须加快情绪设施的装备。
旅客请注意，前面有二手市场，
我得加油，因为有城市，有综合体，
牛排今天 7.8 折，还要感谢导游。
告诉你，我有的是时间，无聊、空想，
但别让稻田荒芜，长蝴蝶，
然后建别墅。

全诗质朴无华地记录了旅游途中的所见所闻，素描般地展示出熙熙攘攘的物质化世界。全诗通过丰胸广告、赠送洗衣机、正规发票、暴发户、扫码更精彩、主动出示危险品、城市综合体、牛排 7.8 折、别墅等关键词，浓缩了物欲与消费席卷下的现代生活。人生就如同一场旅游，任何人都是这个世界的过客，熙熙攘攘过后，是一地鸡毛，还是其他？这显然是任何具有清醒自我意识的个体必然会思考的问题。在这首诗的结尾，抒

① 王学东：《我和诗与思》，见《现代诗歌机器》，四川民族出版社 2017 年版。

情主人公说“我（他）有的是时间，无聊、空想”，这显然是反语。任何人最终都得面对死亡，因而时间也都是有限的，“无聊、空想”则点出了个体在缺乏清醒自我意识下的浑浑噩噩的生存状态。诗歌结尾的“稻田荒芜，长蝴蝶”和“然后建别墅”更是具有特殊意味：“稻田”是农耕时代人们知足常乐的象征，“别墅”则是现代社会的物欲对象，“稻田荒芜，长蝴蝶”象征着农耕时代知足常乐状态的一去不复返，“建别墅”则是现代社会物欲消费的兴起。

整体来说，诗作《旅游经》侧重于展示现代社会的物欲消费，虽然也流露出反省，但读者只有在阅读思考中才能感受到。诗作《天府广场》则直接将批判现代社会物欲消费当成主题，读者无须揣摩就能直接感受到抒情主人公对现代社会物欲消费的批判。

天府广场

在这个悠久的历史土壤上
把紧握在手里的钱捏紧
高价格的地皮声打击着墙上的日历
栏杆抢劫了我摸索的远方和手套

雕塑刻录下了同样的头发和眼泪的坠落
大理石还是改变不了同样的眼神和背影
广告牌依旧缠绕着艳丽的冷漠
在霓虹灯的照耀下只有不断的谎言弥漫

喷水池盛开着千年不变的阴谋、贪婪和自私
在这堆积陈列着狡诈和痛苦的仓库和海港
把出租车送来的孤独填进这张身份的表格里

虽然“把紧握在手里的钱捏紧”“广告牌依旧缠绕”“霓虹灯的照耀”等也是现代物欲消费社会的幻灯片式图景，但全诗陆续出现的抢劫、谎言、阴谋、冷漠、贪婪、自私、狡诈、孤独等词汇则立体化、全方位地描述出个体在物欲消费中的不幸生存状态。从该诗的阅读当中，读者能直接地感受到抒情主人公对现代社会物欲消费的批判。

结　语

每个诗人都有自己的风格，如郭沫若的激情、徐志摩的浪漫、穆旦的哲思……那么王学东的诗歌创作风格是什么呢？就《现代诗歌机器》这部诗集来说，那就是注重表达机械技术时代的自我体验与生命感悟。读王学东的诗歌，读者能感觉那质朴平凡的诗句当中，总有一些柔软而又坚硬的东西：柔软是因为诗作贴近我们的生活，讲述的就是我们熟悉的事物；坚硬则是因为诗作在不经意间给人警醒，让我们得以在熙熙攘攘的名利场中沉思。

（作者单位：贵州师范大学外国语学院）

“不”与“无”的奥秘

——评王学东诗集《现代诗歌机器》

拉玛伊佐

王学东是诗歌批评家，也是诗人。他最近出版了诗集《现代诗歌机器》。这部诗集收录了他自1997年至2017年间写就的诗歌作品。《现代诗歌机器》是王学东极具诗体实践意识的一部作品，它在诗体“互文”“戏仿”“叠加”和“变体”的狂欢中充满了解构与建构的诗性张力。王学东这种“杂糅复合，别创诗体”的写作实践，在中国现代新诗文体秩序失范危机的背景下，展现了一种重建的可能性。《现代诗歌机器》也是王学东富有工业文明与商业文明美学品质的诗歌作品集，尤其是他对都市生活的独特经验和记录，体现出他对当下中国经验的特别关注，从而为新诗对中国当代经验的抒写和承担提供了一种写作的可能性。在《现代诗歌机器》中，诗人王学东作为那个从群体中走出的个体，以独特的生命体验和深刻的思考做精神自陈，树立了一个自我审判、自我辩解、自我反省的诗人形象，从而促进了新诗对个体与群体、内在和外在之关系更为深入的思考。而在写作策略和书写实践层面，王学东的整部《现代诗歌机器》一以贯之的思想就是他在题记中所谓“诗”与“思”之“不”与“无”的奥秘。

一、“诗体的狂欢”——《现代诗歌机器》的诗体实践

在现代诗歌文体学意义上，诗人王学东所提供的诗歌文本《现代诗歌机器》是一部有着鲜明诗体个性的作品。《现代诗歌机器》由诸如“商籁体”“诏书”“经书”“家谱”“哀歌”“启示录”“短诗”“情歌”“苦海”“没有个性的诗”等一系列具有一定程度试验性的组诗构成了一个诗体谱系，使得这部《现代诗歌机器》具有某种“诗体的狂欢”[①]的氛围。在这个意义上，王学东这种诗体的狂欢与新诗诞生之初黄遵宪所说的“变体”，闻一多提的“非诗”，或者钱钟书所谓“以文为诗”等理论洞见有某种呼应。[②]如批评家霍俊明所言：“他的诗歌具有浓重的精神自陈、自审、自辩、自省的特征，而这建立于他鲜

① 参见邵波：《诗体的狂欢——评吕周聚等著〈中国现代诗歌文体多维透视〉》，《诗探索》2010年第5期。

② 吕周聚：《杂糅复合，别创诗体——中国现代诗歌文体衍生模式初探》，《首都师范大学学报》2010年第6期。

明的文体意识和修辞策略，尤其是他尝试建立的互文意义上的诗歌结构和文体谱系。”①我认为王学东鲜明的文体意识和诗写策略或许与中国最大的诗歌艺术流派“非非派”以及第三代诗人的诗歌精神有某种隐秘的内在关联。从诗人王学东个人简介可知，他属于“非非派”。不仅如此，王学东自称蜀人，他求学问道于成都，这里也是第三代诗人及“非非派”活动的重要城市之一。而且王学东也是第三代诗人及诗歌研究者之一。

> 20 世纪 80 年代出现的第三代诗人，以比胡适更加激进的态度来解构一切，获得了空前的自由，实现了真正的诗体大解放。他们运用现代主义、后现代主义理论和方法随心所欲地进行“无体裁写作”，开始了文体的狂欢。对部分第三代诗人而言，诗歌已没有了文体界限，什么都可以是诗，诗歌可以自由地、无限制地写作。在一般人看来，这种文体狂欢简直就是胡闹，但他们在貌似胡闹的过程中，对诗歌的语言、技巧、文体进行了大胆的试验，探索出了一些颇具新意的文体样式，为自由诗的发展增添了新的文体形式——超文本。②

王学东这部《现代诗歌机器》中所呈现的“商籁体机器”“如是我闻”“家谱诗”“哀歌”“诏书”“启示录”等无不体现了这种自由和解构的观念。显而易见的是，从诗体上看，王学东的这些实验性诗歌作品具有某种互文性的特征。“互文”这一后现代文学理论术语，在“非非派”成员杨黎和周伦佑等诗人那里也得到了充分的实践。“正如热奈特在跨文本关系学中所提到的那样，互文是一种文本的综合体。这一综合体中包括了各式各样的文学技巧和手段。”③ 在王学东这里，“互文”作为一种综合体，其运用也非常明显。他在诗集中创造和使用的诗体都有互文的对象，譬如《商籁体机器》与源自意大利的十四行诗互文，《哀歌》与自古希腊和罗马起而传承于德语诗人的“哀歌”互文，《王氏家谱》诗与中国传统家谱互文，《如是我闻》与佛经及中国古代“经”这一文体互文，《后现代启示录》与西方宗教经典中的“启示录”互文，《罪己诏》与中国古代文书“罪己诏”互文。俄国形式主义理论家认为，“在艺术中任何一种新内容都不可避免地表现为形式，因为，在艺术中不存在没有得到形式体现即没有给自己找到表达方式的内容。同理，任何形式上的变化都已是新内容的发掘”④。在这个意义上，王学东的诗集《现代诗歌机器》从形式的变化到新内容的挖掘，都体现出诗人自觉努力的方向和目标。

诗歌批评家吕周聚指出：“戏仿在创作中可分为两种不同情况：一是对原来文本的思想内涵的模仿，二是对原来文本的语言文体形式的模仿。在第三代诗歌中，这两种情况都存在，并且呈现出将二者融合为一的趋势，从而产生了一种独特的戏仿体。”⑤ 就此而言，笔者认为组诗《王氏家谱》是王学东的一首具有互文性的戏仿体诗歌。这种戏

---

① 霍俊明语，见《现代诗歌机器》，四川民族出版社 2017 年版，封底。

② 吕周聚等：《中国现代诗歌文体多维透视》，山东人民出版社 2009 年版，第 118 页。

③ 转引自张海彬：《互文性或一种文学观念的更新——读朱零〈致普拉达〉》，《诗探索》2017 年第 3 期。

④ 〔俄〕什克洛夫斯基：《俄国形式主义文论选》，方珊等译，生活 · 读书 · 新知三联书店 1989 年版，第 211 页。

⑤ 吕周聚等：《中国现代诗歌文体多维透视》，山东人民出版社 2009 年版，第 119 页。

仿体诗歌的探索突出表现在该诗的形式与结构、思想和内容以及语言表达方式上，使得《王氏家谱》这组诗歌将各种因素有机结合在一起，形成了王学东《现代诗歌机器》中别具一格的生命谱系之诗。

就诗歌的结构和形式而言，《王氏家谱》这一组诗和原文本（家谱）的最大差别在于，该组诗在原文本的基础上于一前一后增加了一个《引子》和一则《尾声》。而就内容而言，诗人王学东在原来的家谱文本的基础上进行了大幅的内容扩充和诗性的想象。在《引子》中，诗人首先以戏谑和略带讽刺的口吻指出家谱有附庸历史上王氏名人的嫌疑（“但此后这个家族没有出现过名人、伟人/也没有参与过重大的历史事件/这本家谱就只是记载下来了这个家族的/一大串名字/是的，就是一大串名字/明确地说，应该是一个个的汉字”）。其次诗人不断地使用诸如“没有”“也没有”“是的”“就是”“明确地说”“应该是”这样强调肯定或否定的词语的叠加和组合，使解构和讽刺的意味愈发强烈。另外，他更尖锐地指出家谱中没有完整的女性祖先姓名的事实（“当然还得把所有的女性成员除开/因为这本王氏家谱里所有的女性/仅以某氏指代/连一个完整的名字也没有”），诗人使用了“当然”一词，把问题转向家谱中集体缺席的女性祖先们，并用“仅以”“连”这样的词汇表明在整个家谱链条上女性微弱的声音。

而在《尾声》中，王学东首先洞穿了存在本身的“虚无”与“空洞”（“走向王氏家谱就是走向空洞/翻开王氏家谱就是打开一张一张的虚无”），但诗人曾经有一瞬间让自己从那些记录不详的家谱或汉字中逃出，或毋宁说诗人从无休止的时间和历史中逃离。诗人说，“在偌大的时间和空间之中/这本家谱是我存在的唯一见证”，这是诗人在漫长的历史中证明自己和自己的祖先存在过的一次努力，也是对历史缺失的一次弥补。但诗人最终又再一次滑落到那无休止的重复之中去了，他感到无奈甚至可笑。有学者曾指出：“在任何情况下，一个好的或者伟大的戏仿者都须对原作有某种隐秘的感应，正如一个伟大的滑稽演员须有能力将自己代入其所摹仿的人物。还有，戏仿的一般效果，无论是善意的还是恶意的，是要就着人们通常说话或写作的方式，向这些风格习性以及它们的过分和怪异之处的私人性质投以嘲笑。”① 王学东在《引子》和《尾声》中体现了与原作的某种隐秘的感应。这种神秘的感应就是，他以《王氏家谱》组诗补充了历史，从而使得个体有一种存在的可能性，而不是被历史淹没。当然，这种神秘感应也表现在王学东对历史虚无和时间空洞的讽刺甚至嘲笑上（“此时，这个世界/只有你留下来的阴险残忍、自私毒辣/正在疯狂涨价”）。

《现代诗歌机器》由于对古今中外具有代表性的诗体进行了改造、叠加和戏仿，因而成为一台名副其实的“现代诗歌机器”。这台诗歌机器制造出了一个混杂、复合的诗体文本，加之其语言口语性和叙事性特征明显，从而表现出了无体裁写作的倾向。有学者说：“第三代诗歌通过对传统诗歌文体的解构实现了‘无体裁写作’，通过对互文体、拼贴体和超文体的大胆尝试建构了新的诗歌文体样式。第三代诗歌的文体狂欢标志着现代新诗发展到了一个新的阶段，现代新诗的奠基者胡适当年大力倡导的诗体大解放，终

---

① 〔美〕詹明信：《晚期资本主义的文化逻辑》，陈清侨、严锋等译，生活·读书·新知三联书店1997年版，第400页。

于在第三代诗人手中变成了现实。”[①] 而在时间上稍晚于第三代的诗人王学东这里，这种诗体的综合可能是中国新诗走向成熟的一条有效途径，这条途径伴虽然随着某种诗体无序性危机，但也值得一试。后现代主义理论批评家对这样一种写作倾向提出过警告：“无体裁的写作是一种争取解放的前景，是当代人能够当作资本使用的现代主义的珍贵遗产之一。然而后现代主义的命运则是当本文从它先定的地位中解放出来时，它既没有给艺术家提供增长了的富裕，也没有提供通向观众崭新的大道，而仅仅为广告和诠释提供了可书写的空间。”[②]

二、“批评的激情”——《现代诗歌机器》的城市经验抒写

作为一个城市的“漫游者”或“幽灵”，王学东用诗歌绘制出一幅属于他自己的成都地图。这幅地图以激情的批评作为道路，以各式各样的情绪作为路标（也许是诱惑，也许是孤独，也许是愤怒，或许有疲劳，或许也有孤寂。甚至这些情绪充也充满了颜色和味道），引领我们从《天府广场》到《春熙路》，从《数码广场》到《磨子桥》，从《九眼桥》到《望江楼》，从《石人小区》到《火车北站》，从《一环路》到《锦里》，从《人民南路》到《华西医院》，从《泡桐树小学》到《四川大学》，从《金沙遗址》到《好又多》，从《公交车》最终抵达他的《二楼卧室》。当我们乘坐情绪的公交车穿越在成都这座由形形色色的空间构成的城市时，我们可能会遭遇“无数的楼群”“不再飞翔的太阳神鸟”“赤裸的三星堆青铜面具”“上发条的熊猫”“呼啸的广告牌”“橱窗里价格昂贵的商品”“人体模特”“带点臭味的府南河”“吃烧烤和喝啤酒的人群”“收过期药品的小商店”“大屏幕”“治疗性病的广告、办假证的广告”“昨夜的失眠”“淡黄的忧郁”等光怪陆离的城市意象。和以农业为根基的传统诗歌相比，诗人王学东如一个在城市漫游的幽灵，在诗歌中不断审视着城市的丑陋、变异、阴暗和复杂等诸多审美特征。

王学东对成都的抒写，很容易令人想起波德莱尔笔下 1851 年的巴黎：“他都不可能不被这种奇观攫住：病态的大众吞噬着工厂的烟尘，在棉花絮中呼吸，机体组织里渗透了白色的铅、汞和种种制造杰作所需的有毒物质……；这些衰弱憔悴的大众，‘大地为之惊愕’”[③]。正因当时巴黎涌入了数量庞大的民众，波德莱尔才有机会在巴黎体验并找到他那些关于巴黎这座城市的伟大词汇和意象，《恶之花》也才能成为 19 世纪最具影响力的诗集之一。虽说在百年新诗史上，城市经验的表达不是主流，但新诗自诞生以来也和“都市有着千丝万缕的联系。事实上，从郭沫若、李金发、施蛰存、徐迟、艾青、袁可嘉到罗门、林燿德、叶延滨、于坚、欧阳江河、杨克等人的创作，也的确输送出了一批高质量的‘精神化石’”[④]。

在当代诗人王学东的诗歌中，城市的各个区域空间作为一种大众和物质汇聚地，被

---

① 吕周聚等：《中国现代诗歌文体多维透视》，山东人民出版社 2009 年版，第 128 页。

② 王岳川、尚水编：《后现代主义文化与美学》，北京大学出版社 1992 年版，第 339 页。

③ 〔德〕本雅明：《发达资本主义时代的抒情诗人》，张旭东译，生活·读书·新知三联书店 1989 年版，第 92 页。

④ 卢桢：《现代中国诗歌的城市抒写》，中国社会科学出版社 2012 年版，第 1 页。

诗人征用。他用拼贴、组合的方法将内心的情感和思绪投射其上，完成了一种在词语意义上的成都经验转换。在许多当代作家那里，“城市经验”表达始终是一个比较陌生的领域，甚至是冒险的地带，贾平凹的都市题材小说《废都》及王朔关于北京的书写等引来过无数争议，但随着中国市场经济的发展和城市化进程的进一步推进，许多诗人仍开始对他们所在城市的生活经验作诗意转换。批评家张清华指出：“当我在民间诗歌读本上读到郑小琼、卢卫平和上海的《活塞》诗人丁成、徐慢们的诗歌的时候，我毫不犹豫地写下了‘工业时代的新美学’这样的字样。在他们的诗歌中，当代中国的城市经验被赋予了也许比‘第二帝国的巴黎’更宽阔冰冷、更丰富和让人惊惧的内涵，比 30 年代‘小资的上海’和 90 年代卫慧们的酒吧中的狭小的上海也更为广远和纷繁的图景。”①

王学东的诗集《现代诗歌机器》中有许多诗歌在城市经验的书写、表达和经验转换上，体现了批评家张清华所说的“工业时代的新美学”的意味和特点。所谓工业时代的新美学，当然也包括消费时代商品化的特征，尤其表现在物流和人流高度集中的城市之道路、广场、超市、车站、大学以及医院等具有城市标识的建筑空间。因此，这些区域和空间也是诗人王学东提取诗意和投射感情、释放批评激情的空间意象。

“道路”与“桥梁”是诗人王学东进入城市大门的必经之路。诗人经由各种各样的道路和桥梁，在城市的各种空间之间漫游和迁徙、批评和思考，并最终从那些模糊的“大众”和钢筋水泥的“建筑”中采集到诗歌意象，建立起自己的诗歌之城与诗歌之市。在当代诗人中，有不少诗人关注过道路、桥梁这类意象。从牛汉《立交桥》到臧棣《北太平庄立交桥》，从树才《三环路上》到姜涛《京津高速公路上的陈述与转述》②，都将“立交桥”与“高速路”作为一种现代城市的符号反复书写。而对于自觉抒写城市经验的诗人王学东来说，这些物象，自然也逃不过他的眼睛。他写到直通成都天府广场的人民南路，他也写到环绕成都市核心区的一环路；他写到四川大学旁的磨子桥，也写到成都著名酒吧街九眼桥。《九眼桥》一诗中，诗人在不断重复“观看”这一动作，并最终写到视觉系统的恶化（“最后我的眼睛全部恶化”)。诗人用一种极端的“看”的方式表达城市光怪陆离的生命经验及其批评立场。

“广场”是现代城市一个重要的标志，汉语新诗的各个时期都有人书写过这一重要的城市空间。诗人艾青和林庚的《广场》是知识分子心目中的道场，是一个传播理想和参与公共事务的不二之地。但随着时代的变迁，“广场”这一被称为知识分子庙堂的地方则沦为一个公共空间，欧阳江河的《傍晚穿过广场》就记录了诗人作为知识分子在这种转换过程中的焦虑情绪。③ 而当诗人王学东穿过成都天府广场时，已经没有欧阳江河那种焦虑了。他产生的是另一种焦虑，他面对的“广场”是一块每天价格都在上涨的地皮。广场上矗立着如站街女郎般的大型广告牌，还有大理石的强硬和霓虹灯的谎言。此时，诗人唯有“把紧握在手里的钱捏紧”(《天府广场》)。因为王学东的天府广场是一个充满浓厚商业化气息的供消费的广场。在天府广场接受完商业化的洗礼之后，诗人在充

① 张清华：《文学的减法》，吉林出版集团有限责任公司 2009 年版，第 293 页。

② 参见卢桢：《现代中国诗歌的城市抒写》，中国社会科学出版社 2012 年版，第 156—200 页。

③ 参见卢桢：《现代中国诗歌的城市抒写》，中国社会科学出版社 2012 年版，第 156—200 页。

斥着各类现代化科技的“数码广场”中，却显示出了倦意甚至是无力感（“他的帽子在汽车和噪音闪耀着的城市里厌倦/午夜那性感的漫游也失去了叫喊的力量”）。诗人王学东不仅书写了上述具有代表性的公共空间，还书写了诸如金沙遗址、望江楼、锦里等成都前工业时代的历史遗迹，它们同现代化城市建筑构成驳杂的城市空间形式和感觉景观。

诗人王学东还有意无意地在诗歌中嵌入隐藏或暴露在城市森林中的私人空间。虽然有的不是很明显，但如果认真辨别，你就会将它认出。譬如“在窗台上他的眼睛泛起冷漠的泡沫/所有的背影和足迹嘈杂而悲伤”（《石人小区》）。这些诗句表明诗人可能是一个城市的“波希米亚人”或“游手好闲者”，在一个隐秘房间中的窗台上，用他那起了泡的冷漠眼神注视着这个城市川流不息的大众。《二楼卧室》更为明显，他用细致而颓废的笔触书写了一个在二楼卧室里遭遇失眠而饮茶、看电视、吹风扇、听歌曲的孤独者。从这些诗歌可以看出，王学东书写城市中的个人空间，其实就是在书写现代社会中那些孤岛般的生命个体。

在中国当代工业和经济发展的大背景下，诗人们对城市经验的表达也越来越多。但在大多数城市经验的表达者那里，城市经验可能都是忧郁、孤独和肮脏的，甚至是消极的。虽说人们对城市的认识和经验已经有了许多积累，但相比城市发展的日新月异而言，那还显得远远不够。因此，诗人或艺术家们的作品对城市经验的表达也有待进一步提高。正如批评家张清华所说：“巨大的楼宇可以在几年内建成，而现代人的文明与经验的成型，城市文化审美形态的被接受，却是一个比一代人的成长更漫长的过程。这个处理的方式与过程，正如现代资本主义意义上的城市对中国人来说所抱有的那种天然的陌生感一样，是需要悉心的体味与选择的，而它所产生的新鲜与粗鄙、拥抱与拒斥、活力与丑陋、合理与破坏性的矛盾性质，是要经过反复的斗争、磨合、激扬与沉淀的。”①

三、“对自我的把捉”——《现代诗歌机器》中诗人的自我形象

诗人王学东在《现代诗歌机器》这部诗集中，通过复杂多变的诗体实践、批评的激情和深刻的洞见，为读者塑造了一个在不断观察和书写中调整和把捉复杂自我的诗人形象。这个复杂的自我形象的建构历程，也是诗人作为一个生命个体的本能、欲望、情绪、梦境甚至无意识世界在纷繁复杂的现代社会万象中的投射或释放的过程。这个从群体中被解放出来的极端的自我，是诗人走向孤独、走向内心、走向诗与思的自我，但这个极端的自我又不仅仅是自我本身。诗人将对日常生活的观察、思考和关注都整合进了诗歌中，成为现代社会人类生存境况的一部分。王学东通过《现代诗歌机器》这部诗集“对自我的把捉”建起多维而复杂的自我形象，其意义也在于此。

关于“对自我的把捉”，王学东在他的诗歌批评著作《第三代诗歌论稿》中说：“我们一直要进行探讨的核心是对自我的把捉。”② 他虽然没有明确指出何为“对自我的把

① 张清华：《经验转移·诗歌地理·底层问题——观察当前诗歌的三个角度》，《文艺争鸣》2008年第6期。

② 王学东：《“第三代诗”论稿》，巴蜀书社2010年版，第30页。

捉”，但他以否定的方式对“不能把捉”做了解释，即“这个‘不能把捉’在这里的意思是指诗人不是从自己面前的情况来认识自我，来展示自我，而是从‘形而上’的角度来思考的”①。在《现代诗歌机器》中，诗人王学东立足于他当下生活的城市，就像从不同的道路可以进入城市不同区域或相同空间一样，通过不同的经验和感受把捉自我，从而建立了丰富的自我形象。王学东在诗歌里成了自序中那个游戏者，他一会儿是“鸡”，一会儿是“虫”，一会儿是“虎”，而不管是“鸡”“虎”还是“虫”，都是诗人自己而又不完全是诗人自己。诗人在这部《现代诗歌机器》中的自我形象也是如此，有时他是一颗“螺丝钉”，有时是这部诗歌机器发出的“轰鸣声”，而这一切同样不完全是诗人自己，但又都是诗人自己。

作为批评家的王学东也曾指出：“从不能把捉的自我把捉到把捉了自我的把捉，我们始终看到的是一个个诗人对自我形象的关注，对自我的确认和认证……诗歌中的自我形象，诗歌对自我的把捉，是理解诗歌不可缺少的一个关键性问题。”② 我们也更愿意把诗人王学东在《现代诗歌机器》这部作品中的自我形象建构看作理解王学东和其作品的关键。因此，我们试图选取王学东在《现代诗歌机器》这部诗集中所建构起来的几个自我形象，作为理解王学东诗歌的切入点。

王学东在《现代诗歌机器》中多重的自我形象建构中，“亲闻者”这个形象是首先出现的。“亲闻者”这一形象在组诗《如是我闻》中尤为明显。“如是我闻”本是佛经开卷语，前人对其有诸多解释，其中一种解释是“我亲自听佛这样说”。但王学东的意思可能不是亲闻佛说什么，而是亲闻这个世界说什么。他说：“如是我闻/在黑夜中别慌/我与世界是很有缘分的”（《黑夜经》）。王学东在这里将“佛”和“世界”做了一个置换，如此，王学东的“如是我闻”便可理解为“我王学东是这么听这个世界说的”。

《如是我闻》中的《黑夜经》（“但在黑夜中/我还得坐办公室/灭火/写材料/阅读长长的新闻和文件/我一直不够少”）、《爱情经》（“我又失约了/为此我也不快乐”）、《育儿经》（“生育就像优惠一样/要限量”）、《咳嗽经》（“我一定不能再使用头孢了”）、《衰老经》（“我扔掉身份证上的出生年月/去医院完成衰老的表演”）等都体现了诗人王学东作为生命个体对其当下生活诸多面向的关注和表达。从世俗生活到精神世界，诗人王学东面对疾病、爱情、生育、旅行、工作、成长、衰老，甚至是梦，这些也是这个世界上的每一个人都要面对的问题。因此，在这个意义上诗人王学东勇敢直面自己的内在和外在，也勇敢直面这个世界。所以，在《现代诗歌机器》中诗人首先是作为一位“亲闻者”来把捉自我。在这个意义上，诗人王学东是体验这个世界的信徒，他坚信，只有关注当下的自我体验，诗歌才有希望。

为此，诗人王学东将自己沉于生活的“苦海”，去生活的苦海中体验自我，把捉自我，建构自我。在组诗《苦海》中，王学东建构了一个备受折磨的“苦人”形象。在组诗《苦海》中，诗人有时为“日历”那日复一日永不终结的时间而苦；有时为来自生活必需的物质所刺（“我的眼睛被日历和牛奶的闪光刺破”，《苦海 1》）；在一个看似纷繁

---

① 王学东：《“第三代诗”论稿》，巴蜀书社 2010 年版，第 60 页。
② 王学东：《“第三代诗”论稿》，巴蜀书社 2010 年版，第 103 页。

而多姿多彩的城市中，诗人有时也为生活实实在在的无聊所烦（“无聊的拖鞋在床前对着他的蟑螂呐喊”，《苦海 2》）。王学东有时候也把城市本身拟人化，仿佛城市和人一样有各式各样的情绪。但无论如何，诗人貌似在写城市的冷漠，其实也是在写城市川流不息的大众的冷漠和诗人自己的冷漠（“大地上的楼群灿烂地拥抱着我的冷漠”，《苦海 3》；“石头和城市钢筋一样的冷漠”，《苦海 8》）。当然，诗人难以承受之重也来自商业社会的不真诚，甚至欺骗，这种不真诚如同水流般无法止息，使得诗人备受“压抑”“焦虑”“疲惫”之苦，最终筋疲力尽（“沉重的疲惫在河边荡漾和招摇/只有大地上的欺骗和交易/如河流一样涌动不息”，《苦海 4》；“一棵又一棵赤裸的树在压抑中焦虑/香烟的波澜使挺立的楼层筋疲力尽”，《苦海 10》）。王学东还借助书写城市中的“他者（弱者）”来表达自己，他为城市中的乞者而苦，因为在本质意义上，诗人自己也是生活的乞者（“一个瘦小的乞讨的老人/他细瘦的腿脚危险地支撑着身体/还有他干枯的头发都向我扑来”，《苦海 5》）。王学东在诗歌中常用第三人称“他”来书写自己，“他”在城市如同一个包裹一样居无定所、漂泊不定（“只有他手中的包裹和身体无处安放”，《苦海 7》）。而随着年岁的增长，诗人因不断地想起自己的过去和失去的韶光而颓废，他为这难以复返的光阴所苦（“永无休止地追逐着我的酸痛/和我的青春”，《苦水 9》）。

王学东“从自我把捉角度，理解当代诗歌流，即对自我形象把捉的转变来重新认识中国当代新诗。第一代是在群体中把捉自我，一种大的自我。第二代发现了自我这个重大的问题，是寻找什么是真正的自我，并把捉了自我的时期。第三代人在第二代人找到了自我的基础上，开始把捉自我，从抓不住自我到抓住了自我，并有多样地自我呈现出来”[①]。在诗集《现代诗歌机器》中，王学东也试图从不同的角度建构诗歌中的诗人形象。他除了建构起了这个世界的“亲闻者”和“苦人”的形象之外，他也塑造了一个基于深刻的自我认识和自我审判、自我反省和自我辩驳基础上的“罪己者”形象；在整部诗集的许多地方都体现着诗人通过精神自白而自省的形象，但在组诗《罪己诏》中这种自我批判的品质表现得尤为明显。

《现代诗歌机器》中的组诗《罪己诏》具有明显的精神自白气质。这看似和自省没有直接关联。但诗人真诚的精神自白，其实就是一种自省。这也是诗人通过自陈而抵达自我，认识和建构自我的一种途径。王学东在这组诗歌中高频地使用当下中国社会最流行的如“孤独”“空虚”“欲望”“荒诞”等词汇或毋宁说是情绪来表达对自我和世界的认知和建构，譬如《欲望诏书》（“我把我的目光和名字留在她白皙的大腿上”）、《荒诞诏书》（“在一条大街上的拥有疼痛和小星星的摔倒”）、《沉沦诏书》（“在租赁的宿舍中依旧日复一日”）、《孤独诏书》（“这个没有吻和地震的城市”）、《空虚诏书》（“那种心底里被遗忘的感觉就在他的心中突然泛滥”）、《阴谋诏书》（“他们挣钱/然后挣更多的钱/然后买房/买车/买更多的房/更多的车/然后再做爱/与更多的人做爱”）。诗人王学东反复地从不同情绪和状态进行精神自陈，令我想起德国诗人诺瓦利斯的诗歌《认识你自己》（“在纷繁的名目中/枉然/它始终隐藏着/人始终感觉到它/但从未领会”）[②]。因此，

① 王学东：《“第三代诗”论稿》，巴蜀书社 2010 年版，第 13 页。

② 刘小枫主编：《夜颂中的革命和宗教——诺瓦利斯选集卷一》，林克等译，华夏出版社 2007 年版，第 11 页。

诗人的任务之一也是反复地认识自我，从而认识这个世界。这也就是王学东在《现代诗歌机器》这部诗集中反复的自我认识、自我把捉、自我建构的意义所在。

（作者单位：北京师范大学文学院）

体验的真挚与表达的超越

——王学东《现代诗歌机器》观察

李俊杰

王学东的诗集《现代诗歌机器》是一部熔铸了个人真挚生命体验和奇崛表达方式的作品，其极具先锋气质的形式追求和语言方式飘荡着个人毫不遮掩的真挚生命体验，其整体性的表达框架和文化视野又彰显了学者型诗人的缜密与哲思、想象与激情，是一次极为先锋的诗学尝试。

这部诗集的写作贯穿了诗人20年的生活，其独特性在于完全基于个人生命经验的真挚表达，它源于最朴素的生命感觉，但没有指向浅白的表达方式，而是在修辞与形式上充满实验性。尽管这部诗集可以视作一次包含写作生涯的整体性的诗歌表达方式的实验，但它并未因表达的奇崛而陷入形式的旋涡与自我的迷失，反而不断确证着主体之思对生活本身的价值与意义的思索，并且因为诗人的学者身份和诗歌艺术探索的不竭激情，获得了表达的超越性力量。正如卢桢所言：

> 学东兄如卡夫卡似的，发现高速运转的技术时代也是一个充满吊诡之力的城堡，个人无法在奔走的人群中觅得独我的精神空间，从而中断了与历史的联系。而诗人则试图在规则与限制间寻找自由，他小心翼翼地规避着任何外在因素的羁绊，从饱蕴人间烟火之气的情境和事态入手，于举重若轻间透射出将实情转化为诗情的运思能力，使个人化写作精神落在实处。在不断为精神主体发声的同时，诗人也找回了现世之人的生命尊严。①

在这个基础上，我们有理由相信这部诗集的独特价值，它值得不断言说与阐释。

《现代诗歌机器》是学者诗人王学东20年人生履历和诗歌创作的融合，这部形式感极强的诗集由自序《我和诗与思》及组诗《如是我闻》《商籁体机器》《王氏家谱》《后现代启示录》《来自灵山的短诗》《苦海》《十支情歌》《一个人的成都》《十首哀歌》《没有个性的诗》《已经被毁损的青春》《罪己诏》等构成，这些诗篇熔现实主义、超现实主义与后现代主义于一炉，体现了极为突出的个人风格。形式的整饬与语言的先锋固然是其非说不可的特点，但本文认

---

① 见《现代诗歌机器》，四川民族出版社2017年版，封底。

为，这部诗集首先是一部诚意之作。在高蹈的形式之前，首先是真挚的生命体验。

一、诗源于生命的经验

这部诗集被命名为《现代诗歌机器》，“诗歌机器”一词让人震惊于诗人对20年诗歌写作生涯总括集萃式冠名的奇特拼贴。“诗歌机器”，究竟是在对这个连计算机都可以编出所谓的“现代诗歌”的互联网时代的反讽，还是诗人的戏谑性自我表达？这里面似乎有一个大问题。王学东在阐释龚学敏《钢的城》的“钢铁诗学”时曾经谈道：

> 在现代社会的发展中，中国现代工商业文化发展成为了主流，不同于传统诗歌的新的诗歌体系诞生。此时中国现代新诗的地界，就不再是古代中国乡村农业文明的简单再现，而是突破中国传统的封闭状态下的工业文明、商业文明、城市文明等等文明的新型复杂社会样式的体现，特别是现代技术意识和理性精神的融入，现代诗歌这便有了与古典诗歌相异的表达意象、表达内容和表现方式……“观照人与机器的关系，是工业革命以来长期的文学主题……处于不同历史语境中的文学以不同的方式表现、反思着机器发展的进程，文学表现形式也深深打上了机器的烙印。”① 而这些新型钢铁文明、机器文明之下的现代感受都是古典诗歌很少涉及的，也是古典诗歌难以容纳的诗歌新质。②

王学东是否从新的物质生活样态的现代视野中，把握到了“机器”对生活之渗透，从而有新的表达欲望呢？抑或是为了表达自己从前所未有的角度介入生活与诗，制造出这么一种独特的诗学视野呢？总之，“诗歌机器”名称的提出，使得王学东20年来的诗歌写作具备了区别于大多数诗人的独特标识，这也是学者型诗人的独到之处。

从诗集整体性的角度来看，“诗歌机器”这一命名更接近卡尔维诺《文学机器》③的思路。

卡尔维诺的文学创作，是一台复杂的文学机器，他一生的工作便是将与时代休戚相关的科学、哲学、政治学的零件置入这台文学机器，不断地磨合，不断地调试。有人认为，卡尔维诺之所以用“机器”这一称谓，是为了表现其文学观念的嬗变。卡尔维诺一度执着于“文学诠释和领导历史进程的奢望”，后来逐渐演变为“理解、指示和创作”。卡尔维诺策略性地选择了调整性退守，以“复杂结构”回应并模拟“世界的复杂、多重性、相关性和瓦解”。这种复杂结构，正是卡尔维诺所言的“机器”“迷宫”等系统布置。④

王学东作为学者型诗人，研究的范围主要是文学史与新诗学，以这样的学术背景进入诗歌创作，当然可以凭借个人对文学史发展脉络的熟稔和新诗学术变迁路径的把握来

---

① 转引自《外国文学编辑部将与杭州师范大学外国语学院联合召开“文学与机器”学术研讨会》，《外国文学》，2012年第3期。

② 王学东：《当代诗歌的“钢铁诗学”——读龚学敏的〈钢的城〉》，《长沙理工大学学报》，2015年第6期。

③ 〔意〕伊塔洛·卡尔维诺：《文学机器》，魏怡译，译林出版社2018年版。

④ 俞耕耘：《小说外围：卡尔维诺的思想遗产》，《解放日报》2018年9月29日。

规训自己的写作，从内容和技巧上，显得更贴近“学院派”。在学术视界里，他一度返回文学史现场，钩沉被遗忘的诗歌文本、现象、群落与流派，同时也对现时代最重要的诗人群体有相当程度的深入研究，以及对巴蜀地域文化有独特的理解，然而王学东既没有沿袭抒情或口语的既定路线并为此挣扎，也没有沉湎于地方性的表达自足之中，而是选择不断自我突破。他的诗学主张持续动态地突进，使得他的学术研究内在的理路和诗歌写作形式的追求之间形成巨大的张力。

诗人王学东将自己的文学经验、生活观察、语言追求、情感体悟汇入诗歌中，与复杂的世界与自己的生存方式谐振，在复杂结构中以“机器”之冰冷的结构性操作反衬生命语言的温度。

在 2015 年，笔者在北京师范大学里的一个咖啡馆读到过王学东打印的《如是我闻》《商籁体机器》等组诗，曾一度感慨，和最早读到过的《一个人的成都》系列组诗等作品比起来，诗人王学东从青春迈向了中年。

《一个人的成都》系列组诗中有青春的理想与愤懑，有独特的痛感。在现代都市高楼大厦的机械陈列中，在现代性机器的腹腔内部，诗人敏感于压迫与逼仄，在个人生存的迷惘中着力描绘自己的愤懑。“高价格的地皮声打击着墙上的日历/栏杆抢劫了我摸索的远方和手套”（《天府广场》）；“只有他赤裸的身体和孤独挺立在街道中间/一件首饰的价格就把你的虚荣和自信刺穿”（《春熙路》）；“制造一切痛苦和欲望的钱币，刀片般锋利/屠杀着纷飞的理想和散漫的人群”（《泡桐树小学》）；“渴望用自己 60 公斤的身体加上 60 年的光阴/换取 60 平方米的空洞而冰冷的房子”（《华西医院》），这一组诗歌着力描绘了在物质欲望中不断失落和跌倒的理想，正是这生活中的愤懑激活了他诗歌创作的原始动力。在这样一种庞大的机器般运作的都市，个人的无力感反而激发了诗歌的锐度和力度。

到了《商籁体机器》组诗，我们发现那个愤怒的、忧伤的、充满批判与惆怅的青年诗人隐退了，经过时间的淘洗，承担着家庭的重任前行，背负着学术理想进步，那个在社会身份之外还有重更重要的诗人身份的王学东出现了。《副栉龙机器》这个标题，有育儿经验的人看到都会会心一笑。副栉龙是儿童在认知世界的过程中接触的恐龙的一种，由此衍生出一系列几乎从未被人们考虑过的问题。儿童着迷于恐龙，都因为其能力与功能，而忽略其美。诗人敏感地攫取了“漂亮”却在弱肉强食的丛林法则中被遗忘的“副栉龙”。“一群小朋友手拿着刚完成的作业，/开始选择他所要扮演的恐龙。/惊人的一致，他们都选择了食肉性的动物机器，/就是那种有长长牙齿，/以及如镰刀一样锋利的爪子的暴龙。/随着副栉龙的哭声，所有孩童的声音中，/都充满了狂暴而血腥的撕咬”（《副栉龙机器》）。从儿童的选择中，诗人看到了“机器”运行法则的残酷，从此诗思随之打开，这是他生活经验的衍生。《花毛茛机器》源自在孩子问花的名字时成年人用手机软件扫描以搜索答案的经验，催生出现代性生存的新的诗思；《科布登机器》《利维坦机器》是阅读生活的副产品……这一系列陌生的名词不断突入现实生活，成为一首又一首既陌生又切身的诗作，被诗人冠以《商籁体及机器》的称谓。正是在生活的物理逻辑的不断发展中，诗人找到一个又一个缝隙，填进自己反思性的表述，才使得一切看似那么理所当然的如“机器”一样运转有序的旨归，漏出诗的破绽。

从纾解自我的《一个人的成都》，到哲学思辨的《商籁体机器》，我们看到的是一个人真挚的生命轨迹，从笃定的批判，到有距离的审视，从青春的恣肆与感伤，到中年的深刻与辩证，将跳跃的强大力度，慢慢包容进了宽广的情怀之中，发展着诗歌的整体美学风貌。

所以，这部《现代诗歌机器》，是诗人王学东在运转有序的现代机器面前的一次“我之思”。在诗集的序言中，王学东执着追寻“自我”的表述，能让我们理解到在机器面前“我之思”的独特，这种独特性，借由语言创造的形态展开。

二、诗需要语言的创造

王学东是学者，学者型的诗人知识与理性的强大，有可能会遮蔽诗歌艺术表达，也有可能会凸显诗歌艺术主张。王学东显然是后者。这部诗集不仅是贡献给业余读者的，更像是为专业的诗歌批评者量身定制的，组诗形态规范，诗歌的艺术追求目标相对集中，给人以强烈且集中的深刻阅读感受，这都源自其独特的诗歌语言创造能力。

这部诗集独特的设计语言在自序中就能看到，在组诗的设置和闪光的创造性表达中也能看到。

在自序《我和诗与思》中，王学东跟读者玩了一场“老虎、棒子、鸡”的游戏。“棒棒棒棒虫!”“棒棒棒棒棒!”“棒棒棒棒虎!”“棒棒棒棒鸡!”是具有显著巴蜀地域色彩的儿童猜拳游戏的口令。借由这四则口令，王学东进行了自我的“侧写”，将“这娃儿”“这小厮”“这男性”和“这书生”的形象描绘了出来，并推演到新诗学的诸多面向，落在了自我的确证与反思上。富有意味的是，王学东以“哦，我又输了”的自嘲结束自序，留下了巨大的感受空间，使得这篇自序既是游戏，又满含着严肃的求索。

在充满幽默和戏谑的表述后，加上一段严肃的对中国现代新诗艺术发展的剖析，这样的表述本身就是一次艺术行为：“这娃儿出生低微，家境贫寒，也就没有成龙的大大志。只愿长成一只肥肥的、肉肉的、软软的，随时有大白菜、小白菜可吃的大青虫。”后面跟着的是对五四以后文学对“人”的发现向新诗提出的价值取向问题：“这小厮性格很直，热衷于自己，有点自我主义。因记性不好，所以见过的人很快忘记名字。而那些人都背地里说，这厮好傲。其实，他只是一根不发芽、不长叶子，更结不出果子的干木棒。”紧接着的是新诗“自我意识”的辩证：“这男性也好面子，但总是在各个方面都没有做得很好。经常扮老虎，给自己批上一件件虎皮，结果经常碰到的是那些高大威猛的英雄武松们，把他打得稀啪烂。”后面谈到了个体之思的独特价值，提出了个人体验与语言创造力的复杂问题：“这书生最大的理想，就只是能当得了一只大公鸡。或许在一个农家过一辈子就算了，也或许会很快地被送到屠宰场，成为别人的佳肴。但他只要能穿一件花外衣，带一群美丽的母鸡，游山玩水，在有很多虫子的山坡上觅食，那就幸福也。”正如穆旦的诗歌《五月》将乡野民歌与现代新诗并轨，王学东将个人的喜剧化的谐谑表达与严肃的新诗学体认并置，两者交相辉映，将巴蜀的幽默传统和现代学者的思辨精神拼贴，呈现出非凡的语言张力，在新诗无用的绝望中重新发现了自我的确证。不避俚俗，直面自我，探索新的语言，这是王学东诗歌语言令人称道的特点。

王学东善于组织，在诗集的篇章结构，尤其是令人称道的“组诗”形式中，有他的整体性规划和苦心经营。《如是我闻》组诗以诵经般的低吟展开了生活的诸多维度，如面对黑夜、面对爱情、面对育儿、面对旅游，不断将个人与对现代生活映照，突出了精神生活的空旷感。《商籁体机器》引入了诸多现代生活中的新名词，它们成为日常生活的绊脚石与宣泄口，撕扯出一道透视现代生活的新的口子。《王氏家谱》则采用一种类似“非虚构”的方式从家族史的角度写出每一个“祖先”的人生路径，最终指向人世的虚无与重复；《后现代启示录》展开的是生活的细节与抑郁的感受；《来自灵山的短诗》将外部世界的空与倦刻入自己的生命进程中；《苦海》叙述的是都市生活令人倦怠的苦涩；《十支情歌》描述的是写给世界的微末的温暖；《一个人的成都》是借成都的地名风物展开的青春的感伤；《十首哀歌》深入自己的灵魂深处，展现自己的忧伤；《没有个性的诗》将“离别”“美人”“情歌”“生命”“世界”等词汇冠以“没有个性”的修饰，传递某种属于自己的判断和言说；《已经被毁损的青春》是短诗的集合，充满青春的气息，我们从中能清晰地看到诗人所受的影响；《罪己诏》则规则地陈列了“伤口”“欲望”“荒诞”“沉沦”等情绪性表达，为它们写下“诏书”。

在整齐的目录之中，我们发现在对生活的灵动轻盈的书写背后，是一股学者诗人对现代生活的悲哀的反思。但这一悲哀的反思并不以“强说愁”的面目出现，而是贴近生活的表面，所有的联动都来自具体的生活细节，使读者在会心的感受中与之共振。

三、诗给予生活以反哺

王学东语言创造的法门就在于：不避俚俗，展示细节，直面自我，突入深处。他创造了他的诗学。这本诗集获得了许多学者型诗人的点评和分析，都收入集中，这些分析令人信服地说明了地域特征明显、个人风格突出的诗人王学东做了一些具有创造性的诗歌工作。他以整体性风格展示为标识，以浓郁的情绪、反思的精神为旗帜，进行独特的个性化表达。同样，这样的诗学也塑造着王学东。

在 2008 年的一篇专访中王学东谈到他的人生履历，他怀着炽热的诗歌理想，从底层生活一步一步扎扎实实地走进自己追求的生活状态。这似乎带有几分励志色彩的个人经历在诗歌中创造性地转换成了对自我的追求和不断审辨。他在专访中曾经这么说：

> 我想说说孙悟空，他身上就隐藏着两个自我，一个是很强大也很任性的自我，另一个却是解救大众堪称世间通俗道德模范的自我。孙悟空把这两个自我很好地包容了，起初他需要“紧箍咒”的约束才能朝“大众自我”方向偏移，但慢慢的，他身上顽性减弱，佛性增强，就能更加自觉自愿地协调好两个自我的关系了。这也是我不断阅读和思考后得出的结果：我需要更多书籍的力量来完成更好的自我，让身上存在的“两个我”不要冲突打架，而要和平共处，更好地协调发展，这样才能真正找到和获得自我。[①]

---

① 何竞、王学东：《从专科到博士的非凡方程式》，《高校招生》2008 年第 3 期。

从这本诗集来看，这两个“自我”既存在于不同的创作时期里，也存在于一首诗的不同表述中。我们能分辨出早期诗歌的青春气息和近期创作的中年姿态这两个历时性自我，同时，还能分辨出在琐屑的生活细节中折腾的和时而超越出来思考的两个共时性自我。

王学东既是诗人，又是学者，他思考得深广，有自己的诗歌艺术规划，有独特的美学追求，这是令人赞叹的。但更重要的是，我们不断发现，王学东的诗学中最感人的特质，始终是他的真挚。

因其真挚，诗人对日常生活的琐屑也不显得那么拒斥，对哲理思考的高妙也没有那么执着，反而轻松起来。我觉得这个状态，正是诗给予生活的反哺。诗帮助王学东泅过了苦涩的青春生活的汪洋，帮助王学东认识了一地鸡毛的中年生活，使他更深度地体认现时代的生存机制，也将见证他收获下一个生命周期。从这个角度而言，即便他未来写一些庸常的小诗，若获得更多的喜悦，也是值得的。

尽管这部诗集被命名为《现代诗歌机器》，我更愿意将其视作现代机器上开出的诗歌之花。它开在令人情绪复杂的生活基础上，却洋溢着生命的律动与美。

（作者单位：浙江传媒学院文学院）

被压抑与被毁损的现代生命体验

——王学东诗歌探论

蒋林欣

王学东是川籍青年学者和文艺评论家，近年来一直致力于中国现当代文学研究，特别是在诗歌研究领域取得了较为丰富的成果。实际上，他是双栖型学者，早在进入学术研究之前的很多年里，他就开始了现代诗歌写作实践，在乡镇教中学期间他"拥有了四本厚厚的个人诗集"①。正是那份对诗歌的热情与执着，让他一步步走上了研究之路，诗歌已经成为他生命的一部分。在从事学术研究之余，他仍然坚持诗歌写作，其诗作时常见诸各大报刊，作为"非非主义"成员而亮相诗歌界。最近，由龚学敏主编的"星·诗文丛"首次出版了王学东的诗集《现代诗歌机器》②，其中收录了他 1997 至 2017 年的代表诗作。通过此诗集，我们得以较为系统地阅读、研究他的诗歌。

一、诗与思：作为学者的诗人

翻阅《现代诗歌机器》，一股浓郁的现代感迎面而来：现代的语言、现代的情绪、现代的景观、现代的人生，弥漫在几乎所有的诗行中。在以往的阅读经验里，即便是最杰出的诗人，第一部诗集总是不可避免地带有早期写作的青春骚动、闺阁情怀，或者校园诗歌的青涩，或者"为赋新词强说愁"的幼稚病，以至成名成家之后常常"悔其少作"。王学东的这些诗歌虽然时间跨越 20 年，题材丰富多样，有都市景观、青春爱情、历史文化、日常生活、个体反思等，但总体上诗艺水平整齐，风格较为统一，一出手便表现得比较成熟。在他的诗中，我们明显能够感受到 20 世纪 30 年代"现代派"诗人及"新感觉派"小说家的"现代情绪""现代摩登""都市风景线"，可以读到像台湾诗人痖弦《上校》和"莽汉主义"诗人韩东《大雁塔》那样的解构意味，也可以看到"非非主义"所主张的"非崇高""红色写作"的倾向。个体生命体验、主体存在之思是其诗歌的显性主题，压抑、病态、残缺、荒芜等种种现代体验都在诗里频频流动，几乎渗透各种题材，展现了一幕幕现代景观与繁复情绪。

王学东开始写作这些诗歌的时候正值青年，正是人生中最美好的年华，而

① 何竞、王学东：《从专科到博士的非凡方程式》，《高校招生》2008 年第 3 期。

② 王学东：《现代诗歌机器》，四川民族出版社 2017 年版。本文所引王学东的诗均出自本书。

他的诗却呈现出冷峻、老成的气质，这主要与他所经历的正规学术训练有关，在长期的研究积累让他知道什么是现代诗歌。他的诗歌风格与他的相关研究、诗歌主张、理论认同有着密切的关系。他公开发表的诗歌论著主要有《作为生命存在的诗歌》《新的情绪、新的空间与新的道路——改革开放三十年的四川诗歌》，以及本诗集的自序《我和诗与思》，还有对龚学敏、蒋蓝、周亚平等诗人诗作的评论。比如，面对纷繁复杂、有着多维阐释向度的"第三代诗歌"，王学东的切入点是："从'作为生命存在的诗歌'这一诗学概念出发，以'对自我的把捉'为核心来研究第三代诗歌……重建新诗的历史，对'新诗是什么'这一问题做出一个自我解答。"① 他认为改革开放以来四川诗歌为中国现代诗歌发展创造了新质，构筑了灿烂而独特的现代"新情绪""新空间"②。他对现代新诗的理解是："与古典诗歌相异的表达意象、表达内容和表现方式……将对'人'的思考推向纵深""现代诗人寻求个体的意义就必须有个体之思，并进入到个体最本身的生活状态中"。③

从这些论述中我们可以明显地看到，"生命存在""现代情绪""个体之思"是王学东论诗评诗的关键词，以"我"为主体的"诗"与"思"是他的志业，也是我们解读他诗歌的关键。不管何种题材，都贯穿着他作为一个现代人对自我主体的存在之思，大多数诗作中均出现了主体"我"，特别是《罪己诏》（组诗），共 23 首，集中抒写自我的现代体验，"我像阴天或者雨天的太阳一样悄悄走过城市/像压抑着茂盛的树木的阴影/像把年月催老的皱纹/长时间用脚步测量着死亡大衣的尺寸"（《沉闷诏书》），现代都市空间中的"我"像阴雨天的太阳、像阴影、像皱纹，这些意象都是沉闷、阴郁、衰老、死亡的象征，是被压抑、被毁损的"我"，"我"是一种被异化的存在。

二、成都印象：被异化的现代都市景观

成都自古是诗歌之都，诗意成都源远流长，历代巴蜀诗人或入蜀诗人的诗歌地理版图中都少不了"成都"这一文化地理空间。到了现当代，成都依然是诗人云集之地，成都这座城市是他们的重要题材，例如当下著名诗人梁平、龚学敏等都有不少写成都的诗作。④ 但同一文化地理空间在不同诗人的笔下会呈现不同的面貌。梁平擅于发掘、展现成都历史文化的变迁与失落，其诗可称为"文化诗歌"；龚学敏的成都诗，有历史，有现代，更擅长对诗歌语言的把握。成都是王学东最主要的诗歌地理空间，他的大部分诗歌都书写在成都这一都市空间中的现代体验，展示了一系列现代成都景观，如《一个人的成都》（组诗），共 21 首，对成都标志性文化地理空间的现代场景进行了生动展示，有天府广场、锦里、望江楼、金沙遗址等文化地标，有火车北站、人民南路、九眼桥等

---

① 王学东：《作为生命存在的诗歌》，四川大学 2007 年硕士学位论文，第 1 页。

② 李怡、王学东：《新的情绪、新的空间与新的道路——改革开放三十年的四川诗歌》，《当代文坛》2008 年第 5 期。

③ 王学东：《我和诗与思》，见《现代诗歌机器》，四川民族出版社 2017 年版。

④ 梁平的组诗《成都词典》及收录在诗集《家谱》（2017）中的写成都的诗有近 20 首，龚学敏最新诗集《四川在上》（2019）中"成都"部分就有 14 首诗。

交通地标，有春熙路、九龙等商业地标，等等。王学东着力展现的是成都的现代色彩，在他笔下，成都的面貌中，更多的是现代之“恶”，比如这首《九眼桥》：

站在大地赠送河水和疼痛的桥头
抬头第一眼就看见香格里拉酒店漂满欲望的酒杯
和堆积着高贵与金钱的中海国际社区
第二眼看见熊猫被风吹动的影子和河水流淌了千年
第三眼看到无数的脚印和背影沉重而冰冷
第四眼看到桥下石墩上摆着劣质产品的地摊不断弥漫
第五眼看到办假证和买二手自行车的人群在交易
第六眼看到汽车的尾气排放出了疲惫强大的翅膀
第七眼看到行人凝视银行中尖锐的数字的光芒
第八眼看到宁静的茶铺和灼热的酒吧继续涨潮
最后我的眼睛全部恶化

九眼桥古称洪济桥，有着四百年历史，曾经是成都的文化地标和交通要道。九眼桥附近是一个繁华的水运码头，过去人们经水路出成都到重庆，就是从这里登船启程的，回成都也要到这里停靠。而王学东所写的是 2001 年建成的新九眼桥。他并没有追溯九眼桥的悠久历史，诗中除了那流淌了千年的锦江水能给我们些许文化追怀之外，主要是“香格里拉酒店漂满欲望的酒杯”“堆积着高贵与金钱的中海国际社区”“摆着劣质产品的地摊”“办假证和买二手自行车的人群”“汽车的尾气”“银行中尖锐的数字的光芒”等。五星级酒店、高档楼盘、银行等都是现代化的产物，是资本与商业的膨胀；摆着劣质产品的地摊、办假证、二手自行车（其中有不少是偷盗来的），是诚信、道德的沦丧；汽车的尾气是现代化产生的“垃圾”；桥上来往的行人“背影沉重而冰冷”，其生存状态是压抑而冷漠的——九眼桥已经成为现代都市之“恶”的集中表现之地，日常行走在九眼桥及周边的人对此能感同身受。“办证办证!”“买车买车!”的声音冲击着耳膜，那种“恶”的气味蔓延在整个九眼桥。因此，“最后我的眼睛全部恶化”，根本没法再看“第九眼”了，表达出诗人无比厌恶的情绪。梁平、龚学敏、杨然等都有同题诗歌《九眼桥》，但风格有明显差异，比如梁平就是从古代写到当下，“第九只眼在明朝”。对于成都书写，当下诗歌主要有两种模式，一是挖掘历史文化，二是深入现代生活，王学东属于后者，侧重当下场景与生命感受，具有一定的独特性。

王学东的成都诗很自然地让人想到现代派诗歌。现代派诗歌鼻祖波德莱尔的《恶之花》即写城市的种种病态，如醉汉、妓女、吸毒者等现代都市“恶之花”。王学东笔下的成都印象是：“广告牌依旧缠绕着艳丽的冷漠/在霓虹灯的照耀下只有不断的谎言弥漫/喷水池盛开着千年不变的阴谋、贪婪和自私/在这堆积陈列着狡诈和痛苦的仓库和海港”（《天府广场》）；“一次次的诱惑诠释着物种的灭绝和心的崩溃/广告的呼啸代替了他身体的大海和森林/只有人体模特和诱惑陈列在被阻挡的橱窗内”（《春熙路》）；“收购过期药品的小商店覆盖着他的饭碗/办假证的广告和治疗性病的广告交替重复/红绿灯阻挡着他身体的失望和摇晃/明星们又在广告牌上重复着训练已久的微笑”（《华西医院》）；

“桌子上不知道谁吃剩下的方便面/漂浮着红色的辣椒和冻腻了的牛油/城市口袋中大把的孤独如叮当的镍币”(《人民南路》);等等，不胜枚举。这些“成都印象”总是充斥着广告牌、办假证、肉欲膨胀、物欲横流、垃圾遍布等现代都市异化即景，不再是“晓看红湿处，花重锦官城”的诗意田园。在这样的城市文化地理空间中，诗人所体验到的是谎言、冰冷、失望、孤独，“他所有的手和眼睛在公交车和黄昏中淹没/他发来的短信中有着空虚的远方和忙碌”(《没有个性的成都》)。在他的诗中，我们总会看到一个患有现代都市病的人在各种空间中彷徨，在没有个性的都市中沦为一个没有个性的人。

三、回归平常：对历史文化的解构

对历史文化的书写是诗歌常见的题材，特别是近年来在各种文化热的潮流中，文学家们从各个层面对民族的、地方的历史文化进行了充分的发掘和表现。王学东的诗歌也有不少此类题材，但他的侧重点不在于阐释历史文化的丰富性，也不在于重构历史文化的经典与崇高，而是在现代生命体验中不断解构历史文化，回归当下与平常，《利维坦机器》《宣慰司机器》《绿度母机器》等都采用这种写作模式。如《绿度母机器》:

看完绿度母后，太累了，确实需要休息。
准备了六年多的时间，但我依然不认识博物馆，
也不知道陶艺的细节。
让鳄鱼也变成绿色，坐上小汽车，
这样就能躲过上班高峰期。
但您说，我已经吃了很多的绿色药片，
心情也没有好起来。

很羡慕他那么多的手，可以用于敲打键盘，
也可以坚定地指向天空。
……

随着文化事业的繁荣、公共文化服务的完善、文化旅游业的持续发展，参观文化馆、博物馆已经成为十分普遍的行为。诗人们更是热衷于到这些地方寻找灵感，发思古之幽情，大写特写其深厚的文化意蕴。如果是其他诗人，在博物馆参观了绿度母之后，可能会诗兴勃发，极力描写绿度母所代表的特色民族文化和宗教文化，并在新的时代环境中做出新的阐释。但王学东的写作显然不是这样，“太累了，确实需要休息”，这样的感受简直不像一个诗人应有的状态。太累，可能是因为人多拥挤，但更可能的是因为参观者“我”正处于病态当中，“绿色药片”“安眠药”等时常伴随着“我”，“这么多年来，我已经成为害群之马”，“我”已经沉沦，彻底丧失了感受历史文化的能力与激情。虽然“我”也“准备了六年多”，但“依然不认识博物馆”“不知道陶艺的细节”，这些与“我”的生存并没有多么紧要的关系。“我”看到绿度母，羡慕的是他有那么多手可以用来敲打键盘，这才是“我”所感受到的绿度母的一种重要意义。“分身乏术”不正

是现代人快节奏、高强度工作生活状态下的无奈的感叹吗?所谓的历史文化已经在现代的挤压下逐渐荒芜。

此外,对家族文化的书写也体现了王学东诗歌的文化解构。一般来说,对家族文化的写作常常会偏向歌功颂德,塑造光辉的、高尚的祖先形象,将祖先神化,因此在中国文学中出现了众多的祖先传奇。但王学东的诗歌不同,他将家族先辈们还原成一个个普通的、平凡的、渺小的,甚至庸俗的人。《王氏家谱》(组诗)写道:“但此后这个家族没有出现过名人、伟人/也没有参与过重大的历史事件/这本家谱就只是记载下来了这个家族的/一大串名字”,然而这一大串名字还残缺不全,有的名字中还用“×”代替。比如写“我的十三世先祖”王在×:“在这本家谱中/在这个宇宙中/你的出生年月/无/你的出生地点/无/你的大婚时间/无……关于你的一切/全无记载”。这位先祖名字不全,一切记载均无,在整个宇宙中,甚至在王氏家谱中,他都是极其普通的一个,时间、空间的浩渺无垠与作为个体的人的渺小形成了鲜明对照。又比如写“我的十二世先祖王应×”:“你的母亲肯定没有吃过一只怪蛋/也没有踩到一个大脚印的奇遇/就怀上了你/更不可能梦到一条龙后怀上你/……你肯定刚好十月左右出生/不会是怀胎一年更不会是十年八年的”。熟悉中国文化的读者一看到这几句就会明白,甚至会心一笑,诗人解构了一系列关于帝王将相、奇人异士的出生神话,这位先祖没有什么丰功伟绩,他的出生当然也很普通,没有那些“神迹”的兆示。诗人在写祖先时,并不避讳其中的某些庸俗行为,如写“我的七世先祖”王元×:“你分家时对父母的恨/为了家里的一个古董的归属/而兄弟反目/以至于你将父母赶出家门/此时,这个世界/只有你留下来的阴险残忍、自私毒辣/正在疯狂涨价”。“为亲者讳”是我们的文化传统,诗人要走出这个传统,把家族文化中的阴暗面和痛楚展示给人看,是需要勇气的。王学东在《王氏家谱》的《尾声》中写道:

走向王氏家谱就是走向空洞
翻开王氏家谱就是打开一张一张的虚无
阅读王氏家谱就是见证死亡的胜利
……
在偌大的时间和空间之中
这本家谱是我存在的唯一见证
他们命运就是我的命运
我的命运也终将只是他们的一种重复
再重复

王学东走出传统写作的窠臼,认为家谱意味着空洞、虚无、死亡,虽然家谱还会继续延续下去,但它依然会被遗忘,是生命的对立面,而“我”的命运也将如此,也可能会被后代这样书写:姓名残缺,没有相关信息,平凡甚至平庸……就像家谱中的这些先祖一样毫无传奇色彩。从时空中来观照个体的命运难免充满了悲剧意识,但这也是对生命存在之思的一种回应。

四、介入现实：现代日常生活速写

在王学东的诗歌中，我们可以看到对现代日常生活碎片的速写，颇有“新写实”的意味，如《如是我闻》（组诗）中写：“但在黑夜中，我还得坐办公室，/灭火，写材料，/阅读长长的新闻和文件，/我一直不够少”（《黑夜经》）。在黑夜中坐办公室加班，写各种各样的材料，阅读新闻，处理文件，这些都是现代人、当下工薪阶层的日常生活状态，诗人写得如此朴实又如此真实，主要源于对现代生活的切身体验。又如《育儿经》中写道：

> 教育孩子一定要有完整的经验，
> 但她说：“你真的不行，什么都不行。”
> 因为小学时候的同桌，
> 已经让我爱上了学校和学生。
> 该如何去建立一个正确的培养方式呢？
> 我此时用心在小丑一样的教材上施展暴力，
> 割开公主的裙子，
> 让王子生活在共和国，
> 思考童话的意识形态，研究社会主义，
> 这些我都无法演绎给孩子们看。

这一日常生活的片段写得非常生动。养育孩子是不少中年人都在经历的生活。诗人写到教育孩子过程中的种种无奈：初次为人父母，经验缺乏，意见分歧甚至争吵都是常态。“我”虽然受过高等教育，拥有较为系统的知识和高深的理论，并从事教育行业，但在教育孩子的实际行动中往往不知所措。怎样才能将自己的知识有效地传达给懵懂的小孩，这是长期困扰年轻父母的一大难题。

除了这些直接描写现代日常生活的诗歌之外，在王学东的诗歌中我们常常会看见琐碎的日常生活前来打扰，那些生活碎片总是突如其来，具有一种荒诞的穿越感，比如《商籁体机器》：

> 在星期五的早上，有一个完美的时刻，
> 那就是忽然想起诗歌还没有写完。
> “吃饭了！”活下去很要紧，至于诗歌，
> 是的，这种事情应该上报和注册。

王学东把诗人比作“商籁体机器”，但这个机器的运转非常不顺，这个写诗的机器“他”，不断地被日常琐事打扰，早上想起还没写完的诗歌，灵感闪现，正是一个美好的属于诗的时刻，但是突然一句“吃饭了！”就搅散了一切。吃饭至关重要，写诗是次要的，甚至需要“上报和注册”。在日常生活中，像这样的“搅乱”的时刻几乎无处不在。在现实的泥泞中，为了诗与远方，“他”只有不断地抗争，采取各种方法，比如幻想自己是“救世主、皇帝”、看手机、喝可乐、沐浴阳光等，让诗思延续下去，保卫那些濒

临流产的诗歌。

其他如《咳嗽经》《衰老经》《疾病诏书》等诗都是对现代日常生活、生存的深刻感悟。其中反复出现老弱病残的意象，与其相伴的总是药品、咳嗽、衰老、死亡等，没有朝气蓬勃的青春气息。如："冷风穿过走道，咳嗽如期而遇。/只要你这时是在早上，/打开平板电脑，中药就会越来越多元，/进入到标准化制作"（《咳嗽经》）；"在下雨的夜晚，路上只有停止生长的咸鱼，/我扔掉身份证上的出生年月，/去医院完成衰老的表演"（《衰老经》）；"现在随身携带过期药品和失效爱情的我/与疾病一起在这条大街留下了新鲜的吻和脚印"（《骚动诏书》）。作为个体的"人"在现代社会的挤压中，已经千疮百孔，病入膏肓，日日与药为伴，但身心遭受的创伤难以治愈，衰老、死亡也就随之而至。在《蔓荆子机器》一诗中，人已经沦为吃药的机器："不断有上级的文件，看电脑，/眼睛胀痛，腰椎间盘突出，/又得喝大碗中药了……蔓荆子已经在城市里发芽。/在夜里，用淡蓝色的慢火煎熬，/补充营养，充值，吃汉堡，/然后再去争取更大的项目和药片"。人们一边吃蔓荆子这样的中药来治病，一边又在吃汉堡这样的垃圾食品；一边损害着身体，一边又热衷于吃保健品，看健康节目，找催眠师治疗等。这样的日常生存状态充满了矛盾与荒谬，就像痖弦的《上校》："甚么是不朽呢/咳嗽药刮脸刀上月房租如此等等"，这些琐碎的日常生活才是我们生命当中最真实的存在。

五、被毁损的青春、爱情与自然

青春、爱情与自然是诗歌永恒的主题，很容易展现出清新优美的美学风格，因而为很多诗人所歌咏。在王学东那些乡村文化空间中，这种优美也曾经诗意地存在过。例如"那些远游而来的树和草们/流浪到这个陌生新鲜的小镇/在这里喝水的时候/惊讶于这河水多彩的日记/渔船的脚，游鱼鼻子通红/河边人家的炊烟弯曲的白色身影/就一头扎根在这里/忘记了还有远方/忘记了还有恋人般的藤蔓和家的森林"（《马边河》），童年时代的马边河，草木繁盛，河水清澈，鱼儿漫游，炊烟袅袅，完全是一派生机盎然、宁静和谐的乡村田园风光，是理想的栖居之地。《一个孩子》写孩童的乐趣："细嫩的小手里握紧竹竿青翠的喉咙/打量着坚硬的鹅卵石和暗黄的沙子/在凝视了这条河之后/小臂不停地挥动/使劲鞭打着这条宽阔而沉静的大河……这条河、鹅卵石、沙子统统一起四处逃散"，充满田园色彩的童年是一代人的深刻体验和文学原乡。爱情也曾如此美丽动人："我把你紧紧抱着/把你投进这片山坡掌心的邮箱中/把这整个山上的雪都穿在你的身上/在这里写下最长最宽的洁白婚纱和歌曲"（《雪地上的情歌》），在这些诗行中，是理想的、甜蜜的图景。

关于乡村空间的诗是美好的，诗中有天真的童趣、美妙的爱情，有日月星辰，有色彩斑斓的四季。然而这一切非常短暂，随着从乡村到城市的转移，随着现代都市体验的深入，随着岁月的流逝，那些田园牧歌的情怀也逐渐远去、消失。他在追问："春天、阳光、热情、爱、梦、美、自由和你，你们在哪里?"他对青春、爱情、自然的书写发生了重要的变化。"副栉龙消失了，去寻找到十五年前的那场约会……静静地打开房间，/即使看见暴龙机器，也不会有光了。"（《副栉龙机器》）副栉龙机器是一种用于现代游戏的玩具，是诗人童年时代所不曾有过但在现代都市处处可见的，只是它们无法弥补童年的遗憾。关于青春，关于爱情，在城市经验的书写中，常常是残缺的、平庸的。《已经被毁损的青春》（共15首）中的那些诗篇难以找到了，“我又失约了，为此我也不快乐，……明天后我就能安静下来，帮她写回信，和她商量一日三餐，以及购物路线”（《爱情经》），曾经的优美，已经在现代都市中失落。《十支情歌》（组诗）从《第一支情歌》到《第十支情歌》，写出了爱情从喜到悲的过程。“我心中的誓言照耀成不锈钢的光芒/想象到那只青鸟将翻山越岭来敲打你的门/我的语言就在你精致的房间里长成森林”（《第一支情歌》），这时的爱情非常甜蜜，虽然相隔千里，但依旧充满希望，诗中的意象都是明媚的、温暖的、欢快的；“我在多雨南方的河边写着北方的阳光”，类似何其芳的《预言》。但从《第二支情歌》开始就有了变化，“失落了相片的世界成为一座粗糙的孤城”；到了《第三支情歌》，创伤已经来临，“我的悲哀和你一起在天空中漂流”；在《第九支情歌》里，爱情已经成了这副模样：

> 除了月亮一样闪亮的残缺我的呼吸完好如初
> 在夜色胆战心惊的背景中你的样子剥落
> 将烧伤的树叶的疼痛在我的舌头上进行到底
>
> 草地上夜虫梦呓将春天的花朵延伸
> 而追逐的足迹和飞扬的白色裙子变成灰烬
> 一个城市散落的灰尘和伤口种植在我胸口

青春已经消逝，爱情已经死亡，现代都市的灰尘和伤口已在胸中生长。我们看到在诗人的城市体验中，那些曾经唾手可得的自然风物也荒芜了：“钢铁把远去的身影和年岁紧锁/而荒芜的草丛下，堆积的石头/掩埋了新鲜的存折和一条远航的船”（《第七首哀歌》）。诗人认为城市是一个没有生殖能力的地方，缺少对自然、生命的关注，只有“酒精、粗鲁和妓女”，以及“陈旧、肮脏而又无序地呐喊着的热情”。当然，他也有少许亲近自然的时刻，他想摘下一朵花，与它握握手，但最后还是放弃了：“还是走吧，一不小心/我们就会迷失，或者被花粉所控制。/我已经失去了对自然的感受能力。”（《花毛莨机器》）诗人写出在都市中人被不断异化，主动放弃了亲近自然的能力，充满了无奈与悲哀。

六、在现代新诗传统与先锋探索中前行

王学东的诗歌题材丰富，着力表现现代都市体验中的异化景观、生命存在、主体情绪，具有很强的现代感，其中的影响因素是多方面的。尽管他是“非非主义”诗人，但“非非主义”本身就是一个不断发展的诗歌流派，笔者并不赞同将某位诗人仅仅放在某个固定框架里去阐释的研究模式。我们在王学东的诗作中可以读到更多层面的现代文学传统，因而有必要从更为宏阔的诗歌河流中来审视他的诗歌实践。与那些声称没有读过某某作品、没有受过某某影响的诗人相比，王学东是现代诗歌研究领域的专家，对现代

诗歌了如指掌，现代诗歌对他的各种影响是潜移默化的。他的这些诗歌创作与他求学及从事研究的历程基本上是同步的，从中我们可以看到几种较为明显的影响源流。

一是五四文学传统。现代文学从诞生起就主张用新的语言表达新的内容，不模仿古人，不用典，务去滥调套语。现代新诗在此基础上进一步打破古典诗歌的格律，形成自由诗体。随着“人的发现”，“文学是人学”的观念逐渐深入人心，文学从“文以载道”转向个体表达。王学东的诗歌显然遵循了这样的现代文学传统，追求陌生化的语言，少有古典的痕迹，拒绝诗歌的陈词滥调，而这正是现代诗歌之所以现代的一种特质，同时，他对现代都市体验中的“人”的关注也是对现代文学精神的承续。

二是 20 世纪 30 年代“现代派”诗歌与“新感觉派”小说潮流。现代派诗人施蛰存说现代诗“是现代人在现代生活中所感受的现代的情绪，用现代的词藻排列成的现代的诗形”[①]，虚无、失望、绝望等“现代的情绪”是其主要表达的内容。与之相关的“新感觉派”着重从自我感觉、心理、意识流的角度描写现代都市中的各种“摩登”。王学东的诗歌融合了二者的特征，展现了现代日常生活细节、现代都市的魔幻色彩、历史与现代交织的荒诞，着力表现都市中“人”的压抑、异化的生存状态等，“现代”味十足。

三是“第三代诗歌”及“非非主义”。王学东对“第三代诗歌”进行过专题研究，他的诗歌主张以及对诗歌的审视，与他的诗歌创作呈现出很大程度上的契合，都关注生命存在，注重“对自我的把捉”，思考“个人现代性”，但他又摈弃了“第三代诗歌”口语化、低俗化的倾向。“非非主义”是“第三代诗歌”中的一支，“前非非写作”主张反文化、反价值，作品一般具有非文化、非崇高、非修辞的特点；“后非非写作”主张红色写作、体制外写作，强调关注当下现实，“从逃避转向介入，从书本转向现实，从模仿转向创造，从天空转向大地，从阅读大师的作品转向阅读自己的生命——以血的浓度检验诗的纯度”[②]，定位于生命、生存、现在，反对隐逸、优雅、闲适、平庸。显然，王学东作为“非非主义”成员，他的诗歌很大程度上是对其主张的实践。

四是《星星》诗刊诗人群。王学东与星星诗人群往来密切，曾参与《星星》诗刊编辑，近年又在着力研究《星星》与当代新诗发展。梁平、龚学敏等代表诗人的诗作以及诗歌主张对王学东也产生了一定的影响。比如在诗歌体式方面，梁平、龚学敏等人的长诗、组诗比较多，有着自觉的诗歌“大体式”追求：“一个真正优秀的诗人，还应该有标志性的长诗为自己家园作出指认。”[③] 组诗是由题材相同、内容相关的若干首诗组成的作品，可以“使诗人在抒情、写景、叙事、咏物、议论时更加从容不迫、游刃有余”[④]，选择组诗的形式，说明诗人有较为宏大的构思。王学东的诗歌多以组诗的形式出现，较成系统，这也是他的诗作较为独特的地方。

毋庸置疑，在现代新诗这条长河中，王学东接受了多层面的影响，但又在很大程度

---

① 施蛰存：《又关于本刊的诗》，《现代》1933 年第 4 卷第 1 期。

② 周伦佑：《后非非写作的诗性历程》，见周伦佑、孟原编，《刀锋上站立的鸟群　后非非写作：从理论到作品》，西藏人民出版社 2006 年版，第 2 页。

③ 梁平：《自序：经验和精神的重逢》，见《巴与蜀：两个二重奏》，作家出版社 2005 年版，第 1 页。

④ 李正春：《论唐代组诗的文体学意义》，《福建论坛》2007 年第 10 期。

上规避了其中的不足，不断探索前行，展现现代都市景观，关注个体生命存在，介入现实日常生活，初步形成了自己的诗歌风格，为当代诗歌的发展做出了有益的尝试。

（作者单位：西华大学文学与新闻传播学院）

王学东诗集《现代诗歌机器》读后

〔意大利〕朱　西

《现代诗歌机器》，王学东诗集的这一命名是非常鼓舞人心的。“机器”这个词，立即将读者带入现代性、当代性，进入实际时代。正是在 20 世纪初的意大利的未来主义时代，“机器”成为诗歌创作的一部分。那时，飞机、火车、汽车都成了现代生活快速的新节奏的代表。在王学东诗集的标题中，引人注目的是机器的概念，它使读者更接近工厂生产的东西，或者，机器生产的东西。

在像中国这样的已成为世界工厂的国家，“机器”这个词变得非常尖锐和实际。机器的一个特征是它可以无限地再现相同的运动，因此产生了大量相同的产品。我们非常需要这样尖锐而实际的诗歌。

值得注意的是，在王学东的诗歌中，重复的元素是如何呈现的：

不仅是名为《商籁体机器》的每首诗的标题中都有“机器”这个词，而且在名为《如是我闻》的组诗中，每首诗的最开始都是“如是我闻”。

另一个经常出现的因素是另一组诗标题中重复了“诗”，这个标题是《来自灵山的短诗》。

在一组名为《苦海》的诗歌中，每首诗的标题都有“苦海”。

至于可作为歌曲的诗，就像收集《十支情歌》一样，每首诗的标题都重复了“情歌”这个词。同样，对于题为《十首哀歌》的组诗，“哀歌”便是每首诗歌的标题的关键词。

在《没有个性的诗》中，“没有个性”在每首诗的标题中重复，因为它由四个字符组成，所以它特别具有吸引力。

《罪己诏》的标题重复也是如此，每首诗的标题都重复“诏书”这个词。

上面提到的重复，呈现了诗人对标题的连贯的由衷关注。在今天的生活中，变得清晰的是我们的行为、我们的愿望、我们的行为的重复，因为它们由技术因素支配。王学东的诗歌重复有助于读者认识到这一方面，也就是说，我们处在通常由我们使用的机器的控制下。这一厚重的主题多么重要！由此，我们明白，虽然我们认为是我们在使用这些机器，但事实上我们最终会被那些功率超出我们控制范围的机器所使用。

王学东的诗集刻画了由机器主导的当代生活方式，其中还包括他对数字的关注。组诗《苦海》在每个标题中都有“苦海”字样，后面跟着 1 到 10 的数字。“情歌”和“哀歌”也用第一、第二等编号，最多编到第十。当然，这也可能是王学东对数字“10”另有深意了，也许就是完整、丰满的诉求。

在与数字“10”相反的方向上，有深意的是中国传统中充满意义的词语“无”以及符号“×”在组诗《王氏家谱》中的重复。“无”和“×”，以某种方式显示缺少的东西。因此，与完整性相比，它们似乎朝着减少的方向发展，换句话说，它们朝着相反的方向移动，这或许是王学东的真正的隐喻吧。

在对诗集《现代诗歌机器》的阅读中，王学东的这些诗也引起了读者对一种失踪的注意，即在大多数诗歌中，标点符号被减少到最低限度。并且，在《后现代启示录》收集的诗歌中，《苦海》和《没有个性的诗》里标点符号完全消失。在这些诗歌中，作品的诗意都基于节奏，因为标点符号并不存在，更没有提供任何帮助。

最后，王学东的诗歌体现出一种大寂寞，并且所有的诗歌都用了一个非常细心的设计，这体现了诗人与中国古典诗歌的深刻相融。

在我看来，我们所生活的世界与王学东在他的诗歌中所表达的一样，是一个复杂的难以交流的世界，一个难以表达自我的世界。如“情”的表达，同时又遭遇到“哀”“苦”“罪”的碰撞。诗人依赖他的语言的镇定平衡这些效果，这种语言非常干净，即使是标点符号的这样最小的标记也可以被忽略。

在王学东诗歌的纯洁结晶中，我们的现代生活得以升华。

（作者单位：意大利巴勒莫大学）

外冷内热的荒诞与苦痛：地域空间的炼金术

——王学东诗集《现代诗歌机器》解读

龚奎林

当下大众社会时代，物质资本和欲望资本正全面渗透和控制着人类的精神生活和物质生活。住在成都这一陌生又熟悉的城市里，巴蜀文化的闲散以及城市化、工业化带来便捷、温暖，也带来躁动、生疏与焦虑，诗人需要通过一种文化象征资本去宣泄焦虑，进行想象性补偿，因此，拒绝和批判现实成为诗人王学东创作的一个动力。王学东既是诗歌批评家又是诗人，其首部诗集《现代诗歌机器》收录了《如是我闻》《商籁体机器》《王氏家谱》《后现代启示录》《来自灵山的短诗》《苦海》《十支情歌》《一个人的成都》《十首哀歌》《没有个性的诗》《已经被毁损的青春》《罪己诏》等组诗，带给读者耳目一新的视觉冲击和阅读反刍。诗歌抒写了诗人面对人生、生活、地域的思考，充斥着外冷内热的荒诞、苦痛、自省与自我批判，显示出作为地域空间建构的诗学话语。因此，时代的分裂症、个人体验、开天窗式的白日梦、社会考察以及碎片化的家族手册在王学东这里有效地对应于个人化的想象力和求真意志的探询。诗人作为一个他者，更容易洞察新的生存空间给予自己的缝隙。很多话我们想说，但我们不敢说；很多事情我们知道，但我们装作不知道；很多问题我们需要面对，但我们却选择逃避。学东在诗歌中说出了我们内心想说的话，他直面人生的勇气值得我们学习。在其自序《我和诗与思》中，诗人还原自己的诗学观，反思几千年来，尤其是五四以来诗歌的经验、成就与价值，确立起自己的诗学策略与创作风格，“棒棒棒棒”式语言以戏谑反讽的口吻自我调侃、自我张扬，如同郭沫若的《凤凰涅槃》，有着浪漫主义、批判主义的川式幽默与批判。读学东的作品，你感到很痛快，他的诗歌语言就如同一把机关枪，“嗒嗒嗒”地向你扫射，让你在视觉、听觉、嗅觉上都能够感受到一股浓浓的火药味和紧绷的张力，让你不得不佩服这位诗人的伦理承担和人格勇气。

王学东之所以对后现代机器与暴戾进行冷嘲热讽，是因为他太爱成都这片土地，他害怕这个美丽的家园会被“城市漩涡”吞噬，因此尽力以幽默、夸张、反讽、扭曲的语言在内心深处勾画自己渴望的独立人性的家园。海德格尔认为，诗人的天职在于还乡，从此在走向彼在，从而诗意地栖居于大地之上。因此，走向自由心灵的终极关怀是每一个真正的诗人的梦想，而词与物的抒情则是梦想进入现实的一种可靠方式。然而在当下这个日益功利化、浮躁化、金钱化的世界里，我们远离了人性本真之中的真善美，远离了词与物的抒情，因为这是一个的物质欲望横流的社会。然而我们真的就不需要心灵的自由吗？我们就不需要人间的真善美吗？我们就不需要抒情吗？非道德化和泛道德化正误导着我们的价值评判，这显然是错误的。其实，真正的诗歌首先是抒情的，是与现实世界保持距离的，而真正的诗人也是通过自己批判性的想像方式和镜像化的创作方式进入诗意的故乡的。这个故乡不仅是现实的，也是自由心灵的。诗人正是在此在世界的基础上构建起一个彼在的诗歌故乡，在这里，有心灵的自由舒畅，有诗人的人文关怀，也有对此在之后的诗性之维的观照。如《十支情歌》，王学东用爱与美的力量纵情大自然，温暖着人性，通过描摹后现代的冷漠，在细微中感受人间的温情脉脉和尘世间的幸福。尽管成长中充满着艰辛，在阳光、石头、雨水、夏季、村庄、月亮等词与物的反向抒情中，诗人仍找到失落的故土，感受到时光的仓促和对真善美的渴盼。故乡是我们存在的家园，更是诗人切入诗性维度的视角和追求爱与温暖的圣地。又如《一个人的成都》，诗人纵情四川文化视野下的山川河流与文化，对自己生活的这座城市感到又喜又怕。喜的是天府广场、春熙路、四川大学、华西医院、火车北站、望江楼、人民南路等成都标志性地域，是这个区域文化上包括诗人自己在内的每一个人都耳熟能详的生活域。怕的是在都市欲望机器引诱下，这些区域同时表现出魔鬼般的异化，进一步吞噬生活在这里的人的人格。诗人既担心又忧愤，“广告牌依旧缠绕着艳丽的冷漠/在霓虹灯的照耀下只有不断的谎言弥漫/喷水池盛开着千年不变的阴谋、贪婪和自私”（《天府广场》）。这是最繁华的，也是最充满欲望的；是最快乐的，也是最令人忧心的。而《九眼桥》前八眼既看到了繁华，更看到了繁华背后的原罪，“最后我的眼睛全部恶化”，人的主体性在后现代欲望面前彻底沉沦，这是一个可怕的结局，更是一个可怕的圈套。

成都给了学东名誉、荣耀、地位，也给了他痛苦、压抑，正是个体与存在场域的纠缠迎拒，使得这位诗人评论家更加敏感、冷峻地审视这个城市的寓言叙事。所以，诗人一直与地域和历史进行对话，在地域与历史的叙述语境中进行知识考古和文化反思，并通过个人记忆的知识考古学与社会记忆产生互容和碰触，从而发现独异的个人。这个“个人”就是“我”。因此，在学东的所有诗歌中，出现最多的一个词就是“我”，其诗都是以第一人称“我”的视角来书写的，既有诗人自我的人生体验，也有叙述中的想像与虚构，更有三维空间中冰冷机器世界带给人类的伤痕，带给读者强烈的阅读快感和罪恶原型。《商籁体机器》《没有个性的诗》《已经被毁损的青春》《后现代启示录》与《苦海》等组诗中，后现代资本机器吞噬着人类的命运，形成可怕的苦海和宿命。家谱作为历史记忆的文化代码，有着血缘纽带的功能。诗人以一种想像仪式去命名家谱中的历代族人，其有效性和准确性值得怀疑，甚至有着消费祖先的预设。但学东的聪明在于还原族人生活的现场，获得与历史对话的权力，通过戏谑、夸张、反讽等修辞方式，去呈现家族在时代、社会、权力挺进下的变异史和发展史：“走向王氏家谱就是走向空洞/翻开王氏家谱就是打开一张一张的虚无/阅读王氏家谱就是见证死亡的胜利”。无论是哪一位祖先，哪一代族人，也无论其是辉煌还是卑微，他们都在各自时代中做自己的事。也许，在后人或叙述者眼中，祖先的人生可能有各种含混之处，毕竟死亡是人的宿命：“他们命运就是我的命运/我的命运也终将只是他们的一种重复/再重复”，这是人类延续的宿命。诗人通过诗歌建构了一个家族的生命史诗和一个国家发展的时代演绎；作为一种镜像与复调，每一个后来者都在重复前辈的生活。《十首哀歌》中现代社会机器与城市建设压抑着自然与人伦，人性却在社会机器面前变得无比虚伪与荒芜，消费社会与资本欲望将日常生活变得更加卑微，“眼睛中的镰刀，只能奄奄一息”，曾经的勇敢、坚毅与自信不堪一击，只剩下慌张中的空茫与失败。组诗《如是我闻》《商籁体机器》则书写了现代社会和资本异化下机器对个体与自我的暴力压抑。

在学东的这本诗集中，我喜欢组诗《来自灵山的短诗》《苦海》《已经被损毁的青春》，它们是充满亮色且较少口语的抒情诗。作为机械复制时代的抒情诗，这三首组诗，与其他组诗中的口语及反讽不同，显得更为真诚、抒情与深刻，成为作者思考人生的正面支点，无疑是诗人对青春的慨叹与自画像式的独白。如《灵山诗》，用意象化的语言来呈现爱情的朦胧与美好：“你眼睛中的飞鸟和小船把我击落/我手掌上爬满蔓藤和月光的岛屿/缓慢地被你涨潮的头发淹没”，写得很清新。“飞鸟”和“小船”无疑是女孩之美的投射物，让“我”沉入爱情的漩涡，以致被情感淹没，成为爱的俘虏，陌生化的想像和意象化的勾勒把青春期的爱情叙述得如此唯美与深沉。于是《被毁损的青春》从孩童清纯的视角探索混沌世界中的清新美丽，春天、阳光、热情、爱、梦、美、自由是每一个青春的少男少女最快乐、纯真的追求与梦想，“我把春天织成一件件衣裳/挂在夏天的衣架上/我怕冬天的冷/就叫秋天一件件地给我取下”（《树叶》），非常形象生动，这就是树叶一生的写照，美丽了他人，牺牲了自己，也是我们青春人生的美丽写照。尽管这种青春人生也有着坎坷、不公与苦痛：“一滴冰凉的水/在我手臂上的月光中漂泊/永无休止地追逐着我的伤痛/和我的青春”（《苦海 9》），这就是人生苦海的写照。

学东一直在创新自己的诗体。诗集收录的很多诗在形式上较为整齐，每首诗都是十四行，尽管没有完全遵循十四行诗的写作方法与技巧，但在格式上尽量接近十四行。学东的诗语言犀利、锋芒毕露，悲剧性与批判性强，满篇的悲剧性词语暴露出人生与社会的灰暗、痉挛，所有后现代资本符码，如银行、超市、小汽车、旅馆、监视器、疾病，都在异化者操纵下传染上机械麻木、生硬冰冷的后现代病。诗人冷眼看世界，写人生之绝望、沉重、疲倦、冷漠、失落、麻木、哀号、愤怒，各种词语轮番上阵，倾吐叙述者胸中的块垒，一针见血，痛快淋漓。可以说，诗人审视社会存在对人类的压抑，进而批判社会呈现出的虚无与荒诞。在江河日下的资本社会的压抑下，人性与环境进一步恶化：“你曾拥有过的山川河流和星月/也已布满了汞、铅、镉等化学元素”，这就是我们生存的困境，无法摆脱的梦魇，所谓现代化的幸福生活背后却是血淋淋的恶之花，这种苦果只能由我们自己承担。诗人通过以丑见美的审美方式、幽昧飘忽的审美意象和压抑冷涩的反讽修辞，反思并书写人生的存在，吟咏丑恶、死亡、压抑和孤独，进一步揭露资本的尔虞我诈以及后现代主义机器对人的异化。

总之，读完这本诗集，我们不得不佩服作者王学东的勇气与人格，这种嬉笑怒骂的风格无疑有着现实批判的锋芒，也是作者分析社会、思考人生的重要工具。学东的诗歌以一种决绝而直面人生的勇气和尖锐的思想批判剥落资本、神话、权力与历史的伪装，在日常之中穿越世俗，在平凡之中致力启蒙，在悖谬之中反抗绝望。他通过这种反讽性视角对日常生活和存在世界逐一进行观照，从而在独立的主体意识和价值立场层面阐述自己对现实存在的经验想象、异化批判和哲理反思，其诗渗透出鲁迅的反讽尖刻、郭沫若的夸张呼号、波德莱尔的丑恶毁灭。

（作者单位：井冈山大学人文学院）

我和诗与思*

王学东

棒棒棒棒虫！

这娃儿出生低微，家境贫寒，也就没有成龙的大志。只愿长成一只肥肥的、肉肉的、软软的，随时有大白菜、小白菜可吃的大青虫。

中国现代新诗，是一套新的诗歌体系。她构建出与古典诗歌伦理道德的“言志、载道”思想不同的现代新精神，即对民主、科学、个性解放的追求。进而言之，中国现代新诗的地界，就不再是古代中国乡村农业文明的简单再现，而是突破中国传统的封闭状态下的工业文明、商业文明、城市文明的新型复杂社会样式的体现，这便有了与古典诗歌相异的表达意象、表达内容和表现方式。再者，现代新诗将对“人”的思考推向纵深，从对“群”的关注推进到对“个”的优先，从对“外”的感受进驻到对“内”的追问，形成了同时关切个体问题与人类问题复杂纠结的情感，造就出感性和理性交融的高深思想。

五四运动的变革，给中国从文学到社会带来的一个重大的转型就是现代社会中“个”的发现，即“个人”发现。这个“个”或者是“个体”的明显特征就是，个体是与社会、国家、民族等大的群体观念相对立，不再被“群”的概念所笼罩和压制，也再不被各种规范吞噬。个人作为一个独立个体、独立存在得到了尊重和肯定，并且在现代社会中个体的价值得到了前所未有的彰显。于是个体的生命、个体的感受、个体的价值的思考，产生了强有力的个体自我形象，而且这种对自我形象的追求成为中国新诗的一个最重要的价值向度和目标。

棒棒棒棒棒！

这小厮性格很直，热衷于自己，有点自我主义。因记性不好，所以见过的人很快忘记名字。而那些人却背地里说，这厮好傲。其实，他只是一根不发芽、不长叶子，更结不出果子的干木棒。

现代诗歌中解除了束缚、获得自由，畅快的自我，是一个充满了力量和充满自信感的自我。同样，这个“自我”就不是古典的“天人合一”“物我交融”的审美境界下自我，而是一个高度空前和位置优先的“自我”。诗人就是自我主体的意志、欲望和精神的强化，并实现了自我能量的释放。这与古典诗歌相

---

* 转载自王学东：《现代诗歌机器》，四川民族出版社 2017 年版。该文为诗集自序，收入时略有改动。

比，现代诗歌中的自我在不断扩张，不断强大，不断冲破一切，大有让“我”统驭世界之势。

新诗中极端和绝对的自我，带来的是繁复和多样的现代情绪。现代诗人有着更加明确的自我意识，对自我价值的认知更清晰，并充分认识到个人内在的生命。因此更加注重挖掘生命本身深层的欲望、本能、潜意识、冲动、梦幻等等个人情绪。现代诗里情绪中矛盾着的爱与生、生与死、幸福的来临和破灭交织在一起，多变、纠结、繁杂的感性相互交叉，形成一个多层面的整体。并且在个人情绪的基础上，进一步上升到人生的层面，触及到时空的意义。

棒棒棒棒虎！

这男性也好面子，但总是在各个方面都没有做得很好。经常扮老虎，给自己批上一件件虎皮，结果经常碰到的是那些高大威猛的英雄武松们，把他打得稀啪烂。

在现代新诗中，出现了这样的称呼，即诗人哲学家或者哲学诗人，这也正好体现了现代新诗的这一特色。古典诗人，也都有自己对社会、人生、生命、世界、宇宙独特的见解，这些认识是从感性中体悟出来。而在现代新诗中，现代新诗从思想自身呈现开始，敏感和自觉地让诗歌直接进入到“思”本身，也就是说，在现代新诗中“思想”本身成了现代新诗的一个命题和抒写对象，他们以自己独特的思考和观察方式，让读者深思而不是给读者以经验的展现，实现对现代生命和存在的整体思考。

当人从强大的“群”中分裂出来的时候，现代诗人寻求个体的意义就必须有个体之思，并进入到个体最本身的生活状态中。这样从五四“人的文学”建立的个人的而非集体的、独立的而非依附的文学主题来看，对个体的本质意义的思考也就成为现代诗歌的主题。这一首诗，从本质上来说就是一首“思的诗”，诗人从我自己的内心出发，抒写了“我”的内在情绪，表现出深刻和令人深思的哲理的“我之思”。

现代新诗的理性表现，并非就是说现代新诗只在与哲学命题纠缠，而失去了鲜活真实的个体的生命体验和感悟。恰恰相反，现代新诗的形而上思考是建立在对现代生活和生命的真实体验之上，来源于诗人的现代生命观。这样个体生命的意义，同样也就涉及整个人类生存的景况。现代新诗在一条个体之路上，从“我之思”出发，从日常生活中，在对生命完整的理性之思中，通达到生命存在之思。在个体的常态中，也灌注着对价值的思考，现实的感受、哲理的思考、终极的意义都被整合在了现代新诗中。

棒棒棒棒鸡！

这书生最大的理想，就只是能当得了一只大公鸡。或许在一个农家过一辈子就算了，也或许会很快就被送到屠宰场，成为别人的佳肴。但他只要能穿一件花外衣，带一群美丽的母鸡，游山玩水，在有很多虫子的山坡上觅食，那就幸福也。

个人的体验是创作的原动力，这是一种深层的、从内心出发的生活经历，而绝对反对虚伪和做作。由此需要的是作者对生活细致和细腻的观察，对生活和生命热爱，只有这样方可接近有独特“异样体验”的诗歌之路。但是，在现代新诗中，我们又无意和刻意将“异样”“新”作为现代新诗审美的标准，作为新诗评判的价值标准。于是我们看到在现代新诗中打着“新”和“异样”的旗帜，个人走向极端和没有诗歌责任感的现象。虽然追新求异是创作的一个基本特色，但是我们的“新异”必须和价值评判结合在一起，在新诗中，不是追问我们的创作带来了什么新的东西，而是要追问我们的新诗创作给予了我们什么。因此，一个虔诚的诗歌创作者，是一个严肃的思想者，是一个保持自我独立性的哲人，他的创作过程是一个自我的寻找过程。只有这样，他才有真正的“新异”发现。这样他的感知和体验或许将给人们呈现出一个完整的世界。而这个诗歌世界，照亮的是人类心灵。

诗歌一直站在文学之塔尖，因此诗歌对于语言的要求近于苛刻，甚至现在有诗人提出要将诗歌语言本体化。可见，诗歌对语言提出了一项很高的要求，这也就对创作者的创作提出了至高的语言律令。因此，在诗歌创作中，诗歌语言必须经过仔细琢磨，最终实践出现代诗歌的新的特色。而且也只有这样才是真正的诗歌语言，才是真正有活力和力量的诗歌语言。由此，创作中必须大量的借鉴多种表达手法和修辞手法，以交叉融汇、多层展示，来完成语言的命运，来丰富现存的诗歌语言。

棒棒棒棒虫！
棒棒棒棒鸡！

将现代新诗作为批判力量，这本身也就是现实中个体真实生存的失败的畸形展现，以及现实生活绝望自我的绝妙写照。所以，对于现代社会之下真实的日常生活来说，这一种以改变诗意的力量来改变世界期望只能是乌托邦构想。现有社会仍然处于统一的社会意识形态、技术统治的量化标准、物质主义的多重制约和控制，物质的追求仍然掩盖着其他一切的追求，世俗的利益追求仍然是社会的唯一追求。在这一格局之下，人继续迷失人生的方向，失掉做人的准则，人的价值继续沦陷。特别是整个社会也仍旧被功利主义席卷，为金钱所俘虏，成为物质利益的奴隶。没有整个社会格局的改变，诗意的力量也仅仅只是一个无力的呻吟而已。

但是，对我们来说，正是现代新诗自身所携带的这种绝望的潜质，又在绝望中获得了一丁点的勃勃创造力和生命力，奠定了新诗坚实的基座。绝望的自我又在直接面对人、生命、自我、人生、现实、历史、社会、国家时生成了独特的体验，并直接与自然、生命、自我倾听、对话与交流，也由此唤醒了另外的一个自我。所以，自我生命也才能在诗意的幻境中赢获麻醉式或真诚的价值和意义。

（作者单位：西华大学文学与新闻传播学院）

藏区文学研究

综合与超越的艺术追求

——次仁罗布《祭语风中》读解

阎浩岗

作家写出的作品既是个人思想情感的结晶，又不可避免地处于文本的互文网络之中。按布鲁姆的说法，后起作家均面临“影响的焦虑”，他们都试图与前面的作家对话，写出不一样的东西。目前最具代表性的三位藏族作家——扎西达娃、阿来和次仁罗布，分别代表了藏区书写的三种不同类型，其作品构成显在或潜在的对话关系。

扎西达娃以“造魅”著称于新时期文坛，他的《西藏，隐秘岁月》《西藏，系在皮绳扣上的魂》描述的是与世隔绝的神秘世界。外部现代文明世界的变迁虽然对它有扰动，但作者的关注焦点始终是这一世界本身的独立性和神秘性。作品中出现的人物不同于我们日常生活中见到的普通人：除了不会说人话的“人罴”，还有七十来岁怀孕的老太婆、怀孕两个月就顺利降生并成活的女婴、女婴出生时的天文异象、出生后种种与凡人不同的迹象；大胡子一吻居然刺破女婴皮肤，导致其流脓感染、神性消失；在岩洞里修行的大师靠每日供奉的皮囊中的食物和茶壶中的水，存活了普通人的两辈子……扎西达娃以及同时期汉族作家马原的藏区书写，给读者留下深刻印象：藏区处处充满神奇事物，到处是受宗教意识驱动的神秘人物，雪域高原是与现代文明世界迥然不同的世外桃源般的神圣净土。这属于奇观化、魅惑化叙事类型。与扎西达娃同龄而成名稍晚的阿来，则致力于以自己的作品对藏区“祛魅”。阿来的一系列小说彻底颠覆了上述作品给读者造成的关于藏民和藏区生活的印象。如果说《尘埃落定》及《格萨尔王》因题材原因尚有较多相对于中原文化的异质情调，那么，自《空山》起，阿来就开始了对以往藏区叙事文本奇观化、魅惑化、传奇化、浪漫化、神话化的解构，开创了新时期以来藏区叙事的现实主义一脉。这在他2015年以后陆续创作的“山珍三部”即《三只虫草》《蘑菇圈》《河上柏影》中表现得尤为明显。阿来新藏区叙事的特点固然与其所表现的对象（20世纪后半叶迄今的藏区现实生活）有关，却也是作者有意识的创作追求。

较之扎西达娃和阿来，次仁罗布走上文坛时间又稍晚一些。次仁罗布的长篇小说《祭语风中》探索的是第三条道路：既发掘人性，又书写历史；既不有意造魅，也不致力祛魅；既不否定普通人的日常幸福，又关注生命个体的精神归宿。

有别于那种叙写藏民“不知有汉，无论魏晋”的与世隔绝的“非历史”生活的作品，《祭语风中》虽然用了倒叙与时空穿插，但仍有一条清晰的从 1959 年西藏武装叛乱、1962 年中印边境自卫反击战到“文化大革命”，再到改革开放的历史发展线索。这条线索又是通过晋美旺扎个人的经历来显示的。在这部作品里，“历史”与“个体命运”之间究竟是什么关系？代表主流历史观的希惟贡嘎尼玛与主人公晋美旺扎是什么关系？他们的观点与隐含作者的观点是什么关系？刘广远教授认为“历史只是背景”，晋美旺扎不同意希惟贡嘎尼玛的观点，对之感到“惊讶”，“从侧面对权威的正史进行解构”，而晋美旺扎作为故事叙述者“其价值判断和历史指涉自然与隐含作者暗合”。[①] 笔者细读文本后，对此有不同感受和认知。

笔者认为，在这部长篇中，“历史”不仅仅是背景，它也是表现和反思的对象，它与个体命运构成两条并行而又相互影响的情节线索。次仁罗布曾说：

> 我创作这部小说是为了完成一个心愿，之前没有一位藏族作家全方位地反映过这段历史，反映巨大历史变迁中最普通藏族人经历的那些命运起伏，来表现整个民族思想观念是如何发生转变的。[②]

这段话非常重要。它说明“全方位地反映”“这段历史”是作者的有意追求，有“填补空白”之意。从小说文本可以看出，作者对这段历史非常关注，非常熟悉。笔者 2017 年 7 月参加《西藏文学》创刊 40 周年纪念系列活动，在由日喀则返回拉萨的途中与次仁罗布先生同车，又亲耳聆听了他向一位藏区青年诗人讲述这段历史，其讲述滔滔不绝，如数家珍。实际上，关注历史、追求史诗风格，是中国现当代长篇小说的一个传统。曾两度在鲁迅文学院学习并用汉语写作的次仁罗布，受内地现当代文学影响很大。笔者感觉到，小说中穿插的希惟贡嘎尼玛的历史评述与晋美旺扎的个体经历和感受讲述之间，并非反讽关系，而是互相补充的关系。也可以说，希惟贡嘎尼玛的历史观与隐含作者是一致的，它与晋美旺扎的叙述共同构成隐含作者的历史叙述；晋美旺扎的叙述并不是对希惟贡嘎尼玛宏大叙事的解构。这可从文本中找到许多佐证。

《祭语风中》隐含作者的历史观和价值立场中，有三点是可以肯定的：

第一是旗帜鲜明地反对叛乱和叛军。被叙述者和隐含作者作为价值理想之寄托的高僧活佛希惟仁波齐并不了解事变真相与全貌，但他从一开始就反对挑起战乱，反对叛军杀人。他认为“要是打起仗来的话，众生都得受苦，谁也不能独善其身”；听说叛军砸死了堪穷索朗降错，他非常震惊，告诫徒众：“夺取别人的生存权利是最大的罪孽”，“这种行为违背了佛祖的教义”。[③] 逃亡途中，四水六岗的叛军抢夺财物，把希惟仁波齐的小徒弟多吉坚参踢下山崖摔死，仁波齐无比愤怒，无比悲伤，掌掴并诅咒了杀人凶手。他揭露支持并参与叛乱的代本：“您口口声声说护教，您要护的不就是您的权势和您家族的豁卡吗？”（第 99 页）这已近乎历史唯物主义的观点了。逃难途中藏族老百姓

---

① 刘广远：《一部民族的“精神史”——读次仁罗布小说〈祭语风中〉》，《当代作家评论》2016 年第 6 期。

② 次仁罗布：《〈祭语风中〉访谈》，《西藏商报》2015 年 9 月 12 日。

③ 次仁罗布：《祭语风中》，中译出版社 2015 年版，第 26—30 页。以下凡引此书均只随文标页码。

对叛军的看法是："那些人做起事来，从来都不讲道理。"（第 69 页）作为二徒弟的晋美旺扎当然也对杀人的叛军愤恨至极。文本如此设置安排，足见隐含作者的观点与态度同时也是真实作者的观点与态度。

第二是旗帜鲜明地肯定和赞成西藏的社会改革。希惟贡嘎尼玛的观点自不必说。瑟宕二少爷本身就是改革农奴制的探索和履行者，他瞧不起噶厦政府决定命运攸关大事时的求神问卜。当仁波齐提出改革前"宗教昌盛，民众幸福"时，二少爷反驳："您没有看到瑟宕谿卡里的农民，他们过的日子可以称为幸福吗?""这些可怜的人因借债而利息高堆，几代人都还不了。他们还要给噶厦和谿卡支差、交税，您说他们幸福吗?"当希惟仁波齐用"人的命不同，遭受的苦难也不一样"作答时，二少爷以内地人和英国人享有人身自由为例，说明"这不是人的命，是社会制度的先进与文明决定的"（第 76 页）。虽然仁波齐没有马上被说服，但他只是和蔼地表示那些对佛教兴盛无用。这次对话，使人感觉隐含作者并不站在仁波齐一边，虽然他一直对这位高僧心存尊敬。后来的情节说明：高僧也有失算时，例如他靠"神意"决定逃亡，导致爱徒惨死。而作品写瑟宕二少爷坐在凳子上"犹如一尊菩萨像"（第 89 页），分明也是褒赞的笔调。作品还多处写到西藏下层人民的翻身做主人的快乐，晋美旺扎目睹改革后的新面貌，也"确信这世道是朝着对百姓有益的方面在发展"（第 206 页），在居委会帮助工作时：

> 我逐渐地知道了以往占西藏总人口百分之二的三大领主是如何占有广大的耕地和牧场、森林，农奴怎样遭受他们的压榨和剥削。我对那个落后的社会制度被粉碎，感到莫大的庆幸。民主改革给城乡居民带来了以往不曾奢望的好日子，他们拥有了田地、房子、牲畜。每天我的周围都会发生一些让人高兴的事情……（第 237 页）

下层群众扎多老人也表示"谁也不想回到旧社会"（第 260 页）。

第三是旗帜鲜明地支持中印边境自卫反击战。当战争爆发时，包括晋美旺扎在内的西藏人民虽然不希望有战争，有些人还对战争充满恐惧，但大家都心甘情愿、义无反顾地参加支前工作，原因同样是他们不想回到旧社会、恢复旧制度。

当然，小说文本也披露了宏大叙事之外与个体命运直接相关的许多信息，展示了历史的另外一些侧面，写出了以往宏大叙事忽略或回避的东西。

小说在写底层藏民"翻身乐"的同时，也写出以努白苏老太太、努白苏管家为代表的上层藏民的忧惧，写出了他们的生命感受与为生存而进行的挣扎，写出了翻身农奴们并非都是圣洁善良之辈，有些也很野蛮凶狠。这样，就将历史评判与道德评价分割开来。

按照主流意识形态，希惟仁波齐的大徒弟罗扎诺桑应该是比主人公、二徒弟晋美旺扎更"进步"的人：接受完劳动改造归家之后，罗扎诺桑从身到心彻底还俗，抛弃了宗教信仰，接受了阶级论的政治观。然而，还俗之后的罗扎诺桑在道德上完全成为被作者否定的人物。他不仅淡化了对师父的感恩心，也没有对普通人的人道主义同情，一心追逐个人利益，并以政治教条为自己的行为辩护。他甚至对曾经帮助过他们师徒的瑟宕二少爷恩将仇报，诬陷二少爷，是导致二少爷在"文化大革命"期间遭受迫害。上卷第十一章还写到一个阿 Q 式的翻身农奴，他不仅分贵族的家具和粮食，还想把女主人分给自己。下卷第五章，一位顾客到私营商店买东西不给钱，他先是声称“我是翻身农奴，你以为我会赖账，你这是在诋毁我们”，被揭露后又恼羞成怒，并理直气壮地说：“呸！你们这些剥削阶级，我不会给你们一分钱的。”（第 323 页）一些翻身农奴的心理是“他们祖祖辈辈都在剥削我们，现在该轮到他们受苦了”（第 218 页）。罗扎诺桑的二叔看到过去的主人家落难，感到无比畅快，这在宏大叙事中似乎自然而然，但叙述者晋美旺扎却感到难以接受，他认为不应拿别人的不幸取乐。晋美旺扎祈祷的是人与人之间真正的平等幸福，而非将“翻身”变成主奴地位对调——阿 Q 成为赵太爷、赵太爷变为阿 Q。最可恶的是努白苏老太太的女邻居，只因努白苏老太太上厕所时不小心轻微地碰了她一下，就一只手揪住老太太衣领，另一只手扇了老太太一耳光，并用下流语言辱骂老太太，还往老太太脸上吐口水，将老太太推倒在地用脚踢，最终导致老太太羞愤自杀。这位女邻居对待原来并不作恶的农奴主的方式，完全与过去凶恶的农奴主对待农奴的方式一样。但作品并未将所有翻身农奴都写成这样，例如晋美旺扎的邻居卓嘎大姐就是个厚道人，她虽然也仇视贵族，但翻身后并不去侮辱虐待对方；尼玛拉姆的父亲麻子也是个有正义感的人，他骂那位想分得女主人的阿 Q 式翻身农奴是“扶不起来的一堆稀屎”。

上述描述作为人性书写与历史反思，构成对以“历史进步”为主脉的宏大叙事的重要补充，从而兼顾了叙述的历史维度与道德维度。

如前所述，《祭语风中》并不致力于造魅。它关注的是僧俗众人如何对待日常生活，试图“将一个世俗的西藏画卷呈献给读者”[①]。小说虽然以雪域高原为背景，以僧人为主人公，并涉及宗教问题，但带有神秘色彩的描述并不多。如果说有，那也只有四处：一是希惟仁波齐转世为希惟贡嘎尼玛；二是希惟仁波齐与徒弟分手时预言他在一个初冬时节还将与晋美旺扎见上一面，这一预言最终应验；三是希惟仁波齐三个月不进水米的石子辟谷术；四是希惟仁波齐圆寂，后“从一只鼻孔里淌出精子液，另外一只鼻孔里流出了月经血”（第 287 页），焚化时天空出现日晕与彩虹。在全书 35 万字的篇幅中，这寥寥几处文字即使不是微不足道，也绝对不会使“文本弥漫着宗教色彩，营造着神秘氛围”[②]。《祭语风中》几件带有神秘色彩的事都与希惟仁波齐有关，作品中，希惟仁波齐可以被看作连接传说中的圣者米拉日巴与现世人的唯一带有神性的人物、一个“例外”。但即使是他，也并未过于神化：他凭“神谕”而决定逃亡，就是一个错误选择，而这一错误甚至导致了爱徒多吉坚参的死亡，瑟宕二少爷后来被诬陷也间接与这一决定有关。即以希惟仁波齐禅定辟谷而论，若将其与扎西达娃《西藏，隐秘岁月》中在岩洞里修行存活几十年的大师相比，他仅坚持三年便离开人世，这也使他不那么“神”。而作品中客观上起祛魅作用的段落有许多。例如，专门在大学里讲授藏族文化和宗教的希惟贡嘎尼玛说：“我们先辈写的那些史书，充满了宗教的神话色彩，缺少对社会经济、民生的记录。”（第 60 页）他还指出，封闭和宗教至上导致不丹和锡金先后从西藏分离出去。精通历史的他特别提到，西藏历史上第三十九代藏王牟尼赞普因为把富人财产分给穷人

---

① 次仁罗布：《〈祭语风中〉访谈》，《西藏商报》2015 年 9 月 12 日。

② 刘广远：《一部民族的“精神史”——读次仁罗布小说〈祭语风中〉》，《当代作家评论》2016 年第 6 期。

而被生身母亲毒死，“在利益面前，亲情也是如此的脆弱”（第79页）。瑟宕二少爷也对噶厦政府求神问卜决定大事的做法不以为然。就连仁波齐本人，也揭露叛乱分子“护教”行为背后的世俗动机。

《祭语风中》既不有意造魅，也不专事祛魅，它着眼于普通人的现世日常生活，而又在日常基调上表现超越性内涵，即如何面对各种人生意外和苦难、伤害，历经磨难而不失心灵的纯洁、品性的善良和人格的高尚，达到自我圆满。

社会总体在进步，但进步中有曲折，而且因为命运的阴差阳错及各种偶然的集聚，进步也并不能彻底消灭人生苦难。作品写到各种各样人物的各种各样苦难。首先是主人公晋美旺扎，战乱导致他失去父亲，永别兄长，接着又先后失去师弟和恩师，因错误判断和逃跑而被劳教；还俗后的初恋使其精神受到煎熬，娶到带孩子的二婚妇女建立家庭；“文化大革命”到来后的极左政策又导致他失去未出生的孩子，妻子先是因失落而背叛，继而又因生别人的孩子而身亡。原先的贵族努白苏老太太及其管家因时代剧变落入低谷，老太太在晚年孤独中受侮辱而绝望自尽。思想进步、紧跟时代的瑟宕二少爷却也因被误解、诬陷而落难。翻了身的卓嘎大姐的女儿女婿远离家乡，忙于工作，她独自在家带孩子，也是在遭受疾病折磨之后孤独地离开人世。罗扎诺桑的二叔受腿病熬煎，家人为争当积极分子而对之不管不顾。曾被晋美旺扎着魔般暗恋的尼玛拉姆恋爱失败，与他人结婚后，丈夫病死，她改嫁一个康巴人，成为五个孩子的妈妈，为生活而劳碌……几乎没有一个人不经历意外与逆境，包括还俗后一度风光的罗扎诺桑。然而，在对待磨难方面，每个人的态度与方式都是不一样的。文本中多次穿插关于圣者米拉日巴的第二人称叙事，这种穿插构成全书交响乐章的主旋律。传说中的米拉日巴所经历的磨难无以复加，对作恶者他也曾心存深深的仇恨，并用最恶毒的方式进行报复。但是他又反过来因报复受到报应。在玛尔巴大师启发教诲下，他幡然醒悟，通过忍受常人无法承受的苦痛来荡涤罪恶，最终得到解脱，成为圣者。晋美旺扎的恩师希惟仁波齐身上体现的也是米拉日巴的精神，他以言传身教感召晋美旺扎，晋美旺扎也在经历各种变故之后终于悟透，学会了宽恕，包括宽恕曾经作恶的师兄，宽恕背叛他并夺了他妻子的旺堆主任，并视如己出地养大他们的私生女。并非虔诚教徒、具有现代思想的瑟宕二少爷，也有着宽广的胸怀与宽恕的精神。他虽然遭受误解、诬陷，却并不消沉，也并不因个人遭遇和历史曲折而否认社会进步。就在被诬陷时，他仍保持超越个人恩怨的客观理性态度：

> “现在，禁锢社会发展的旧制度已被彻底摧毁，被奴役的劳苦大众获得了翻身，贵族也在自食其力地生活，还有我们的儿孙们享受着平等的教育，这一切以前是不可想象的。现在理想化成了现实，我个人遭受一点冤屈，又有什么关系！佛教不是在提倡众生平等吗？现在，西藏高原上生活的人们，正生活在平等和自由之中。”瑟宕二少爷说这话时，满怀激情，两手又紧紧地交织在他的胸口。
>
> 瑟宕二少爷就是跟我们不一样，他以前在外面转得多见得自然就广了，所以能从更高的方面看到如今的变化。（第343页）

由此可见，“文化大革命”前他在《西藏日报》发表歌颂毛泽东的诗，是完全发自内心的，而非为了迎合谄谀，“文化大革命”后他也不会为此后悔羞愧。

细读《祭语风中》，作者要表达的基本思想就是希望人们“具足慈悲和宽容，消解人心的仇恨与怒怨”（第 438 页）。米拉日巴的故事是寓言，是象征，晋美旺扎和瑟宕二少爷的故事也是寓言和象征。虽然还俗的师兄罗扎诺桑作恶很多，但听说他们一家后来“受到报应”——他母亲醉酒后掉进粪坑溺死，他小儿子被汽车碾死——之后，晋美旺扎并不感到喜悦，读者一般也不会因此而感“大快人心”。由此，作者的态度就和当初翻身农奴们看到贵族倒霉而幸灾乐祸的态度区别开来，从而也在肯定历史进步的同时消解了阶级斗争观念。

所以说，这是一部以个人命运起伏显示西藏历史风云变幻的书，也是一部关于人的日常幸福与最终精神归宿的书，一部并不渲染宗教神秘而只提炼宗教精华、揭示其世俗意义与精神实质的书。

（作者单位：河北大学文学院）

《祭语风中》与《白鹿原》之比较

孙德喜

读了藏族作家次仁罗布的长篇小说《祭语风中》，我首先想到的是 20 多年前面世，稍后荣获茅盾文学奖的长篇小说《白鹿原》。前者被学者们称为“史诗性作品”①、“灵魂之书”②，后者则被认为是“气势恢宏的史诗”（蔡葵语）③、“一部展现民族灵魂的大作品”④。这两部长篇小说虽然出自不同民族作家之手，写作于不同的时间，但是都得到了作家学者们共同的评语：具有民族史诗的特征，展现近现代中华民族的灵魂。如果说陈忠实的《白鹿原》写的是具有悠久历史文化的汉民族在最近一个世纪以来的命运和遭际，那么次仁罗布的《祭语风中》展示的则是 20 世纪 50 年代以来具有浓郁的佛教文化传统的藏民族之魂。因此，这两篇小说既有其相同之处，也存在一定的差异，将二者加以对比分析，是很有意义的。

一

《祭语风中》与《白鹿原》虽然同为史诗性的灵魂之书，都写出了现代历史中人的命运与精神，但是二者存在着巨大的差异。如果说《白鹿原》写出传统的儒家精神在现代政治与文化的冲击下不断式微的历程，那么《祭语风中》则写出了藏族人历经各种磨难而对佛教理解和感悟的不断加深，从而更加坚定自己的宗教信仰。《白鹿原》所叙述的是白、鹿两大家族在近百年来的历史。本来，白鹿原的社会是一个典型的传统农耕社会，传承着以儒家文化为代表的传统文化。白鹿原最初以传统文化统率人的灵魂，如果说朱先生在精神上体现着“白鹿精魂”，那么白嘉轩则是这一精魂的具体承载者与维护者，他制定了乡规民约，去约束白、鹿两大家族的人们。白、鹿两大家族虽然存在着不少有时还很尖锐的矛盾，彼此少不了勾心斗角、明争暗斗，但基本上相安无事，没有发生大规模的冲突。可是，自从 20 世纪 20 年代开始，白鹿原上卷起巨大的

---

① 龙其林：《史诗性、灵魂叙事与跨族别写作——次仁罗布小说〈祭语风中〉及其写作伦理》，见陈思广主编，《阿来研究》（第 4 辑），四川大学出版社 2016 版，第 80 页。

② 叶淑媛：《将灵魂安放于风中——评次仁罗布小说〈祭语风中〉》，见陈思广主编，《阿来研究》（第 4 辑），四川大学出版社 2016 版，第 107 页。

③ 邢小利：《陈忠实传》，陕西人民出版社 2015 年版，第 195 页。

④ 小雨：《一部展现民族灵魂的大作品——〈白鹿原〉研讨会综述》，《小说评论》1993 年第 4 期。

政治风暴，现代政治以雷霆万钧之势猛烈地冲击着古老的白鹿原，更冲击着以家族文化为核心的中国传统文化，特别是革命政治以阶级斗争理论将白鹿原上的人们撕裂成两大对立的阵营，在白鹿原上刮起了“风搅雪”。这场“风搅雪”以革命伦理取代传统伦理，以阶级意识取代家族意识，以斗争哲学取代传统的人际关系，进而彻底动摇了白鹿原上延续着的耕读传统的白鹿精神。接下来国共两党在白鹿原上厮杀与争夺，残酷斗争，彻底改变了白鹿原上的政治生态。受国共两党政治斗争的深刻影响，白、鹿两大家族的儿女们接受了不同的思想理论教育，投入不同的政治阵营，展开了你死我活的斗争，使白鹿原变成了“烙烧饼的鏊子”，于是“白鹿精魂”开始土崩瓦解。作为“白鹿精魂”象征的朱先生已无立足之地，终而仙逝；作为“白鹿精魂”隐喻的白嘉轩那挺直的腰杆，在黑娃的报复性的撞击下折断了，不再挺直，从此，白嘉轩不仅一直佝偻着腰，而且因地主身份而在黑娃等人面前抬不起头；一直保持着传统文化精神的鹿三因管束不了儿子黑娃的“作孽”行为而痛恨自己的无能为力。白嘉轩与鹿子霖，虽然矛盾重重，但在传承“白鹿精魂”这一点上还是一致的；他们的子女却将传统文化抛弃，不再受其约束，做出了令老人们感到痛心、困惑与愤怒的举动。更令白嘉轩们感到悲哀的是，“文化大革命”时期，朱先生的坟墓居然被掘，这意味着传统文化的根被彻底挖断。以儒家文化为代表的传统文化之根，被无情地挖断了。朱先生在去世前似乎预料到了这一点，但面对这样的结局他无能为力，也无可奈何。对于“白鹿精魂”在现代政治风暴下的遭遇，白嘉轩当然感到迷惘与悲哀，心底同样产生了“无可奈何花落去”的悲哀。属于“白鹿精魂”的那个时代已经一去不复返了，而白、鹿两家的儿女们经历了政治风暴之后并没有建立起新的精神信仰。黑娃在经历了一系列的政治风暴之后，头脑似乎冷静了，最终向传统文化回归，但是他的回归并不能挽救已成明日黄花的传统文化。至于白孝文、白孝武、白灵、鹿兆鹏、鹿兆海等人，有的堕落，有的沉沦，有的被自己人杀害，都没有在现代文化中建立起新的精神支柱，而是沦为精神上的孤魂野鬼。传统文化衰落了，现代文化还没有融入人们的生活，对此，陈忠实深感焦虑，内心透着一股浓重的悲哀。

与陈忠实的忧患和焦虑有所不同，次仁罗布对藏族人的佛教信仰信心坚定。《祭语风中》叙述的就是藏族人坚定的宗教信仰。小说主人公晋美旺扎是一个僧人，在拉萨附近的色拉寺跟着希惟仁波齐修行。他如果生活在稳定的社会里，或许会没有什么悬念地一直在色拉寺修行下去，但是他偏偏生活在一个动荡的时代。1959 年，西藏发生叛乱，解放军前往平乱。战火虽然没有波及色拉寺，但是恐慌已经扩散到这里，于是晋美旺扎与师兄弟多吉坚参和罗扎诺桑跟着希惟仁波齐根据本尊神的谕示一道逃亡。在逃亡途中，他们遇到了四水六岗护教军的抢劫和阻拦，多吉坚参被护教军杀害，于是他们不得不改变计划。多吉坚参去世后，希惟仁波齐将其焚化，并用他的骨殖做成嚓嚓，让晋美旺扎带在身上，而希惟仁波齐自己则决定闭关修炼三年。晋美旺扎离开希惟仁波齐时随身携带着物件就是嚓嚓和米日拉巴的传记。他在流浪中先是被抓去做苦工，后来又回到了色拉寺。此时，色拉寺已经破败，几乎见不到诵经礼佛的僧人，而且军管之下，他与众僧人被动员还俗，给努白苏家看小店，还迫不得已到居委会上班，后来与美朵央宗结婚，生育了孩子格桑，过起了世俗生活。尽管如此，晋美旺扎仍然一心向佛。他在动乱中私下保护佛像，而且在苦难之中，在茫然之时，便想起精神导师希惟仁波齐与米拉日巴，从他们的神物与事迹中汲取强大的精神力量。整个小说所表现的就是晋美旺扎对佛教信仰的坚守，无论是受环境所逼，还是面临俗世的诱惑，无论是他人的堕落造成他的孤独，还是政治所迫令他陷入困境，他都始终与佛在一起。与此同时，晋美旺扎在经受了各种磨难之后，不断加深了对藏传佛教的理解和认识。在他的影响下，一度迷失了自己的师兄罗扎诺桑最终回归佛教。由此可见，《祭语风中》恰恰表现的是藏人坚定的理想信念和佛教精神，以及由此而来的巨大勇气和坚强毅力。藏传佛教并没有因为社会动荡和政治运动而走向衰落，而是以其顽强的生命力扎根于藏人的心中。

二

《祭语风中》和《白鹿原》同为中华民族史诗性作品，但是在叙事上差别很大，如果说前者着力于宗教叙事，那么后者则侧重于世俗叙事。

所谓宗教叙事，指文本叙述的重心是宗教人士从事的宗教仪式和宗教活动，对宗教教义的理解与感悟，及其终极信仰，还有日常生活中所渗透的宗教精神与情怀。《祭语风中》的叙述对象晋美旺扎是色拉寺的僧人，他虽然为外部环境所迫，离开了他所修行的色拉寺，但他即使在还俗以后仍然保持僧人之心。小说围绕着晋美旺扎的人生，既以宗教语言叙述了主要人物的宗教信仰与行为，又以传奇和寓言式的叙事叙述了佛教高僧的修行与精神锤炼。同时，小说的宗教叙事还与对藏族人习俗的叙述融合在一起。一般的小说对于人物的叙述往往着力于人物性格的刻画与坎坷命运的呈现，现代小说虽然也表现人物内心的种种复杂感知、感受与生命体验，但是与宗教叙事仍然有着巨大的差别。在宗教叙事中，人物的命运与宗教的命运紧密相连，而且蕴含着某种宗教精神，容纳着丰富而深刻的宗教文化内涵。许多宗教叙事往往着眼于人的灵魂，展示出人在宗教门槛内外徘徊时的精神状态，表现宗教精神向人的灵魂深处的渗透和浸润。宗教行为与仪式都是宗教精神的外在表现，往往在宗教叙事中得到重视，而宗教语言则是宗教精神的内化，展现的是叙述主体与叙述对象对宗教的情感与领悟。与民间习俗相联系的宗教叙事体现的则是宗教的影响力与渗透力，表现普通信众对宗教的理解与接受。小说一开始叙述了晋美旺扎在天葬台上遇见了希惟贡嘎尼玛，这位希惟贡嘎尼玛便是转世的希惟仁波齐。晋美旺扎在希惟贡嘎尼玛面前与扎玛如的摇铃声中“开启了他封存的记忆”。这里的叙述可以视为倒叙，它由此染上了浓浓的藏传佛教的色彩。天葬是西藏特有的习俗，本身就具有浓厚的宗教意味，转世则是藏传佛教特有的；扎玛如不仅是宗教器具，还具有唤醒历史记忆的特殊功能。更具宗教色彩的叙述是人物对于宗教的深刻理解与感悟。希惟仁波齐带着众徒出逃是因为得到本尊神的谕示，后来他决定闭关修炼同样是源于护法神的明示。在希惟仁波齐看来，神所谕示的每一件事“到最后全部都能兑现，我不能违抗他的意愿”。在流亡途中，希惟仁波齐为路上遇到的死者诵经超度，令晋美旺扎产生了这样的感觉：

> 我们在诵经过程中观想诸佛，以及他们身上的巨大光环，祈求为亡者洒下一切的慈悲和加持。观想诸佛身上的这些光，流入亡者的身体里，进行洗涤净化。使他从死亡的混乱和痛苦中解脱出来，赐予他持久的安详。我们的观想

中，佛的光芒渗入死亡者的体内，同诸佛智慧的心，紧密地相融在了一起。

显然，这段叙述文字散射出佛教的光彩，显示出佛教的精蕴。然而最能够体现佛教精神的是小说所叙述的米拉日巴跟从永顿绰杰喇嘛、绒顿拉嘎喇嘛和玛尔巴大师修炼佛法的经历。米拉日巴幼时遭遇家庭变故，受到姑父的欺凌，家产被霸占，在母亲的要求下，他要通过修炼佛法来向坏人复仇。给人们印象最深的是，米拉日巴在玛尔巴大师那里一再受挫。当米拉日巴提出要得到正法的要求时，玛尔巴大师则提出要他建房子的要求。但是当房子建好后，玛尔巴大师又要求拆掉，并且将建筑材料归还原处。米拉日巴照做后，玛尔巴大师又提出了新造房子的要求，米拉日巴又按照新的要求将房子建成，可是玛尔巴大师再次要求拆掉，如此反复多次。在一般读者看来，玛尔巴大师可能被认为缺乏诚意，说话不算数，是在戏弄人、折腾人。然而这是寓言式写作，玛尔巴大师并不是在折腾、训斥和羞辱米拉日巴，而是以这种挫折来消除米拉日巴内心积郁的深厚复仇孽障，这与《西游记》中如来佛与菩萨故意给唐僧师徒设置九九八十一难一样，都是通过灾难给人以磨炼，从而教人体悟人性，体验生命，领悟佛性。米拉日巴经历了这些挫折，最终修炼成圣者。读者阅读到米拉日巴的故事，可以从中悟到佛教对苦难的态度，并且提高自己对佛性的理解和认识。因此，《祭语风中》是一种宗教叙事。

而《白鹿原》则是世俗叙事，尽管小说的叙事在某种程度上涉及人们的信仰与信念。首先，《白鹿原》中的人物基本上都是世俗中的人，并无宗教信仰。虽然小说中的朱先生被认为是“白鹿精魂”的象征，具有某种圣人的意味，也具有某种神话色彩，但是他既不是那种追求终极关怀和精神提升的宗教教徒，也不同于至高无上的神佛，他不过是承传中国传统文化的一位大师级的人物，虽然被赋予了某种程度的神性，但不过是比他人目光更敏锐，看得更远而已，而且他仍然生活于世俗之中。小说中的白嘉轩与其说是崇拜“白鹿精魂”，不如说只是折服其神奇，因为他的信奉只是停留在世俗的层面上，没有上升到神性的高度。也就是说，白嘉轩对传统文化的态度完全是实用主义的，为的是治理好家庭，管治好家族事务。所谓的“白鹿精魂”实际上是以集体主义为指针，为人的道德修养提供目标和范式，而不关注个体人的灵魂修炼。白鹿原上的其他人，特别是鹿子霖等人，大多数没有信仰，更没有对生命的深刻理解和认识。至于那些青年，有些人表面上找到了政治信仰，但是这不能替代宗教信仰，更何况他们基本不理解政治，更没有看清政治，而是在政治风暴中迷失了自己，当然还有一些走向了堕落，即使像黑娃那样后来回归传统文化，但与皈依宗教还是两码事。《白鹿原》叙述的不仅是世俗之人的社会生活与人生命运，更是现代政治对传统文化及人的命运的深刻影响，无关宗教。

在《白鹿原》中，与宗教叙事比较接近的是魔幻叙事。所谓魔幻叙事是指所叙述的事物超出人们的生活常规与日常经验，具有神秘色彩。在中国当代小说中，魔幻叙事可以说是在“文化大革命”结束后才出现的，而且比较多地受到现代派文学中的拉美魔幻现实主义的影响。随着作家对魔幻叙事理解和认识的加深，本土的民间神秘文化与宗教文化融入魔幻叙事，从而赋予了魔幻叙事更加深刻的本土思想文化内涵。但是就具体小说而言，绝大多数小说的魔幻叙事仍然是世俗的，只有阿来的《蘑菇圈》和杨志军的《藏獒》等少数作品具有宗教的意味。就《白鹿原》来说，其魔幻叙事可以说是世俗的。

小说中给人印象最深的魔幻叙事是白鹿的出现，还有田小娥死后，鬼魂附着在鹿三的身体上，并通过鹿三诉说自己的冤屈。白鹿在小说中既是一种植物，又是一种动物，给人以恍惚之感，白嘉轩最初见了白鹿竟然不认识，经过朱先生的点拨才恍然大悟，但这并不等于他对白鹿的意义有了更深的感悟，他的思想境界也没有由此得到提升，只是强化了对白鹿与朱先生的崇拜。在田小娥鬼魂附体的故事中，鹿三杀了田小娥，而田小娥通过附体诉说自己的冤屈。从这段叙事来看，鬼魂附体是民间的一种传说，但在作家这里，这显然是一种叙事技巧，通过鬼魂诉说叙述死者的冤屈。同时，鹿三深受“红颜祸水”思想的影响，认为田小娥带坏了儿子黑娃，于是杀了田小娥。作家通过鬼魂附体叙事表现鹿三杀人后内心的恐慌，这样的魔幻叙事与宗教没有关系。

三

在叙事空间方面，《祭语风中》与《白鹿原》也有很大区别。前者的叙事以晋美旺扎的人生轨迹为基本线索，而晋美旺扎的命运则随社会动荡与时代变迁而变化，他的行踪也随之而变。具体说来，小说的叙事是从晋美旺扎在帕崩岗天葬台上为死者诵经开始的，转世的希惟仁波齐（即希惟贡嘎尼玛）的来访勾起了晋美旺扎的回忆，继而叙述回到了数十年前的色拉寺。1959 年，拉萨发生叛乱，造成了色拉寺僧人的心理恐慌，晋美旺扎与师父随希惟仁波齐、师兄多吉坚参和罗扎诺桑在本尊神的谕示下逃亡，他们到达瑟宕谿卡时遇到了四水六岗护教军的拦路抢劫。在与护教军的冲突中，多吉坚参不幸身亡。在焚化了多吉坚参之后，晋美旺扎一行改变了原先的计划，来到了查拉恒寺院。在这里，希惟仁波齐再次受到本尊神的谕示，留在该寺的山洞里闭关修炼。离开查拉恒寺院后，晋美旺扎遇到了解放军，随后被集中押送到拉萨附近的山上进行劳动改造。过了一段时间，晋美旺扎便被释放。他先回到家乡去找亲人，但是他的父兄逃亡到了印度。于是，他又回到色拉寺，然而色拉寺许多僧人卷入了武装叛乱，不少僧人被抓，还有一些僧人被遣送回家还俗。因此，晋美旺扎不得不离开色拉寺，来到拉萨投靠朋友。此时的拉萨已平叛，正经历着社会改造。晋美旺扎只能在努白苏家看管小商店，一边谋生一边等待机会进寺庙，但是不久他却被派到前线，为抵御印度军队侵略的解放军提供后勤支援。支前结束后，晋美旺扎再次来到了查拉恒寺院，希惟仁波齐已经圆寂。在将希惟仁波齐火化后，晋美旺扎再度回到了拉萨。到了拉萨，寺庙受到了严重的冲击，无神论思想冲击着神佛信仰，宗教活动的空间越来越狭小，晋美旺扎不得不还俗，到居委会工作，与美朵央宗结婚生子。“文化大革命”时期，晋美旺扎被发配到拉萨郊外的农场劳动，直到“文化大革命”结束他才再度返回拉萨。在小说结束的时候，晋美旺扎再次出现在天葬台，与小说开端的情形极为相似。晋美旺扎的活动空间虽然不小，但是形成了一个轮回式的圆，而这轮回则由转世的希惟仁波齐的到访来暗示。因此《祭语风中》的叙事空间的宗教意味相当明确。

相较于《祭语风中》，《白鹿原》的叙事空间更为稳定，基本上就是在白鹿原上。如果说《祭语风中》是以一个人（晋美旺扎）的行踪作为叙事的线索，那么《白鹿原》所叙述的则不是某一个人，而是生活在白鹿原上的白、鹿两大家族。后者虽然重点突出了白嘉轩、鹿子霖、鹿三和黑娃等人物，但是所叙述的是一个群体，小说采取散点透视的方式，叙述白嘉轩、鹿子霖、鹿三与白灵、白孝文、白孝武、黑娃、鹿兆鹏、鹿兆海等两代人的命运。虽然小说中的人物为他们所处时代的各种政治风暴与政治运动所裹挟，到处奔波、闯荡，但是他们的根都在白鹿原，他们的灵魂都在白鹿原，他们大部分的活动都在白鹿原上，因此，《白鹿原》的叙事空间具有稳定性。《白鹿原》的这种叙事特性似乎表明，中国农耕文化在现代社会受到了巨大的冲击，传统文化式微，但是其稳定性结构没有发生重大改变，人们依然在白鹿原上按照自己的方式生活，只是理想信念与传统的伦理道德垮塌了，使得白鹿原上人们的灵魂愈加可怜。

四

《祭语风中》与《白鹿原》出于各自叙事的需要而采取不同的人物关系结构。《祭语风中》以晋美旺扎为核心，结构起三个层面的人物：一是从玛尔巴到米拉日巴再到希惟仁波齐，他们都是藏传佛教的高僧，代代相传，开启后人佛性智慧，给后人提供强大的精神力量，帮助他们摆脱魔障和精神困境，由此形成了精神传承的历时性；二是陪衬晋美旺扎的佛教徒与世俗之人，包括多吉坚参、罗扎诺桑、努白苏管家和瑟宕二少爷（土登年扎）等；三是以世俗方式进入晋美旺扎的世界并且让晋美旺扎感悟佛性与净化灵魂的人，比如卓嘎大姐、美朵央宗等。在第一层面上，希惟仁波齐不只是晋美旺扎的师父，而且是他的精神导师，无论他在不在晋美旺扎的身边，晋美旺扎都从他那里汲取强大的抵御魔障的精神力量。即便在希惟仁波齐圆寂之后，晋美旺扎仍然从其遗物中感觉到精神导师的存在。希惟仁波齐留给晋美旺扎最重要的物件是《米拉日巴传》。传记的主人公米拉日巴被称为圣者，虽然他与晋美旺扎没有直接交集，但是通过这本传记，晋美旺扎了解到圣者的人生。米拉日巴虽然被奉为圣者，但是他由于家族仇恨，受母亲的逼令，通过念法降灾于人间，因而罪孽深重，他在玛尔巴的训导下以苦难赎罪。米拉日巴的故事给了晋美旺扎以神性启谕，让他悟出了佛教的真谛。小说第二层面的人物中，多吉坚参是晋美旺扎的师弟，非常纯真，从一个侧面映衬出晋美旺扎对神佛的忠诚。罗扎诺桑虽然同为晋美旺扎的师兄弟，但是他没有坚定的信仰，不仅在动荡的社会环境中离弃佛教，而且在政治运动中完全迷失了自己，灵魂变得十分猥琐，他从反面衬托出晋美旺扎神佛信仰的坚定。努白苏管家虽然不是僧人，但是他忠诚于努白苏家，特别是在政治风暴冲击努白苏家、使努白苏太太陷入困境的时候，他尽其微薄之力帮助努白苏太太，让她在苦难的岁月中感受到人间的温暖。管家高尚的品格深深地感染着晋美旺扎，令晋美旺扎在政治动荡年月中并不感到太孤独。瑟宕二少爷土登年扎是一个很有见识的人，他不仅对西藏传统社会有着清醒的认识，看出其弊端，而且对外部世界也有清晰的了解，还能够看清社会发展的大趋势。他代表的是知性和智性，在世俗层面上为晋美旺扎认识社会环境提供知识资源。第三个层面的人物卓嘎大姐不幸死于政治动荡，她死后没有亲人替她料理后事，是晋美旺扎冒雨将她的遗体背到天葬台去完成天葬仪式。通过为卓嘎大姐举行天葬，晋美旺扎从佛教意义上对于人的生死有了深切的感悟。第三层面的另一个人物美朵央宗，在晋美旺扎还俗后与其结婚，并生育孩子格桑。但是由于他们夫妻间的误会，美朵央宗在孤独和凄凉中离开了人世。后来晋美旺扎认识到自己的错误，进而悔恨，他要以抚养格桑（被怀疑是美朵央宗与旺堆所生）来救赎自己的灵魂。从以上分析我们可以看出，《祭语风中》的人物关系结构是围绕宗教叙事的需要建立起来的，呈现出多层次、立体交叉的特点。

与此相比，《白鹿原》的人物关系结构则近似太极。白鹿原上主要生活着白、鹿两大家族（其实是由一个大家族分裂出来的），白氏家族以白嘉轩及其子女为主，鹿氏家族则以鹿子霖及其子女为主。他们在以儒家文化为代表的“白鹿精魂”的维系下生活在一起。可以说白、鹿两大家代表着阴与阳，这两大家族既相互依存，又相互争斗。白嘉轩虽为族长，但是他的职位一直为鹿子霖所觊觎，两人虽然表面上和气，但是暗地里一直在较劲。再说白嘉轩的长工鹿三，他就像太极图中的鱼眼。他姓鹿，但是与白嘉轩的关系非常融洽，不是亲兄弟，胜似亲兄弟，白嘉轩从来没有拿鹿三当外人，而鹿三也一直敬重白嘉轩，将白家当作自己的家。至于白、鹿两家的下一代，虽然矛盾重重，但是又有各自复杂的内在联系，显示出你中有我、我中有你的混沌关系。小说中的朱先生既不姓白，也不姓鹿，因而没有参与两家的纷争，是置身于太极系统之外的人物，具有俯视白鹿原的意味，然而又与白、鹿两家具有不可分割的精神联系。田小娥是外来者，作为黑娃的恋爱对象进入白鹿原，严重冲击着白鹿原上社会的稳定。她虽然并不代表某种政治立场，却也象征着一种外在力量。《白鹿原》的这种人物结构是由农耕社会家族制在现代文化与政治冲击下的风雨飘摇的现状所决定的。

《祭语风中》与《白鹿原》分别是藏、汉两族当代长篇小说的扛鼎之作，分别写出了这两个民族在风云变幻的20世纪数十年中的历史命运和精神状态。从中我们看到藏传佛教的坚韧与内地传统文化的脆弱；藏族人内心的澄澈与坚强，汉族人在传统文化受到冲击后表现出的迷茫和困惑。同时，我们也看到，作家根据自己民族不同的文化特性来认识各自民族，进而采取相应的叙事方式、叙事空间与人物结构。如果说藏传佛教是次仁罗布小说创作的根基，那么以儒家文化为核心的传统文化则是陈忠实小说创作凝视的对象，二者的成功都在于写出了各自的民族之魂。

（作者单位：扬州大学文学院）

来自“我者”的深度叙事与描绘

——次仁罗布长篇小说《祭语风中》简论

吴少颜 孙珂珂

作为雪域高原土生土长的藏族作家，次仁罗布创作了多部以西藏为背景的小说作品：“西藏独特的自然环境和历史传统构成了独具特色的藏族文化，它们是我创作的源泉与灵魂，那就是关注内心，审视精神的高度，这为我提供了取之不尽、用之不竭的创作资源和灵感，激发着我文学创作的热情。”[①] 他凭借藏族作家的身份自觉和强烈的民族关怀意识，以独特的叙事视域建构起西藏的地域人物形象。

次仁罗布将自己的创作经历分为三个阶段：1992年—2005年为“无意识创作期”，2006年—2008年为“沉潜期”，2009年至今为“成熟超越期”。[②] 次仁罗布在长期的写作实践中不断完成突破与超越，逐步从生活表层升华到精神世界。藏族文化始终是他的写作源泉，对于藏族人民精神世界的关注赋予他创作的神圣感和厚重感，苦难、悲悯和救赎被融入其小说的骨血之中，由此他创作出了独具特色的描写藏区的文学作品，受到读者广泛好评。

2015年，次仁罗布出版了第一部长篇小说《祭语风中》，小说主线是以僧人晋美旺扎的视角描述的西藏50多年来的历史变迁。上卷描写了1959年春西藏地区发生叛乱，人心惶惶，晋美旺扎等人跟随希惟仁波齐逃难，普通民众遭遇叛军迫害。在新生政权建立之后，晋美旺扎等人返回家乡，人们对新社会充满期盼，期待众生平等的实现。下卷描写了中印边境自卫反击战、“文化大革命”、西藏自治区成立十周年等一系列重大历史事件。晋美旺扎自愿参与支援中印边境自卫反击战，见证了政治斗争中的疯狂与人性的扭曲；在西藏自治区成立十周年后，他重回建筑队，开始了新生活，并在晚年回归天葬台，以获得精神的救赎。书中描写了众多的小人物——社会新人瑟宕二少爷、努白苏管家、邻居卓嘎大姐、理发师格龙等，记录他们在历史变迁中的悲欢离合，通过命运的起伏展现人性的历练和民族思想观念的转变。小说辅线是以藏密大师米拉日巴的一生展现的灵魂救赎的艰难过程。米拉日巴幼年丧父，被伯父和姑母侵吞家产。为了报仇学习咒术，他诛杀了贪婪的亲戚，并且给家乡带来了严重

① 陈进、张照涵、胡艳丽：《苦难与救赎：藏族文学的精神溯源——访著名藏族作家次仁罗布先生》，《西藏大学学报》2017年第1期。

② 陈进、张照涵、胡艳丽：《苦难与救赎：藏族文学的精神溯源——访著名藏族作家次仁罗布先生》，《西藏大学学报》2017年第1期。

的破坏。为了忏悔，米拉日巴跟从玛尔巴大师修行，经历了多次折磨以消除“恶业”，潜心修行，最终成为大成就者。

在《祭语风中》这部长篇小说中，鲜活又无处不在的藏族文化气息超越了浅层次的文化符号表达，个体的生命体验真实表现了西藏人民的精神特质。相关研究论文评价其为“当代藏民族史书写的力作……以熟悉历史的陌生书写有效实现了对历史缝隙的有效填补，以述史视角的创造性转化清除外界话语对藏民族史的干扰，实现本民族历史的自我阐释”[①]，这一评价肯定了本土作家书写民族历史的价值。也有研究从民族精神角度探究其创作中苦难、忍耐、宽容的力量：“《祭语风中》作者借助命运的无常、生活的困苦成功地将个体之苦、民族之苦表现出来。作者叙述这个故事的目的是想通过一个平凡人物的种种遭遇，来警惕人性的堕落，从而寻找到一个民族的精神家园。”[②] 这些研究大多集中于作品的主题和内容，对于作者如何描绘西藏的生活和历史关注相对较少，而次仁罗布正是凭借“我者”的身份自觉创造出了这部极富藏地气质的作品。“我者”相对于“他者”而存在，“他者”理论主要用于诠释差异性，构建二元对立模式，“我者”则体现出对自我身份的确认以及对书写权力的掌握，贴近真实，实现零距离书写与深度描绘。

一、藏区印象：“我者”笔下的真实生活与历史

西藏位于我国青藏高原，地域辽阔，人烟稀少，因偏远的地理位置和奇特的地域风貌而承载着人们对神秘的追寻和对净土的向往。正如阿来所说：“心里早有了关于西藏的定性：遥远、蛮荒和神秘。更多的定义当然是神秘。也就是说，西藏在许许多多的人那里，是一个形容词，而不是一个应该有着实实在在内容的名词。”[③] 因此在许许多多的文学作品中，西藏作为一个“他者”而存在，凸显与主体的差异性，更多呈现出想象性的而非真实的面貌。在西方话语中，西藏以自身的落后和愚昧衬托西方的先进和文明，同时也以奇特的地域色彩和古老神秘的意象吸引着外界。在非本土作家的笔下，天葬、藏歌、布达拉宫、酥油茶等陌生的风物将西藏的异域情调无限放大，西藏俨然成为超脱俗世、净化人心的场所。对西方作家和非本土作家而言，对西藏的“陌生”给予了他们想象的空间，西藏变成了可供解读的静止的符号，这掩盖了它的真实面貌。而在大多数本土作家的心目中，西藏作为“我者”而存在，他们多年的生活经验和体会建构起对西藏的认知，因此他们笔下的西藏是清晰而熟悉的，西藏所面临的历史变迁与现实生活息息相关。西藏本土作家次仁罗布在《祭语风中》中用一种冷静和客观的笔调描绘西藏的自然景观和人文景观，叙写小人物的日常生活，描绘社会转型中的藏区人民的奋斗、挣扎，借助个体的独特经验解构符号化、非真实的想象，从“我者”的角度重新书

---

① 类维顺、马斯慧：《“独异”与“神性”——再论次仁罗布新作〈祭语风中〉的民族史书写方式探秘》，《文艺争鸣》2019 年第 5 期。

② 李小平：《从苦难中走向宽容：民族心灵史的书写——次仁罗布长篇小说〈祭语风中〉解析》，《西藏大学学报》2016 年第 4 期。

③ 阿来：《就这样日益丰盈》，解放军文艺出版社 2002 年版，第 135 页。

写西藏的艺术形象。

（一）去陌生化——贴近藏区生活

常见的地域形象的构建倾向于展现地方色彩，通过风俗画、风景画、风情画来展现地方性差异带来的魅力和生命力，体现出“他者”的独特价值。在西方作家和非西藏本土作家的笔下，神秘和差异营造出的陌生化是西藏吸引力的主要来源，这种“他者”体验放大了神秘性与独特性，因而使西藏的真实面目越发模糊。而生于西藏、长于西藏的次仁罗布在《祭语风中》中则用“我者”的视角来构建西藏的形象。长期的文化浸染使他很难在文本中营造陌生化体验，糌粑、酥油茶、僧人、天葬台都是他再熟悉不过的事物，西藏的宗教文化和世俗生活达到了水乳交融的境界，苦难、救赎、悲悯根植于藏族文化，表现在琐碎的日常里。《祭语风中》用一种冷静的笔调来描写藏区风物，不渲染和夸大景物的特质，又用日常生活体验打破了陌生化带来的冲击：

> 在领经师雄浑而激昂的声音引领下，大殿里回荡着我们波浪般高低起伏的诵经声。这些虔诚的声音，使端坐在高台上的诸佛，看到了我们发愿的善心。
>
> ……
>
> 每天上午祈祷法会结束后，僧人们不愿再像以往那样去园林里变经，或到庙里供奉佛了。每个人都怀着忐忑的心，打听和议论从拉萨传来的各种消息：拉萨那边对十八岁至六十岁的男人在进行登记，准备开战了；有近千人手持小白旗，绕八廓街游行喊口号，张贴标语；有人在路口设置障碍物，砍断电线杆；布达拉宫的武器库被打开了，在向民众发放枪支弹药……①

虔诚的诵经声和寺庙中的诸佛营造了神圣的氛围，体现出西藏独特的宗教文化，带给非藏区读者新奇的感受和体验。但次仁罗布并未留恋这种关于“新奇”的书写。来自拉萨的真假难辨的消息突出了战乱带来的人心惶乱，这种普遍性的人生体验穿透了表层书写对西藏的符号化建构，将“神秘的”西藏拉回到日常生活的轨道上来。西藏并不是一幅静止的油画，而是每天都发生着琐碎或重大事件的真实立体世界。

《祭语风中》采取了一种浸入式的叙写方式，描写“我者”真实的生活体验，通过日常生活经验展现西藏生活的丰富和生动。小说主线描写了众多藏区小人物的人生经历：希惟仁波齐在叛乱中遵照神谕带领弟子出走，间接导致多吉坚参的死亡，他为此而悲伤忏悔，在闭关中圆寂；罗扎诺桑在变革中失去忏悔之心，揭发自己的恩人以获取现实利益，最终被时代抛弃；晋美旺扎在世俗的诱惑中经历灵魂与肉体的挣扎，最终回归天葬台，实现灵魂救赎。西藏正是由这些小人物及其复杂境遇构建起来的，小人物们面对的也不过是战乱时的逃亡、亲友的逝世、爱人的背叛、人生道路的抉择。对这种日常生活经历的书写打破了民族和地域的界限，建构起具有普遍性的桥梁，恰恰能够引起巨大的共鸣。小说辅线描写圣者米拉日巴的传奇故事，奇诡的咒术、史诗性的英雄人物在传说中呈现出来：

① 次仁罗布：《祭语风中》，中译出版社2015年版，第29—30页。

> 乘着夜色，您背着放咒术和降雹的书离开了绰洼隆。走在寂静的山道上，您还是忍不住要回头看看曾经在山头上建筑过的地方，回想那些艰辛，心里为蹉跎岁月涌起一丝悔意来。
>
> ……
>
> 圣者米拉日巴，如今我们也在经历一段命中注定的历练，我们能否在这道场中把心智修炼得更加健全?①

次仁罗布在访谈中提到《祭语风中》“在表现藏族人的这种日常生活状态”②。圣者米拉日巴的传奇故事对藏区人民而言并不是引起颤栗的奇诡传说，而是融入了小人物日常生活体验，揭示了生活的本质：修炼心智与精神救赎，作为精神指引来展现人生的磨砺与苦难，更加贴近现实生活。次仁罗布以藏民族人物的视角去呈现西藏的历史变迁，描绘他们在社会转型期的阵痛与挣扎，从生活的细节方面勾画出西藏的形象，无疑是具象而生动地贴近藏区人民的生活，呈现出西藏有着实在内容的真实的一面。

（二）去符号化——融入个体经验

“我创作这部小说是为了完成一个心愿，之前没有一位藏族作家全方位地反映过这段历史，反映巨大历史变迁中最普通藏族人经历的那些个体命运起伏，来表现整个民族思想观念是如何发生转变的，将一个世俗的西藏画卷呈现给读者。”③ 次仁罗布尝试对西藏的历史事件进行书写，但是不同于传统宏大叙事的“符号化”，将人与历史作为传达主流意识的工具，而是从“我者”角度为历史注入人本精神，在阐释西藏 50 多年来的历史变迁时，主要描写藏区的生活，从个体经验入手，讲述历史变革给人民带来的生活和心理上的变化。在“我者”的笔下，历史不再是清晰的事件的总和，而是具有温度和感性色彩的人的体验。

《祭语风中》所展现的西藏并非静止和孤立的，在 50 多年的历史变迁中，西藏经历了反动分子武装叛乱、和平解放、中印边境自卫反击战等重大事件，封闭的藏区被迫向现代社会迈进，藏区人物的命运随之跌宕起伏。社会的变革带来了生活的新质，藏区人民也不断面临命运的波折：社会“新人”瑟宕二少爷对封闭和落后的西藏不满，对于新社会充满热切的期盼，却在“文化大革命”中饱经排斥；努白苏管家为人忠诚善良，为了保护努白苏老太太，声称二人为夫妻，因此终身未娶，最终葬身于澜沧江；晋美旺扎见证了恶意批斗、背叛后思索何为公平，他自己也因私藏文物而经历批斗和改造。次仁罗布描写藏区人民的人生历程，在他们的生活变迁中徐徐展开历史画卷，从“人”的角度来表现西藏人民对新社会的激情与期盼。小说通过个人经历和个人感受来展示西藏的社会变革，显露出历史的前进轨迹，凸显出人在历史中的主体地位。

---

① 次仁罗布：《祭语风中》，中译出版社 2015 年版，第 386 页。

② 胡沛萍、次仁罗布：《作家的担当意识与文学的苦难救赎——〈祭语风中〉访谈》，见陈思广主编，《阿来研究》（第 4 辑），四川大学出版社 2016 年版，第 121 页。

③ 徐琴、次仁罗布：《关于次仁罗布长篇新作〈祭语风中〉的对话》，见陈思广主编，《阿来研究》（第 4 辑），四川大学出版社 2016 年版，第 113 页。

历史奔涌而来，人之渺小，如沧海一粟。但《祭语风中》试图展现藏区人民的力量，他们在时代的风云变幻中用精神世界来对抗现实苦难。小说通过米拉日巴的遭际来展现人在精神上可能到达的高度，“他说：‘我无法做到像圣者米拉日巴那样，放弃世间的思怨，救度一切众生。’‘我们谁都做不到，但我们在学习米拉日巴，努力培养这种精神境界’”①。米拉日巴的故事揭示了藏民族的精神渊源，作为精神向导指引藏区人民超越苦难，心怀悲悯，在人性的修炼场中获得精神救赎。

晋美旺扎的世俗历练体现出精神世界的重要性，揭示出用精神救赎对抗苦难的可能性：“这是一个多么殊胜的昭示啊，是要我能像那颗黑夜中的星星一样，在天葬台上为亡魂指引中阴的道路，给活人慰藉失去亲人的苦痛，那将利益了更多的人，同时也救赎了我在尘世犯下的罪孽。唵嘛呢叭咪吽！”② 晋美旺扎在还俗与做僧人之间挣扎，在俗世中经历了爱情、背叛、伤痛后，在晚年成为一名天葬师，潜心修行以赎罪。

《祭语风中》描写众多小人物在历史的挟裹中踉跄前行，展现新旧交替之时的人性选择，对藏区人民而言，西藏的历史不是重大事件的组合，而是他们所面临的生活的变迁与命运的起伏。次仁罗布通过小人物的人生经历展现了西藏 50 多年的历史以及苦难体验，从日常生活出发探究他们的精神世界，记录他们在迎接时代冲击的同时坚守着精神信仰的一生，同时以一种热忱的生命关怀展现了民族的心灵史，挖掘了藏区人民对抗苦难的精神渊源，凸显出藏民族的悲悯、救赎精神。小说通过生动的个体经验赋予历史以丰富的内容，确立了“人”的主体地位，消解符号化书写的片面与空泛，从“人”的角度还原西藏的历史，在此基础上逐步构建出西藏真实而生动的形象。

二、忠实撰写：“轮回”秩序的零距离写作

次仁罗布作为一名笔耕不辍的少数民族作家，其小说除去了“他者”书写少数民族时笔下的文化距离、社会关系距离与心理距离，此外，还往往具有“仅属于本民族的而为别的民族所没有的”，“使这个民族的文学同别的民族的文学鲜明地区别开来”③ 的行文特征。长久以来，少数民族的文学作品较多地以口头文学的形式得以保存，尽管也有不少少数民族作家进行创作活动，但相较于汉民族作家群体，其书面文学仍然处于较为边缘的地位。当“他者”凭借笔下若隐若现的距离，以保持一种“辩证的优势”时，作为少数民族作家队伍中的一员，次仁罗布力图在其小说中积极表现和延续的，绝非仅仅是对汉族文学的吸收融汇，以及向主流文学、主流意识形态积极靠拢的主动选择，而更是将他所熟知并受其充分滋养的藏民族形式丰富的民间文学，以及蕴藏在民间话语深层结构中的民族思维方式与文化心理，以书面形式无距离地、忠实地撰写、记载下来。具体到《祭语风中》，则是扎根于得天独厚的藏文化、藏民族风土人情，建立“轮回”秩序。

---

① 次仁罗布：《祭语风中》，中译出版社 2015 年版，第 349 页。

② 次仁罗布：《祭语风中》，中译出版社 2015 年版，第 442 页。

③ 以群主编：《文学的基本原理》，上海文艺出版社 1983 年版，第 443 页。

在藏传佛教中，“业力轮回”是一个相当重要的关键词。尽管在佛教大宗中，“六道轮回”是频繁被提起的观念之一，但是由于受到特殊的地理条件与区域文化的影响，藏族人对于藏传佛教中“轮回”的尊奉与实践，可以说是超越了一般教徒。作为藏传佛教最为经典的文献之一，宗喀巴大师所著的《菩提次第广论》先于“下士道”中观想“三恶趣”之苦痛，唤起教众之厌憎心与恐怖心，由此引发及时修行之必要性；再于“中士道”中细讲“苦谛”与“集谛”的内涵要义，即了知现实存在的苦楚，追溯苦恼的形成原因，从而摒弃执念，巩固出离之心；最终于“上士道”中指明发菩提心之途径，即“知母、念恩、报恩”。

也正因如此，藏地的丧葬习俗、生育习俗、教化方式、生死观念乃至普遍价值，皆以“业力轮回”为底色，对于诸世苦难怀有虔诚的修道之心，不以为苦，不以为怨，而以死为生，以之为直面灵魂的修炼，抑或是自我救赎的必由之路。活佛、仁波齐的转世，民众的贡献与布施，信徒的转经与朝圣，等等，都是对“业力轮回”的肯定。

在《祭语风中》全书的序言中，作家这样写道：

> 你见过天葬台吗？几百年来，在那黑黢黢的石台上，每天都有生老病死的藏族人，躺在上面化为虚无，唯有灵魂，承载善恶的果报，像风一样轻扬而去。天葬台，既是此生的终点，也是来世的起点。
>
> 你去送过葬吗？在桑烟缭绕中，彻响着僧人的扎玛如和绵长的诵经声。秃鹫从天际扇翅扑棱棱地飞落下来，在石台前躁动地等待布施。天葬师为死者完成最后的仪轨，用血和骨肉完成今生最后一次施予，以此减轻此生积聚的罪孽。送葬者经历这一仪式的洗礼，会对人生、生命有一次全新的思考，从而使心变得纯洁而安详！[①]

次仁罗布将“天葬台”视作轮回的节点，赋予其浓厚的神性色彩，它既是一个具有百年历史的物质实体，又是一个具有宗教意义的虚幻场所。在这里，冰冷、悲伤的死亡也因为今生善举的福报与往世轮回的希望而增添了人性与神性的温度。与此同时，小说所讲述的西藏50多年来历史变迁的宏阔空间纵深感，与个人作为独立个体的“入世”和“出世”真实经历奇幻地交叠，巧妙地营造出富于少数民族特色的独特新奇的审美效果与阅读感受。与此同时，“天葬台”“扎玛如”“僧人”“秃鹫”“布施”等种种基于地域文化的话语系统，富于地域色彩的意象拼贴，于全文的开篇形成了无限逼近真实的影像，构筑传奇式谜团，这种情绪表达和符号运用也暗示并奠定了整部小说的真实藏地气质。

《祭语风中》小说以晋美旺扎个体的视域见证西藏半世纪的历史变迁，其“由俗而僧”“由僧还俗”并最终皈依的独特经历所聚焦的不是事件背后的政治潜流，而是人物的坎坷命运。经笔者粗略估计，《祭语风中》中总共出现了40余人的死亡。从叛乱伊始晋美旺扎亲眼见证的老僧之死，到数十年后他听闻历经风波、不改善心的努白苏管家意外身亡的噩耗，主人公晋美旺扎对于生死的态度也从惶惑哀痛转变为“听到噩耗没有悲

① 次仁罗布：《祭语风中》，中译出版社2015年版，卷首语。

伤”，“在桑烟袅袅的桑炉旁，我想到了人世的轮转和无常，每个人都在不可避免地走向死亡；想到了自己的死亡，想到了这一生我造下的恶业，要是再不努力利益他人的话，我已经没有多少时日可以进行救赎了”。①

在全书的最后，僧俗身份几次颠倒的晋美旺扎最终做出了他人生最后的决定：

> “往事如云烟在心头荡过，我的心识也从迷乱中变得澄澈起来。如今儿女都已长大成人，俗世的纠葛对我已经没有意义了。我曾是一名僧人，由于业力我的命运随之被改变，现在是该自己改变这些业力的时候了。”
>
> “……要是我能像那颗黑夜中的星星一样，在天葬台上为亡魂指引中阴的道路，给活人慰藉失去亲人的痛苦，那将利益了更多的人，同时也救赎了我在尘世犯下的罪孽。唵嘛呢叭咪吽！
>
> 我拒绝了儿女们的劝阻，在一个夏日的午夜奔向了帕崩岗天葬台。”②

什么是善，什么是恶？善恶之间，如何靠修行进行轮转？作者通过“业力轮回”的介入维持了价值评判的平衡。轮回的不只是生与死，更是大地上曾经出现的鲜活的人与事，这样的“轮回”是宗教的、神性的，更是感情的、人性的。通过“轮回”秩序的再建立，次仁罗布既做到了置身底层民众，用慈悲的宗教目光平等对视，深入个体的悲欢离合，再现人物生活与命运，又做到了跳脱出历史长轴上人物短短一世的时间与视角局限，进入“永恒”的视域，纵览过往得失，眺望无尽的时间和历史奔流的方向，绘出一幅从文学到文化、从宗教到生死命题的壮丽画卷。

另外，小说以主人公晋美旺扎“奔向天葬台”的行为为终，又以晋美旺扎于天葬台舍弃肉体凡躯，“进入到了死后现前的续发明光中”③ 为始，其本身亦形成整体结构上首尾相顾的完满呼应。“轮回”的结构嵌套“轮回”的叙事，充盈着丰富且发散的文学意义与审美情趣。作者独运匠心，引导读者亲手触碰生死命题，于隐性叙事中揭示轮回背后藏地的道德准则与生死观念：“甘于忍受环境的艰辛、生活的贫穷，并将这一切视为是暂时的，从而一心希求来世的福报。”④ 次仁罗布所忠实记录并撰写的“阳间的秩序”在藏地的血脉上延伸，基于集体经验的“在场感”穿越了一时一地之局限，在纵横时空上均显现出一种刚健的、宏阔的“力”。这种“力”不仅是抵御人世伤痕和阵痛的意志力，更是长久以来藏民以信仰之光照亮、疗愈精神创伤，重塑个体、社会、文化的希望哲学的内推动力。“轮回”之于次仁罗布，不仅是展现民族气质及写作才华的一个地域意象，不仅是一个充满血与泪的粗粝真实的铺陈场所，不仅是一个透视藏地社会结构、文化心理等诸多层面现代转型的着眼点，它更是一条对历史与现实、传统与现代之纠缠的追认途径，一次自我反思、自我审视、自我驳诘的零距离的灵魂问询。

---

① 次仁罗布：《祭语风中》，中译出版社2015年版，第440页。

② 次仁罗布：《祭语风中》，中译出版社2015年版，第441—442页。

③ 次仁罗布：《祭语风中》，中译出版社2015年版，第12页。

④ 才让：《藏传佛教信仰与民俗》，民族出版社1999年版，第17页。

三、复原与超越：叙事技法及特色

（一）“二我差”的叙事张力——复原历史的现场

“凡是叙述者显身，叙述中又讲到自己的过去，就必然产生二我差。”[①]《祭语风中》正是以垂垂老矣的晋美旺扎的视角，展开了对其生平所历、所感事件的回顾性叙述。天葬台上受访的晋美旺扎是作为叙述者的“此我”，在漫长时间轴上滑动的晋美旺扎则是被叙述、被回顾的“昔我”，“此我”与“昔我”在主体对象方面具有同一性，但在时空距离、认知程度、价值评判标准等诸多方面又具有离散性。“二我”时而同一合，时而离散，既产生了追认式合一，又局部生成了暧昧性对立，就文本内部的丰富性与复杂性而言，无疑是一次超越性的、大胆而成功的尝试。

“帕崩岗天葬台山坡上的简易棚子下，晋美旺扎盘腿就座，面朝低处的天葬台，祈诵《普贤行愿品》。他手中的扎玛如和摇铃，此起彼伏地发出乐音来，给山谷增添了一分安详与寂寥。”[②] 立于回顾性视角、身处往事之外的晋美旺扎，首先以笃诚的信徒形象出现在读者视域中。他与希惟土登却吉坚参仁波齐转世——希惟贡嘎尼玛的评价性阐述、先知先觉性预述贯穿了整部小说，与往事之内的晋美旺扎形成了内外视角的交替。二声部颉颃共鸣，配合补充，将受限的第一人称叙述充分地拓展，在多维地呈现历史纵深感的同时，最大限度地保证了历史现场的真实与可靠。

譬如在“昔我”对拉萨叛乱感到惶惑不安、“心情沉重”而进行种种漫无边际的揣测，继而跟随仁波齐踏上前途未卜的流亡之路时，“此我”借景寓情，发出“我这一生也像这只鹰，只在时间的长河里投下了一个阴影”[③] 的回顾式慨叹。“昔我”的迷惘与“此我”的洞悉隔空相应，过去与现在在视角重合的节点上进行意义的复合，同时，叙述自我与经验自我的个体差异也得以浮现，让读者在阅读体验中清晰地意识到作为主体的“我”——晋美旺扎的成长。

再譬如“文化大革命”时期，“昔我”于彼时卷入打砸大昭寺、毁灭佛像的事件之中，而“今我”于今时发出“命运让我也卷进了打砸寺庙的行列里，那种负罪感一直伴到现在”[④] 的忏悔之声。事件还原与心灵复原的双重真实，引领读者理解时代的强大漩涡与晋美旺扎的别无选择。这并非一种技巧性的罪责开脱，而是力图在历史与今日的来回穿梭中，深刻地揭示洪流翻滚中幽微而真实的人性。与此同时，读者的审视与探微在“二我差”的追述中生成，无疑将对鲜活、真诚的主体所经历的去蔽后的历史进行清醒而自觉的深刻反思。在这样的反思中，简单笼统的斗争哲学退居二线，生命个体的独立与尊严问题浮现出来。

---

① 赵毅衡：《论二我差：“自我叙述”的共同特征》，《江西师范大学学报》2014 年第 4 期。

② 次仁罗布：《祭语风中》，中译出版社 2015 年版，第 2 页。

③ 次仁罗布：《祭语风中》，中译出版社 2015 年版，第 101 页。

④ 次仁罗布：《祭语风中》，中译出版社 2015 年版，第 360 页。

（二）“话语”的深度写作——构设时代的互文

“事件的历史曾经存在，但并不应声而至，留下的乃是话语——对事件的叙述。”①历史是在客观意义上真实发生和存在的事件，而话语则是掺杂了作者乃至读者的理解、体验、心理、价值、观念的混合物，是在历史材料基础上的二次加工与建构，是漂浮的见证、线性的记叙向沉淀、超越的深化与升华。优秀的现实主义小说家不但应具有直面具体现实问题的勇气和能力，更应跳脱出时代、地域和民族的藩篱，把握价值、存在、意义的普适性本质，从而进行深度的挖掘与写作，并合情合理地构设时代的互文。

藏区作为藏文化积淀深厚的后发现代化地域，对于高速的现代化进程有难言的暧昧与纠结。面对裹挟着巨大心理和物理能量的现代性的双重刺激，旧有的社会层级、秩序和文化心理必然因为剧烈的冲击而跌宕、变化，甚至解体。觉醒的本土作家对于笔下话语的价值评判失去了某种传统的、固有的、相对稳定的依恃，而新旧掺半的主体又与实际所处的社会空间产生了一定程度上的隔阂。纵观当代文坛中叙写藏区文化的诸多优秀作品，我们不难看出文学、民族历史、藏传佛教以及现代性之间割舍不断的牵连缠绕，而追问个体尊严、存在价值的态度则内化为文本背后深层的情感暗流，呈现在文本之中，是较其他文本更为复杂多样的情状。

“我接收东西，然后再像镜子一样反射出来，夹杂着回忆、梦境与理念。”② 次仁罗布的写作，不是那种居高临下的精英化写作，也不是被经典化程序裹挟、控制的惯性写作，更不是标签化的理念生产和价值操作。相反，“（我）确信这世道是朝着对百姓有益的方面在发展，但不知为什么心里却有莫名的忧伤！”③ “那时我很矛盾，一面为那么多的人能够得到人身自由，生活有保障而感到由衷的喜悦，又为瑟宕府和努白苏等家族的衰落感到惋惜。”④ “这个新年我过得非常孤独，以往没有过的凄凉、无助弥漫在我的心头。我只得每天都到各寺庙去拜佛，以此打发这难挨的漫长节日。”⑤ 如此种种，正是晋美旺扎在现代化进程中的失落和脱节的症候，也正是时代错位与断裂感的某种折射与体现，这样的游离使人物在一定程度上保持可贵的、清醒的审视距离。而晋美旺扎出家、还俗、再出家的身份转换与心理变迁，被置于历史进程中，展现的便不仅仅是某个单独生命个体的内心抉择和行为变化，而是一代人与时代进程交映而形成的互文，是对历史现场的多维重塑与补充展现。

文学文本的深刻性，并不在于它对某个重大现实问题或某种生存困境进行了有力的、切实的解决，而在于它把问题和困境放在了一个更为纵深的维度上来审视。单单因为题材和身份的局限而固化次仁罗布的创作是不应当的，他在采访中明确提到自己的创作观念：“我们不要去刻意写藏族人，而是把他当成一个人来写，这样我们写出来的人

---

① 曹禧修：《叙述学：从形式分析进入意义——文学研究方法论研讨之二》，《文艺评论》2000 年第 4 期。

② 张秋：《中产阶级的审慎魅力：世界电影大师的中产影像》，江西教育出版社 2010 年版，第 106 页。

③ 次仁罗布：《祭语风中》，中译出版社 2015 年版，第 206 页。

④ 次仁罗布：《祭语风中》，中译出版社 2015 年版，第 236 页。

⑤ 次仁罗布：《祭语风中》，中译出版社 2015 年版，第 312 页。

物就超越了种族，超越了阶级，被塑造出来的人物，是任何种族都能接受的。这是因为人类的情感是相通的，人性也是相通的。”[①] 已还俗的晋美旺扎面对曾经显赫得势的瑟宕少爷以及努白苏管家于动乱时期的悲惨境遇，依旧“深刻地体会到了世事的无常，心里为他们现在的境遇难过”[②]，不惜冒着被批斗抄家的危险，帮屈死的努白苏老太太“塑一尊度母神像，让度母护佑她的亡魂”[③]。在晋美旺扎脱离了僧侣身份的俗世定位上，广大非藏区的读者依旧能够透过他的言行举止，听到慈悲普爱的人性颤音，昭显洞烛幽微的人性关怀，并了悟这样一个具有价值感召力的命题：“人性是共通的。”这正是次仁罗布深度写作的剖面之一。

四、结语

20 世纪 70 年代以来，李家俊、马原、阿来、扎西达娃、次仁罗布等作家纷纷在作品中对西藏进行书写，西方文学作品中也出现了对西藏的想象，而民族身份的不同使得关于藏地的描述交织在“他者”与“我者”之中。不同于非本土作家的“他者”想象性和符号化构想，藏族本土作家作为“在场者”和“亲历者”，更加清晰地感受到西藏的历史变迁和藏民族的精神风貌，对其的描绘更加真实和深入。作为西藏本土的优秀作家之一，次仁罗布对西藏的书写超越了民族身份的界限，展现出人类精神世界的共通之处。刘醒龙高度评价次仁罗布的写作：“需要放在汉语文学的整体视野中进行体味，才能有效地发现其价值。”[④] 在《祭语风中》中，次仁罗布实现了直面生活的真诚表达，同时又试图超越对生活表象的书写，展现藏民族深层的精神世界。阿来评价这部小说：“提供了封闭的青藏高原被迫向现代社会洞开的几十年里民间生活的真实场景。”“用宗教生活的保守与义理的谙熟破除了诸多神秘，并道出他笔下的人物如何要以对善的皈依为自己的救赎之门。”[⑤] 次仁罗布从日常生活着手，描绘有着实实在在内容的西藏，挖掘能够引起共鸣之处。在他的笔下，西藏不再是一种隐秘的存在，其精神文化的共通之处构架起差异共生的桥梁。对藏族传统文化资源的吸收奠定了整部小说的藏地气质，展现出对现实的思考，圆熟的叙事技法多维度地呈现了历史的纵深感，合理构设了时代的互文。

雪域高原藏族作家次仁罗布通过文学书写，以小说形式表现历史与现实生活，实现了历史与文本的互文交融，摆脱了庸俗的符号化猎奇等迎合外部悬想、臆测的套路，以真实的生命关怀、诚恳的深度叙事来描绘西藏生活，塑造西藏人形象，将苦难与救赎的自觉赋予人间精神与文明求索。次仁罗布就如同他笔下踽踽独行的当代晋美旺扎，他用构筑以我为主的审美系统及意义空间的手指，弹奏出一曲曲发自藏族人灵魂的“弦子”，

---

① 陈进、张照涵、胡艳丽：《苦难与救赎：藏族文学的精神溯源——访著名藏族作家次仁罗布先生》，《西藏大学学报》2017 年第 1 期。

② 次仁罗布：《祭语风中》，中译出版社 2015 年版，第 394 页。

③ 次仁罗布：《祭语风中》，中译出版社 2015 年版，第 407 页。

④ 次仁罗布：《祭语风中》，中译出版社 2015 年版，封底。

⑤ 次仁罗布：《祭语风中》，中译出版社 2015 年版，封底。

将历史定格在普遍人性的刻度上，从而创作出多部长卷，充分表达了当代藏族作家不倦的艺术追求。

（作者单位：四川大学文学与新闻学院）

多维视野

中国当代少数民族文学发表机制转型研究

——以《人民文学》（1949—1966）与《民族文学》（1982—1999）为例[*]

邱 婧 梁 驰

一、重返历史现场：《人民文学》和《民族文学》的建构及其转型

1949年7月，中华全国文学艺术工作者代表大会召开。这次大会通过了中华全国文学艺术界联合会章程，成立了中国文学艺术界联合会，简称“文联”，并成立了文联下属协会——中华全国文学工作者协会，后更名为中国作家协会。同年，中华全国文学工作者协会在北京创办了《文艺报》和《人民文学》。其中《人民文学》作为发表文学作品的国家最高级别文学刊物，在新中国的文学生产传播体制内扮演着重要的角色。

《人民文学》1949年的创刊号“发刊词”的撰写者是茅盾。他在“发刊词”中提及中国民族文学的构建问题，写道：“作为全国文协的机关刊物，本刊的编辑方针当然要遵循全国文协章程中所规定的我们的集团的任务。这个任务就是：……开展国内各少数民族的文学运动，使新民主主义的内容与各少数民族的文学形式相结合，各民族间相互交换经验，以促进新中国文学的多方面的发展。”[①] 自此，作为国家官方期刊的《人民文学》，自然而然地承担起了构建中国当代少数民族文学的重任。

李晓峰曾对这一“发刊词”展开学理层面的论证，认为其发表不但确立了少数民族文学在新中国文学中的地位，而且赋予了少数民族文学发展以更高目标和更重要任务，同时也赋予了少数民族文学学科与其他学科以平等地位，并对少数民族文学学科层次和知识等级进行了划分。[②] 袁向东的研究涉及《人民

---

* 本文为国家民委民族问题研究青年项目“新中国民族文艺制度与中华民族共同体构建研究”（2019－GMC－047）的阶段性成果。本文构思参考姚新勇教授的建议，特此致谢。

① 茅盾：《发刊词》，《人民文学》1949年第1期。

② 李晓峰：《“少数民族文学”构造史》，《当代作家评论》2017年第5期。

文学》与民族文学早期建构之间的关系，他认为，“要使实际交往并不平凡的各民族拥有一个想象的共同体，必须有一个各民族能普遍接受的美好意象做连接。《人民文学》把中国共产党领导下的对幸福有着真切的追求作为各民族建立起彼此联系的核心意象”[①]。

1953 年 9 月，茅盾在“发刊词”里的这一关于发展民族文学的号召被写入中国作家协会章程。1956 年 6 月，在中国作协第二次理事（扩大）会议上，老舍具体提出了“开展各兄弟民族文学工作”的八条措施：“中国作家协会和各分会应吸收兄弟民族有成绩的作家作为会员。以会员为中心，兄弟民族的作家们应有经常联系、定期学习的组织。”[②] 为此，中国作家协会成立了民族文学委员会，并且“选取兄弟民族青年作家到文学讲习所学习”，同时，还要求从中央到地方多出版民族作家的作品，各级刊物“应多发表兄弟民族作家的作品”[③]。白崇人、杨玉梅、石彦伟在《中国当代少数民族文学的回顾与思考》一文中提出，“这些有力的措施，极大地促进了少数民族作家队伍的形成，少数民族文学的发展开始从自然走向了自觉”[④]。

1949—1960 年间，“兄弟民族文学”的概念和“少数民族文学”的概念几乎同时存在并有交叉。到了 1960 年，老舍在中国作协第三次理事（扩大）会议上做了《关于少数民族文学工作的报告》，将“民族文学”这一类别正式命名为“少数民族文学”[⑤]。此时，在《人民文学》的发表机制推动下，少数民族文学作家队伍也已经得到较大规模的培养和发展。

从 1949 年创刊到 1966 年停刊，《人民文学》共出版了 198 期，发表了 670 篇反映各个少数民族生活的文章[⑥]，大力推进了少数民族文学的建构。为了使这一建构过程更加明晰，在进一步的统计中，笔者将小说、散文、诗歌、戏剧、报告文学这五大类作品按照汉族作家和非汉族作家进行分类并做出如下的表格：

表 1　《人民文学》（1949—1966）发表文章分类表

体裁 / 作者身份	小说	散文	诗歌	戏剧	报告文学	其他
少数民族作家	27	8	53	4	2	18
汉族作家	61	70	389	5	7	14
未注明作者	0	0	12	0	0	0
总数	88	78	454	9	9	32

① 袁向东：《民族文学的建构——以〈人民文学〉（1949—1966）为例》，暨南大学出版社 2011 年版，第 38 页。

② 老舍：《关于兄弟民族文学工作的报告——在中国作家协会第二次理事会会议（扩大）上的报告（摘要）》，《人民日报》1956 年 3 月 25 日。

③ 老舍：《关于兄弟民族文学工作的报告——在中国作家协会第二次理事会会议（扩大）上的报告（摘要）》，《人民日报》1956 年 3 月 25 日。

④ 白崇人、杨玉梅、石彦伟：《中国当代少数民族文学的回顾与思考》，《民族文学》2015 年 10 期。

⑤ 老舍：《关于少数民族文学工作的报告》，见关纪新主编，《中国少数民族文学经典文库，1949—1999 理论评论卷》，云南人民出版社 1999 年版，第 1-23 页。

⑥ 袁向东：《民族文学的建构——以〈人民文学〉（1949—1966）为例》，暨南大学出版社 2011 年版，第 9 页。

另外，需要提到的是，在这些文学选题中，少数民族民间文学和作家文学是并存的。在新中国对少数民族作家文学展开系统建构的早期，以及在大力扶植和培养少数民族作家的过程中，对于“少数民族文学”建构所进行的努力则更多集中于民间文学方面，尤其是对少数民族民间文学作品的收集，比如广泛收集存在于少数民族地区的口头文学——神话、民族史诗、民间传说、歌谣等。在中国，相当多的少数民族存在丰富的口头文学及文化传统，如三大史诗——藏族的《格萨尔》、蒙古族的《江格尔》、柯尔克孜族的《玛纳斯》，中国西南少数民族地区也存在着丰富的史诗。

在《人民文学》中，民间文学的收集和改编有着丰富的案例。例如 1954 年第 5 期发表了由云南人民文工团搜集资料，黄铁、杨知勇、刘绮、公刘等作家重新叙述的撒尼史诗，题为《阿诗玛》；1957 年第 5 期发表了由李兴沛重新整理编译的三首哈萨克民歌《故乡》《爱情》《忧怨》；1955 年第 7 期发表了韦其麟根据壮族民间故事重新创作的抒情长诗《百鸟衣》。

同样，《人民文学》的创刊也使得少数民族专门从事书面文学创作的作家群体得到极大的发展。值得注意的是，本阶段繁荣发展的少数民族文学选题并不局限于对民族民间文学的改编，还出现了大量作家新创作的反映现实生活的汉语书面文学，以及民族作家用民族语言创作的被翻译成汉语的文学作品。

比如在 1952 年第 1 期中，《人民文学》首篇发表了蒙古族作家玛拉沁夫的小说《科尔沁草原的人们》，细致地讲述了萨仁高娃与反革命特务宝鲁斗智斗勇，最终在动物与村长阿木古朗的帮助下，成功抓获了反革命特务宝鲁的故事。这篇小说取材于现实生活，同时描写了大量的地理景观和民俗学场景，将国家认同与民族传统文化很好地结合在了一起。还有原发表于地方期刊的几首维吾尔族诗歌，由景道韫、张森棠翻译成汉语文学作品《维族诗歌七首》，发表在《人民文学》1951 年第 5 期。

在 1966 年 6 月至 1975 年 12 月间，《人民文学》停刊。到了 1979 年，第四次全国文学工作者代表大会召开，大会提出新的文艺指导思想——“为人民服务，为社会主义服务”，确立“发扬文艺民主”“创作方法多样化”的文艺政策，成立了中国作家协会民族委员会，并“全面回顾了新中国成立 30 年来我国社会主义文学艺术事业，总结经验教训，提出新时期文学艺术任务，并明确了文联和各协会职责”①。

1979 年 9 月，为更好更集中地研究少数民族文学，中国社会科学院少数民族文学研究所成立，后更名为中国社会科学院民族文学研究所。1980 年，全国少数民族文学创作会议在北京召开，少数民族文学迎来了新的发展时期，有关少数民族文学的研究与理论都得到快速发展，少数民族文学研究队伍不断壮大。杨恩洪在《一九八二年少数民族文学研究概述》统计了当年学术研究的盛况：在 1981—1982 年间，各期刊共发表了将近 700 篇有关民族文学的论文，其中民间文学约 300 篇，作家文学约 400 篇，从民间文学的价值、研究方法、各类体裁到少数民族文学的搜集整理和翻译以及少数民族文学各类体裁的研究评论等，都有广泛涉及。② 此后，少数民族作家群体持续扩大，如蒙古

① 樊锐：《中国文学艺术工作者第四次代表大会述略》，《中共党史资料》2008 年第 4 期。

② 杨恩洪：《一九八二年少数民族文学研究概述》，《民族文学研究》1983 年第 1 期。

族的敖德斯尔、回族的张承志、土家族的汪承栋、藏族的益西单增等。

1981 年，专门刊载全国少数民族文学的刊物《民族文学》创刊。和《人民文学》相似，《民族文学》同样是官方高级别文学出版物，同属中国作家协会管理。在《民族文学》的“发刊词”中，《民族文学》编辑部写道：“我们的《民族文学》，将努力贯彻落实党的民族政策和‘百花齐放、百家争鸣’的方针。在这一宗旨下，我们的刊物，要团结各民族的作家和广大文学工作者，为大力发展和繁荣我国各少数民族的文学创作，积极培养和扩大我国各少数民族的文学队伍，贡献出自己的一份力量，使我们的刊物，更好地为人民、为社会主义、为各民族的团结服务。”[①] 发刊词作为描述期刊性质、宗旨和目的的公开宣言，表示了该期刊对自身的定位，也提出了其在国家期刊事业中扮演的角色、承担的任务。从《人民文学》在“发刊词”提道“开展国内各少数民族的文学运动”，到《民族文学》的“发刊词”强调“民族政策和‘百花齐放、百家争鸣’的方针”的转变，体现出在国家层面上文学的任务，已经从《人民文学》的国家文学版图构建，转移到了如《民族文学》《山花》《草原》[②] 等专门的少数民族文学期刊的民族文学建构。

在已有的研究中，陈祖君在《汉语文学期刊影响下的中国当代少数民族文学》中对 20 世纪八九十年代《民族文学》与中国当代少数民族文学的关系进行了论述，姚新勇《文化民族主义视野下的转型期中国少数民族文学》对中国少数民族文学建构的历史进行了研究。在重返历史现场之后，本文将以文献分析的方法观察《人民文学》（1949—1966）与《民族文学》（1982—1999）少数民族文学作品发表及期刊发展的状况，并通过其状况研究国家文学制度在中国多民族文学建构中所扮演的角色，以及少数民族文学发表阵地的调整对民族文学创作产生的影响和作用，进而探讨少数民族文学在近几十年里的发展状况。

二、显性转型：内容、形式与主编身份的差异

在中国的语境中，民族文学又被称为少数民族文学。1982 年，朝戈金曾提出：“中国少数民族文学，是指现今生活于中国境内的 55 个少数民族的和一些历史上曾存在于中国境内的少数民族的文学现象，它包括产生于这些民族中的民间口承文学和文人书面文学创作，还包括文学批评和文学理论成就。中国少数民族文学研究，其范围涵盖了对上述民族的作家和作品的研究、文学发展历史的研究和文学理论研究。”[③]

1998 年，梁庭望、张公瑾在《中国少数民族文学概论》里对“少数民族文学”做出了如下定义：“凡少数民族用本民族语言文字、其他少数民族语言文字或汉语文创作的文学作品，不论其题材与主题如何，何种体裁，都属于中国少数民族文学的范畴。”[④]

---

① 《民族文学》编辑部：《创刊词》，《民族文学》1981 年第 1 期。

② 《山花》创刊于 1950 年 1 月，曾用刊名《新黔文艺》《贵州文艺》；《草原》创刊于 1950 年 10 月，曾用刊名《内蒙文艺》《内蒙古文艺》。

③ 朝戈金：《中国少数民族文学学科的概念、对象和范围》，《民族文学研究》1998 年第 2 期。

④ 梁庭望、张公瑾：《中国少数民族文学概论》，中央民族大学出版社 1998 年版，第 5-6 页。

少数民族文学与汉族文学在概念上的区别，也是学界讨论的重点之一。在关纪新、朝戈金的《多重选择的世界》一书着重提道："在中国文学的大范畴内，少数民族文学是与汉族文学相区别的概念。这一区别反映出少数民族文学的突出之点——各自所有的民族属性。可以说，少数民族文学是以含纳和表现着不同的民族特质为区别于汉族文学的显著标志的；而各少数民族文学之间此民族文学区别于彼民族文学的根本标志，也在于其含纳和表现的这种民族特质的不同。"①

回到中华人民共和国建立初期，文学界对于少数民族文学的划分标准有着较多的争议。前文也提到，《人民文学》发表了较多少数民族题材的作品，作者既可以是少数民族，也可以是汉族。而随着时间的推移，少数民族文学的划分标准逐渐明晰，即以作者族属为划分的标准。当然，无论是以族属、语言还是创作内容作为划分标准，对于少数民族文学概念的争议，正是少数民族文学现代性转型的表现。考察《人民文学》（1949—1966）与《民族文学》（1982—1999），其显性差异与转型，主要体现在发表机制上，尤其是内容、形式和主编身份三个方面。

（一）内容形式的多样化

相较于《人民文学》，《民族文学》在发表机制的设计上更趋向于内容形式多样化。"从 1949 年创刊到 1966 年停刊期间，《人民文学》发表的 670 篇反映民族题材的作品中，共有小说 88 篇，诗歌 454 篇，即小说和诗歌两类题材占了整个发表比例的 80.90％，形式较为单一。"②

而《民族文学》从 1981 年创刊起，定期设置的栏目就有小说、诗歌、散文，以及交替出现的报告文学和纪实文学、翻译作品、理论与评论、美术作品等。除此之外，还经常设置不定期的栏目，如"汉族作家写边疆"③"民族风情录""散文诗""大学生诗页""编者、作者、读者"或"读者屋""编者的话""选载"等。可见，《民族文学》的内容和形式更加复杂而精细。

（二）建构方式的增加

在 1949 年之后，《人民文学》从民族民间文学整理、创作和作家文学两个方面开展少数民族文学建设，比如，第 3 期发表了蒙古族民间叙事诗《嘎达梅林》（1949—1950 年第 3 期）④，除此之外，还同时发表或转载了多篇经过整理的少数民族民间叙事诗、抒情诗，或根据少数民族口头文学创作的作品，如由云南文工团主导编译的撒尼叙事长诗《阿诗玛》（1954 年第 5 期）、周良沛整理的纳西族抒情长诗《游悲》（1957 年第 1

---

① 关纪新、朝金戈：《多重选择的世界：当代少数民族作家文学的理论描述》，中央民族大学出版社 1995 年版，第 17 页。

② 袁向东：《民族文学的建构——以〈人民文学〉（1949—1966）为例》，暨南文学出版社 2011 年版，第 151－182 页。

③ 当然"汉族作家写边疆"栏目在 2000 年之后的《民族文学》中较少出现，但是汉族身份的作家或学者依然可以在文学评论栏目发表作品。

④ 从这里的文献爬梳开始，将在提及的作品后面随文注明刊期，不作脚注，如：《阿诗玛》（1954 年第 5 期）。

期）、韦其麟根据壮族民间故事写成的抒情长诗《百鸟衣》（1955 年第 7 期），以及大量少数民族文学作品，如白桦的《山间铃响马帮来》（1953 年第 3 期）、公刘的《圭山散歌》（1955 年第 6 期）等。

而《民族文学》上除了常见的民间口头文学整理和作家文学之外，还设置了“作家介绍”栏目，对突出的少数民族作家，特别是中青年作家进行介绍。如《民族文学》在 1982 年第 6 期介绍了藏族作家伊丹才让。虽然“作家介绍”栏目在 1990 年因杂志社改版而取消了，但 2006 年后又设置了“青年佳作”栏目。并且从 1984 年起，《民族文学》开始在封面或者封底刊登少数民族作家或者少数民族作家群的照片，如 1985 年第 5 期刊登了藏族作家降边嘉措的照片，1988 年第 1 期刊登了蒙古族作家敖德斯尔的剪影。

对少数民族文学发展的支持还表现为《民族文学》的专刊专号。《民族文学》将全国各地文学刊物上发表的少数民族文学作品遴选出来，然后编辑成专刊专号出版发行。这是对少数民族文学成果的总体概括，编辑部将少数民族文学中的精品挑选出来推荐，有利于少数民族文学的发展，有利于提携新的少数民族作家，有利于加强少数民族文学刊物之间的联系。《民族文学》对青年作家的支持力度非常大，在第 5 期就出现了“青年作家作品特辑”，发表了意西泽仁的《阿口登巴的故事》（1981 年第 5 期）、张承志的《诉说：踏入文学之门》（1981 年第 5 期）等作品。在 1981 年第 6 期又出现了“少数民族小说选刊”，选载了十多篇具有鲜明民族特色的少数民族中短篇小说，如艾克拜尔·米吉提的《哦！十五岁的哈丽黛哟》（1981 年第 6 期），卡依洛拉·巴扬拜依、肖嗣、朱曼·艾比西的《猎人们》（1981 年第 6 期）以及蓝汉东的《卖猪广告》（1981 年第 6 期）。这三篇小说都被收入《中国新文艺大系 1976—1982 少数民族文学集》。[①] 同样，1985 年第 7 期、1987 年第 8 期、1988 年第 7 期等设置了中篇小说专号，发表了白族作家那家伦的小说《自来水管畅流混泥浆》（1988 年第 7 期）、土家族作家陈川的《塑造》（1985 年第 7 期）等。《民族文学》在呈现中国当代少数民族文学的过程中，运用了多种技术手段，专刊专号是其中最显著的一种，有力地促进了中国少数民族作家文学的发展。

值得注意的是，《民族文学》对翻译作品也十分重视。为鼓励使用本民族语言文字创作的少数民族作家和翻译者，《民族文学》采用双稿酬制度，在 1981 年创刊后，第 2 期就刊登了如下启事：“为了大力鼓励和繁荣使用少数民族文字创作的文学作品，促进我国各民族之间的文学交流和加强民族团结，本刊欢迎翻译用少数民族文字创作的文学作品的稿件。希望各地翻译家踊跃投稿。稿件一经发表，按规定将发双重稿酬，即翻译者和原作者均有稿酬。我们热切地希望各省区用少数民族文字进行创作的作家们和用少数民族文字出版的文学刊物编辑部，向我们推荐和介绍用少数民族文字创作的优秀作品。”[②] 少数民族文学翻译作品在《民族文学》上发表后，作者和译者都有稿酬。这种双稿酬制度大大提高了译者翻译少数民族文学作品的积极性，促进了民族文学交流。除此之外，《民族文学》1986 年第 6 期出了“翻译专号”，发表了景颇族作家岳丁创作、

---

① 玛拉沁夫主编：《中国新文艺大系 1976—1982 少数民族文学集》，中国文联出版社 1985 年版，目录。

② 《民族文学》编辑部：《启事》，《民族文学》1981 年第 2 期。

玛散翻译的小说《布朗迪和他的妻子》（1986 年第 6 期），还有哈萨克族作家夏侃·沃阿勒拜创作、张孝华翻译的组诗《我的遐想》（1986 年第 6 期），以及翻译理论张世荣的《新疆翻译文学的回顾与展望——三十六年新疆民族文学翻译工作述评》（1986 年第 6 期）。

《民族文学》经常举办各种形式的读书会、组稿会和笔会。如 1984 年分别在南宁、通化、银川、黄山举办了四次少数民族作家笔会，在乌鲁木齐和呼和浩特举办了两次少数民族创作座谈会。这些会议之后，诞生了两百多万字的文学作品，有力地推动了少数民族文学创作的发展。① 还有 1986 年 4 月《民族文学》主办的"首届少数民族文学创作理论讨论会"，取得了相当丰硕的理论成果。

发表专门针对少数民族文学的理论评论文章和领导讲话报告，也是《民族文学》的建构方式之一。如 1982 年第 3 期分别发表了乌兰夫和周扬的《在全国少数民族文学创作评奖发奖大会上的讲话》，他们均对民族文学的建设及其意义做了总结和概括。周扬总结了近年来民族文学建设的成就："这两年来，在中国作家协会和国家民委的指导、帮助下，在少数民族文学工作方面，确实做了不少工作：召开了少数民族文学创作会议，创办了《民族文学》，文学讲习所举办少数民族作者班，还组织少数民族作者到各地或出国参观访问，以及现在举行的少数民族文学评奖等等。"② 同时，乌兰夫也概括了民族文学建设的意义："举行象这样的全国性的少数民族文学创作评奖，在建国以来，三十多年中还是第一次，它标志着我国少数民族文学创作进入了一个新阶段，具有十分重要的历史意义。它必将极大地调动少数民族作家的创作积极性，必将极大地推动我国少数民族文学创作的发展和繁荣。"③ 土家族向云驹和朝鲜族尹虎彬发表了理论文章《历史嬗变中的自是与突奔——〈民族文学〉一九八五年小说述评》（1986 年第 1 期）；"本刊特约评论员"发表了《民族特质·时代观念·艺术追求——对少数民族文学创作理论的几点理解》（1986 年第 8 期），这篇文章是作为 1986 年 4 月《民族文学》主办的"首届少数民族文学创作理论讨论会"的理论成果发表的。

（三）主编民族身份不同

《人民文学》创刊后至 1966 年停刊前，主编或副主编皆为汉族，第一任主编为茅盾，副主编为艾青，其后分别由邵荃麟、严文井、张天翼三位汉族作家担任主编，直至"文化大革命"结束后，由袁水拍担任主编。与此不同，在 1981 到 1999 年的 30 年间，《民族文学》则大多由少数民族作家担任主编或者副主编。如《民族文学》创刊初期，即 1981 年到 1984 年，陈启霞担任主编，玛拉沁夫（蒙古族）担任副主编，而到了 1985 年第 3 期，玛拉沁夫（蒙古族）正式担任主编。在 1991 年后，金哲（朝鲜族）担任主编。到了 1995 年，《民族文学》杂志社主编变更为吉狄马加（彝族）。从 1997 年第 10 期开始《民族文学》杂志社不设主编，艾克拜尔·米吉提（哈萨克族）作为常务副

---

① 民族文学编辑部：《马不停蹄地奋进——本刊编辑部 1—7 月工作简况》，《民族文学》1984 年第 8 期。

② 周扬：《在全国少数民族文学创作评奖发奖大会上的讲话》，《民族文学》1982 年第 3 期。

③ 乌兰夫：《在全国少数民族文学创作评奖发奖大会上的讲话》，《民族文学》1982 年第 3 期。

主编主持杂志社工作。

三、隐性的转型：定义、标准与发声

1956 年，老舍在中国作家协会第二次理事会议上所做的《关于兄弟民族文学工作的报告》提及："在兄弟民族作家队伍还未壮大的今天，汉族作家去描写兄弟民族的新生活是有很大作用的。"① 《人民文学》在创刊初期，把少数民族及有关少数民族的文学作品作为少数民族概念的外延，从当时官方报告中可以看出，当时把汉族作家写的关于少数民族题材的文学作品也被视为民族文学。

由于此时少数民族作家队伍还在培养和建设之中，同时期的汉族作家在少数民族文学建构中承担了"代言式"书写的任务，不少汉族作家对少数民族的生活、心理进行采风式了解，然后替代性创作少数民族题材的文学。例如，由汉族作家白桦创作的小说《竹哨》（1952 年第 6 期），描写了瑶族人民在战斗班长小李的带领下成功剿灭了深山里的土匪的故事；汉族作家王馀创作的诗歌《幸福的苗家青年》（1953 年第 5 期）描写了苗家青年男女的"摇马郎"，即情歌对唱，歌颂了少数民族的自由恋爱；井岩盾创作的散文《通什随笔》（1962 年第 2 期）从海南的景色写到黎族女乡长，她不断学习，从不会说汉语到能读汉语政治读物。

当然，对于民族文学的内涵和外延，多数人会受到玛拉沁夫的观点的影响，即"作者的少数民族族属、作品的少数民族生活内容、作品使用的少数民族语言文字这三条，是界定少数民族文学范围的基本因素；但这三个因素并不是完全并列的，其中作者的少数民族族属应是前提"②。中国社会科学院民族文学研究所和中央民族大学等相关机构，在编写、整理少数民族文学史的过程中遇到了民族作品的归属问题。对于一部作品的民族归属，以作家族属、作品题材、作品语言等不同的标准界定会有不同的结果。以作家族属为依据来辨别民族文学，是解决问题的方案。

后来，随着少数民族文学建设取得了一定程度上的进步，少数民族作家队伍开始充实。因此，老舍所提到的需要汉族作家替代少数民族作家进行创作的前提也逐渐不复存在。1961 年，何其芳发表了《少数民族文学史编写中的几个问题》，提到"判断作品所属民族一般只能以作者的民族成分为根据"③。20 世纪 90 年代以来，学界逐渐把作家族属作为辨别民族文学的标志。1981 年，《民族文学》创刊后，编辑部更多是以现代作家族属为划分标准，极少发表汉族作家创作的文学作品（理论评论除外）。

1954 年，中共中央发布《关于过去几年内党在少数民族中进行工作的主要经验总结》，提出党在民族方面的任务是巩固祖国的统一和民族的团结，国家建构民族文学的目的也在于此。1956 年，老舍在中国作家协会第二次理事会议上所做的《关于兄弟民族文学》工作的报告特别提道："以马克思列宁主义的科学方法，按照文学艺术本身的

① 老舍：《关于兄弟民族文学工作的报告》，《人民日报》1956 年 3 月 25 日。

② 玛拉沁夫主编：《中国新文艺大系 1976—1982 少数民族文学集》，中国文联出版社 1985 年版，导言。

③ 何其芳：《少数民族文学史编写中的几个问题》，《文学评论》1961 年第 5 期。

特点，从事搜集整理文学遗产，以便出版翻译，发扬文化并交流文化；以社会主义现实主义的创作方法，继承并发扬民族的文学传统，歌颂前进的新人新事。”①

在这种社会主义现实主义创作方法的指导下，《人民文学》特别强调作品对新思想的歌颂、对新生活的向往，以及感情上与民族团结的共鸣。关于少数民族热爱生活生产、精神面貌焕然一新这样的题材的文学作品受到大力推崇。如艾芜在1963年发表在《人民文学》上的小说《姐哈寨》（1963年第1期）就有较为典型的“社会主义色彩”。小说描写傣族姑娘在共产党干部杜庆希和村支书的帮助下慢慢转变思想，和傣族不养猪和鸭的风俗做斗争，推广汉族先进生产技术，最后成功移风易俗，同时也收获了爱情。这类题材表达了对新思想、新生活的向往，高度符合当时的主旋律。

少数民族和汉族在交往中由冲突到认同，最后共同进步的故事，及以颂扬民族团结为题材的作品也不在少数。如蒙古族作家乌兰巴干在1960年发表的《草原新史》（1960年第7期），描写了汉人张大海在“走西口”的过程中，把先进的农业技术带进了草原，最后张大海也得到草原人民接纳的事情。这篇故事通过叙述汉族与蒙古族人民的交往歌颂了蒙汉团结。

除了革命斗争和民族团结题材外，边疆建设题材也较为突出。例如，彝族作家苏小星在《新工人的母亲》（1958年第12期）中描写了大炼钢铁的背景下，彝族和汉族的人民是如何变成了炼钢工人，并且修建了新的公路通往偏僻的地方，由此歌颂了社会主义建设事业。

在诗歌方面，对党和社会主义的歌颂更为直接热忱。较为直观的体现是《人民文学》从各民族民歌里遴选诗歌，组合成《百花欣向太阳开》（1958年第12期），刊载了许多歌颂党的新民歌，如彝族民歌《彝家有了钢铁厂》、侗族民歌《全靠有了共产党》、佤族民歌《毛主席的恩情不能忘》等。这些民歌显然表现了新中国民族文学创作对主旋律的积极响应——即使是在表达男女情感的民歌里，这也是必要元素，如王馀创作的《幸福的苗家青年》（1953年第5期），在“摇马郎”的男女情歌对唱中，“人们的眼睛总喜欢看那光明的远景/苗家的心里充满了建设家乡的决心/毛泽东的太阳照亮了我们的眼睛/我们的幸福多过了夜晚的星星”②。

在1949年至1966年间，《人民文学》中所刊载的少数民族题材的美术作品共有31幅。这些美术作品中，有许多具有明显的社会主义色彩。如乌恩的内蒙古年画《新年慰问军属》（1950年第3期）、于月川的国画《翻身奴隶的儿女》（1963年第5期）等，都表现少数民族的新生活、新气象。即使是一些纯粹描绘少数民族风俗的美术作品，除本身的民族特色外，也出现了一些新的元素。如周令钊、陈若菊的年画《琵琶歌》（1964年第1期），描绘了侗族人民弹唱琵琶、喜庆新年的景象（图1）。在一片浓郁的民族风情中，出现了毛主席画像，右上角是汉族干部、解放军战士等。这种不同元素的融合，表现出少数民族在党的带领下和谐相处、共同进步的主题。

---

① 转引自南一：《中国当代民族文学的回顾》，《民族团结》1990年第7期。

② 王馀：《幸福的苗家青年》，《人民文学》1953年第5期。

图 1　年画《琵琶歌》，《人民文学》（1964 年第 1 期）

姚新勇在其研究中指出，《中国新文艺大系 1976—1982 少数民族文学集·导言》对民族文学的定位提出了民族成分、语言、题材等相关标准，"《导言》言说内容重心的转移，表明了中国少数民族政治－文化身份建构形态的变异，即由阶级性、社会主义性、国家性为本位身份的少数民族文学，开始转向以族群文化身份为本位的'民族的民族文学'建构"[①]。可以发现，1980 年后，中国少数民族文学发展进入了一个新的阶段，少数民族的文学创作开始更多地追寻自身的文学特质，与时代紧密结合，在时代的变化中表现民族特质和文化心理。最有代表性的就是《民族文学》"山丹奖"的获奖作品——藏族小说家扎西达娃的《西藏，系在皮绳扣上的魂》（1985 年第 9 期）。这部作品通过对宗教中描述的人间理想国"香巴拉"的寻找，揭示了在现代文明与传统观念交汇中人的生存状态，通过嫁和塔贝的故事对人的精神自我进行了深刻挖掘，表现出生命的壮美。同时，文中"莲花生的掌纹地""活佛""香巴拉"以及时间的逆转等，都让这部作品染上神秘的宗教氛围和浓厚的魔幻现实主义色彩，表现了藏族文学的文化特质和社会内涵。

20 世纪 80 年代，少数民族诗歌也进入全新的发展阶段。彝族诗人吉狄马加在其创

① 姚新勇：《文化民族主义视野下的转型期中国少数民族文学》，台湾花木兰文化出版社 2016 年版，第 24 页。

作的诗歌《一个彝人的梦想》（1988 年第 1 期）中写道："给我们血液，给我们土地/你比人类古老的历史还要漫长/给我们启示，给我们慰藉/让子孙在冥冥中，看见祖先的模样"①。如何用现代诗歌的技艺去叙述本民族的历史？正如吉狄马加自己在诗的前言里所说："我的诗来自于彝人民族生存的本土，它是我们灵魂最真实的显象。"② 同时期的少数民族作家也试图进行回归民族特质和历史文化的文学实践。

另外，《民族文学》杂志也开始在少数民族文学理论研究层面尝试进行建构。如汉族学者张世荣发表了《新疆翻译文学的回顾与展望》（1986 年第 6 期），对新疆翻译文学的发展做了梳理；土家族学者向云驹和朝鲜族学者尹虎彬发表了《历史嬗变中的自是与突奔——〈民族文学〉一九八五年小说述评》（1986 年第 1 期），关注 1985 年以来民族文学追求自身民族自觉性，将民族特质与时代精神相结合的创作趋势。值得注意的一点是，《民族文学》对少数民族女性作家给予特别关注，于 1982 年 3 月推出了"女作者特辑"，发表了许多少数民族女性作家的作品。1985 年，针对第一部少数民族女性作家作品集《异奔奇花》，何德新写了评介文章《我国第一部少数民族青年女作家小说选〈异卉奇花〉出版》（1985 年第 12 期）。同样，《民族文学》对少数民族女性创作理论也有关注，如陶立璠发表了《一支新军在崛起——谈少数民族女作家创作》（1986 年第 3 期），邢莉发表了《呼唤石破天惊式的力作——谈少数民族女作家的创作》（1988 年第 3 期）。

在美术作品方面，由于刊物定位不同，《民族文学》从创刊起刊发的美术作品就以少数民族的生活题材为主，如 1987 年 8 期封面是韩金宝的油画《鄂温克母亲》（1987 年 8 期），里封是左良的版画《藏原新市》（1987 年 8 期）。

综上所述，从《人民文学》到《民族文学》，少数民族文学作品完成了发表机制的转型，也反映出在之前的数十年中，少数民族文学在学理层面及实践层面的发展轨迹。本文通过对显性转型（内容、形式与主编身份的差异性）、隐性转型（定义、标准与发声）这两个方面的观察，对少数民族文学的发展进程展开分析和论述。无论是《人民文学》还是《民族文学》，作为重要的传播媒介，都大力推动和促进了中国少数民族文学的发展。可以说，从《人民文学》到《民族文学》的发展，背后都不乏国家力量的支持，随着中国社会转型，少数民族文学创作也在不断地寻求着更多的文学建构方式和内容表达形式，从而探索更加丰富多元的民族文学建构机制与话语转型模式。

（作者单位：广东技术师范大学）

① 吉狄马加：《一个彝人的梦想》，《民族文学》1988 年第 1 期。

② 吉狄马加：《一个彝人的梦想》，《民族文学》1988 年第 1 期。

散绎成文燃激情

——以《西藏文学》(2000—2011) 为考察对象*

魏春春

在现代文体中，散文最为自由、洒脱、随性，最能体现文字的记录、抒怀、言志等功能，因而，散文写作具有彰显心灵的文化特性，具有在心为志、发言成文的文体特点。质言之，散文的心志与言文互为表里，融合程度最高。故此，从某种意义上讲，散文是一种性灵书写，是直抵创作者心灵的一把钥匙。对文学期刊而言，散文版块是重要的营构阵地，是体现办刊宗旨的重要方式。检视《西藏文学》2000—2011 年共刊发的 220 多位作者的 500 余篇散文①，其作者构成类型多样，既有耄耋老者，也有青年学子；既有扎根西藏的作者，也有游历西藏的内地游客；既有各民族的文学创作者，也有各省区的文学写作者。作者群体的庞杂性使得《西藏文学》刊发的散文作品呈现出如下特点：追怀往事、感悟青春、体验心灵、感受民俗、畅享自然等，然其对藏地独特感受的表达是大致相似的。

一、作者构成

《西藏文学》的作者构成基本是与西藏的历史进程一致的。早期的文学创作者多为进藏工作的内地知识分子；随着西藏民主改革的深入，西藏经济社会的发展，西藏本土的知识分子逐渐成长起来，散文创作有了质的飞跃；20 世纪 80 年代，人们有更快捷的方式进出西藏，众多的内地作者将目光投向西藏，表达出对西藏的风土人情、民风民俗的关注；进入新世纪，更多的人涌入西藏、游历西藏，感受西藏的蓝天白云，表达各自的西藏情怀。

在《西藏文学》2000—2011 年的散文作者构成中，早期进藏工作的内地知识分子数量不是很多，代表人物有闫振中、李佳俊、范向东、萧蒂岩、马丽华、李国柱、王寿民、吴雨初、廖东凡、罗伦张、刘志群、徐国赞、甘耀忠、乔元忠、范强、闻鸣等。他们书写的或是对往日工作经历的回望，带有回忆录的意味，如李佳俊《这次，也说说自己的那些陈芝麻烂事》(2009 年第 5 期)、

* 本文为国家社科基金一般项目“新世纪藏族汉语文学‘中国故事’话语实践研究”(17BZW179)、教育部人文社科项目“新世纪《西藏文学》(2000—2011) 意识形态的表达与诠释”(13xzjc751001) 的阶段性成果。

① 本文的统计不包括 2000 年第 1、2、3 期《西藏文学》及 2001 年 4 期的《庆祝中国共产党八十华诞、庆祝西藏和平解放五十周年特刊》和 2003 年 5 期《加查特刊》刊发的文章。

《西藏文联和我的文学梦》(2011 年第 6 期);或者是抚今怀昔,再现某一历史事件,如李国柱《圆梦》(2007 年第 1 期)对青藏铁路建设历史的回顾;或者是对青春往事的追忆,如王寿民《她那年十九岁》《长江源头去驮盐》等文章,追怀了王老和战友们在藏北工作、生活的往事;或者是对西藏文化的深入探究,如闫振中《秘境天机》(2000 年第 5 期)、《古格踏古》(2001 年第 2 期)、《山文化与登山运动》(2002 年第 2 期)以及萧蒂岩《禹鲧夏华帝都与阿里金字塔群》等,还有早年进藏援教的老教师如张永峰《洛隆记事》(2003 年第 3 期)、李悌华《缤纷一日四季景》(2008 年第 2 期)。作者对西藏充满眷恋之情,他们关注西藏的历史发展,试图从多个层面来诠释"老西藏"精神的文化意味。

西藏本土的知识分子是《西藏文学》刊发散文的主力军,他们接受了现代文化教育,又扎根高原,因而,他们的文学书写最能体现出西藏的文化气质。西藏本土知识分子作者群主要包括三种类型:一种是民族作家,如益希丹增、色波、班丹、白玛娜珍、唯色、格央、加央西热、索穷、白玛玉珍、次多、亚依、德乾旺姆、次吉拉姆、定真桑等人;二是惯称的"藏二代",如金志国、官晓敏、郭阿利、刘晓丽、汪璐等人;三是新时期以来长期在高原工作、生活的一批人,如于晓敏、杨金花、朱瑞、佘学先、羽芊、冉启培、官晓丽、王革留、凌仕江、沙子、王族、陈鸿圣、张祖文、安登权、夏江川、子嫣、刘原、冯硕、陈桂芝、顾野生、雅兰等人。

民族作家的散文书写多立足于世俗生活,传达关于生活的体认,他们的作品既具有关于民族生活的真切描写,也包括对民族生活的某种思考。以索穷的《足球风俗画》[①](2002 年第 1 期)为例,该文勾勒出西藏地区足球事业的发展轨迹,共分了七个阶段:引介阶段、高尚娱乐阶段、排斥阶段、培育阶段、平稳发展阶段、商业化阶段、职业化阶段等。在不同的阶段,足球运动侧面反映出西藏的社会现实和民众的认知水平。如 1938 年,拉萨举行了第一场正规的足球比赛,"赛场上出现罕见的一幕:参赛的少爷们跑到哪里后面都紧跟着一个手举雨伞的年轻仆人";50 年代"藏族球员第一次身着短衣、短裤出现在球场,保守的姑娘们从手指缝中观看比赛";到了"80 年代后期,拉萨市教体委组织,创办拉萨地区足球甲、乙级联赛,观众必须凭票入场"。西藏足球运动由贵族的娱乐演变为民间体育活动,再发展为职业联赛,这一历程体现出随着西藏经济社会的发展,人们的观念在逐渐发生变化,变得能够接受新鲜事物。西藏足球的百年发展史映照的是西藏社会的百年变迁史,索穷文学书写体现出以小见大的策略。白玛娜珍则对民族生活方式的变迁表达出隐忧。在《没有歌声的劳作》(2007 年第 6 期)中,作者书写了藏族建筑工人,他们在现代经济大潮中,已经远离了传统的生产方式,"而没有歌声的劳动,剩下的,只有劳动的残酷;同样,从劳作中分离的那些歌谣,保护下来以后,复原的只能是一种假装的表演,而非一个民族快乐的智慧"。民族的传统生活方式不断地被现代文明所侵蚀,白玛娜珍的思考是深沉的:"我们该要什么呢?是低层人们的活路,还是他们欢乐的歌谣。而不知从何时起,这两者竟然成为了一种对立,而这,就是我们如今生活的全部真实与荒谬。"

---

① 该文曾以《西藏足球风俗画》为题刊载于《西藏文学》2000 年第 3 期。

“藏二代”作家们，从小生活在西藏，他们与故土隔膜，反倒更熟悉西藏生活，因而，西藏在他们的书写中带有“家”的文化意味。汪璐在《江孜和我童年的那些记忆》（2009年第5期）中表白：“我从小在西藏长大……长大后我一直辗转在西藏各个地区学习、生活、工作，成了名副其实的‘西藏第二代’。”在作品中，作者更多书写童年时期在西藏的经历，虽然很艰苦，但生活很充实：“我和父母一样，对西藏拥有了深深的眷恋，把西藏当做了自己的第二故乡，以至于有两次可以调回内地的机会都被我放弃了，对这片高天厚土，我早已情根深种。”而官晓敏则反思自身的“藏二代”文化身份，渴望开创一种不同于父辈的新的生活，然而“我也深知一个在高原长大的孩子的心是很难完全融入这繁华与喧嚣的，因为生命都有它固有的轨迹和规则，生命允许有许多新奇的想象和经历，却不能脱离轨道和规则而存在。我像一片风中的树叶，飘摇着最终扑向给了它生命的土地”①。对郭阿利来说，则不存在这些问题：“我自幼生长在西藏……西藏是我的第一故乡。……我生长在这里，生活在这里，工作在这里；我爱这里的天，我爱这里的地，我爱这里的山和水，我更爱生活在这片土地上的人们。”②“藏二代”作家们在散文中营造的是作为家的西藏，是作为心灵归宿的西藏。

新时期以来，众多作家不断走上高原、驻足高原，通过各种形式表达对西藏的理解和认识。他们属于渐进西藏的文学书写者，因此，他们的作品表现出对西藏的认识的逐渐深化。以杨金花为例，在十余年间，杨金花在《西藏文学》共发表三篇散文，分别是《爱在高原》（2005年第3期）、《定日，青春的另一个窗口》（2006年第1期）、《清澈的拉萨河啊，水西流》（2005年第4期），这三篇散文书写的是作者如何走上高原，如何在高原生活，如何离开高原的故事：十七岁时，为了摆脱复读的痛苦，她选择上高原做机要员，对于西藏，她只知道“坐汽车要走七天七夜”；1980年，在咸阳西藏民族学院培训，同年进藏工作，因渴望家乡咸菜的味道而分吃白菜腐乳；1981年，分配在定日工作，艰苦的环境下一群乐观的年轻人在挥洒青春的激情，两年后，她调往日喀则地委机要科；22岁，调往拉萨工作，和一群西藏的作家们如马原、冯力等人交往；34岁，内调山东老家。杨金花书写的简直就是一部个人的高原生活史、高原认知史。她的作品鲜有对苦难的描写，鲜有对于高原恶劣环境的描写，而是充斥着靓丽的青春。高原成就了她的梦想，塑造了她的青春年华，如其所述，“其实，我在高原上获得的青春是不需要找寻的，它已和笑脸、阳光、雪山融为一体，成为我人生最珍贵的财富”③。

在杨金花之后，走上高原的人络绎不绝，如众多女性作家，她们感受着西藏的魅力，领略西藏的人文和自然气息，以女性的柔软、细腻、多情，表达对西藏的感受。以羽芊、沙子、子嫣为例，《西藏文学》（2000—2011）刊发羽芊散文《看到经幡的时候》（2001年第2期）、《阿岗的故事》（2002年第2期）、《达木天葬台》（2004年第4期），子嫣散文《多彩的冬季》（2004年第4期）、《珍贵的城市湿地》（2004年第4期）、《金秋时节走林芝》（2009年第1期），沙子散文《当祥云飞过世界之巅》（2008年第4期）、

① 官晓敏：《大山，我生活的怀抱》，《西藏文学》2000年第6期。
② 郭阿利：《走遍西藏（创作谈）》，《西藏文学》2008年第6期。
③ 杨金花：《爱在高原》，《西藏文学》2005年第3期。

《秋之思》(2010年第1期)。这些作品或者是心灵的书写，表达对自然的无限珍爱、对生命的赞美；或者是个人行述，逐层表达自我认知，或者是表达对西藏美好的祝愿等。她们还处在融入西藏的过程中，还未抽离对西藏的崇敬与膜拜。

至于游历西藏而创作的作品就更多了，作者们的笔几乎触及西藏的每一个角落，但大都以外来者的眼光审视西藏，书写仙境般的高天厚土。如林小彬的《越远越美丽》(2001年第3期)，作者“去过西藏，具体地说去过西藏的拉萨，再具体地说，是拉萨的医院”，即便如此，西藏的美丽却是令人心醉的，引发人们美丽的想象，“西藏就在很远的地方，在视野和记忆之外，在时间和空间之外”，“让我的灵魂随经幡于风中飞舞”，让喧嚣红尘中躁动的心灵在西藏得到安置。游历者们看到的西藏不外如此，即便如杜文娟多次踏上西藏高原，她的描述仍然是外来者的匆匆一瞥。《除了西藏　不知道还能去什么地方》(2007年第1期)记述的是沿川藏线进藏游历的过程。她描写拉萨，“在拉萨，在雪域高原浪漫的城市拉萨，拉萨多么神奇，多么恬淡呀，神奇与恬淡一结合，就不平常，不一般了。在拉萨的大街小巷转悠，安宁祥和极了，拉萨给人的感觉总是雅致，安全的”。她书写的色拉寺、天葬台、八廓街、玛吉阿米，这些景点都属于拉萨的名片，几乎是每一个游客都会光顾的地方。她没有也不可能深入西藏的真实生活，只能走马观花式地把西藏的靓丽风光留存在记忆中，作为一种体验不时地咀嚼。游历者们的西藏是作为内地风光的对照而存在的。

二、版块设置与作品类型

文学期刊的作品类型与版块设置密不可分，看《西藏文学》(2000—2011年)的散文版块设置便可大略知其作品类型。2000年第4期到2004年第3期的每一期《西藏文学》都设置有类似“燃情西藏”“雪域散文”“放情雪域”“雪域风情”“西藏散文境界”“秘境揭秘”“隐秘岁月”等凸显西藏文化气息的散文栏目；2004年第4期后，相关栏目统称为“散文”，不再特别强调西藏书写，即便如此，《西藏文学》所刊发的散文绝大多数仍是西藏书写；2007年以后，《西藏文学》多在散文版块内部设置有针对性的栏目，如“新人新作”“八一专栏”“军旅散文”“校园阅读”等，侧重作者的身份归属。因此，总体看来，《西藏文学》刊发的散文还是强调高原文化，只是在不同阶段表达样式有区别。

其一，强调西藏书写的散文主要写西藏神秘的自然风光、人文地理、风俗民情等，侧重表达西藏的与众不同，凸显西藏独特的地理风貌和个性化的人文景观。

就西藏的神秘性来看，闫振中、萧蒂岩的书写可谓是淋漓尽致。2000年第5期《西藏文学》分别刊载了上述两人关于阿里金字塔的作品。尤其是闫振中，极力在作品中渲染神秘氛围，从传说到经典文献，从大西洲之谜到金字塔之谜再到火星金字塔，文章弥漫着一种难以言传的文学化科学表达的趣味。如其所言，“我这篇文章的前半部分，之所以充溢着惊奇和热情的色彩，并尽其力为这个尚未证实的发现表示兴趣，正是出于这种对奇迹的渴望和期待”，然而由于缺乏足够的证据，作品在看似义正词严的表达中草草收场：“我相信，不久的将来西藏发现金字塔的消息，究竟是真是假将大白于天下，不管结果如何，都是对此感兴趣的人们所期待的。”而一向专注于西藏神秘文化研究的萧蒂岩先生则把阿里的金字塔与华夏古文明的诞生联系在一起，确实令人耳目一新，然而却难免牵强附会之嫌。如果对西藏的神秘、神奇尽作如是表达，那么西藏的散文写作就会陷入怪状。

采用民俗学考察纪实的方式写作，是解决这一问题良策。《西藏文学》刊发的王族、郭净、温普林、加央西热、唯色等人的作品就带有这样的意味。王族的一系列散文，如《藏北的事情》（2000 年第 5 期）、《一路仰望》（2001 年第 1 期）、《朝圣路上》（2001 年第 3 期）、《朝圣路上的日记》（2002 年第 5 期）、《无题玛尼石》（2002 年第 6 期）等文章以行述的方式记录藏北尤其是阿里地区的风土人情，展现藏北生活的文化意义，通过叙写见闻，表达出作者的文化思索，带有文化考察的意味。郭净则从民俗考察的角度行走西藏，采用田野考察的方式科学地分析西藏文化现象生成的原因。温普林以外来者的眼光考察藏东充满宗教气息的民俗生活，还原民俗文化的鲜活性和世俗性。加央西热通过考察藏北盐湖的传说及驮队取盐的实际经历，再现了藏北生活的真实性及文化面向。唯色以德格为切入点，在寻故、怀旧的文学表达中凸显德格文化的深沉与多样。在以上作者的作品中，我们看到真实的藏地生活。唯其如此，西藏才引人入胜。

为了揭开西藏的神秘面纱，这一时期的作者们借助散文全方位地呈现西藏的山水及人文景观，如马丽华的《嘎玛沟，一条文化风景线》（2002 年第 3 期），在行走中记录视觉的、心灵的感受：“这一路不仅风光秀丽，不仅让眼睛和心为之惊喜，更有不时所见的藏医之乡、金银工匠之乡、唐卡画匠之乡，连同萨迦派、噶举派、宁玛派寺院，还有神山圣迹传说种种，热热闹闹扑面而来，俨然一次历史文化、传统习俗的巡礼。”这样的散文向世人传达了西藏的历史之瑰丽、自然之神奇，张扬了西藏的风土人情，达到了宣传西藏文化的目的。于是，神山、圣湖、寺庙、林廓等种种带有浓烈西藏味道的书写越来越多地进入散文，再现、还原了真实的西藏影像。为了反驳时人关于西藏的单一印象，平措扎西则消解了人们惯常以为的西藏的神秘性，通过《班禅活佛专用的糌粑》（2005 年第 6 期）还原了宗教的世俗性，为西藏文化的书写带来了另一种表达样式。至于白玛娜珍，则更是表达出一种独立的意识：

> 多年以后，我渐渐在言语之外，语言之间找到了空隙，找到了自己的天地。于是，我不必象地道的藏族那样，虔诚的心根深蒂固。我可以有更多的怀疑，反思甚至否定；也不会象远道而来的异族人那般，对这片土地有许多的惊奇、迷茫或者曲解。很多时候，我就象一个冷静的旁观者，注目于激流和漩涡，但绝不把脚伸进去。……我与自然才好亲近，好喜欢我的大自然……我拥有的世界只有和谐和美丽。而我也将以虔诚的心，以宗教徒般的感情，以我执著的信念为她奉献自己的爱。①

如此，《西藏文学》散文中的神秘性才日渐消散，而人文情怀再次绽放出光彩。

其二，从散文的类别归属上看，《西藏文学》有意识地设置散文栏目，集约化地凸

① 白玛娜珍：《我拥有的世界》，《西藏文学》2000 年第 4 期。

显某一类型作品的特色，设置的散文栏目有“女性散文专辑”（2006年第3期、2011年第3期）、“军旅作品”（2007年第2期）、“新人新作”（2007年第3期、2007年第5期、2008年第2期）、“八一专栏”（2007年第4期）、“喜迎奥运”（2008年第4期）、“抗震救灾特稿”（2008年第4期）、“校园阅读”（2008年第4期、2009年第3期）、“玉树抗震救灾专辑”（2010年第4期），以及各作家的散文专辑，如“于晓敏散文专辑”（2008年第5期）、“郭阿利散文专辑”（2008年第6期）、“亚依作品专辑”（2009年第1期）、“凌仕江散文专辑”（2009年第2期）、“王寿民散文专辑”（2009年第4期）、“张萍散文专辑”（2010年第2期），还有省区作品专辑如“四川专辑”“甘肃作品专辑”等。通过以上栏目，《西藏文学》吸引了众多的写作者，不但扩大了散文的稿源，而且扩大了散文的写作范围，凸显出《西藏文学》散文的多样性，推动了散文文体的建设。

以作家散文专辑为例，上述六位作者各具特色。王寿民长期在西藏工作、生活，他是西藏社会主义建设的亲历者，西藏之于王寿民有着非同一般的意义；郭阿利自小就在西藏生活，熟悉西藏的山水风情，西藏之于郭阿利就是故乡；珞巴族的亚依是一位优秀的舞蹈家，她关注珞巴族的风情世态，展现的是另一种高原风景；于晓敏曾经在西藏工作，曾是一位军队文艺工作者，他在不断的行走中，以他者的视角感受着高原的文化气息；凌仕江也是军队作家，游走于西藏，西藏是他走向世界的第一站，是他寄托性灵的所在，他以在场者的文化身份感受西藏；张萍是自由职业者，自诩为“藏漂”，在拉萨生活了近十年，西藏交织着她的梦想与激情，西藏见证了她的过往和艰辛。

六位作者，六种生活方式，六种叙述方式。王寿民主要以回忆录式的文学表达，不断地缅怀曾经的峥嵘岁月，展现激情奋斗的青春。郭阿利用镜头记录西藏，用文字镌刻记忆，表达对自然山水发自内心的眷恋。亚依在碎片化的细语中倾诉珞巴族的民族记忆和现实故事，以漂泊在外的女儿的身份书写对故乡的依恋之情，并在文字中灌注音乐的节奏感、绘画的画面感，其文学作品中隐含着一种肢体的表达欲望。于晓敏的西藏叙述，更多的是与西藏对话，西藏在她的世界中并不是神秘的，而是现实并敞开的，以博大的胸怀接纳四方儿女；于晓敏又是知性的，在不经意间塑造出散文的性情书写气质。凌仕江的藏地更像是在独语，他如行者一般边走边看边说，他不断地陷入一种迷离的状态，在迷醉中渴望诉说、渴望表达、渴望超脱，然而，他表达的又是一种顽强的生活姿态，像格桑花一样扎根藏地。张萍游走在“藏漂”之间，通过采访实录表达隐遁于拉萨的一批人的心灵。他们是一群漂浮于生活与理想之间的人，西藏是她们的情感、生命的驿站，她们注定要离开，因此，对于她们来说，西藏是用来回忆的。

王寿民带来的是藏北驮盐的故事，是祛除了民族志文化意义的现实生活，在娓娓的叙述中书写着过往的传奇。郭阿利展现的是西藏的风景，以及看风景的人的欢娱和内心的张扬。亚依在巫舞中表达对终将逝去的民族记忆的哀婉。于晓敏的复杂经历、多重身份让她的西藏叙述多了几分成熟的韵味，多了几许理解。凌仕江展现的是遥远西藏的传奇，他用脚丈量西藏的山水大地，用心感受西藏的草木风情，在天地间体悟“在上”的意义。张萍的故事是伴随着音乐和啤酒的，在嘈杂的酒吧里宣泄、倾诉她们的情感和秘密以及渴望关注的躁动情绪。如此一来，这六组散文构成关于近半个世纪以来的西藏的风情画，王寿民从空阔寂寥的藏北盐湖走来，足音铿锵；郭阿利风尘仆仆、面含微笑地走在西藏的山水之间；亚依精灵般地舞动在乡间的小路上，凝望着渐行渐远的故乡；于晓敏深情地凝望西天的云彩，幻化出对往事的追叙；凌仕江矗立在草原上，衣襟飘飞；张萍们颓废地回眸、搜索八廓街里的记忆。他们共同在现实与过往、理想与现实、激情与理性的长廊上演绎着西藏的故事。

三、书写方式

《西藏文学》（2000—2011）刊发的散文有三种书写方式：体悟式、游历式、回顾式，而占据核心位置的是游历式书写。

体悟式散文多书写由生活中某一现象触发的情思，带有意识流的趋向，在自我的世界中营构迷离、斑斓的精神空间。此类散文篇幅较短，但令人兴味盎然。如白姆措的《心灵藏饰》（2008年第2期）记录了白格尔神、梅朵、佛珠引发的思虑，作者幻化为白格尔神的形象，重视自我的感觉表达，“我知道”“我相信”“我更感兴趣”等语词不断地出现在文本中。关于梅朵，“我想，邦锦梅朵是淡蓝色的，冷而娇艳，艳而真实，让人万分倾慕。格桑梅朵是黄色的，漫山遍野地铺张她的青春财富，自由而浪漫。次仁梅朵是紫色的，高贵而温和，象一个有教养的贵妇人”，想象与理解结合在一起，幻化出瑰丽的心灵世界。

回顾式散文立足对往事的忆念，历史跨度大，多带有总结性的意义，能够提供一些鲜为人知的历史细节，以补充宏大叙述。《西藏文学》中此类散文较多，如2011年第6期《西藏文学》刊发的一组庆祝西藏自治区文联成立三十周年的文章——《写在西藏文联成立三十周年之际》（克珠群佩）、《西藏文联和我的文学梦》（李佳俊）、《我的文联记忆》（范向东）、《文联，我的艺术大学》（平措扎西）。尤其是李佳俊和范向东的文章，以宏大的篇幅细致地回忆了他们所经历的文联的筹备、成立等往事，具有很高的史料价值。

游历式散文历来是散文写作的主要方式之一，既能书写行走者的身体感觉，也能表达书写者的情感世界，将内心与外在完美地融合在一起，篇幅可大可小，伸缩性强。而且，游历式散文对作者的要求不高，为众多愿意表达的人提供了进入文学的通道。如《西藏文学》散文专栏就刊发了众多的在西藏短期游历的人的作品。而对专业作家来说，游历式散文便于整合材料，集中书写行走历程中的故事及情感体验，主题明确，便于思路的展开。如班丹有一组关于阿里的散文，就展示了从拉萨启程远赴阿里地区扎达的行程，写了何时出发的，经历了什么，体验了什么，何时驻留在某地，采取边行走边记录的方式写作，具有日记式的功能。而有些作者则直接采用日记体，如《黄河漂流日记》（王力雄，2001年第3、5期）、《藏历铁蛇新年手记》（尼玛，2001年第6期）、《出浴（进藏日记）》（张俊彪，2001年第6期）、《朝圣路上的日记》（王族，2002年第5期）、《拉孜日记》（季丹，2003年第1期）、《攀登珠峰》（信天谨游，2003年第3期）、《膜拜西藏——旅藏日记》（夏季，2003年第6期）、《阿里纪行》（杨世君，2005年第6期）、《除了西藏 不知道还能去什么地方》（杜文娟，2007年第1期）、《“初布喜”至桑耶寺徒步旅游记》(白央，2007 年第 6 期)、《金秋时节走林芝》(子嫣，2009 年第 1 期)等。这些记录具有原生态的文学写作特点，是对行走的点点滴滴及时的记载，体现的是专业作家善于记录生活的特点，而且其中的情感体验是鲜活的，没有经过后期的加工润色，真诚性、鲜活性是此类书写的价值所在。

综上，21 世纪前十年《西藏文学》刊发的散文，从作家构成上看，新老作家的更迭较为明显，年轻作家逐渐成为西藏散文创作的主力军，尤其是西藏本土的各民族年轻作家，开始摆脱单一的西藏散文书写，在更为宽广的领域中彰显西藏的新面相，展现出立体的西藏；从版块设置来看，《西藏文学》直接引领了西藏散文的发展方向，说明纸质媒介在西藏文学中仍然承担着重要的职责，仍然是西藏文学的重要平台，这就要求《西藏文学》进一步明确文学定位，切实推出一些适应时代需要的新版块，扎实推动西藏文学，尤其是散文创作的深入发展；从书写方式来看，《西藏文学》散文创作还略显单薄，作品的文化内涵还停留于知识普及状态，这就要求作家们扩大视野，深积文化底蕴，直面生活，直抵心灵，书写出更为厚重、更具有地方性的散文，以更深刻地塑造西藏散文的新样貌。

(作者单位：西藏民族大学文学院)

青年论坛

有待注意的几个影响因素

——《当代小说创作影响力报告（1949.10—2017.10）》小议

乔雨书　乔世华

陈思广教授《当代小说创作影响力报告（1949.10—2017.10）》（见《阿来研究》第 9 辑，以下简称《影响力报告》）对当代小说以及四川、西藏小说创作影响力进行了全面系统的评估，这在当代文学研究中是破天荒的第一次，是一次大胆的尝试，其意义与价值无需笔者在此饶舌。笔者想指出的是，作者在进行表模构建时，对创作度、传播度、美誉度和附加项等的定量依据和量化指标的考察中，有几个比较重要的因素以及项目、分值的确定似乎还存在考虑不尽妥当的地方，这可能会影响评估的客观性、准确性和科学性。

其一，是作品影响时长这一因素。如果《影响力报告》只是年度报告，则其对考察新中国成立后截止到 2017 年 10 月众多当代小说影响力是具有一定效力的，否则，就难免会让人感觉存在着不那么“公平”的地方。因为该报告所考察的作品是在不同时期创作、发表和传播的，换言之，这些作品都不是站在同一条起跑线上的，这就类似让不同重量级的拳击手进行较量，却要接受同一标准的裁判那样有失公允了。众所周知，包括小说在内的人文社会科学成果，其影响力通常并不能立刻显现出来或得到认可，而是需要有足够时间来展开。卡夫卡、劳伦斯、乔伊斯、贝克特等西方作家生前都寂寂无名或作品屡遭非议，但后来渐渐获得世人认同并在文学史上拥有席位，这便是很好的例证。新中国成立 70 年来的小说创作可谓夥矣，把一部 1950 年创作发行的小说和一部 2010 年创作发行的小说放在一起比较，它们的传播时间、影响时长不一，这就会直接影响对作品创作度、传播度、美誉度等的客观评定。毕竟，有的作品传播力、影响力可能刚好达到峰值，而有的作品传播力、影响力可能还未及真正展开，还有待人们去进一步认识和发现。通常，早问世的作品受到关注的时间更长，有更多得到传播和评价的机会，后问世的作品在这一方面就难免“吃亏”。《影响力报告》中所开列的全国短篇小说创作影响力排名为 A 类的 12 部作品以及全国中篇小说创作影响力排名为 A 类的 7 部作品，之所以都诞生于 20 世纪七八十年代，应该就与这些作品的影响力展开时长足够有关系。若是将不同时代的作品“等量齐观”，就很难给出可靠的数据以做出相对客观公正的评价。在笔者看来，“影响时长”应该是在“传播度”“美誉度”或者“附加项”外的一个有待衡量的重要因素。

其二，《影响力报告》将“传播度”的下一级指标“作品改编”具体分为“视觉性改编”和“听觉性改编”两种，相关赋分标准是：被改编为电视剧或电影 10 分，话剧 5 分，戏剧 3 分；被广播电台广播 5 分。我们今天来看这样的赋分标准似乎是没有什么问题的，因为当下是读图时代，印刷品和电子产品相比、文字与影像相比，总是前者更容易败北，所以视觉上的艺术征服比听觉上的艺术征服似乎更具有优势，也更有影响力。但要注意的是，在 20 世纪 50 年代到 80 年代中期的中国大陆，广播电台的影响力是绝不亚于后来的电视台的。那时电视机还未普及，进电影院看电影也都是比较奢侈的享受，可谓广播电台极为辉煌的岁月，中国人了解各类资讯都要通过广播电台这一重要媒介（20 世纪 70 年代末刘兰芳评书的火爆收听现象即是明证），广大民众的日常文学生活也多得益于此，《红岩》《苦菜花》《青春之歌》《乔厂长上任记》《人生》《平凡的世界》《明姑娘》等小说能走进千家万户，也与小说连播、广播剧、电影录音剪辑等诸种广播艺术形式大有关系。因此在赋分上，如果能充分考虑广播、电视剧、电影、话剧和戏剧在不同年代所扮演的角色、所居处的地位问题，考虑到上述不同艺术媒介或形式在不同年代里在传播力、影响力上的起落消长的情形，将小说视觉性改编和听觉性改编放置回具体语境中来考察，由此在赋分方面采取更为灵活机动的分时段计量的方式，也许能更准确地体现作品的影响力。需要特意说明的是，对作为后起之秀并令报刊、广播、电视等传统媒体都相形见绌的新媒体，《影响力报告》似乎没有给予足够的重视，这多少让人感到是有缺失的；当然，新媒体对影响力的作用确实不容易考量。

其三，文学教育的因素不容忽视。《影响力报告》将“美誉度”的下一级指标分为“评论文章发表”和“文学史入选”两类情形，对博士论文、硕士论文、全国性文学史和地方性文学史等诸种因素均有程度不同的考虑。实际上，这些都属于文学教育的范畴。而且文学教育所包括的内容可能比所列更多，如作家作品被各种级别的语文教材收录，或者为面向专业学生编选的各种作品选所收录，甚至包括在文学课堂上为教师所津津乐道，这都会对作品的传播度和美誉度产生很大影响。即使上述文学史、文学课堂或者各个级别的语文教材不属于什么“规划”，但是其影响力未必会因此削弱。须知，文学教育本身是存在着一定的惯性、惰性和方向性的，其对广大接受者心理、认知、思维的作用虽然缓慢，但可能更持久而强劲，最终结果是，在语文教材、作品选以及教师的课堂讲授中，那些常被提到和讲说的作家作品往往格外受到关注，并最终可能成为接受者的毕业论文或进一步研究的选题。仍然以《影响力报告》中的全国短篇小说创作影响力排名为 A 类的 12 部作品以及全国中篇小说创作影响力排名为 A 类的 7 部作品来看，这些作品都是 20 世纪七八十年代的作品，也恰好是直到今天文学教育都至为关注的。因此，这类与传播、声誉、文学教育相关的因素究竟应该怎样拿捏才更全面，究竟该怎样恰当赋值，值得研究者好好思量。

其四，《影响力报告》在对“创作度”的考量中，将作品刊发分为“原发”与“转载”两项，“原发”下又有“国家级重要刊物”和“一般省级刊物”之分，“转载”下又有被作为重要衡量指标的几个文摘类刊物，如《年度小说选》《小说选刊》《小说月报》

等，不同类别转载有不同赋分标准。如是细致区分，对于近些年发表的作品还是很具有效力的，但是再稍往前推，于那些在《年度小说选》《小说选刊》《小说月报》还未问世的年代诞生的作品，恐怕就很不合适了。《新华文摘》1979 年创刊，《小说选刊》《小说月报》都是 1980 年创刊的，《年度小说选》更是晚些时间才出现的，新时期以前的小说作品与上述文摘类刊物无缘，对这些作品的创作度，仅仅以其是否原发于“国家级重要刊物”或“一般省级刊物”判断，这同样显得不够公正。再者，文学史上从来不缺少各种“特例”。比如，按照今天的评定标准来衡量，发表过小说《伤痕》的《文汇报》该算是“一般省级刊物”了，但是《文汇报》当时的发行量最高达到了 170 万份，其影响所及难道会逊色于某些发行量远低于这个数字的“国家级重要刊物”吗？还有，“文化大革命”结束后雨后春笋般出现的一些民间刊物如《今天》等，在今天已悄然无声了，但其威名一度让不少所谓“权威”的文学刊物也黯然失色的，当时一些文学爱好者曾以自己的作品能在此类刊物上发表为荣。再推而广之，“美誉度”中评论文章发表的刊物级别分为“国家权威”“人大复印转载”“CSSCI 来源期（集）刊”“核心”“普刊”“博士论文”“硕士论文”“评论集数”和“研究专著”九项，其有效性也仅止于近些年的作品美誉评判，对更早问世的作品就不具有效力了。《影响力报告》在构建模型时，多少参照了今天评职称、评奖等的一些指标，但却没有注意到职称或奖项评定中不同于文学评价的因素，这也不免让人觉得遗憾。有的时候，权威读者的评价可能会比“国家级重要刊物”更有威力，如茅盾对原发表于《延河》这名不见经传的普通杂志上的茹志鹃小说《百合花》的重视与推介；再如毛泽东对王蒙小说《组织部来了个年轻人》高度重视，曾在不同场合的多次提及，包括两次规格非常高的国家级会议。上述权威读者的谈话或者有关评价对文学作品的影响力所起到的作用举足轻重。进而我们会想到这样一个问题，这是研究者没有注意到的一个问题：在《影响力报告》中，小说影响力的表现更多建基于各种专业文学读者的评价，似乎将大众读者排斥在外了，而大众读者应该是一个更能凸显小说影响力的重要因素。当然，大众读者的评价声音往往被湮没和覆盖，不容易用量化指标的方式体现出来——比如小说印数、发行量、借阅次数等各种因素；在现有条件下，要对这些相关数据和因素给予足够的重视，赋以相应分值，这更是一个浩大繁琐的计量工程了，可能需要研究者投入更多的智慧。

对当代小说创作影响力进行评估是非常有必要的、有意义的事情，在为此建立起一个较为科学、权威而公正的模型的过程中，研究者也注定会遭遇重重困难，面临诸多不确定因素。也许正是这样的艰难和考验，激发了研究者挑战这一学术难题的勇气。而对各种有价值的不同意见或建议的有效而合理的吸纳，一定会让这个模型更趋完善，也会让得出的结果更能经受住时间的检验。

（作者单位：四川大学文学与新闻学院；辽宁师范大学文学院）

会议综述

《云中记》作品研讨会速记

伊 仁

陈东捷：欢迎大家来参加阿来长篇小说《云中记》的作品研讨会，这个时间各种活动很多，大家特别过来捧场，这不是《十月》的面子，我觉得阿来兄的号召力还是很强大。

首先介绍一下参加这次会议的来宾：中国作协副主席、书记处书记李敬泽，中国作协小说委员会副主任胡平，《人民文学》主编施战军，《人民日报》（海外版）副总编辑李舫，沈阳师范大学特聘教授孟繁华，北京师范大学教授欧阳江河，北京师范大学国际写作中心执行主任张清华，北京师范大学教授张莉，山西大学教授王春林，《人民日报》（海外版）文艺部主任刘琼，文艺部新闻部主任李云雷，中国社科院民族文学研究所研究员刘大先，中央党校文史专业教研部副教授丛治辰，中国作协创研处理论处副研究员岳雯，中国社科院研究员、著名评论家陈福民，北京出版集团总经理曲仲，北京十月文艺出版社总编辑韩敬群，新经典公司董事长陈明俊。还有《十月》杂志和北京十月文艺出版社两位责任编辑，以及几十家媒体的朋友们，还有鲁迅文学院高研班的学员，还有人大创新写作研究班的学员，一并欢迎大家。

《云中记》是我们杂志今年第一期发表的，去年底我们就看到这个稿子，也是很激动，我是在高铁上看完的，越往后看味道越足，一直想开一次作品研讨会。但是等着图书出版以后再开时机比较合适，一是大家有比较充裕的阅读时间，再一个有书摆在大家面前也更直观一些。

其他的不多说，时间比较紧张，我们研讨环节开始，首先请北京出版集团总经理曲仲致辞。

曲仲：尊敬的敬泽主席、阿来主席，尊敬的各位来宾、各位评论家、媒体的朋友，大家下午好！感谢大家百忙当中前来参加由《十月》杂志社、十月文艺出版社联合举办的“阿来《云中记》作品研讨会”，在这里我谨代表北京出版集团向各位表示崇高的敬意和深深的感谢。

2008 年 5 月 12 日四川省汶川地区发生 8 级地震，近 7 万人死亡，30 余万人受伤，是中华人民共和国成立以来破坏最大的地震，也是唐山大地震后伤亡最严重的一次地震。时光已经过去 11 年，我们仍然无法忘记抗震抢险志愿者和解放军们的伟大身影和光辉形象，愿逝者安息！

我们的灾后重建工作直到今天一直在持续开展，一刻也没有停歇，十年后的灾区生机勃勃，创造了一个个攻坚克难的奇迹，当物质被修复后，精神如何抚慰成了重要问题。《云中记》是一部饱含深情、庄严隆重的作品，阿来以一种史诗的气势、乐章式的叙述结构，描绘汶川地区灾后重建的途径，以虚构的云中村为例写出人性的尊严和命运的悲怆。

灾难爆发时阿来正在成都，所以可谓是真听、真看、真感受，他看到了灾难的可怕无情，然后他选择用颂歌的方式来写这样一个陨灭的故事。这部作品不仅展示真实的苦难，抒发家国情怀，更是传扬文学之光，这是希望之光，能够映照出人性的温度。我们民族历史上一些关系重大、影响深远的事件需要文学强有力的表达，阿来的《云中记》会是这方面的一部现象级的作品。

阿来经过长达十年的沉淀思考，终于找到了他的独特表达方式，在《云中记》中他赋予万物灵气，花鸟、天地、山水之灵，皆在小说中出现。他绘制出一幅藏族人民繁衍生息的美好画卷，同时也指出了灵魂的清静道路，灾后自救，救赎圆满，我在《云中记》中读到的是这种精神高度和仁者情怀。

多年以前阿来老师成名作《尘埃落定》与北京出版集团擦肩而过，使我们至今感到非常遗憾。我们非常高兴的是经过《十月》杂志、北京十月文艺出版社多年锲而不舍地努力与阿来老师做深入的交流，得到阿来老师的信任。阿来老师把他在《尘埃落定》之后最重要的这部作品《云中记》郑重托付给我们，在此我要特别感谢阿来老师对我们的信任，同时我也再次诚挚地感谢今天参加会议的各位朋友。

最后预祝本次研讨会取得圆满成功，谢谢大家。

陈东捷：谢谢曲总，下面抓紧时间进入研讨环节，有几位嘉宾下午还要赶到作协，所以要先发言，之后提前离开会议。我们先请胡平。

胡平：我很喜欢《云中记》，它是一部很神圣的生命的颂歌，而不仅仅是悲天悯人。而且我读的时候脑子里有一个画面，那就是颂歌唱响的时候人们都在仰望上空，而上空中太阳透过云层射下阳光，这样一幅画面给我印象非常深刻。当然这也是一首《安魂曲》，寄托了作者对汶川地震死难者的深切缅怀。我觉得《云中记》的高贵之处首先在于它是一种精神性的写作，和我们很多见的世俗性写作不大相同。作者有几句话在封面上，说大地震动并非与人为敌，人们蒙难但仍然要依靠大地。就是说，地震里死了人也是无可抱怨的事情，但是生命不因为如此而显得卑微，相反，我们读了书，更感到在命运面前生命显得庄重。

作品里塑造的祭师阿巴是中国当代文学中少有的殉道者形象，他多次返回云中村挨家挨户寻找和抚慰亡灵。会不会有这样一个人？应该不应该有这样一个人？我们知道曾经有人在山里为红军看守物资几十年，也有人常年看守牺牲战士的墓地，如果他们的看守是有价值的，祭师安抚村中老百姓的灵魂也是有价值的，他为此献身也是崇高的。这里面的价值只涉及精神性的价值，使这部作品成为精神性的写作。精神性的写作涉及真理、真相、正义、良知、同情、忏悔、灵魂、救赎、宽容、博爱等，在世俗眼光看来，这些也许都是虚无缥缈、没有实际用途的，但是作家不能这么想，作家的重要责任之一就是要引导人往虚处想，承认一些形而上的价值观念。总书记说一个国家、一个民族不能没有灵魂，作为精神事业，文化、文艺就是灵魂的创作。应该说，《云中记》就是属于灵魂层面的创作，而灵魂层面的创作在今天来讲还是数量少了一些。

写好阿巴这个人物是很不容易的，我觉得作者处理得很好。首先作者在设计，关于他的身份，阿巴并不涉及大的教派，他属于苯教，但也只有云中村和附近三个村子有这种原始的宗教，而且祭的也都是村里的山神。

其次阿巴被政府授予非物质文化遗产传承人的称号，这样，他的活动就具有了合法性，他自己也认为既然政府让他当了这个传承人，他就要好好履职。我觉得这些设计都很好。

第三，他对教义和程序也并不熟悉，他的身份是由父亲传下来的，平时他就是老百姓，干活谋生，他懂得祭山，但不懂得招魂。而且这个人物，他对于有没有鬼魂也是弄不清的，直到返回云中村也不清楚。

第四，正是这样一个半路出家的半吊子，通不了灵，和神说不上话，自己也怀疑自己的祭师，却真正有大爱悲悯之心。他回到云中村照顾村里的鬼魂，在村里烧起一堆火，让魂灵们知道有活人回来陪伴他们。他不是弄不清到底有没有魂灵吗？这里作者对笔下人物的逻辑考虑特别好。他对乡亲们说，他也但愿这个世界上没有鬼魂，但是如果万一有，云中村的鬼魂就真是太可怜了，活人可以移民，鬼魂移到哪去呢？所以他要回到村里烧香、摇铃、击鼓，看望他的妹妹，告诉人们他回来了。乡长告诉他人死了什么都听不到。他也有他的逻辑，不知道有没有人听见，但是如果能听见却没跟他们说话怎么办？我们无法证明，但是也无法怀疑他是这样从各种可能性上为死去的人们着想，也无法怀疑他的感情是真挚的，这正是这个人物深深打动人的地方。

文学是不是应该表达这种圣洁的、不那么人间烟火的感情呢？他回到村里时是知道云中村即将彻底消失的，但他还是要把亡灵召集到一起，尽到一个祭师的责任，和云中村一起消失。他也做到了。所以这部作品在写什么上就是很富有感染力的。我觉得文学本身也应该是一个祭师，是安慰人们灵魂的。我们有时候容易活得太理智，考虑得太实际，容易问：这样的祭师存在吗？太实际了。前两天我读一篇文章说一个小女孩生来是青光眼，眼睛是蓝色的，被父母抛弃，后来有一对美国夫妇来到中国把她收养了。她到了美国，做手术，两个眼睛全挖掉。这家人待女孩完全像亲生，哥哥和姐姐也一直在保护她，这个女孩生下来第一次主动拥抱亲人，就是收养她的这家人。而且这一对夫妇始终没有后悔，反而感谢这个女孩，说这个女孩教会他们如何去爱。我看完以后也是很感动。我们相信这个女孩的哥哥和姐姐这一辈子都懂得如何去爱。我觉得《云中记》中的祭师和这对夫妇一样懂得生命是如何可贵，懂得如何去爱的。有了这一点，这部作品就非常伟大。我非常赞赏这部作品在创作中的这种风范，在写什么这一点上，了不起。

我就说这些，谢谢大家！

陈东捷：谢谢胡平老师，下面请施战军。

施战军：这部作品是阿来的一部新作，《十月》杂志发出来的时候我特别羡慕东捷，这么好的一部现实题材，同时又是这么有深度的关于生命的故事，在现在这个时代出来，我觉得它具有非常重要的意义。从某种程度上说，《云中记》的出现对我们当前文学创作具有标志性的意义。我们如何书写现实当中的一些比较难写的题材，怎么触及这些问题，阿来在这方面给中国的文学创作树立了新的范本。

我们看这部《云中记》，在题材上胡老师已经说到了，关于灾难、地震、灾后重建这样一个题材，我们把阿来整体的创作一起来看，和他以前写的《遥远的温泉》《空山》《机村史诗》系列作品，包括他近几年的“山珍三部”，它们有精神上的某种相通性，但是这部更集中展现的是对生命的顾念和关切。祭师阿巴要管死去的，而年轻的仁钦要管活着的，这两个去向之间的关系，或者由他们支起来的这样一种生命的系统，阿来面对这样一个系统本身，他选择了非常有难度又特别有概括力的文学选材。我们看到他要处理的是最复杂也最困难的一些问题，比如灾难的后续、新生活的重建、灵魂的安妥，等等，在两个具象之间存在的都是人类的难题，比如人对地域的依赖、文化与人的信仰，还有坚守与人的困境、改变与人的未来幸福，等等，这些难题直接摆在这部作品前面。

尽管阿来在小说里面不断说自然的意义，但是自然的凶险还是在的，然而阿来更肯定的是自然的抚慰。关于人间，他强调人间的顾念，但是更注重人间的生机。云中村的消失意味着自然的大逻辑与人类友情之间的关系，虽然看起来他的情谊不那么存在，但是人类情感是显而易见的。阿来在这部小说里把抗震救灾以及后续的心理调整，包括脱贫减贫这样一些事情背后无尽的生命事物和无尽的生命迹象，在这部小说里呈现出来，这可能才是文学之为文学最重要的佐证。并不是说事件本身构成了文学自体性的存在，但是他看到背后无尽的生命事物和精神迹象。

在这部小说里，所有的都是事体，而不是单个的事物，这是阿来创作一贯的特点，不仅有人的生活，还有太阳、山、水，甚至新事物，比如说蓝色的煤气火苗，包括祭师跟人讲他看到老的母狐狸带着小狐狸在地震的时候搬家，等等。类似这样的描写，还比如阿巴回到云中村的时候，在老房子里闻到马的味道、马鞍子的味道，他过去留下来东西的味道。所有都是事体而不是单个的事物，这是阿来创作非常重要的特点。

还有一个特点，所有的去向都是安居，而不是慌张的奔跑。所有的都是事体而不是单个的事物，使这部小说呈现全人类或者世界文学的品质。可以说《云中记》是生命的颂唱，是阿来作为中国作家，也是作为了不起的文学家的一种承受和担当。

谢谢!

陈东捷：谢谢战军。下面请王春林老师。

王春林：我觉得阿来的《云中记》是非常有难度的写作，他写一个人、写一个废墟上的村庄的故事，最终把它弄成长篇小说，写成史诗式的长篇小说，这个难度非常大。我感觉这是一部非常有创造性的长篇小说，切入点非常小，他写一个人怎样回到已成废墟的村庄上，最后他所抵达的思想境界、艺术境界特别阔大，既开阔又有极纵深，真正达到天地人共生共处的豁达的境界。不只是那个人，不只是叫云中村的村庄，还有一众早已经逝去的亡灵，还有亡灵的前世今生，有山、有水、有动物、有田、有地、有大自然。借助这样一个很小的切口，阿来打开了一扇窗，有一整个世界涌入，有自然意识、社会意识、人类意识，甚至某种意义是不是也有一种宇宙意识的表现?

所以读这样的作品我联想到两部中国古典的作品，一部是唐代诗人张若虚的《春江花月夜》，另外一部是陈子昂的《登幽州台歌》。刚才胡平老师讲到家国情怀，对这部小说，“家国情怀”不足以概括，它的思想艺术，我觉得比家国情怀更有超越性。这是我要说的第一点。

第二，我认为长篇小说这种文体本身决定了它思想内涵的丰富性，决定了思想内涵的多义性。从思想内涵多义性的角度来说，我读阿来的《云中记》虽然是一个人和一个村庄的故事，虽然只有 20 多万字，篇幅也不是很大，但是最起码他传达了以下三个方面的思想内涵：

首先，我觉得他写出了政治意识形态与藏区民间伦理价值观念和民间宗教信仰之间的冲突、碰撞。比如关于搬迁，从政府的角度来说，一方有难八方支援，通过一方有难八方支援，他最后非常巧妙地把一个悲剧转换成某种正剧。但是在藏区的老百姓看来，在那些云中村人看来，他们是故土难离，对他们来说，不幸地遭遇地震已经是悲剧，而由于地质结构的变化，最后被迫搬迁是更大的悲剧。所以在这个事后搬迁的问题上，意识形态和民间伦理、宗教信仰之间的冲突表现出来了。

其次，如阿巴这个人物，从政府角度来说他是一个非物质文化遗产的传承人，但是从藏族本身来说他又是一个祭师。小说中有一个非常典型的细节，他对自己的身份——官方赋予他的非物质文化遗产传承人的身份，从来也说不完整，从来也说不全，我觉得这本身就意味着他对于所谓的传承人的隐隐约约的某种拒绝、某种抗拒。所以，一个是非物质文化遗产的传承人，一个是祭师，从表面上看，只是同一个事物不同的命名方式、不同的表达方式，但隐藏在其中的是意识形态与民间宗教信仰、民间伦理之间的某种紧张的关系。

最后，我把它理解为对以科学为核心的现代性观念与藏区传统文化之间冲突与交融关系的思考和表达。我个人阅读阿来的作品，认为从他的《空山》三部曲到后来的“山珍三部”，一直到《云中记》，有一个一以贯之的主题。这个主题是什么呢？对于藏区现代性的思考和表达，或者是面对现代性的冲击，西藏是怎么样发生变化的。在这个过程当中，由于汉族率先接受现代性洗礼，所以在藏民看来现代性都是与汉人一块出现，与汉人联系在一块的。小说所写的水电站的故事、地质调查队的故事，我认为这些细节、这些情节所表现的都是这个方面的内涵。那么多的“第一个”——第一个发电员、第一个赤脚医生、第一个解放军战士，小说里面写了那么多新的事物和新的名词。而且我们还注意到一个细节，这个地质调查队的博士特别强调一句话，他说自己所持有的这套以科学为核心的价值理念与阿巴所持有的那套价值理念是各自不同的两套知识系统。我认为所有这些情节都在表现藏区传统与现代性之间的一种复杂的关系。

第三，阿巴一个人返回云中村的祭师之旅，从根本上说，更是具有突出的人道主义内涵的庄重而悲悯的安魂曲。这既是阿巴一个人的安魂曲，也是作家阿来一个人的安魂曲。在这方面跟阿巴形成鲜明对照的是央金和祥巴，他们返回云中村跟阿巴的返回不一样，他们的背后都有资本力量存在，都有资本力量的支撑，他们那种行为属于典型的消费苦难，发苦难财，通过对苦难的消费而获取高额的利润。跟央金、祥巴不一样，阿巴就是要抚慰那些亡灵，由此可以看出阿巴内心的人道主义情怀，这难能可贵。

我就说这些，谢谢！

陈东捷：下面有请敬泽讲话。

李敬泽：今天为了参加这个会，特意穿上这个 T 恤衫，祝贺《云中记》的出版。这个书我读了以后还真是特别的佩服。佩服的原因很多，起码有一点，你看这个小说，从头到尾 20 多万字，始终是这样一种咏唱的调子和节奏。我们在座的都明白，这个很难做到，很难绷住这个调子，从第一页这个声音，咏唱的声音，20 多万字我感觉就是这样咏唱下来的，这个真的是特别特别难。说起来，是一个语言问题、一个艺术问题，我相信对于一个作家来说，能够如此保持这样一种节奏，这样一种调子，一直这样写下去，本身也是作家创作状态的一种体现。这个小说写了五个月，在五个月的时间里，我想象，阿来兄脑子里、心里反复回旋的那个调子，调子里包含非常动人也非常浩大，就像很多人刚才讲的，浩大、庄严和动人的东西。

看了这个，我又替阿来发愁，阿来永远是一个让我们觉得他已经占领了一个世界，但是他又永远能够开拓出新的天地的人。如果我们把这部作品放到阿来从《尘埃落定》一直到现在的整个作品系列里看，《尘埃落定》《格萨尔王》《机村史诗》，包括《蘑菇圈》《三只虫草》等，最后到《云中记》，我是觉得这整个几乎就是一个宏大的建筑，到《云中记》，这是宏大的建筑一块封顶的石头摆好了。所以我主要发愁，阿来才 50 多岁，他就把这么宏大的建筑最后一块石头摆上去了，不知道他后面要忙什么？当然我这也是瞎发愁，他总有办法的。

我的意思是说我们应该从阿来的整个创作中，从《尘埃落定》到《机村史诗》到《云中记》，在整个创作中来估量《云中记》的意义。如果说《尘埃落定》是那样一个古老世界，面临的也是巨大的政治性、历史性的社会变迁，《尘埃落定》从那个变迁开始，然后有了后边的《机村史诗》等，那么到了《云中记》这里，就是自然的、巨大的灾变，对这个世界进行了一次大规模的干预，这个干预甚至具有根本性意义，整个村庄被连根拔起，滑到江里。所以从《尘埃落定》到《云中记》，我倒不一定觉得阿来是在像建筑师一样做规划，但是我们也确实能够看到这样一个大的架构、大的小说世界的形成，非常值得推敲。

另外一点，我也不觉得这部小说一定要从汶川地震的角度来谈。汶川地震当然是这部小说的一个缘起，但是这部小说肯定不仅仅是写汶川地震。或者说，汶川地震是它的艺术上的出发点，但未必是它的目的地。实际上，在这个小说里，云中村既是这样具体的，同时又是寓言性的，有很强的寓言性。因为在这个小说里，云中村就是一个世界，一个非常完整的世界，一千年前祖先到了这里，然后经历一千年，现在要连根拔起。将它拔起的这个东西不仅仅是地震，实际上我们可以从灾变、危机、大的波折与顿挫，到再次灾变、危机、迁徙这样一个更大的世界架构里来看这个作品。

任何一个文明，延续一千年也好，两千年也好，这中间决定性的灾变，被连根拔起的灾变，是在所难免的，有的时候是自然，有的时候是历史。就说中国，自汉以后，整个衣冠南渡那个大灾变，唐宋以后五代十国那个大灾变，这样的灾变是任何一个文明，具体到、浓缩到这个村庄都要面对的。小说让我们看到的是在这样的灾变中人怎么存续下去，人在精神上如何自立。整个小说既是追忆也是召唤，始终有一种召唤的语调，那些灵魂是被召唤出来的。世界上有没有灵魂？难言也。但是人是要召唤那个灵魂的，是要召唤那些已经逝去的东西的，人需要有一个行动去召唤它们。召唤它，为什么？我们通过召唤重建生活，通过召唤确立我们现在生活的意义，为我们现在的生活建立一个意义。

所以我看了以后，我还是觉得确有浩大庄严的东西，这种浩大庄严里既有个体生命之命运，也有文明之命运。当然这里边确实涉及藏族的古老生活方式，整个古老的意义和现代性的关系问题，但是我们在谈论现代性的时候，似乎也不必把它看成古老意义的对立面，好像存在着多大的矛盾。我想阿来也未必把它认为是矛盾。什么叫矛盾？一定有一个新的和旧的冲突，或者是新的对旧的替代吗？我觉得也不是。或者只不过说，对阿来来说，新与旧的杂糅，科学与灵魂之思的杂糅和转换，所有这一切其实都是人类生活的常态和文明的常态。怎么说呢？那个所谓的纯粹是从来不存在的，对于一个一千年的村庄来说，对于一个在一千年里与历史发生对话的这样一个村庄来说，我们很难想象一个纯粹的没受过污染的前现代性，至少从《尘埃落定》开始就不存在。

所以这里特别有意思的一个东西是什么呢？有些东西不是因为旧，有些所谓旧的东西实际上是在这个过程中又被召唤出来，甚至被生成、生产出来，被创造出来。这个祭师本身并不是一个多“根红苗正”的祭师，他自己把自己创造成一个祭师，是生活或者世界把他创造、召唤成一个祭师的。这个是特别有意思的，是阿来在看这个世界的现代性的关系的时候眼光特别了不起的地方。

总而言之，我觉得《云中记》非常值得探讨，就像刚才各位说的，在很多问题上也触及我们当前创作的一些根本性问题。也包括我刚才讲的，像现代性问题，也是我们理论上一个核心概念。有的时候作家对生活的认识和想象，我觉得是要比我们的理论更为丰沛，比我们的理论更具想象力，值得探讨。

我先说这么多，谢谢。

陈东捷：感谢敬泽主席，下面请孟繁华。

孟繁华：我写文章了，简单地说说我的看法。看了小说，是一部杰作。在看以前，有朋友在微信里面表达一些看法，认为是一部伟大的小说，我同意这个看法。我们对当下活着的这些作家的评价，有时候很吝啬，不该断言的时候断言，需要断言的时候又不断言。《云中记》是一部伟大的小说，看阿来的作品这么多年，包括他的散文，包括他的诗歌，还有电影，我概括出来的东西可能是这样：阿来小说创作里面有亲生命性。这个亲生命性是哈佛大学威尔森教授提出来的，就是人类对于这样一种非常暧昧的、温暖的情感的表达，这叫亲生命性。亲生命性首先是对人的亲近感，这个概念大于人性，大于人道主义，大于我们附加上的社会学或者其他理论上的东西，就是对生命本身——除了人以外，还有自然界的有或没有生命的那些东西，比如江河、湖泊，这是没有生命的，一草一木、花鸟虫鱼是有生命的——人对有生命之物的亲近感和对自然界的亲近感，概括为亲生命性。在《机村史诗》的发布会上阿来谈过一个概念，这个概念叫作情感深度。文学处理的就是情感深度，不是思想深度。他说，你处理思想深度会比哲学家处理得更深刻吗？不会的。你情感上空空荡荡的时候会写出令人感动的作品吗？也不行。所以他对于情感深度的理解和威尔森所讲的亲生命性，是一致的。

刚才敬泽讲的我非常同意。地震是一个背景，他要写的不是地震，他要处理的还是文学上的问题，跟阿巴要处理的问题是一样的。阿巴要处理什么？活着的人，他侄子仁钦都在管，政府都在管。死的人谁来管？灵魂谁来管？灵魂要祭师管，他得回到云中村。这和文学要处理的一样。人的情感、精神、思想之外的事政府各个部门都管，而阿巴要安抚灵魂。他说，安抚亡灵就是安抚活着的人的心，这是他回到云中村最重要的思想基础。他走的时候非常隆重，新村的人开几辆车送他，他一个人回到村里面，看到这个场景，那是地震过后的场景，废墟，村庄夷为平地的场景。但是在阿巴的眼里，或者在他的行为方式当中，生命一直没有离开他的视野。我特别注意两个东西，一个是声音，一个是气味。声音从两匹马的铃声开始，一直到鸟叫、鹿、菜园子的声音。气味，他回到村子里，闻到过去云中村的气味，包括每一家每一户。我觉得小说写得很浪漫，写的是亡灵，但是对生命的礼赞，这很浪漫。比如他写到一头鹿，在阳光照射的时候，充满了血液的还没有钙化的鹿角，写绽放的山花儿，等等，这些都和生命有关系。

所以这个小说超越了地震题材。作家在书写生命的时候要提供一个新的反省，这个新的反省就是小说里面要表达的东西。阿巴和仁钦有一段对话，仁钦问他，地震的时候你为什么没有抱着阿妈？阿巴有一句话，我看完之后真是感动至深，他说那个时候我们还没有学会相亲相爱。相亲相爱是这个小说的一个主旋律，对活着的人、对死去的人、对世界万物的相亲相爱就是这个小说的主旋律。

另外，这个小说体现地方性知识。地方性知识，我们谈论了很多。地方性知识最重要的是什么呢？我们在考虑地方性知识的意思的时候，“知识”总是在特定的情景中生成并得到辩护，因此我们对知识的考察，与其关注不变的准则，不如着眼知识形成的具体情景，这个很重要。阿巴自己也不相信有鬼魂。你不能成天问我这个问题，与其问我这个问题，不如去行动，这是在云中村祭祀山神的习俗，它在云中村是重要的，你不能把它纳入意义世界去讨论。科学是我们认识世界的一种方式，但不是唯一方式，我们还有很多方式来认识这个世界。宗教也是认识世界的一种方式，包括东北萨满教，还有其他宗教，都是认识世界的方式，都有自己解释世界的方式，这是在我们知识范围之外的事。阿巴就是这样的人。

在处理阿巴这个人物的时候，阿来确实非常有智慧。有一段话说，你们让我当这个祭师，我就要履行我的职责。这个职责就像仁钦似的，让你当乡长，你要履行你的职责，我作为祭师要履行我的职责。后来村子又换了新的书记，那个书记说要把山神节办得像模像样。书记说了这种话，祭山神也好，他作为祭师的身份也好，就都有了合法性。这个小说说是一个杰作，说是一个伟大作品，这不是言过其实。

还有一点非常有趣，阿巴这个人最后到死也没有把“非物质文化遗产传承人”的名称记全，要么说前一半，要么说后一半，但是我们都记住了祭师阿巴，记住了他对生命的尊重和相亲相爱。经由阿巴有生命态度的表达，对亲人关系的演绎是如此感人至深，因此在我看来《云中记》是一部杰作，是阿来对人性、生命、情感深度不断深入思考的杰作。同时《云中记》是褪去知识分子腔调的小说。百年中国小说一直拿着知识分子的腔调，启蒙没有错，但是在启蒙思想召唤下，知识分子一直无所不至，但是《云中记》冲淡平和的讲述，不再居高临下的姿态，给我留下深刻印象。当然，也是在今天写作方式无限开放的语境下，阿来写作的姿势和方式才有合法性，尽管如此，他写作的这种高贵性对我们的启示仍然巨大无比。

谢谢。

陈东捷：这个作品，我们从各个角度在讲，看的时候冲击非常大，但是我们试图给别人讲述的时候，几句话没法涵盖它意义的多重性、空间的多维性，它确实是一部杰作。我们如果只是讲述故事的话，完全代表不了这个小说。下面请欧阳江河。

欧阳江河：来晚了，刚才听到几位发言，非常有启发，我们对阿来这部小说怎么阅读？因为我已经参加了新书发布会，也听到邱华栋和阿来老师自己，还有陈晓明的一些看法，我已经得到很多启发了。刚才敬泽和孟繁华两位大气磅礴的阅读，带进这种原来我一直在质疑的东西的一个反证。当我们碰到杰作的时候，我们杰出作家写的重要小说的时候，整个中国批评界，我原来一直质疑是不是有可能退化，我觉得今天有反证，大家带进来的阅读的角度和起点、整个认知，包括表达的丰富性和开放性、启发性、深度，都是跟伟大的小说相配的。对这种东西我很长时间以来都很困惑，批评的退化是一个让我感到非常恼火的事情，但是当真正伟大的小说诞生的时候，批评调动起来的能量和它的认知能力、定位能力是相配的。

这是我要讲的第一点，我估计阿来的这部小说调动起来的不是知识分子圈内的，或者来自西方的那些理论话语的相互切磋的一种行话展示，光靠那些东西混不过去。面对这个小说，刚才说到这是一个很中国式的小说，我先谈谈这点。

我那天在新书发布会上谈到地震的时候，也谈到这个小说处理的是一个不同时段的重叠，在语言和情感表达，包括文学叙述的角度上有重合。这三个时段，一个是长时段的，甚至超出文明的，就是地质运动。因为地震是长时间以来地质内在运动的一个结果，这个内在运动没有生命，这是真正意义上的长时段。还有一个是文明的，刚才敬泽老师谈到一千年的寨子云中村，这是文明的时间，甚至某种意义上超过我们现在熟知的东西方的范畴，这样一个文明的时间、历史的时间的重叠。第三个才是新闻时间，就是我们所说的地震。刚才敬泽不停地在强调灾变时间，这个瞬间是一个新闻的时间。

当一个人的生命遇到这个时间，恰好在这个时间中被展示、被呈现的时候，出现的那个裂缝，大地的裂缝，包括后来的滑坡，倾斜的滑坡，最后从高处跌入到江底，这样一个过程中，充满的祭师的东西，一个人离开以后去了移民村然后又返回来，这三重时间重叠在一个人生命的转变上和对生死的认知上，构成的这种语言，阿来最早谈到这个小说，他说让他等了十年，原因在于他有一个基本的认知。他一直在说，我们给活人讲的语言，我们的新闻，讲述历史变迁，讲述东西方矛盾，讲述科技进步、消费文化、媒体时代等的宣传语言，各种各样的语言，还有随着科技进步而来的手机语言、微信语言等越来越多。当我们面对这样一个三时段重叠时，来自地质的几千年、上亿年的运动在这一瞬间造成寨子和千年文明的消失，以及人生命的消失，我们面对这个是失语的，我们所使用的语言，无论是政治语言、哲学语言、科学语言，还是时代精神语言，甚至文学语言，都是无力的。面对它，所有的描述都是苍白的。孔子讲“未知生，焉知死”，这样一种文明历来只对生者和未来说话，怎么用它对死者说话？那些死者死了吗？按照苯教的说法，他们不是佛教说的转世，他们没有，他们就是消失了，他们在风中慢慢消失，他们化成灵魂，在光线中，他们化成灰，土落到土地上，是这种消失。面对这种消失，语言说什么？你有这种语言吗？这种语言被发明出来了吗？这种语言一度存在，但是它们消失了，它们由于这么多年的各种干扰，如消费、资本、现代性的进入、进步观、时间观的改造，消失了。面对这样一种长时段的文明的、地质的、新闻的和我们生命的内容，我们想说类似安魂曲的东西。这些东西，我们说的时候，突然发现没有这个语言，就像我们突然发现云中村不在了，它整个没了。这不关正确和错误，甚至不关生死。

这种语言没了，所以我说阿来这个小说真是划时代的。他在这个时候等了十年，他要想汶川大地震，因为他亲历过一些东西。跟我们在北京时他认真地讲：因为我是四川人，我后来去看了，真是把我吓坏了。我们在那种时候要对各种时段的重叠说什么的时候，我们突然发现失语了，没有这个语言，更别说把它从新闻描述转化为伦理，那种崇高和悲剧性。而且那真是全民的一种精神资源的调动，人从来没有在灾变面前那么崇高过。但是事后，半年以后、两年以后，可能更大的灾变、更多的事情又来了，盖过了这一切，把这一切冲淡了，新闻的逻辑就在这。但是阿来作为一个——我认为他是——祭师般的文学家，他不让它过去。阿来自己过不去，他一定要找到语言把它表述出来。在这个小说里面，他找到了这个语言，真是非常了不起。这不是一般意义上的中文、汉语、藏文，都不是，他把音乐也放进去，他一开始讲对莫扎特致敬，李敬泽老师讲到小说里面从第一个字到最后一个字贯穿的节奏，就是那种音乐的东西。那是莫扎特给他自己写的《安魂曲》，写到第八节的时候，他只写了八小节就死掉了，他真是写给自己的。这首曲子是被他的学生续完的，当然他有交代。这样一个写了一半的东西，这种“一半”，我们称之为圣咏、圣言。我记得多少年前读到过一篇文章，就叫《圣言说完了》，讲当代很重要的一个困惑就是圣言说完了。我们还有宗教，但是圣言说完了。

我觉得阿来就是这样的，当圣言说完，音乐我们也听了好多遍以后，莫扎特也死掉了，所有留下来的东西，它们作为一个综合的没有完全消失掉的东西，怎么被转化为阿来要面对的这样一件事情？他想转化出文学叙述这种意义上的语言。所以这个语言里包含音乐、圣言，当然明显也有召唤，也有对人的存在的根本追问，也有向死的文化。我觉得任何文化，如果不关注死，不关注死后的目光、死后的语言，就不够高级。

在这种情况下，阿来的高明在于什么？他没有让这一切把他打倒，他没有变成神，没有变成圣言的转述者，而是把人带进去，用各种各样的东西来限制圣言，限制它的崇高和伟大，包括限制文学叙述的节奏、人物的设置，比如阿巴这个人的取名，像音乐的A调和B调，包括对位法。莫扎特到了最后，多么天才的一个人，从来不学什么音乐的形式感、对位法，但是到了最后《安魂曲》第二乐章开始，就是特别严格意义上的对位法的产物。最后一个乐章是副歌，从第二乐章发展出来，他有了限制，对天才语言的限制，最后变成形式的一部分，变成难说难言的一部分，是天才都表达不了的东西。

这种东西在阿来的小说里比比皆是，比如音乐元素，里面有大量的不同重复，出于节奏的、呼吸的、换气的需要，转调的需要，但是每个重复又有非常微妙的区分，而微妙恰好就是限制的一部分。在感到崇高把自己压倒的时候，微妙的限制让我们感到还活着，让我们还有理性，还有文学，让我们还和当下有连接。我说这个小说，光说它的语言就有无穷无尽的东西。我比较懒，如果真写出来，是非常有意思的一个文章，因为可以对位分析小说里面的情节，关于圣言、关于历史、关于音乐，甚至阿来还调动了地理学的知识，调动了博物学的知识，调动了对气味的追踪，对不同的经验的准确描述，更不要说植物了，这是阿来的特长。他把各种语言综合在一起，构成文学叙述的味道和深度，在如此悲哀地面对灾变时，招魂的语言仍然充满文学本身的魅力，这是非常难的一件事。而且这种语言还保持一种统一的丰富性，和万物勃发、万箭齐发一样的多角度、多元化的东西，我觉得是中文小说的一个特别重要的文学的、语言学的、历史学的、精神学的特别高的成就。

所以这个文学作品的诞生真是文学史上的一件大事，这些伟大的批评家们面对这样一个小说，这么快地有各种完全不同的阐释角度，但是有一个基本共识，就是都认为这是一部杰作。这个结论不是行话式的，也不是媒体宣传式的，也不是促销式的，而是回到最根本意义上的文学的起源，我们中文还能有这样的语言，真的要感谢这部小说，感谢作者阿来。

陈东捷：感谢。我们休息十分钟，四点准时回来。

陈东捷：继续开会。下面请张清华老师。

张清华：读了这个小说，觉得发言很难，作为读者沉默的状态和作为所谓的批评家不得不振振有词地发言的使命，其间矛盾确实是非常痛苦的状态，不太好说，不知道该说什么。我注意到刚才各位讲，用东捷的话讲，这是一部无法复述的小说，我称之为诗一般的小说，或者语言文体论的小说。因为诗无法复述，诗的话语就是独白，它没有对话性，基本上没有杂语性。这个小说基本以独白的方式，以如泣如诉的独白的方式写作，这种难度刚才各位都谈到了。在语言上的这种难度，其实就是小说最大的难题，能够一以贯之地让这个旋律绵延下来，成为一曲悲歌，成为安魂曲，笔力能够保持饱满不衰地绵延下来，最后画上句号，我觉得需要耗费巨大的精神能量，付出巨大的情感能量。这是《云中记》首先给我的一个最强烈的印象。这篇小说，读完之后很难开口，最合适的状态是保持沉默，发出一声叹息，甚至也会热泪盈眶久久不能自已，应该是这个状况。

如果想言说的话，要停顿良久，然后往外边绕，绕到哪儿呢？首先他写的是一个村庄的消失。村庄消失是因为根基的瓦解，根基的瓦解来源于两种力量，一种是自然的力量，一种是文明本身的力量。自然的力量，如果说以地质史，刚才江河兄提到，以地质史的概念来衡量一次地震，汶川地震连大地一眨眼都算不上。人类所到之处，大地上所有景观，都是地质变化的结果。地表的这种翻天覆地的运动产生的灾难，对于人类来讲是不可承受的，但是对于自然来说，它什么都不是。但是它毁灭了云中村的根基，这是自然之力。

还有一种是文明之力，文明之力是这个小说所要表现的。文明本身有一个逻辑，内在的自我破坏的逻辑。人类走到今天，遭遇了现代性，也有改天换地的科技。修水坝，过去云中村附近修水坝，水坝崩溃了，这也是一个寓言。然后是没完没了的《机村史诗》里面那种阶级斗争，是人的自我折腾的历史。接下来是文化和文明遭到毁坏，在《机村史诗》里面，其实也是文化的毁灭、文明的毁灭，和自然的毁灭同步。阿来一贯要关注的就是这种文明本身的悲剧，是文明本身的自我毁灭的内在逻辑在当代的显现。这次它是和重大的地震灾难连在一起的。

写一个村庄的毁灭，之前也有例子，早在 20 世纪 90 年代张炜的《九月寓言》写的就是村庄的毁灭。那个村庄毁灭是因为地下煤矿把根基挖空了，最后大地陷落，这个村庄毁灭了。张炜关注的是工业文明对农业文明的破坏，这个刚好回应了 90 年代初期中国社会的那种巨大变化，也带有很强的寓言性。两个寓言，一个是人讲述自己故事的寓言，另一个是神和先知的寓言。

再一个是几年前格非的《望春风》，也写一个村庄的毁灭，这个村庄从伦理、生存、人的记忆等各方面的毁灭。格非写了“江南三部曲”之后觉得还不够，又专门写了故乡的毁灭，就是《望春风》。

现在我又看到阿来的《云中记》。《云中记》中的毁灭既因为自然力量产生的灾变，同时也因为人类文明自我毁灭的逻辑，当然也包含了作家对这一切的灾难和文明毁灭的一种理解、一种凭吊。我认为祭师有两个，一个是阿巴，还有一个是隐在阿巴的身体里面，或者是伴随着阿巴左右的隐性的祭师，就是作者。作者和阿巴时而分离，时而合一，他们共同思考灾难。

这让我又想到关于灾难写作的伦理。前些年因为地震，出现大量的灾难写作，也带来了非常激烈的讨论。关于汶川地震，有很多人写诗，有的人因为写得不到位，遭到很多人的唾弃。写得特别好的是朵鱼（音）的一首诗，叫《今夜写诗是轻浮的》，反思这种灾难的写作可能产生的伦理矛盾，或者是伦理上的自我悖论。因为如果掌握不好关于灾难的写作，就会引来另外一场灾难，道德或者伦理的灾难。

有一个特别著名的例子，南非的摄影家凯文·卡特 1993 年的一幅作品《饥饿的苏丹》，拍了一个四五岁的黑人女孩，在去往救济站的路上再也走不动了，马上就要倒地而死，硕大的头和孱弱的身躯，几乎趴在地上，她身后有一只秃鹫在等着这个女孩死去，秃鹫不吃活食，它等着女孩咽气就飞过去啄食她。凯文·卡特躲在丛林里拍下这张照片。这张照片得到 1994 年普利策奖，它起到很大作用，是轰动美国、轰动西方的一幅作品。但是不久以后有一个评论家说这里面有一个伦理的矛盾，有一个第三者，画面外的第三者扛着自己的相机，实际上和那个秃鹫扮演同样的角色，他捕捉的是自己的作品，祈求的是自己未来的奖赏。凯文·卡特由此遭到各方谴责，最后自杀了。我觉得这是西方人有可能做出的一种赎罪的行为，是有宗教背景的。

关于地震的写作，也启示我们，用小说来处理时，刚才大家说不要把它看成地震灾难引发的文本，但是它的确和地震有关系。在小说里，阿来解决了这个问题。没有一个外来的他者来观照这个灾难，而是一个灾难的承受者，一个置身灾难当中的人——用海德格尔的话说，这个角色叫做本己——他是一个本己者，他是一个灾难中人，他是一个承受者，他是一个置身于那些亡灵中间不能自拔也不能离开的人，他作为旧生活或者古老文明的一员，不愿意在新的生活中找到自己的位置。他拒绝这样一个位置，他要固执地回到亡灵中间，回到记忆中间，回到亲人、死者中间，当然也是回到古老的文明中间，回到古老的思维中间，回到古老的语言中间。他自己固执地以所谓的反现代的姿态回到创伤，回到灾难之中，通过和亡灵的对话来抚平创伤，来解决一个巨大的关于灾难产生之后肉体、生命、精神、价值将何以建立或者何以归依的问题。

从这个意义上来讲，这部小说是一个非常宏大的宗教的寓言，也是哲学的寓言、生存的寓言、文明的寓言、人性的寓言。如果作为寓言，它涉及方方面面，确实太多，通过阿巴这样一个人物完成了一个巨大的命题。当然写作的难度也在于此，他使用这个人的自言自语，来完成一个非常漫长的小说叙事，所以它必然像一首长诗，像一首音乐作品。江河兄，你是音乐行家，我感觉这样的作品不是交响乐，而是咏叹调（或者宣叙调）。总之，《云中记》在小说文体方面有贡献，它贡献了我们这个时代极具难度、极有挑战性的非小说文本，或者是一个诗意的、诗性的小说文本。

我就说这些。

陈东捷：谢谢张老师，下面请陈福民老师。

陈福民：这个小说我读完确实跟清华的感觉是一样的，但是我跟他的方向不一样，他用修辞的方式说不出来，其实说了很多。我觉得有很多话要说，但是不知从何说起。这个小说跟我们读到的传统小说有蛮大的差距，大家知道阿来是一个特别有实力的作家，而且特点鲜明。我读这个小说有几个比较集中的感受。

首先说它难，特别难。难在哪里？大家一看就知道，出版社给出的字数是 27.8 万字，这么大的一个篇幅，里面没有戏剧性冲突，没有人物冲突，人物结构、人物关系非常简单，就是阿巴一个人，他所有的内心活动，关于和世界的、亡灵的、山神的，关于现代性的，关于社会组织结构，和他自己对所向往的自然生活的内心活动，所有这些表达都是通过这一个人物完成的，对小说来说非常非常难，我觉得特别难。按照我们想象的传统小说的理念，这很难完成。刚才江河兄用宣叙调等来解说，音乐我不懂，我读下来以后一下想到卡尔维诺的《寒冬夜行人》，就是那样一种稀疏感，人物结构也好，故事叙述也好，都是非常稀疏的。他所设置的心理世界的背景，在结构上也是稀疏的，这种稀疏，我们不能简单地说是空灵，但它让我回想起卡尔维诺。

这引出一个问题：阿来如何在困难当中完成这部小说？首先他证实了我们的一个基本判断，在阿来身上，我个人看来，不一定对，他有几个“中国之最”。首先阿来是一个最具有现实感，同时又最具有诗性的作家。我们通常认为，如果一个人特别有诗性，他的语言非常浪漫，他的叙述就会非常松散。但阿来不是，阿来有特别强烈的现实感，他的现实元素在小说里面很容易被捕捉。他会不经意地设置一些细节，比如说云中村得到救济以后开始办农家乐，这个农家乐旅游出了问题被投诉，看起来像一个新闻，它是非常现实的。阿来对我们生活、社会当中发生的这些细胞式的变化，不会一笔带过，他要靠这个来支撑作品。但是我们同时又看到，当下写作，无论是非虚构的还是号称现实主义的，都会大量处理这些东西，那些作品的语言非常滞重，事件非常新闻化。因为我对阿来前期写作不是特别熟悉，我觉得他应该有诗歌的训练，但是在个人气质上，阿来是一个内心有非常浓郁的诗性的人，他的诗性拯救了他的小说。因此读完《云中记》之后，我觉得现实感和诗性结合得最好，对中国来说，对中国当下一线作家来说，阿来具有这个特别显著的特点。我们可以去细数一线大作家，阿来在这个问题上表现得特别鲜明。这是我的第一个感受。

第二，阿来在这个小说当中处理了宗教、民族问题，处理了民间信仰问题，处理了看似局部文明的问题，但实际上它涵盖整体文明的一些东西。在这个意义上说，阿来是最民族的作家，但同时，在中国所有号称少数民族的作家当中，阿来是最具有普遍意义的一位，这很了不起。在我个人看来，他从来不会把自己所处理的生活，包括他自己作为少数民族作家的身份，作为标签推出来，他从来不是奇观式的作家。但在他的写作当中，那些民族的、宗教的、神灵的、自然的元素水乳交融，非常饱满，由一种特别动人的方式呈现出来。刚才张莉跟我说她读这部小说非常感动，会受冲击，我觉得这就是阿来的力量感带来的。

我个人觉得，如果处理不好这两者之间的关系，阿来就不成其为阿来。他拥有鲜明的民族的、宗教的、自然的各种身份，少数民族作家身份，但他从来不会在这个问题上做标签式的展示，他会用特别符合现代文明的方式去呈现它，这非常了不起。这也是我读《云中记》感受到的。

第三，阿来可以说是最悲天悯人同时又是最残酷的作家。我衡量一个作家是不是有力量，从来不看他是不是把一个事件写得让人哇哇大哭。我看他像手术刀一样，有着早期余华式的冷静和残酷，但又不是奇观式的。余华早期的冷静和残酷是带有事件性、奇观式的残酷，但阿来的残酷不是，他是像手术刀一样切开大地的结构，切开每个人心灵的结构，他会看到这种东西，从来不替我们遮掩这个东西。我觉得一个没有力量的人才会用温情把它掩盖起来。但同时阿来是特别具有悲天悯人情怀的作家。我们通过一系列的事件已经知道人道主义有其肤浅的一面。老子说“天地不仁以万物为刍狗，圣人不仁以百姓为刍狗”，这是用非人道的方式呈现大人道或者大世道，只有这样，才是有真正的悲天悯人情怀的作家，而不是沉溺于、着眼于小的人道主义情感。我所感受到的这三个“之最”，本来是相冲突的，但是在阿来身上完美结合，确定了阿来作为非常了不起的作家的不可替代的地位。

好话说尽，我直接说我的阅读感受。小说读起来比较累，因为只有一个人，靠心灵的世界来支撑，喜欢看故事的人大概会失望，这对我们来说也是一个教训。阿来就是用这样的方式，像卡尔维诺的方式，可能不同于刘亮程的《一个人的村庄》，阿巴在这里面不是一个人，而是有很多。总之，这个小说提示我们新世纪长篇小说写作的难度和高度，我不敢确定这个小说一定在形式上是最成功的，但它的确带来了难度，提示出很多当代长篇小说写作的问题。阿来这位作者，通过这些艺术形式的处理，通过他在小说里面各种人类学的、现代性的、观念的展示，标识了自己作为作家的地位和高度。

就说这些，谢谢。

陈东捷：下面请张莉。

张莉：特别高兴参加《云中记》的研讨，上周参加一个评奖，大家不约而同热烈讨论《云中记》。首先我认为《云中记》放在阿来老师整个创作系列里面，是属于有神性的神来之作，好像一道光。你发现只有阿来老师才能处理这样的作品，所以《云中记》在我看来是诗性盎然的关于生命的史诗之作，关于灵魂的史诗之作。就像敬泽老师说的，在阿来老师的创作里，它毫无疑问是里程碑一样的作品，同时在我们整个中国百年现代文学史里，从关于如何书写灾难、如何书写痛苦和安妥灵魂的层面来讲，它都是教科书级的写作。

刚才老师们也提到书写难度，他怎么样书写一种高贵和精神性的东西，我觉得阿来在这部作品里面捍卫了汉语的尊严，书写了文学的尊严和人的尊严，这三种尊严在这部作品非常和谐地体现出来。

它的难度首先是复杂性。这个作品有内部复杂性，关于灾难，如何理解灾难，如何理解灵魂，如何理解生离死别，其实是非常复杂的。这个作家要如何处理？我觉得他找到了两条非常好的路径，一条路径是他把所有这些复杂的东西凝结在一个人身上。刚才福民老师说是一个人，这个非常对，他找到祭师这样的形象，这个生死通灵之人，在文学上有很多特权，所以我们看到的是一个人的悲伤、一个人的痛苦、一个人的记忆、一个人的怀念，但是在阅读的时候会发现这个人又代表了所有人，他是一个非常大的人。我今天跟陈老师说我读的时候有好几次非常感慨，很少有这样的阅读经验，当你进入作品，你觉得这个祭师是一个具体的人，但他是一个非常大的人，他代表此时此刻我们对所有灾难中去世的亡灵的深深的怀念。阿来在这个作品里情感非常丰沛，但是他又找到非常克制的调性，那种调性找得非常好。一旦找到这个调性，属于阿来的音乐就出现了。对音乐我是外行，不太了解，但是从我的直觉来说，第一天、第二天、第三天、第七天，1月、2月、3月、4月、5月、6月，然后是“那一天”，我觉得这里有内在的结构感。我想说的是，一天、两天是短的，一月、二月是长的，最后“那一天”又是短的，我想他有自己的思考和内在的起伏，这些在作品里面体现出来了。

所以如何把一个人的复杂性变成万千人的复杂性，这是这个作品的挑战，也是最了不起的地方，作者把凝结和精华的东西找到了。作品首先是汶川地震引发的，但它不是具体的个案或者某一个具体的灾难，而是在灾难之上表现人和自然的关系、人和死亡的关系。

我在想是什么触发我，让我觉得这个作品是中国当代文学非常重要的令人惊喜的收获。我认为他写出了文学应该有的诗性，汉语书写里面应该有的诗性。史诗性和诗性都不一定是戏剧冲突、跌宕起伏。他写了很多自然，非常切肤，但同时在这个作品里面所有的景色、所有的事物都有浓烈而又克制的情感，既是主观的又是客观的，非常好的糅杂。

我这两天一直在想，读《云中记》最大的感受是什么。他写出了人和大地之间的普遍性，他对大自然的态度，不是用他的讲述，而是通过他笔下的树、云彩、叶子、花朵、火把，包括祭师这个人在作品里面都有熠熠的光，每个都有光。当这些光凝聚在一起的时候，这个作品的神性就出现了。所以我们在作品里面体察到某种情感高度，并不是通过激烈的碰撞，也不是通过戏剧性的冲突，而只是通过一个人在村庄里，在逐渐消失的村庄里慢慢行走，和所有要消失的东西，和那些人，慢慢进行对话，进行一个来和往的情感的交流，小说通过这样的交互，最后达到情感的高潮。所以这个作品最终让所有人觉得好，但是又没有办法说出这个好，好像说出这个好的原因都一样，其实又不一样，就是它抵达了我们情感的制高点，而这才是艺术家真正应该追求的。阿来老师的《云中记》做到了。

同时关于《云中记》这个题目本身。我不知道有没有云中村这个名字，当作者写到《云中记》的时候，实际上他既写到了属于天上的光芒，也写到了属于地面的光芒，他找到这样一个节点，一个情感的高度，这是这个小说非常成功也让人惊喜的地方。特别祝贺阿来老师。

陈东捷：下面请李舫。

李舫：我一直非常关注阿来的写作，阿来所有的小说，包括他的诗歌、散文我都读过，也非常熟悉。我其实还是想留下来多听一听。我们有一个共同的看法：一部好的小说，真的是横看成岭侧成峰，你从哪个角度都可以看出它的好来。今天各位讲了这么多，大家都在说它不同的好，但是每个人都把这部作品定义为目前看到的最伟大的作品，这就是这个作品的优秀之处。

阿来这部作品，尽管他写了灾难，但在灾难中又表达了内心的尊重，这种是非常难的。阿来最开始是写诗，从诗入散文，又入小说，跟大家有一个不一样的地方，就是他对语言的使用。阿来的虚构和非虚构，包括他的《瞻对》，对语言的使用非常节制。我们在这部作品中看到他的语言是大量的排比，大量的叠字、叠词、叠句，但这种铺排之下，我们可以看到他的语言的干净和节制，都是非常短促的句子。包括他说苯教里面的歌唱，那个歌曲本身都有穿透力量，那个干净的、直冲云霄的句子。

因为今天要开这个会，我昨天看小说一直看到五点钟，看到最后叔侄两个告别，模拟死亡的那一段，那一段真的非常非常大欢喜和大悲痛。阿来这个小说越往后写越好，越往后写越洞见开阔。你从一个小说中很容易看到感情纠葛的部分，但是从阿来的小说中我们越来越看到他理性成长的部分，他在理性成长的道路上带着人走。

阿来说出了我们人的内心的庄重和庄严，这不是一般的作家能够达到的。阿来的作品介入更多的内容，比如宗教的成分、民族的成分、人类学的成分、民俗学的成分、音乐的成分、韵律的成分，包括亡灵、死亡，包括很多的因素，最终表达人性、神性的光辉。我们没有在里面发现神，但是发现了人性的光辉。

阿来是难得的关注现实的作家。但是他在这部作品中用了很多非现实的手法，比如说后现代的，比如说现代的，用很多这样的手法，这是阿来写作非常难得之处。

大家都看到阿来写作的勤奋，可是没有看到他行走的勤奋。阿来每一部小说、每一篇文章，其实背后都是在行走，他在找。他总说他喜欢观察，喜欢行走，喜欢勘探，也喜欢在沉吟中思考，阿来跟我们说这是他自己的一个笨办法。其实这是一种写作中的还原在场的办法。我认为他在这部小说中又是重新找到了十年前的一种在场，这非常不容易。“5·12”地震发生以后，阿来跟很多人说我不再写灾难的东西，你们也不要写，因为这个很难写，他说没有一个虚构能够比现实更有力量、更直击人心，没有一部虚构能够比现实更生动、更具有灾难性，所以灾难没有办法写了。但是汶川地震十年的时候，阿来在文章中说：“5·12 地震十周年那天我突然被一个细节触动，想起在地震中失去那么多生命不禁热泪盈眶，我觉得我开始写的时刻真正到来了。”我觉得这是水到渠成或者说是一种天赋，我觉得阿来这十年来经历的反思，一定在他内心沉淀下很多东西，在十年这个契机喷薄而出。

这个小说是一个祭师在地震后四五年重返故乡寻找亡灵的故事。云中村是汉、藏、羌混居的地方，这个村子里的人信奉苯教，阿巴是云中村的祭师。我很喜欢阿来所有小说的开头，比如他写阿巴走在山路上攀登，比如他写《尘埃落定》，说我躺在床上听见一群野画眉在窗子外面呼唤。你马上有一种代入感，马上可以进入小说。

这部小说从两次行走开始。一次是 2008 年 5 月 12 日，他说阿巴牵着两匹马从云中村向山上走，这时候地震即将发生，而阿巴和全中国、全世界的人对此浑然不知。这是真正的灾难，我们不知道灾难即将降临。这个时候村子还是一片祥和。之后写了很多细节，幼儿园老师在睡着的孩子身边发呆，要劳动的人正在起身，上山采蕨菜的人正在下山，这样平静祥和的生活突然被一阵地动山摇的地震打破，这时候，阿巴第一次行走被打断。

第二次是阿巴在地震四五年后，又牵另外两匹马，从山下的移民村回到阔别多年的云中村。他独自一人走向灾后的村庄，对山神说，你的子孙去了你看不见的地方，但是我回来了。这时候整个寂静的村子只有一个人，这一个人就是他。阿来的语言非常好，他说：这里只有阿巴一个人，但是他一个人就是云中村全体的人，他是全部在地震死去的人和地震后还活在世上的身体健全的人和身体残缺的人。他用一个阿巴的寻找来讲述我们集体寻找归路和集体寻找故乡的故事。因为汶川地震题材非常重大，很多人事后写了很多文章，包括很多诗歌，但是留在我们心里的，这部《云中记》更刻骨铭心。

在这部小说中，阿来用了很多藏地元素，比如云中村被封为非物质文化遗产继承人的阿巴，他从来说不明白自己的称号，也不知道这是什么意思。还有一座因遭遇地震而变得杳无人迹的村庄。其实大自然早就给了信号，比如泥石流、滑坡。其实大自然已经给这个村子很多预警，但是没有人知道；通过这次灾难，人们知道了自然的神奇的力量。

还有山神。阿巴说因为有了山神，所以他从来都不会忘记回家的路。他从移民村临走的时候跟乡亲们说：你们在这里好好过活，我要敬奉祖先和鬼魂，不能让他们在村子里找不到人敬奉。其实阿巴最开始想回去的时候，还不是作为他自己所理解的祭师，那个时候他只不过是被封为非物质文化遗产继承人的形式上的祭师，可是他在回去的过程中成为真正的祭师，他从祭山神到祭鬼魂，成了祭师。

我很喜欢阿来的语言，比如东行千里绵延百代的云中村村民在不在，之后云中村村民马上回答说，我们在，我们在。比如他说阿吾塔毗的子孙在不在，之后他自己替子孙、群山、山神回答说我们在，我们在。阿来在这里写的不仅仅是灾难中的震撼和自救，也讲了灾难中的感动和寻找。他写了人性的扭曲和人性的苦痛，人性的温暖和人性的光明。他写了人性的挣扎和人性的寻找，比如他善于用对立的人物、对立的情绪、对立的角色、对立的情感，还有对立的事件，来推动整个小说的进展。他用大量的对比手法，比如阿巴的保守和仁钦的才智对比，这是阿来写作非常大的特色。

阿来的小说还有非常大的特点：他将被地震毁坏的云中村，通过他的语言生动地还原，尽管云中村滑到江里已经不存在，而且村子上的村民早被移民，但是村子上的一草一木都在阿来的叙事中完整复述出来。这是一个真正在人的心灵中成长起来的村庄。

我念一段我以前写的对阿来的印象：

从《尘埃落定》开始阿来这两个字便注定有特殊的含义，带着丰厚的憨笑，阿来从他敦厚的高原走来，如同晨曦浮动在大地之上，他的神情有些落寞，但是沉着。阿来出生在嘉绒藏族，马尔康意为火苗旺盛的地方，由 18 土司中的 4 个土司建立起来的马尔康是阿来的成长成熟之地，他的生命始终围绕家人。熟读阿来的人知道他由诗入文，至今有一首诗还在被藏地人们传唱。他说：我在这里，我在这里，诞生背后是孤独的白雪，前面是明亮的黑暗，苍天何时赐我一对精美的语言。

我觉得阿来一直在写见证他成长的藏民族的世界，见证土司部落从繁华到衰落的过程。阿来整个写作是一以贯之的，他一直对他生长和成长的地方有着非常深厚的感情，从《尘埃落定》一直到现在的《云中记》，都是阿来对他的生命的一种寻找。在这个意义上，《云中记》是一部在文学史上具有里程碑意义的小说，也是阿来的文学坐标。祝贺阿来这部小说的问世。

陈东捷：大家都有很多话要说，但是时间太快了，还有五位发言。下面请李云雷。

李云雷：我尽量说简单一点。刚才各位老师已经谈得很充分了，我简单补充一点我的意见。

阿来老师这本小说，确实是一本很引起我震动的小说。我读这本小说想起两部名著，一部是《佩德罗·巴拉莫》，另一部是《八月之光》。我为什么想起这两部小说？因为阿来老师这本小说跟这两部小说有点相似，故事特别简洁，但是内容特别丰富，好像故事简洁到只给大家留下一个画面。这个画面怎么讲？其实很难，因为小说包含的内容特别丰富。阿来老师在这个小说里面讲了特别简单的故事，但是里面包含特别丰富的历史的、社会的、生态的、宗教的、民族的各种矛盾，并且赋予它一种诗性，这确实是阿来老师的创造性所在，能用一个简洁的故事包含这么多内容，确实很难得。它的特点在于，看上去好像很难进入画面，很难进入诗性语言的因素，也被他很没有违和感地纳入小说。比如刚才有老师谈到的，后来开宗嘉乐，包括公共厕所打官司，这些事看似很细小，很难纳入大的框架，但是阿来老师把这些写进小说叙述，使小说显得更加丰富，从不同侧面，让祭师的故事，祭师回到灾后的村子抚慰亡灵的故事，包括村子最后消失的故事，有了丰富的层次，也让这个小说整体的精神达到更高的高度。所以我觉得小说特别好的是把这两点结合起来，一方面特别简洁，另外一方面又特别丰富，包含特别丰富的意韵。我就简单讲这些。谢谢。

刘琼：我想用阿来自己曾经写过的一篇文章的题目作为今天发言的题目，就是《一个作家要发出大的声音》。一个作家为什么要发出大的声音？关于阿来的《云中记》我想讲两个问题：一个是在阿来的作品中《云中记》处于什么位置，怎么评价？另外一个是当下的灾难题材和民族题材写作中，《云中记》处于什么样的位置，怎么评价？

对第一个问题我是这样理解和认识的，一个作家的创作显然不是以数量，而是以质量取胜，与许多作家相比，今天60岁的阿来创作总量并不是很惊人，但是他对几乎所有文学类型都有涉猎，并有一定的响动。比如《尘埃落定》在他41岁的时候获得第五届茅盾文学奖，《蘑菇圈》去年获得第七届鲁迅文学中篇小说奖。阿来早年是优秀的诗人，他写过《格萨尔王传》，不仅如此，他的非虚构小说也是非常惊人的，比如《瞻对》，当时被称为非虚构写作文学作为类型崛起的象征，还比如说《大地的阶梯》，等等。如此看来，阿来是文体家，各体兼备。

这种文体训练和文体实践即是对他跨语言写作的一种挖掘。语言文字为我所用，不为体例所局限，这恰恰与我们的文学传统是一致的，与我们上古以来的文章传统是一致的，包括在小说写作当中他也是这样，一个大的作家写作应有这样的追求。同为长篇小说的《云中记》与《尘埃落定》不同，同为长篇小说的《尘埃落定》和《空山》也不同。他基本是在对民族和民俗有充分研究的基础上，发挥了现实主义文学的精神，观照的是现实题材，直面的是社会问题，从现实题材和现实主义风格上，弥补了长篇小说创作的空白。

第二个问题是《云中记》在当下的灾难题材和现实题材写作中处于什么样的位置。一个好的作家一定会尽力发出最大的声音。什么时候有最大的声音？发生重大事件是一个条件，写作直抵人类命运、心灵的深处，才会发出重大声音。从《云中记》可以看出，阿来是一个行动家、实践家，他亲临生活现场、历史现场和时代现场，认识和发现生活、历史和现实的真谛，而不只是依靠想象和阅读的书斋功夫。因此，像阿来这样的作家，他对《云中记》的呈现与技术性的地震灾难写作有所不同，它的独特在于什么？地震这样一场地理活动，这种地质力给人类带来的突如其来的变化，这个变化可以是毁损，但也可以是重塑，这是他写的不一样的东西。这个变化表现为死亡、伤痛、倒塌、填埋、损坏，当然它实质上也是要改变人和人，人和自然、地理长期建立的关系。我们的作家会较多着墨于人的外在生活的改变，比如我们住处条件的变化、新的移民小镇的建立、生产关系的改变，比如生产形式的变化、就业形态的改变，这当然都是党和政府进行灾后重建的重要内容，需要写、值得写，可以写社会支持、社会救援，写制度的优越性，这些都需要，这方面我们写得也很多，特别是报告文学和记述文学，比较充分。但是小说怎么写？优秀的小说家会怎么写？这确实是特别硬的一个骨头，啃不好就会崩掉牙齿。

阿来的聪明就在于此。在《云中记》中他继续发挥自己作为民族作家的地域文化背景优势，写一个宗教职业，一个少数民族村落。他采用简洁式写法，摊开、辨析、梳理、缝合，在特别注重心理的解读和解析的过程中写出地理、民族、文化的生动的纹理，又写出历史的旋律和节奏，写出特殊的灾难事故中幸存下来的人，他们活着是多么艰难不易，又是多么坚韧豁达。与众多灾难书写相比，这主要是面向精神世界的写作，其实可以写成气势磅礴的命运交响曲，但是阿来没有用交响的方式。我觉得它是独奏式，小提琴独奏。这是诗意化的独奏，独奏的主角是阿巴，主要的配器是仁钦和云丹。阿巴这个人物鲜明、独特、丰富、感人。他是一个祭师世家的传人，但是他在新的时代不想再操主业，却成为非遗传人。他以不合常法的方式履行自己的职业使命，获得灵魂安静。这个宗教人物的精神变化有传奇性也有独特性，非了解和理解这个世界的人不能写出这样的东西。对这个人物的书写，作家其实是用了现实主义的白描，用大量细节化的描写书写他的日常。我觉得小说中的七天——因为地震有七天的极限——这七天完全是用特写的方式，充分展示作家的写实功夫，展示他的结构能力。一个人的七天，他写出惊心动魄的村寨变化，写出人和自然真实的关系，特别是写出有着执念的现代祭师和他身边人的精神气质。故事不是用意识流的手法，反而恰恰是受现实生活的各种逻辑、各种矛盾的支撑和推动。这时候出现了配器，配器是它的矛盾，矛盾也很清晰——阿巴和侄子乡长仁钦对于回到云中村的分歧。这是社会的矛盾。仁钦这个角色非常有意思，而且非常独特，他是有生活基础、人格魅力的民主地区的新兴人物形象。云丹也是具有民族色彩的人物。还有其他几个更次要的配器，比如央金、祥巴等都是不同类型的配器，都有一应的典型性。当然我也要说我的不满足，我觉得央金和祥巴的类型化较为明显，不如阿巴、仁钦和云丹那么丰满，那么有文学复杂性、可信度。

最后的结局不是妥协，而是理解，在精神上的理解。小说里大量关于人和自然、灵魂的对话思考，对于宗教本身也有实事求是的探讨，但都没有给出一个确定的答案。我觉得给出答案也不是小说家的目标。对于灵魂和精神的关注使小说摆脱笨拙。好的作品、优秀的作品既是单纯的又是复杂的，既是可以解析的又是不应该解析的，但是阅读起来有很丰富的、多样的侧面和光泽。

我就说这些。

刘大先：我简短说一下我的看法。我把这个小说当作一部关于创伤后书写的一个记忆、一个仪式和一个文学的疗救。这个小说和人、自然没有太大的关系，人要面对的问题主要是自己和他人、自我在内心怎样缓解受到创伤的问题。文学史上，关于创伤书写有很多主题，比如现代化对于之前农耕文明的伤害；或者是战争，我们经常看到关于奥斯维辛集中营大屠杀的书写；或者性别问题、战争问题，都会带来创伤。但是《云中记》的创伤来自大自然的灾难，这个灾难跟战争也好，性别也好，工业化也好，不一样的地方在于，它是无意义的，无数人的死亡没有意义，这种没有意义带来书写的难度。这个创伤无法书写，你没法给它赋予一个意义，无对象的灾难所带来的创伤不可言说。一方面，以往成为自我保护机制；另一方面，因为意义的匮乏，所以没法进行书写。阿来他用歌咏的方式赋予小说一种结构，用歌咏式的记忆结构来纪念、缅怀、祭奠那些死去的人的灵魂。同时这个记忆的过程也是遗忘的过程，《云中记》的书写是为了告别。而他怎样书写这个记忆？通过仪式性的书写。阿巴和阿来，叙述者和作者，还有小说中的人，每个人经历的都是仪式。写作本身也是一个仪式，将苯教的仪轨、非遗、信仰等各种东西呈现出来。仪式性书写最重要的是达到治疗的效果。一方面是自我治愈，是心理上、情感上、精神上的，另一方面也是对他人的、外部的、社会的、文化上的治疗。这个书写过程既是程序性的，是一个手段、一个方法，同时也是作者自身要追求的结果、目的和价值。云中村的亡灵在阿巴的记忆中重视，在他的仪式操演中复活，逝去的信仰和仪式再次出现，而实际上阿巴本人和阿来也通过入神的过程完成自我治疗，同时完成对科学、理性、社会学解释创伤的补充，也让央金和祥巴得到陶冶和净化。这样的写作实际上安慰了三个方面，一方面治疗了自我，另一方面安慰死亡的人，还有一方面是安慰活着的其他人。如果从创伤书写的角度来看，它提供了这样一些新的维度。就讲这些。

丛治辰：确实也没有什么可说的空间，因为我跟前面几位老师的观点很一致，也觉得这部小说更适合从现代性的角度去讨论，这是我读阿来老师的作品，甚至西藏文学主题的作品一直以来的看法。尤其一些国外的研究者，会把写作藏族题材的作品放到后殖民、内殖民、中央与地方、汉族与藏族的二元对立当中讨论，这是不合适的。我很早做过一个整体性的研究，从最早汉语写作开始表现藏族题材开始研究，这个题材最重要、最核心的问题就是传统和现代的问题。以这个角度去看待这部小说，这部小说显而易见是一部挽歌，这个挽歌绝不仅仅因为阿来老师写的是“5·12”地震。在这个作品当中，除了“5·12”地震以外，也写到了云中村的滑坡。云中村经历了两次滑坡，第一次滑坡是水电站的滑坡，在某种意义上造就了阿巴这样一个人。第二次滑坡才是小说结束的时候发生的滑坡，而且阿来老师明确写道，水电站的滑坡是后面滑坡的预兆。水电站为什么滑坡？一个是自然的原因，一个是文明的原因，但是文明的原因在小说当中真不是隐喻层面的原因，而是写得特别直接：因为我们修了电站，电站引水渠的水渗进去加剧板块的活跃。第一次滑坡当中我们可以看到所谓现代的成分和——传统的也好，自然的也好，神秘的也好——那样一些东西的二元对立。在这个挽歌当中，我们看到阿来老师关于现代性的反思。

还有阿巴的挽歌。这个故事主要人物是阿巴，可以看成是阿巴的成长史，成长小说同时也是走向死亡的小说，因为任何成长最后都是向死的。阿巴从小时候开始，因为他的家世，他似乎理所当然是祭师，但是他早年的成长史是与共和国紧密联系的，实际上他是公职人员。他有一个神秘的断裂，这种神秘的断裂在藏族文学当中非常常见。《格萨尔王》的吟唱诗人都经过人生的断裂，突变成为类似于神职的人员，经过神秘的断裂之后还要成长，成长一步一步倾向于旧事物，或者倾向于回到云中村，又或者说倾向于死亡。在这样的挽歌当中，阿来老师对于现代和传统的辨析，把传统置于接近滑坡或死亡的位置，这是可想而知的。

但是挽歌里面的现代和传统，阿来老师是不是把它设置成截然的二元对立？这恰恰是这个小说特别漂亮的地方，阿来老师在整个创作当中都在回应这个主题。《尘埃落定》，很多人说是写权力，但是我觉得最漂亮的是写出现代和传统的交界。《机村史诗》也是这样，是一群无法进入现代的人的故事。这部小说同样是讲述这样一个故事，在经过反复的思考，包括一些访谈和散文当中的思考之后，阿来老师当然绝不是从简单的二元对立的角度讨论现代和传统。刚刚几位老师说这是一部很单纯的小说，但我倒是觉得，如果在现代、传统的辨析层面上看，它又是充满矛盾和复杂性的小说，比如阿来在小说当中把现代性和官方性结合在一起。如果以一个西方研究者的角度看，西方研究者有些是很诡诈很坏的，我读过有些英文论文，就是把阿来老师放在不是很妥当的二元对立当中，这简直是害人。实际上阿来老师处理现代性和官方性关系的时候，那个官方是一个从理性上来讲完全正确的官方，但是这个官方似乎仍然无法处理云中村人们的心理问题。这个现代性在小说当中至少有两个趋向：一个是所谓的官方性，我们党本来就是现代性的政党，政府做的一系列救灾的事情就是现代国家组织力量所做的事情；另一个是商业，比如央金姑娘和祥巴做的事情，包括旅游在当地的发展，这是现代性另外一种表现，似乎不那么让人舒服，但是有趣的是它恰恰是伪装成传统的样子呈现出来的。

在这个辨析当中，现代和传统当中的种种复杂性都展示出来了。其实很早之前阿来老师讨论过这样的复杂性，阿来老师说很多人把西藏符号化，但是如果回到现场之后，你会觉得这个符号化是有问题的。他说他也陷入矛盾当中，关于现代和传统的矛盾。他说：我固然为我的民族能够保留那样的纯朴和诗意感到骄傲，但同时我也为我的民族的很多乡亲们、同胞们过着很艰苦的生活而感到痛苦，如何解决这样一个矛盾？这个小说最为精彩的是阿来老师在某种意义解决了这个他长期思考的矛盾，解决的办法是回到人心或者回到情感。那个符号化的对西藏的想象也好，或者对现代和传统的处理也好，那是立场化的、信仰化的，是一个固化的、非理性的东西，但是它又跟情感不完全一样。而如果我们纯粹站在现代的角度上认为完全改造西藏，把西藏变成完全现代的、全球化的东西，那似乎又是过于理性的选择。而阿来老师找到的是一个人的感情的选择。

在这个意义上我以为这部小说最精彩的人物真不是阿巴。阿巴写出了挽歌的代表性。我觉得最精彩的人物是仁钦，仁钦其实代表了一个在今天的情况下，西藏人要往哪里去的可能性，他是代表国家的，他是一个接受过现代教育的青年，也有担当，也有商业头脑，但同时他也能理解他的阿舅，他愿意理解他的阿舅，甚至为了理解这个阿舅而放弃一些东西。这个人物才是最新、最有亮点的人物，而且这个人物是阿来老师有意刻画的。阿来老师给出两种方案，一个方案代表人物是余博士。余博士是不是面对藏族文化的善意的人呢？他很有善意，但是他是站在藏族生活以外来看的，他能理解这个指示体系，但是无能为力。而仁钦是从藏族内部生长出来的新的可能性。这是阿来老师从《尘埃落定》开始解决、思考这个问题，走到现在这一步，一个非常重要的收获。在我看来它的重要性是在这里。这是我的想法。谢谢。

岳雯：我已经写过稿子，我那个稿子很长，有一万字，我索性扯一点别的事情。我最近读的是《人或所有的士兵》，讲抗战的，讲第二次世界大战期间香港的攻防战，讲得很复杂。读的时候又回想起读《云中记》的情形。两本书，一个讲地震，一个讲战争，其实是一回事，透过表面上题材的差异，内在的骨子里让我觉得有一些想法。这个想法是什么？第一，我们为什么还在读文学，为什么还在读小说？当电影、电视、网络小说都已经分担文学的娱乐功能、教育功能，在这之后我们还在读什么？我读的动力很可能在于小说、作家背后的世界观，即他是怎么想象世界的，他是否能带来我们关于世界、关于生活的新的认识，这给我读小说很大的动力。

我读这两部小说的时候，一个突出的感受就是，阿来老师和邓一光老师应该是一个时代的人，他们都是在启蒙主义的文学思潮下成长起来的作家，而且他们一直写到现在，好像一直没有改变过，他们也一直在坚守这样的立场。到今天，我们这一代人在看的时候会发现，启蒙主义也好，个人主义也好，那种立场的理论的活力，我个人看来是在慢慢衰竭，走到现在突然发现个人的路可能没有太大力量。我们再去言说个人，好像无法逃离开自由主义允诺给我们的那些套路，我们好像没有办法再讲个人的故事，所有的个人悲伤已经走到穷途末路。个人故事讲不下去的时候，我们对共同体的故事抱有很大的期待。

所以从某种意义来说，我的立场和阿来老师、邓一光老师的立场有差异。但是读这两部小说的时候我被深深打动，我突然发现他们坚守到现在，写了这么多年，他们好像依然创造了一个孤绝的个人；突然发现他们小说里面这种个人都是孤绝性的，这种孤绝表现在他们对一些二元对立的思维方式的超越。比如《云中记》对传统和现代的超越。我在文章里也分析了，阿来老师和 19 世纪现代主义者持一致的立场。他们是现代生活的支持者，也是现代生活的敌人，所谓的现代一定是它的每个事物都包含其反面的世界，所以他会为电来了，为现代的到来而欢呼。阿巴是一个发电员，这是他的经历，但与此同时传统本身也是构成现代的要素，这是他所理解的现代。在邓一光老师那里，是民族和国家构成的二元对立概念，他试图面对这两者的冲突。他们笔下的这样一种个人都是超越我们今天认知的二元对立概念之上的个人，是极其特殊的个人。以前我们读关于个人的故事，其中的个人是我们认同的个人，可是今天，邓一光老师、阿来老师这一代作家再讲个人的时候，这种个人一定是很特殊的，他们不是“我”，是“他”。像阿巴，非常特殊，他出生于祭师家庭，他自己又是迎接现代世界到来的第一代青年。在邓一光的小说里，这种个人是日中混血，他很难说到底认同哪个民族，从民族国家的概念来说到底应该站在哪个立场上去打仗。这样的个人是非常特殊的个人。这种个人既然这么特殊，就一定是不被理解的。就像阿巴，大家都在试图理解阿巴的世界，但是我觉得阿巴这个人物的特别好的地方在于，他具有不可理解性，我们怎么洞穿都无法深入他最核心的地方。我们所有的言说都在外围，真正最要命、最致命的核心是什么？我一定要跟这个村庄一起去死。这个东西我们说不清，这是挺要命的事情。

这种个人一定是和整个社会、和所有一切为敌的，他是一个反抗者。比如阿巴，他外甥说我是乡长，你一定得下来。这些他不在乎，他一定反对所有反对的力量，他是社会反抗者的形象。邓一光的小说中也是，这个个人不被任何人理解，他非常孤绝，但是他一个人在自己的道路上，他说我要以我个人的方式走下去，所有人不理解我，没有关系，我要以我的方式活下去。最后的结局可想而知，这样孤绝的个人，最后是悲剧性的命运。不管怎么样，阿巴和这个村庄一起消失，邓一光小说里面的那个人，历经千辛万苦从战俘营回来，最后宣判他背叛了民族国家，他自己自决了，也是死亡了。这样的个人在今天的命运，我依然认为，当启蒙主义不能为个人提供新的理论潜力的时候，我们只能书写这样孤绝的个人，而这样孤绝的个人最后可能面临的就是死亡的悲剧性命运。

所以读完之后我非常感动。我的立场可能是一个共同体的立场，我可能倾向于讲共同体的故事，但是在读了这两部书以后，我感到这样的个人依然有力量，他可能提供新的世界，依然打动我们，依然让我们继续寻找个人对共同体意味着什么。这一点可能是这本书对我最大的意义吧。

陈东捷：专家发言环节结束。这次会我听完以后非常受启发，和别的作品研讨会有很大的不同。这次大家的想法除了评价相似，其他的角度等各个方面，调动各种理论工具阐释这个作品，重复率非常低，说明这个作品阐释的空间确实相当巨大。这个作品本身也是神来之笔，我们交流的时候阿来也说写得非常顺畅，顺畅得甚至让自己产生怀疑，还要放一放、冷一冷，还要慢一点。下面我们隆重由请阿来讲一讲他自己的《云中记》。

阿来：其实大家说这么多，我也没话说了，但是我讲两个场景。地震以后第五天还是第六天？我在一个死了七八千人的镇上，大忙帮不上，帮小忙，觉得自己要在场。那天晚上终于活动停下来，因为那时候说埋在废墟下的人有生命极限，偶尔有气息，救援的人也好，志愿者也好，大家都很累。那天晚上大概 11 点左右，所有抢救都要停下来，对着废墟的探照灯也关掉了，有些人在路边搭帐篷，我自己是开着车去的，我就回到车上。灯光关了，四周安静下来，我突然发现天上星星很明亮，只有背后有一片小山，有一个小平台，还有一台挖掘机在工作，干什么呢？大概挖我们会议室中间这个空格大的长条形的坑，因为第二天大家又要开始工作，又要把楼房的废墟揭开，下面就是失去生命、正在腐烂的尸体。

所以我特别想有一点声音，因为看了那么多死亡，觉得对死亡没有恐惧了。当时我突然想了一个问题，也睡不着，虽然很疲倦。我突然想了一个问题，中国人，包括中国文学，我在脑子里自动搜索任何一种作品，文学作品，诗歌、散文，除了哭泣和痛苦，我们还有什么方式能够面对死亡？这么多死亡的发生对我们应该是一场精神洗礼，对活着的人来讲。但是为什么从古到今，我们确实没有这种东西？可能跟中国人的观念——"未知生，焉知死"有关，不讨论死。人之外的事情，确切知道的事情我可以讨论，那些有点神秘的东西、有点虚无的东西，拒绝讨论，儒家采用这样一种方式。后来我更多接受了佛教，佛教其实更不讨论，因为所有好与坏都是因果链条，这些人同时死亡，难道他们在上一世有同时的因缘？是什么因果？而且解释因果，我们就失去了对生命、命运，甚至在无数生命和命运上的历史的讨论，没有讨论空间，所有都是事先安排好的。

这时候我在想，在一堆死人身边想这样的问题。到底我们是写作的人，这时候我特别想有点声音，我就在车里翻我的 CD。在这样一个场合，所有中国的歌唱都是不合适的，我想翻出来肖邦，我觉得也许肖邦更合适。但是这时候我翻到了在车里常听的莫扎特的《安魂曲》。过去我有点不喜欢莫扎特，太天才了，有些时候也太不着地。但是从那天起，我觉得一个面临死亡的人，直击死亡，跟死亡发生对话，不只是痛苦，不只是恐惧，还有对生命的华美的、庄严的东西强烈地表现出来，而且一点也不虚假。我想这真了不起。

我放音乐的时候悄悄的，但我发现放这个音乐，因为有乐团在演奏，在歌唱，也太小声，那些更细部的东西不呈现，但是我们希望听到这种东西，结果我发现有好几个人靠到我车边，其实他们也不懂什么交响乐，就在那听，表情也很庄重，我能看到他们表情的改变。但是我没有想过要写地震。我为什么说中国人不会面对死亡，更不会书写死亡？或者我们就是面对死亡了，一时悲痛，随后就把悲痛交给时间去打磨，然后遗忘。我们对待死亡大概是这样的过程，而不能从死亡当中得到更多的东西，尤其是这种灾难性的、群体性的死亡，我觉得应该有一点洗礼性的东西，这是当时在现场的感觉。后来我开始写这个书的时候，每天都是听这个音乐。

又过了五六年，我一个搞摄影的朋友说去回访灾区，某某村，你知不知道？我说我知道，那个其实是羌族村子，它的方式跟这个村子一样，也是悬在半山，最后要发生次生地质灾害，就搬到别的地方去了。那是一个羌族村子，他们那个村回去了一个人，他说拍了几张照片，就是那个村子的巫师，拿着羊皮舞蹈，在废墟旁边是非常漂亮的大山。我这个朋友摄影技术也非常好，拍得特别好。他说你知不知道这个村？我说这么多年我们就在这些地方来来回回，还不知道什么村吗？马上给他说出名字。从此就有这个形象，再想起地震，很固执地，这个形象不断出现。去年"5·12"准备写这个，愿意写这个小说的时候，一开始出来的就是它的形象，因为羌族人的生活不太熟悉。你说熟悉，外在的观察都有，他们的文化，二手的转述我也知道得一清二楚，但是如果写成羌族的巫师，我觉得我进不到他的世界，因为我不懂羌语，跟这个村子同样命运的村子有的是，最大的是死了上万人的北川县，县城整体搬迁，更不要说这种村子，因为不再适合人类居住，所以我想换一个场景，换成我熟悉的文化。但那不又是佛教吗？我倒不怕别的东西，但如果一切都是因果，我还说什么呢？里面全部是喇嘛说，阿来说什么？我想我得说话，我得跟作品当中的人说话。所以做了这样的置换，当年的一段音乐，在那样特殊的情景下听《安魂曲》，如果我要写这个灾难，一定是找到了过去西方艺术为西方文学处理灾难、对待死亡提供的方式，而不是我们经历疼痛，经过时间消磨，然后遗忘——这是我们对待死亡的通常方式。我们对于重大的灾难，包括战争，一直都没有做过很好的表达，非常沉痛的表达。其实对于生命本质跟死亡对活着人的意义，我们这个文化可能有一定的缺失。因为文学书写可以帮助重建，可以在文化当中树立起来一些新的东西，所以如果我写地震，我必须从这样一个方面下手，具有《安魂曲》那样的气质。西方人对待生死跟我们不一样，他们期待新教，因为他要面对审判才能知道是否上天堂。

所以到我打算写这个东西的时候，首先照片里的这个人动起来了，我也只是追踪、记录我这些年来围绕地震的经历。他们后来问我地震经历对你有多么重要或者在情感上有多么强烈？我说可能仅次于年轻时的恋爱吧，所以摁下去它又起来。但是也好，写了这个东西，我心里老搁着的一个东西就结束了，对我讲也是一种自我解脱，确实是过分血腥、过分残酷、过分沉重。

我能讲的就这么多，谢谢大家。

陈东捷：谢谢阿来，我们把中央美院版画家的原作送给阿来。

2019 年 5 月 28 日下午于北京出版集团六层会议室

（作者单位：自由职业者）

献给逝者的颂歌

——阿来《云中记》作品研讨会综述

张鸣浩

2019 年 8 月 16 日，由四川省作家协会、四川省文艺评论家协会联合主办的“阿来《云中记》作品研讨会”在成都召开。来自四川省内的作家、评论家、学者齐聚一堂，以《云中记》为中心议题，多角度、多层面地对《云中记》这部小说展开了热烈而深入的探讨。

一、带有思想深度的神性写实主义

阿来小说总是带有一种神秘性，灵魂与死亡、宗教与历史、神话与传说，这些带有思想深度的神性文字构成了小说的一个重要维度。四川省文艺评论家协会主席李明泉提出“神性写实主义”概念。他认为，阿来通过祭师阿巴与地震亡灵的对话，深刻表现人与大地、人与鬼魂、人与村庄、人与内心世界的多重关系，描写了灵魂与死亡的独特艺术存在方式，以祭师视角观察和体悟地震灾难给人们带来的情感震撼，让云中村的悲痛与最终消失给人以强烈的存在冲击：顺应自然是人们好好活着的终极选择。阿来小说的创新在于把汉语言文字书写提升到一个新高度，这就是“透视叙事法”。其文字的透明、语言的透气、情感的透析、细节的透彻、思想的透亮，让人在阅读时有一种悲怆中有温暖、消失中有转化、终结中有晨曦的回味与反思：我们该如何铭记那些在灾难中逝去的亡灵，该如何看待震后消失的村庄和曾经拥有的一切？在这个意义上讲，阿来《云中记》表达了人类看待灾难的生命方式和美学态度，把灾难书写推向了灵魂寄托和生命哲学的境界。四川省社会科学院院长向宝云在致辞中谈道，《云中记》显示出可贵的神性特质和思想深度，它包含三个维度。一是神性的信仰之维。神性笼罩着整部小说，祭师、魂灵、山神，这些都是构成阿来小说神性的存在。而小说对于神性的展示恰恰是通过不信神来实现，这反而增强了小说的神性力量。二是诗性的审美之维。如果说《尘埃落定》是阿坝藏地部落最后一个土司从生到死的历史叙事，呈现的是一种历史空间，那么《云中记》就是云中村最后一个祭师讲述的以死（地震）为始、终于平静的诗性叙事，呈现的是一种审美空间。三是悟性的思想之维。对云中村命运的思考，显示出阿来对生命与死亡、现代与传统的深层次体悟，这种体悟让人们在文学阅读中获得某种启迪。神性使阿来小说充满别样的神秘感、静谧感，诗性使阿来小说饱含语言的张力与结构的灵气，悟性赋予阿来小说无处不在的智慧与力量。四川省文艺评论家协会副秘书长、四川省文化产业职业学院副教授李立探讨了阿来小说的神秘性，他认为《云中记》告诉我们，世界其实是不可把握的，现实永远是神秘未知的，永远对自然、对花草、对鸟兽保持着敬畏和好奇，就保持着艺术永恒的生命力。人们在阿来的文字中感受到一种文字的神性，这是当下在文创产品的挤压中，在视觉文化的侵袭下，我们保持着热爱文字的理由，它足以说明艺术史演变的逻辑。唯有文字，才能唤醒历史的意义，让我们找到文明的踪迹。

二、人性的闪光与生命的诗意

面对灾难，阿来的文字是有温度的，它是对魂灵的召唤，对生者的关怀，对大地与苍生的抚慰，阿来的小说处处闪现着人性的光芒和生命的诗意。四川省作协副主席、《四川文学》执行主编罗伟章谈到自己的阅读感受，他认为《云中记》与《尘埃落定》形成遥远而美妙的呼应。尽管《云中记》是一部立足灾难的小说，全篇却低回着生命的诗意，把一个关于灾难的故事写成一部生命的颂词，是非常独特的文本。当所有人都离开村庄后，阿巴回村，完成一次对心灵、精神和信仰的救赎，重构一个云中村。这部小说的辽阔和深刻性还在于，它借一场万众关切的地震，书写世道沧桑和文明演进。同时，这也是一部谢罪之书，谅解之书，宽恕之书：向一切犯下的过错和恶行谢罪。一切局限、缺陷、幽暗乃至罪恶，都在生命的旗帜下获得了同样的位置，进入了同样的怀抱，得到谅解。这种宽博的精神，是一种世界精神和未来精神。中国作协散文委员会委员、成都市作家协会常务副主席蒋蓝从人们对灾难和死亡的态度的反思出发，提出汶川大地震之后，《云中记》是为数不多的经过了时光考验、值得时代铭记的文学作品。阿来追求有难度的写作，《云中记》的文风明显比《尘埃落定》更为收敛，更为节制，但更有力量，有鹰翅一般硬羽盘空的大力。《云中记》写出了生命所经历的磨难、罪过、悲苦，其更为峭拔的意义，在于写出经历过这一切后，人性的温暖和闪光。他认为，小说不但是阿来的自我救赎，也是汉语文学对这一巨大创伤的珍贵书写。阿来借阿巴祭师这样一个人物反思我们的乡村建设，反思文明。站在高地上放眼世界，我们要有收拾旧山河的雄心。四川大学文学与新闻学院教授、阿来研究中心主任陈思广认为《云中记》是一部关于人性温暖光芒的颂歌，一部以生命、人性与神祇的名义表达对生命与魂灵尊重与敬畏的人性史诗，小说塑造的主人公祭师阿巴生动、形象地阐释了生命的意义与人性的光辉，堪称典型。《云中记》不仅是近年来长篇小说创作的重要收获，也开启了灾难文学书写的新范式。作家形象地刻画出一个在精神与行动上都返归乡土、皈依教义，直至与大地融为一体的苯教祭师形象，为当代小说的人物画廊增添了新的光彩，也使这部以生命、人性与神祇的名义书写的人性史诗成为我们这个时代凄美而又庄严的收获。

三、哲学层面的文化反思

《云中记》的意蕴已然达到了一种哲学的高度，它反思与超越现代性，在物质时代将精神的大旗高高举起。四川省作协党组书记、常务副主席侯志明在致辞中表示，如果说《尘埃落定》奠定了阿来在文学界成为一个有影响力的大作家的地位，那么《瞻对》就使阿来成为民族意义上的大作家，而《云中记》则让阿来成为哲学意义上的大作家。《云中记》搭建起一个平台，那里有更美丽的风光，更艳丽的彩虹，预示着阿来将有更加精彩的作品奉献给读者。四川省文艺评论家协会副秘书长、四川师范大学文学院教授白浩提出，《云中记》或许是一个保守主义立场下的文化反思、社会反思。他认为《云中记》是在无神论时代谈神灵，在庸俗唯物主义时代谈精神，在文化迷茫时代谈文化传统和自信，体现了保守主义文化思考的执拗与胆量。在叙事上，它超越题材，走向情感、情怀、思想，由浅叙事走向深叙事、难度叙事。在人物形象上，阿巴和仁钦或许会成为文学史上《创业史》中梁三老汉和梁生宝一样的一对经典人物。阿巴是飘扬得最高的旗帜，仁钦则是最为坚实的基座和社会的主体，阿巴和仁钦，保守主义的祭神安魂，唯物主义下的世俗建设，二者绝不可分，二者的合体才构成《云中记》完整的精神体系和艺术体系。四川省文艺评论家协会副主席、四川省社会科学院文艺所所长艾莲表示，阿来的《云中记》轻盈而又沉着地“赋魅于一个祛魅的世界”。她从阿来小说的创作历程中发现，前期小说创作中的阿来是善于“赋魅”的，给苍白、贫瘠的现实以诗性与意义，散文中的阿来是不断祛魅的，而在《云中记》则是祛魅与赋魅的美妙契合，让人惊叹。因为自如地出入于赋魅于祛魅之间，所以《云中记》中以阿巴为代表的灾难见证者和亲历者真正实现了对山神阿吾塔毗的理解，与自然的和解，与现实中美好与不美好的和解，以及阿巴与自己祭司身份的和解。通过轻盈地穿梭于赋魅与祛魅之间，《云中记》完美地契合了美国批评家布鲁姆提出的好小说的三个标准：一是审美的光芒，二是认知的力量，三是二者结合带来的智慧。

四、字里行间彰显汉语之美

《青年作家》副主编卢一萍探讨了阿来小说的语言问题，他表示阿来小说开创出一种阿来式的汉语之美，诗意、新鲜、准确、简洁、空灵，没有陈腐气，含有内在的韵律。《云中记》的任何一个章节都适合诵读和吟唱。阿来对细节的把握也体现在语言之中，比如小说中阿巴感慨说：“我们自己的语言怎么说不出全部世界了，我们云中村的语言怎么说不出新出现的事物了?”“这些新的表达不断加入，他们好像说着自己的语言，其实已经不全是自己的语言。云中村人自嘲说，我们现在有两条喉咙，一条吐出旧话，一条吐出新词，然后用舌头在嘴里搅拌在一起。”这既是准确的细节，也是现代性深刻改变中国乡村面貌的例证。四川省文艺评论家协会副主席徐登明对小说书名《云中记》做了阐释，他认为小说取名《云中记》而非“云中村”或“云中村记”，妙处在于：具有百年历史的云中村代表着一种古村落文化，在不可抗拒的自然灾害面前，具有文化象征意义的祭师阿巴消失在云中村，由此，作者似乎在暗示大地变迁之时，在人与自然的矛盾运动中，总有一些有价值的、令人怀念的宁静与安宁会远离而去。

研讨会最后，《云中记》作者阿来做了发言。他首先向参加研讨会的各位作家、评论家表达了感谢。随后，阿来回忆起十一年前自己在地震发生之后的一些经历和故事，同时也表达了创作《云中记》这部小说的心路历程。阿来表示，正是地震中一个个小细节，构成了他笔下的《云中记》。

（作者单位：四川省社会科学院文艺所）